张晓风作品精选

名家作品精选

张晓风 著

长江出版传媒　长江文艺出版社

图书在版编目（ＣＩＰ）数据

张晓风作品精选 / 张晓风著.-- 武汉：长江文艺
出版社，2020.4
（名家作品精选）
ISBN 978-7-5702-1296-5

Ⅰ. ①张… Ⅱ. ①张… Ⅲ. ①中国文学－当代文学－
作品综合集 Ⅳ. ①I217.2

中国版本图书馆 CIP 数据核字(2019)第 228218 号

责任编辑：杜东辉　　田敦国　　　　责任校对：毛　娟
封面设计：沐希设计　　　　　　　　责任印制：邱　莉　　胡丽平
_____

出版：长江出版传媒　长江文艺出版社
地址：武汉市雄楚大街 268 号　　　　邮编：430070
发行：长江文艺出版社
http://www.cjlap.com
印刷：武汉珞珈山学苑印刷有限公司
_____

开本：640 毫米×970 毫米　　　1/16　印张：21　插页：1 页
版次：2020 年 4 月第 1 版　　　　　2020 年 4 月第 1 次印刷
字数：300 千字
_____

定价：35.00 元
_____

目　录

散　文

1

小 说

戏 剧

杂 文

张　晓　风

作　品　精　选

散

文

散　文

行　道　树

　　每天，每天，我都看见他们，他们是已经生了根的——在一片不适于生根的土地上。

　　有一天，一个炎热而忧郁的下午，我沿着人行道走着，在穿梭的人群中，听自己寂寞的足音。忽然，我又看到他们，忽然，我发现，在树的世界里，也有那样完整的语言。

　　我安静地站住，试着去了解他们所说的一则故事：

　　我们是一列树，立在城市的飞尘里。

　　许多朋友都说我们是不该站在这里的，其实这一点，我们知道得比谁还都清楚。我们的家在山上，在不见天日的原始森林里。而我们居然站在这儿，站在这双线道的马路边，这无疑是一种堕落。我们的同伴都在吸露，都在玩凉凉的云。而我们呢？我们唯一的装饰，正如你所见的，是一身抖不落的煤烟。

　　是的，我们的命运被安排定了，在这个充满车辆与烟囱的工业城里，我们的存在只是一种悲凉的点缀。但你们尽可以节省下你们的同情心，因为，这种命运事实上也是我们自己选择的——否则我们不必在春天勤生绿叶，不必在夏日献出浓荫。神圣的事业总是痛苦的，但是，也唯有这种痛苦能把深度给予我们。

　　当夜来的时候，整个城市里都是繁弦急管，都是红灯绿酒。而我们在寂静里，我们在黑暗里，我们在不被了解的孤独里。但我们苦熬着把牙龈咬得酸疼，直等到朝霞的旗冉冉升起，我们就站成一列致敬——无论如何，我们这城市总得有一些人迎接太阳！如果别人都不迎接，我们就负责把光明迎来。

　　这时，或许有一个早起的孩子走过来，贪婪地呼吸着鲜洁的空气，这

就是我们最自豪的时刻了。是的，或许所有的人早已习惯于污浊了，但我们仍然固执地制造着不被珍惜的清新。

落雨的时分也许是我们最快乐的，雨水为我们带来故人的消息，在想象中又将我们带回那无忧的故林。我们就在雨里哭泣着，我们一直深爱着那里的生活——虽然我们放弃了它。

立在城市的飞尘里，我们是一列忧愁而又快乐的树。

故事说完了，四下寂然。一则既没有情节也没有穿插的故事，可是，我听到他们深深的叹息。我知道，那故事至少感动了他们自己。然后，我又听到另一声更深的叹息——我知道，那是我自己的。

有　些　人

　　有些人,他们的姓氏我已遗忘,他们的脸却恒常浮着——像晴空,在整个雨季中我们不见它,却清晰地记得它。

　　那一年,我读小学二年级,有一个女老师——我连她的脸都记不起来了,但好像觉得她是很美的(有哪一个小学生心目中的老师不美呢?)也恍惚记得她身上那片不太鲜丽的蓝。她教过我们些什么,我完全没有印象,但永远记得某个下午的作文课,一位同学举手问她"挖"字该怎么写,她想了一下,说:

　　"这个字我不会写,你们谁会?"

　　我兴奋地站起来,跑到黑板前写下了那个字。

　　那天,放学的时候,当同学们齐声向她说"再见"的时候,她向全班同学说:

　　"我真高兴,我今天多学会了一个字,我要谢谢这位同学。"

　　我立刻快乐得有如肋下生翅一般——我生平似乎再没有出现那么自豪的时刻。

　　那以后,我遇见无数学者,他们尊严而高贵,似乎无所不知。但他们教给我的,远不及那个女老师为多。她的谦逊,她对人不吝惜的称赞,使我忽然间长大了。

　　如果她不会写"挖"字,那又何妨,她已挖掘出一个小女孩心中宝贵的自信。

　　有一次,我到一家米店去。

　　"你明天能把米送到我们的营地吗?"

　　"能。"那个胖女人说。

　　"我已经把钱给你了,可是如果你们不送,"我不放心地说,"我们又有

什么证据呢？"

"啊！"她惊叫了一声，眼睛睁得圆突突，仿佛听见一件耸人听闻的罪案，"做这种事，我们是不敢的。"

她说"不敢"两字的时候，那种敬畏的神情使我肃然，她所敬畏的是什么呢？是尊贵古老的卖米行业，还是"举头三尺即有神明"。

她的脸，十年后的今天，如果再遇到，我未必能辨认，但我每遇见那无所不为的人，就会想起她——为什么其他的人竟无所畏惧呢！

有一个夏天，中午，我从街上回来，红砖人行道烫得人鞋底都要烧起来似的。

忽然，我看到一个衣衫褴褛的中年人疲软地靠在一堵墙上，他的眼睛闭着，黎黑的脸曲扭如一截枯根，不知在忍受什么？

他也许是中暑了，需要一杯甘洌的冰水。他也许很忧伤，需要一两句鼓励的话，但满街的人潮流动，美丽的皮鞋行过美丽的人行道，但没有人驻足望他一眼。

我站了一会儿，想去扶他，但我闺秀式的教育使我不能不有所顾忌，如果他是疯子，如果他的行动冒犯我——于是我扼杀了我的同情，让自己和别人一样地漠然离去。

那个人是谁？我不知道，那天中午他在眩晕中想必也没有看到我，我们只不过是路人。但他的痛苦却盘踞了我的心，他的无助的影子使我陷在长久的自责里。

上苍曾让我们相遇于同一条街，为什么我不能献出一点手足之情，为什么我有权漠视他的痛苦？我何以怀着那么可耻的自尊？如果可能，我真愿再遇见他一次，但谁又知道他在哪里呢？

我们并非永远都有行善的机会——如果我们一度错过。

那陌生人的脸于我是永远不可弥补的遗憾。

对于代数中的行列式，我是一点也记不清了。倒是记得那细瘦矮小貌不惊人的代数老师。

那年七月，当我们赶到联考考场的时候，只觉整个人生都摇晃起来，无忧的岁月至此便渺茫了，谁能预测自己在考场后的人生？

想不到的是代数老师也在那里，他那苍白而没有表情的脸竟会奔波过两个城市而在考场上出现，是颇令人感到意外的。

接着，他蹲在泥地上，拣了一块碎石子，为特别愚鲁的我讲起行列式来。我焦急地听着，似乎从来未曾那么心领神会过。泥土的大地可以成为那么美好的纸张，尖锐的利石可以成为那么流丽的彩笔——我第一次懂得，他使我在书本上的朱注之外了解了所谓"君子谋道"的精神。

那天，很不幸的，行列式没有考，而那以后，我再没有碰过代数书，我的最后一节代数课竟是蹲在泥地上上的。我整个的中学教育也是在那无墙无顶的课室里结束的，事隔十多年，才忽然咀嚼出那意义有多美。

代数老师姓什么？我竟不记得了，我能记得国文老师所填的许多小词，却记不住代数老师的名字，心里总有点内疚。如果我去母校查一下，应该不甚困难，但总觉得那是不必要的，他比许多我记得住姓名的人不是更有价值吗？

到山中去

德：

从山里回来已经两天了，但不知怎的，总觉得满身仍有拂不掉的山之气息。行坐之间，恍惚以为自己就是山上的一块石头，溪边的一棵树。见到人，再也想不起什么客套词令，只是痴痴傻傻地重复着一句话："你到山里头去过吗？"

那天你不能去，真是很可惜的。你那么忙，我向来不敢用不急之务打扰你。但这次我忍不住要写信给你。德，人不到山里去，不到水里去，那真是活得冤枉。

说起来也够惭愧了，在外双溪住了五年多，从来就不知道内双溪是什么样子。春天里曾沿着公路走了半点钟，看到山径曲折，野花漫开，就自以为到了内双溪。直到前些天，有朋友到那边漫游归来，我才知道原来山的那边还有山。

平常因为学校在山脚下，宿舍在山腰上，推开窗子，满眼都是起伏的青峦，衬着窗框，俨然就是一卷横幅山水，所以逢到朋友们邀我出游，我总是推辞。有时还爱和人抬杠道："何必呢？余胸中自有丘壑。"而这次，我是太累了、太倦了、也太厌了，一种说不出的情绪鼓动着我，告诉我在山那边有一种神秘的力量，我于是换了一身绿色轻装，跩上一双绿色软鞋，掷开终年不离手的红笔，跨上一辆跑车，和朋友们相偕而去。——我一向喜欢绿色，你是知道的，但那天特别喜欢，似乎觉得那颜色让我更接近自然，更融入自然。

德，人间有许多真理，实在是讲不清的。譬如说吧，山山都有石头、都有树木、都有溪流。但，它们是不同的，就像我们人和人不同一样。这些年来，在山这边住了这么久，每天看朝云、看晚霞、看晴阴变化，自以为很了解山了，及至到了山那边，才发现那又是另一种气象，另一种意境。其实，严格地说，常被人践踏观赏的山已经算不得什么山了。如果不幸成为名山，被些无聊的人盖了些亭阁楼台，题了些诗文字画，甚至起了观光旅社，那不但不成其为山，也不能成其为地了。德，你懂我了吗？内双溪一切的优美，全在那一片未凿的天真。让你想到，它现在的形貌和伊甸园时代是完全一样的。我真愿作那样一座山，那样沉郁、那样古朴、那样深邃。德，你愿意吗？

我真希望你看到我，碰见我的人都说我那天快活极了，我怎能不快活呢？我想起前些年，戴唱给我们听的一首英文歌，那歌词说："我的父亲极其富有，全世界在他权下，我是他的孩子——我掌管平原山野。"德，这真是最快乐的事了——我统管一切的美。德，我真说不出，真说不出。我几乎感觉痛苦了——我无法表达我所感受的。我们照了好些相片，以后我会拿给你看，你就可以明白了。唉，其实照片又何尝照得出所以然来，暗箱里容得下风声水响吗？镜头中摄得出草气花香吗？爱默生说，大自然是一件从来没有被描写过的事物。可是，那又怎能算是人们的过失呢？用人的思想去比配上帝的思想，用人工去摹拟天工，那岂不是近乎荒谬的吗？

这些日子应该已是初冬了，但那宁静温和的早晨，淡淡地像溶液般四面包围着我们的阳光，只让人想到最柔美的春天，我们的车沿着山路而上，洪水在我们的右方奔腾着，森然的乱石垒叠着。我从没有见过这样急湍的流水和这样巨大的石块。而芦草又一大片一大片地杂生在小径溪旁。人行到此，只见渊中的水声澎湃，雪白的浪花绽开在黑色的岩石上。那种苍凉的古意四面袭来，心中便无缘无故地伤乱起来。回头看游伴，他们也都怔住了，我真了解什么叫"摄人心魄"了。

"是不是人类看到这种景致，"我悄声问茅，"就会想到自杀呢？"

"是吧，可是不叫自杀——我也说不出来。那时候，我站在长城上，四野苍茫，心头就不知怎么乱撞起来，那时只有一个想法，就是跳下去。"

我无语痴立，一种无形的悲凉在胸臆间上下摇晃。漫野芦草凄然地白着，水声低晃而怆绝。而山溪却依然急审着。啊，逝者如斯，如斯逝者，为什么它不能稍一回顾呢？

扶车再行，两侧全是壁立的山峰，那样秀拔的气象似乎只能在前人的

山水画中一见。远远地有人在山上敲着石块，那单调无变化的金石声传来，令我怵然以惊。有人告诉我，他们是要开一段梯田。我望着那些人，他们究竟知不知道外面的世界呢？当我们快被紧张和忙碌扼死的时候，当宽坦的街市上竖立着被速度造成的伤亡牌，为什么他们独有那样悠闲的岁月，用最原始的凿子，在无人的山间，敲打出最迟缓的时钟？他们似乎也望了望这边，那么，究竟是他们羡慕我们，还是我们羡慕他们呢？

峰回路转，坡度更陡了，推车而上，十分吃力，行到水源地，把车子寄放在一家人门前，继续前行。阳光更浓了，山景益发清晰，一切气味也都被蒸发出来。稻香扑人，真有点醺然欲醉的味儿。这时候，只恨自己未能着一身宽袍，好兜两袖素馨回去。路旁更有许多叫得出来和叫不出来的野花，也都晒干了一身的露水而抬起头来了。在别人看得见和看不见的山径上挥散着它们的美。

渐渐地，我们更接近终点。我向几个在禾场上游戏的孩子问路，立刻有一个浓眉大眼的男孩挺身而出。我想问他瀑布在什么地方。却又不知道台湾话要怎样表达，那孩子用狡黠的眼光望了望我。"水墙，是吗？我带你去。"啊，德，好美的名词，水墙。我把这名词翻译出来，大家都赞叹了一遍。那孩子在前面走着，我们很困难地跟着他跑，又跟着他步过小河。他停下来，望望我们，一面指着路边的野花蓓蕾对我们说："它还没开，要是开了，你真不知有多漂亮。"我点头承认——我相信，山中一切的美都超过想象。德，你信吗？我又和那孩子谈了几句话，知道他已是小学五年级了。"你毕业后要升初中吗？"他回过头来，把正在嚼着的草根往路旁一扔，大眼中流露出一种不屑的神情："不！"德，你真不知道，当时我有多羞愧。只自觉以往所看的一切书本、一切笔记、一切讲义，都在他的那声"不"中被否认了。德，我们读书干什么呢？究竟干什么呢？我们多少时候连生活是什么都忘了呢！

我们终于到了"水墙"了。德，那一霎直是想哭，那种兴奋，是我没有经历过的。人真该到田园中去，因为我们的老祖宗原是从那里被赶出来的！啊，德，如果你看到那样宽、那样长、那样壮观的瀑布，你真是什么也不想了，我那天就是那样站着，只觉得要大声唱几句，震撼一下那已经震撼了我的山谷。我想起一首我们都极喜欢的黑人歌："我的财产放置在一个地方，一个地方，远远地在青天之上。"德，真的，直到那天我才忽然憬悟到，我有那样多的美好的产业。像清风明月、像山松野草。我要把它们寄放在溪谷内，我要把它们珍藏在云层上，我要把它们怀抱在深心中。

德，即使当时你胸中折叠着一千丈的愁烦，及至你站在瀑布面前，也会一泻而尽了。甚至你会觉得惊奇，何以你常常会被一句话骚扰。何以常常因一个眼色而气愤。德，这一切都是多余的，都是不必要的。你会感到压在你肩上的重担卸下去了，蒙在你眼睛上的鳞片也脱落了。那时候，如果还有什么欲望的话，只是想把水面的落叶聚拢来，编成一个小筏子，让自己躺在上面，浮槎放海而去。

那时候，德，你真不知我们变得有多疯狂。我和达赤着足在石块与石块之间跳跃着。偶尔苔滑，跌在水里，把裙边全弄湿了，那真叫淋漓尽兴呢！山风把我们的头发梳成一种脱俗的型式，我们不禁相望大笑。哎，德，那种快乐真是说不出来——如果说得出来也没有人肯信。

瀑布很急，其色如霜。人立在丈外，仍能感觉到细细的水珠不断溅来。我们捡了些树枝，燃起一堆火，就在上头烤起肉来。又接了一锅飞泉来烹茶。在那阴湿的山谷中，我们享受着原始人的乐趣。火光照着我们因兴奋而发红的脸，照着焦黄喷香的烤肉，照着吱吱作响的清茗。德，那时候，你会觉得连你的心也是热的、亮的、跳跃的。

我们沿着原路回来，山中那样容易黑，我们只得摸索而行了，冷冷的急流在我们足下响着，真有几分惊险呢！我忽然想起"世道艰难，有甚于此者"，自己也不晓得这句话是从书本上看来的，还是平日的感触。唉，德，为什么我们不生作樵夫渔父呢？为什么我们都只能作暂游的武陵人呢？

寻到大路，已是繁星满天了，稀疏的灯光几乎和远星不辨。行囊很轻，吃的已经吃下去了，而带去看的书报也在匆忙中拿去做了火引子。事后想想，也觉好笑，这岂是斯文人做的事吗？但是，德，这恐怕也是一定的，人总要疯狂一下、荒唐一下、矫时干俗一下，是不是呢？路上，达一直哼着《苏三起解》，茅喊他的秦腔，而我，依然唱着那首黑人名歌："我的财产放置在一个地方，一个地方，远远地在青天之上……"

找到寄车处，主人留我们喝一杯茶。

"住在这里怎样买菜呢？"我们问他们。

"不用买，我们自己种了一畦。"

"肉呢？"

"这附近有几家人，每天由计程车带上一大块也就够了。"

"不常下山玩吧？"

"很少，住在这里，亲戚都疏远了。"

不管怎样，德，我羡慕着那样一种生活，我们人是泥作的，不是吧？我们的脚总不能永远踏在柏油路上、水泥道上和磨石子地上——我们得踏在真真实实的土壤上。

山岚照人，风声如涛。我们只得告辞了。顺路而下，不费一点脚力，车子便滑行起来。所谓列子御风，大概也只是这样一种意境吧！

那天，我真是极困乏而又极有精神，极混沌而又极能深思。你能想象我那夜的晚祷吗？德，我真不信有人从大自然中归来，而仍然不信上帝的存在。我说："父啊，叫我知道，你充满万有。叫我知道，你在山中，你在水中，你在风中，你在云中。叫我的心在每一个角落向你下拜。当我年轻的时候，教我探索你的美。当我年老的时候，教我咀嚼你的美。终我一生，叫我常常举目望山，好让我在困厄之中，时时支取到从你而来的力量。"

德，你愿意附和我吗？今天又是个晴天呢！风声在云外呼唤着，远山也在送青了。德，拨开你一桌的资料卡，拭净你尘封的眼镜片，让我们到山中去！

人生的什么和什么

她的手轻轻地搭在方向盘上，外面下着小雨。收音机正转到一个不知什么台的台上，溢漫出来的是安静讨好的古典小提琴。

前面是隧道，车如流水，汇集入洞。

"各位亲爱的听众，人生最重要的事其实只有两件，那就是……"

主持人的声音向例都是华丽明亮的居多，何况她正在义无反顾地宣称这项真理。

她其实也愿意听听这项真理，可是，这里是隧道，全长五百公尺，要四十秒钟才走得出来，隧道里面声音断了，收音机只会嗡嗡地响。她忽然烦起来，到底是哪两项呢？要猜，也真累人，是"物质与精神"吗？是"身与心"吗？是"爱情与面包"吗？是"生与死"吗？或"爱与被爱"？隧道不能倒车，否则她真想倒车出去听完那段话再进来。

隧道走完了，声音重新出现，是音乐，她早料到了四十秒太久，按一分钟可说两百字的广播速度来说，播音员已经说了一百五十个字了，一百五十字，什么人生道理不都给她说完了吗？

她努力去听音乐，心里想，也许刚才那段话是这段音乐的引言，如果知道这段音乐，说不定也可以又猜出前面那段话。

音乐居然是《彼得与狼》——这当然不会是答案。

依她的个性，她知道自己会怎么做，她会再听下去，一直听到主持人播报他们电台和节目的名字，然后，打电话去追问漏听的那一段来，主持人想必也很乐意回答。

可是，有必要吗？四十岁的人了，还要知道人生最重要的事是

"什么和什么"吗？她伸手关上了收音机，雨大了，她按下雨刷。

原载 1992 年 11 月 11 日《"中国"时报》"人间"副刊

生命，以什么单位计量

这是一家小店铺，前面做门市，后面住家。

星期天早晨，老板娘的儿子从后面冲出来，对我大叫一句：

"我告诉你，我的电动玩具比你多！"

我不知道他在跟谁说话，四面一看，店里只我一人，我才发现，这孩子在跟我作现代版的"石崇斗富"。

"你的电动玩具都是小的，我的，是大的！"小孩继续叫阵。

老天爷，这小孩大概太急于压垮人，于是饥不择食，居然来单挑我，要跟我比电动玩具的质跟量。我难道看起来会像一个玩电动玩具的小孩吗？我只得苦笑了。

他其实是个满清秀的小孩，看起来也聪明机灵，但他为什么偏偏要找人比电动玩具呢？

"我告诉你，我根本没有电动玩具！"我弯腰跟那小孩说，"一个也没有，大的也没有，小的也没有——你不用跟我比，我根本就没有电动玩具，告诉你，我一点也不喜欢电动玩具。"

小孩目瞪口呆地望着我，正在这时候，小孩的爸爸在里面叫他：

"回来，不要烦客人。"

（奇怪的是他只关心有没有哪一宗生意被这小鬼吵掉了，他完全没有想到说这种话的儿子已经很有毛病了。）

我不能忘记那小孩惊奇不解的眼神。大概，这正等于你驰马行过草原有人拦路来问：

"远方的客人啊，请问你家有几千骆驼？几万牛羊？"

你说：

"一只也没有，我没有一只骆驼，一只牛，一只羊，我连一只羊蹄也

没有!"

又如雅美人问你:"你近年有没有新船下水？下水礼中你有没有准备够多的芋头？"

你却说：

"我没有船,我没有猪,我没有芋头!"

这是一个奇怪的世界,计财的方法或用骆驼或用芋头,或用田地,或用妻妾,至于黄金、钻石、房屋、车子、古董一一都是可以计算的单位。

这样看来,那孩子要求以电动玩具和我比画,大概也不算极荒谬吧!

可是,我是生命,我的存在既不是"架""栋""头""辆",也不是"亩""艘""匹""克拉"等等单位所可以称量评估的啊!

我是我,不以公斤,不以公分,不以智商,不以学位,不以畅销的"册数"。我,不纳入计量单位。

原载 1993 年 12 月 28 日《联合报》联副

初绽的诗篇

白 莲 花

二月的冷雨浇湿了一街的路灯,诗诗。

生与死,光和暗,爱和苦,原来都这般接近。

而诗诗,这一刻,在待产室里,我感到孤独,我和你,在我们各人的世界里孤独,并且受苦。诗诗,所有的安慰,所有怜惜的目光为什么都那么不切实际?谁会了解那种疼痛,那种曲扭了我的身体,击碎了我的灵魂的疼痛,我挣扎,徒然无益地哭泣,诗诗,生命是什么呢?是崩裂自伤痕的一种再生吗?

雨在窗外,沉沉的冬夜在窗外,古老的炮仗在窗外,世界又宁谧又美丽,而我,诗诗,何处是我的方向?如果我死,这将是我躺过的最后一张床,洁白的,隔在待产室幔后的床。我留我的爱给你,爱是我的名字,爱是我的写真。有一天,当你走过蔓草荒烟,我便在那里向你轻声呼喊——以风声,以水响。

诗诗,黎明为什么这样遥远,我的骨骼在山崩,我的血液在倒流,我的筋络像被灼般地纠起,而诗诗,你在哪里?

他们推我入产房,诗诗,人间有比这更孤绝的地方吗?那只手被隔在门外——那终夜握着我的手,那多年前在月光下握着我的手。他的目光,他的祈祷,他的爱,都被关在外面,而我,独自步向不可测的命运。

所有的脸退去,所有的往事像一支弃置的牧笛。室中间,一盏大灯俯向我仰起的脸,像一朵倒生的莲花,在虚无中燃烧着千层洁白。花是真,花是幻,花是一切,诗诗。

今夜太长，我已疲倦，疲于挣扎，我只想嗅嗅那朵白莲花，嗅嗅那亘古不散的幽香。

花是你，花是我，花是我们永恒的爱情，诗诗。

四月的迷迭香

似乎是四月，似乎是原野，似乎是蝶翅乱扑的花之谷。

"呼吸，深深地呼吸吧！"从遥远的地方，有那样温柔的声音传来。

我在何处，诗诗，疼痛渐远，我听见金属的碰撞声，我闻着那样沁人的香息。你在何处，诗诗。

"用力！已经看见头了！用力！"

诗诗，我是星辰，在崩裂中涣散。而你，诗诗，你是一颗全新的星，新而亮，你的光将照彻今夜。

诗诗，我望着自己，因汗和血而潮湿的自己，忽然感到十字架并不可怕，髑髅并不可怕，荆棘冠冕并不可怕，孤绝并不可怕——如果有对象可以爱，如果有生命可为之奉献，如果有理想可前去流血。

"呼吸，深深地呼吸。"

何等的迷迭香，诗诗，我就浮在那样的花香里，浮在那样无所惧的爱里。

早晨已经来，万象寂然，宇宙重新回到太古，混沌而空虚，只有迷迭香，沁人如醉的迷迭香，诗诗，你在哪里？

我仍清楚地感到手术刀的宰割，我仍能感到温热的血在流，血，以及泪。

我仍感觉到我苦苦的等待。

歌　手

像高悬的瀑布，你猝然离开了我。

"恭喜啊，是男孩。"

"谢谢。"我小声地说，安慰，而又悲哀。

我几乎可以听到他们剪断脐带的声音，我们的生命就此分割了，分割了,以一把利剪。诗诗,而今而后,虽然表面上我们将住在一个屋子里,我将乳养你,抱你,亲吻你,用歌声送你去每晚的梦中,但无论如何,你将是你自己了。你的眼泪,你的欢笑,都将与我无份,你将扇动你自己的羽翼,飞向你自己的晴空。

诗诗,可是我为什么哭泣,为什么我老想着要挽回什么。

世上有什么角色比母亲更孤单,诗诗,她们是注定要哭泣的,诗诗,容我牵你的手,让我们尽可能地接近。而当你飞翔时,容我站在较高的山头上,去为你担心每一片过往的云。

他们为什么不给我看你的脸,我疲惫地沉默着。但忽然,我听见你的哭。

那是一首诗,诗诗。

这是一种怎样的和谐呢?啼哭,却充满欢欣,你像你的父亲,有着美好的 tenor 嗓子,我一听就知道。

而诗诗,我的年幼的歌手,什么是你的主题呢?一些赞美?一些感谢?一些敬畏?一些迷惘?但不管如何,它们感动了我,那样简单的旋律。

诗诗,让你的歌持续,持续在生命的死寂中。诗诗,我们不常听到流泉,我们不常听到松风,我们不常有伯牙,不常有华格纳,但我们永远有婴孩。有婴孩的地方便有音乐,神秘而美丽,像传抄自重重叠叠的天外。

诗诗,歌手,愿你的生命是一支庄严的歌,有声,或者无声,去充满人心的溪谷。

丁大夫和画

丁大夫来自很远的地方,诗诗,很远很远的爱尔兰,你不曾知道他,他不曾知道你。当他还是一个吹着风笛的小男孩,他何尝知道半个世纪以后,他将为一个黑发黑睛的孩子引渡?诗诗,是一双怎样的手安排他成为你所见到的第一张脸孔?

他有多么好看的金发和金眉,他和善的眼神和红扑扑的婴儿般的脸颊使人觉得他永远都在笑。

当去年初夏,他从化验室中走出来,对我说"恭喜你"的时候,我真想

吻他的手。他明亮的浅棕色的眼睛里充满了了解和美善，诗诗，让我们爱他。

而今天早晨，他以钳子钳你巨大的头颅，诗诗，于是你就被带进世界。

当一切结束，终夜不曾好睡的他舒了一口气。有人在为我换干净的褥单，他忽然说：

"看啊，我可以到巴黎去，我画得比他们好。"

满室的护士都笑了，我也笑，忽然，我才发现我疲倦得有多么厉害。

他们把那幅画拿走了，那幅以我的血我的爱绘成的画，诗诗，那是你所见的第一幅画，生和死都在其上，诗诗，此外不复有画。

推车，甜蜜的推车，产房外有忙碌的长廊，长廊外有既忧苦又欢悦的世界，诗诗。

丁大夫来到我的床边，和你愣然的父亲握手。

"让我们来祈祷。"他说，合上他厚而大的巴掌——那是医治者的掌，也是祈祷者的掌，我不知道我更爱他的哪一种掌。

> 上帝，我们感谢你
> 因为你在地上造了一个新的人
> 保守他，使他正直
> 帮助他，使他有用

诗诗，那时，我哭了。

诗诗，二十七年过去，直到今晨，我才忽然发现，什么是人，我才了解，什么是生存，我才彻悟，什么是上帝。

诗诗，让我们爱他，爱你生命中第一张脸，爱所有的脸——可爱的以及不可爱的，圣洁的以及有罪的，欢愉的以及悲哀的。直爱到生命的末端，爱你黑瞳中最后的脸。

诗诗。

红　樱

无端地，我梦见夹道的红樱。

梦中的樱树多么高,多么艳,我的梦遂像史诗中的特洛伊城,整个地被燃着了,我几乎可以听见火焰的噼啪声。

而诗诗,我骑一辆跑车,在山路上曲折而前。我觉得我在飞。

于是,我醒来,我仍躺在医院白得出奇的被褥上。那些樱花呢?那些整个春季里真正只能红上三五天的樱瓣呢?

因此就想起那些山水,那些花鸟,那些隔在病室之外的世界。诗诗,我曾狂热地爱过那一切,但现在,我却被禁锢,每天等待四小时一次的会面,等待你红于樱的小脸。

当你偶然微笑,我的心竟觉得容不下那么多的喜悦,所谓母亲,竟是那么卑微的一个角色。

但为什么,当我自一个奇特的梦中醒来,我竟感到悲哀。春花的世界似乎离我渐远了,那种悠然的岁月也向我挥手作别。而今而后,我只能生活在你的世界里,守着你的摇篮,等待你的学步,直到你走出我的视线。

我闭上眼睛,想再梦一次樱树——那些长在野外、临水自红的樱树,但它们竟不肯再来了。

想起十六岁那年,站在女子中学的花园里所感到的眩晕。那年春天,波斯菊开得特别放浪,我站在花园中间,四望皆花,真怕自己会被那些美所击昏。

而今,诗诗,青春的梦幻渐渺,余下唯一比真实更真实,比美善更美善的,那就是你。但诗诗,你是什么呢?是我多梦的生命中最后的一梦吗?

祝福那些仍眩晕在花海中的少年,我也许并不羡慕他们。但为什么?诗诗,我感到悲哀,在白贝壳般的病房中,在红樱亮得人眼花的梦后。

在静夜里

你洞悉一切,诗诗,虽然言语于你仍陌生。而此刻,当你熟睡如谷中无风处的小松,让我的声音轻掠过你的梦。

如果有人授我以国君之荣,诗诗,我会退避,我自知并非治世之才。如果有人加我以学者之尊,我会拒绝,诗诗,我自知并非渊博之士。

但有一天,我被封为母亲,那荣于国君尊于学者的地位,而我竟接受,诗诗。因此当你的生命在我的腹中被证实,我便惶然,如同我所孕育的不

只是一个婴儿,而是一个宇宙。

世上有何其多的女子,敢于自卑一个母亲的位分,这令我惊奇,诗诗。

我曾努力于做一个好的孩子,一个好的学生,一个好的教师,一个好的人。但此刻,我知道,我最大的荣誉将是一个好的母亲。

当你的笑意,在深夜秘密的梦中展现,我就感到自己被加冕。而当你哭,闪闪的泪光竟使东方神话中的珠宝全为之失色。当你的小臂膀如萝藤般缠绕着我,每一个日子都是神圣的母亲节。当你晶然的小眼望着我,遍地都开着五月的康乃馨。

因此,如果我曾给你什么,我并不知道。我只知道,你给我的令我惊奇,令我欢悦,令我感戴。

想象中,如果有一天你已长大,大到我们必须陌生,必须误解,那将是怎样的悲哀。故此,我们将尽力去了解你,认识你,如同岩滩之于大海。我愿长年地守望你,熟悉你的潮汐变幻,了解你的每一拍波涛。我将尝试着同时去爱你那忧郁沉静的蓝和纯洁明亮的白——甚至风雨之夕的灰浊。

如果我的爱于你成为一种压力,如果我的态度过于笨拙,那么,请你原谅我,诗诗,我曾诚实地期望为你作最大的给付,我曾幻想你是世间最幸福的孩童。如果我没有成功,你也足以自豪。

我从不认为"天下无不是的父母",如果让全能者来裁判,婴儿永远纯洁于成人。如果我们之间有一人应向另一人学习,那便是我。帮助我,孩子,让我自你学习人间的至善。我永不会要求你顺承我,或者顺承传统,除了造物者自己,大地上并没有值得你顶礼膜拜的金科玉律。世间如果有真理,那真理自在你的心中。

若我有所祈求,若我有所渴望,那便是愿你容许我更多爱你,并容许我向你支取更多的爱。在这无风的静夜里,愿我的语言环绕你,如同远远近近的小山。

如果你是天使

如果你是天使,诗诗,我怎能想象如果你是天使。

若是那样,你便不会在夜静时啼哭,用那样无助的声音向我说明你的需要，我便不会在寒冷的冬夜里披衣而起，我便无法享受拥你在我的双臂中，眼见你满足地重新进入酣睡的快乐。

如果你是天使，诗诗，你便不会在饥饿时转动你的颈子，噘着小嘴急急地四下索乳。诗诗，你永不知道你那小小的动作怎样感动着我的心。

如果你是天使，在每个宁馨的午觉后，你便不会悄无声息地爬上我的大床，攀着我的脖子，吻我的两颊，并且咬我的鼻子，弄得我满脸唾津，而诗诗，我是爱这一切的。

如果你是天使，你不会钻在桌子底下，你便不会弄得满手污黑，你便不会把墨水涂得一脸，你便不会神通广大地把不知何处弄到的油漆抹得一身，但，诗诗，每当你这样做时，你就比平常可爱一千倍。如果你是天使，你便不会扶着墙跌跌撞撞地学走路，我便无缘欣赏倒退着逗你前行的乐趣。而你，诗诗，每当你能够多走几步，你便笑倒在地，你那毫无顾忌的大笑，震得人耳麻，天使不会这些，不是吗？

并且，诗诗，天使怎会有属于你的好奇，天使怎会蹲在地上看一只细小的黑蚁，天使怎会在春天的夜晚讶然地用白胖的小手，指着满天的星月，天使又怎会没头没脑地去追赶一只笨拙的鸭子，天使怎会热心地模仿邻家的狗吠，并且学得那么酷似。

当你做坏事的时候，当你伸手去拿一本被禁止的书，当你蹑着脚走近花钵，你那四下溜目的神色又多么令人绝倒，天使从来不做坏事，天使温驯的双目中永不会闪过你做坏事时那种可爱的贼亮，因此，天使远比你逊色。

而每天早晨，当我拿起手提包，你便急急地跑过来抱住我的双腿，你哭喊、你撕抓，作无益的挽留——你不会如此的，如果你是天使——但我宁可你如此，虽然那是极伤感的时刻，但当我走在小巷里，你那没有掩饰的爱便使我哽咽而喜悦。

如果你是天使，诗诗，我便不会听到那样至美的学话的牙牙，我不会因听到简单的"爸爸""妈妈"而泫然，我不会因你说了串无意义的音符便给你那么多亲吻，我也不会因你在"爸妈"之外，第一个会说的字是"灯"便肯定灯是世间最美丽的东西。

如果你是天使，你决不会唱那样难听的歌，你也不会把小钢琴敲得那么刺耳，不会撕坏刚买的图画书，不会扯破新买的衣服，不会摔碎妈妈心

爱的玻璃小鹿,不会因为一件不顺心的事而乱蹬着两条结棍的小腿,并且把小脸涨得通红。但为什么你那小小的坏事使我觉得可爱,使我预感到你性格中的弱点,因而觉得我们的接近,并且因而觉得宠爱你的必要。

也许你会有更清澈的眼睛,有更红嫩的双颊,更美丽的金发和更完美的性格——如果你是天使。但我不需要那些,我只满意于你,诗诗,只满意于人间的孩童。

让天使们在碧云之上鼓响他们快乐的翅,我只愿有你,在我的梦中,在我并不强壮的臂膀里。

贝　展

让我们去看贝壳展览,诗诗,让我们去看那光彩的属于海上的生命。

而海,诗诗,海多么遥远,那吞吐着千浪的海,那潜藏着鱼龙的海,那使你母亲的梦境为之芬芳的海。

海在何处?诗诗,它必是在千山之外,我已久违了那裂岸的惊涛,我已遗忘了那溺人的柔蓝,眼前只有贝,只有博物馆灯下的彩晕向我见证那澎湃的所在。

诗诗!这密雨的初夏,因一室的贝壳而忧愁了,那些多色的躯壳,似乎只宜于回响一首古老的歌,一段被人遗忘的诗。但人声嘈杂,人潮汹涌,有谁回顾那曾经蠕动的生命,有谁怜惜那永不能回到海中的旅魂。

而你,你童稚的黑睛中只曾看见彩色的斑斓,那些美丽于你似乎并不惊奇,所有的美好,在你都是一种必然,因你并不了解丑陋为何物。丑陋远在你的经验之外。

从某一个玻璃柜走过,我突然驻足不前,那收藏者的名字乍然刺痛了我,那曾经响亮的名字如今竟被压在一列寂寞的贝壳之下,记得他中年后仍炯然的双目,他的多年来仍时常夹着激愤的声音,但数年不见,何图竟在冷冷的玻璃板下遇见他的名字,想着他这些年的岁月,心中便凄然,而诗诗,你不会懂得这些——当然,也许有一天你会懂。啊,想到你会懂,我便欲哭。当初我的母亲何尝料到我会懂这一切,但这一天终会来的,伊甸园的篱笆终会倾倒。

且让我们看这些贝,诗诗,这些空洞的躯壳多么像一畦春花,明艳而闪烁。看那碎红,看那皎白,看那沉紫,看那腻黄,诗诗,看那悲剧性的生命。

六月的下午,诗诗,站在千形的贝前,我们怎得不垂泪,为死去的贝,为老去的拾贝人,为逸去的恋海的梦。

诗诗,不要抬起你惊异的小眼,不要探询,且把玩这一枚我为你买的透明的小贝。有一天,或许一天,我们把它带回海边,重放它入那一片不损不益的明蓝。

蝉 鸣 季

七月了,诗诗。蝉鸣如网,撒自古典的蓝空,蝉鸣破窗而来,染绿了我们的枕席。

诗诗,你的小嘴吱然作声,那么酷似地模仿着?像模仿什么美丽的咏叹调。而诗诗,蝉在何处,在油加利最高的枝梢上,在晴空最低的流云上,抑或在你常红的两唇上。

而当你笑,把七月的绚丽,垂挂在你细眯的眼睫外,你可曾想及那悲剧的生命,那十几年在地下,却只留一夏在南来的薰风中的蝉?而当他歌唱,我们焉知那不是一种深沉的静穆?

蝉鸣浮在市声之上,蝉鸣浮在凌乱的楼宇之上,蝉鸣是风,蝉鸣是止不住的悲悯。诗诗,让我们爱这最后的、挣扎在城市里的音乐。

曾有一天黄昏,诗诗,曾有一天黄昏,你的母亲走向阳明山半山的林荫里,年轻人的营地里有一个演讲会。一折入那鼓着山风的小径,她的心便被回忆夺去。十年了,小径如昔,对面观音山的霞光如昔,千林的蝉声如昔。但十年过去,十年前柔蓝的长裙不再,十年前的马尾结不再,诗诗,我该坦然,或是驻足太息。

那一年,完整的四个季节,你的母亲便住在这山上,杜鹃来潮时,女孩子的梦便对着穿户的微云绽开。那男孩总是从这条山径走来——那男孩,诗诗,曾和你母亲在小径上携手的,会和你母亲在山泉中濯足的,现在每天黄昏抱你在他的膝上,让你用白蚕似的小指头去探他的胡碴。

诗诗,蝉声翻腾的小径里,十年便如此飞去。诗诗,那男孩和那女孩的往事被吹在茫然的晚风里,美丽,却模糊——如同另一个山头的蝉鸣。

偶低头,一只尚未脱皮的蝉正笨拙地走向相思林,微温的泥沾在它身上,一种说不出的动人。

她,你的母亲,或者说那女孩吧——我并不知道她是谁——把它捡起。

它的背上裂着一条神秘的缝,透过那条缝,壳将死,蝉将生,诗诗,蝉怎能不是一首诗。

那天晚上,灯下的蝉静静地展示出它黑艳的身躯,诗诗,这是给你的。诗诗,蝉声恒在,但我们只能握着今岁的七月,七月的风,风中的蝉。

七月一过,蝉声便老。薰风一过,蝉便不复是蝉,你不复是你。诗诗,且让我们听长夏欢悦而惆怅的咏叹词,听这生命的神秘跫音,响自这城市中最后的凉柯。

花　担

诗诗,春天的早晨,我看见一个女人沿着通往城市的路走来。

她以一根扁担,担着两筐子花。诗诗,你能不惊呼吗?满满两大筐水晶一般硬挺而透明的春花。

一筐在前,一筐在后,她便夹在两筐璀璨之间。半截青竹剖成的扁担微作弓形,似乎随时都准备要射发那两筐箭镞般的待放的春天。

淡淡的清芬随着她的脚步,一路散播过来。当农人在水田里插那些半吐的青色秧针,她便在黑柏油的路上插下恍惚的香气。诗诗,让我们爱那些香气,从春泥中酿成的香气。

当她行近,诗诗,当她的脸骤然像一张距离太近的画贴近我时,我突然怔住了。汗水自她的额际流下,将她的土布衫子弄湿了。我忍不住自责,我只见到那些缤纷的彩色,但对她而言,那是何等的负荷,她吃力地走着,并不强壮的肩膀被压得微微倾斜。

诗诗,生命是一种怎样的负担?

当她走远,我仍立在路旁,晨露未晞,青色的潮意四面环绕着我们。诗诗,我迷惘地望着她和她那逐渐没入市尘的模糊的花担。

她是快乐的呢?还是痛苦的呢?

诗诗,担着那样的担子是一种怎样的感觉的呢?走这样的一段路又是怎样的一段路呢？想着想着，我的心再度自责，我没有资格怜悯她，我只该有敬意——对负重者的敬意。

那天早晨，当我们从路旁走开，我忽然感到那担子的重量也压在我的两肩上。所有美丽的东西似乎总是沉重的——但我们的痛苦便是我们的意义，我们的负荷便是我们的价值。诗诗，世上怎能有无重量的鲜花？人间怎能有廉价的美丽？

诗诗，且将你的小足举起，让我们沿着那女人走过的路回去。诗诗，当你的脚趾初履大地的那一天，荆棘和碎石便在前路上埋伏着了。诗诗，生命的红酒永远榨自破碎的葡萄，生命的甜汁永远来自压干的蔗茎。今年春天，诗诗，今年春天让我们试着去了解，去参透。诗诗，让我们不再祈祷自己的双肩轻松，让我们只祈祷我们挑着的是满筐满篓的美丽。

诗诗，愿今晨的意象常在我们心中，如同光热常在春阳中。

第一首诗

诗诗，冬天的黄昏，雨的垂帘让人想起江南，你坐在我的膝上，美好的宽额有如一块湿润的白玉。

于是，开始了我们的第一首诗：

> 床前明月光
> 疑是地上霜
> 举头望明月
> 低头思故乡

诗诗，简单的字，简单的旋律，只两遍，你就能上口了。你高兴地嚷着，把它当成一支新学会的歌，反复地吟诵，不满两岁的你竟能把抑扬顿挫控制得那么好。

满城的灯光像秋后的果实，一枚枚地在窗外亮了起来，我却木然地垂头，让泪水在渐沉的暮霭中纷落。

诗诗，诗诗，怎样的一首诗，我们的第一首诗。在这样凄惶的异乡黄昏，在窗外那样陌生的棕榈树下，我们开始了生命中的第一首诗，那样美

好的,又那样哀伤的绝句。

八岁,来到这个岛上,在大人的书堆里搜出一本唐诗,糊里糊涂地背了好些,日子过去,结了婚,也生了孩子,才忽然了解什么是乡愁。想起那一年,被爷爷带着去散步,走着走着,天蓦地黑了,我焦急地说:

"爷爷,我们回家吧!"

"家? 不,那不是家,那只是寓。"

"寓?"我更急了,"我们的家不是家吗?"

"不是,人只有一个家,一个老家,其他的地方都是寓。"

如果南京是寓,新生南路又是什么?

诗诗,请停止念诗吧,客中的孤馆无月也无霜。我不明白我为什么在冬日的黄昏里想起这首诗,更不明白为什么把它教给稚龄的你。诗诗,故乡是什么,你不会了解,事实上,连我也不甚了解。除了那些模糊的记忆,我只能向故籍中去体认那"三秋桂子"的故国,那"十里荷香"的故国。但于你呢? 永忘不了那天你在客人面前表演完了吟诗,忽然被突来的问题弄乱了手脚。

"你的故乡在哪里?"

你急得满房子乱找,后来却又宽慰地拍着口袋说:"在这里。"满堂的笑声中我却忍不住地心痛如绞。

在哪里呢? 诗诗,一水之隔,一梦之隔,在哪里呢?

诗诗,当有一天,当你长大,当你浪迹天涯,在某一个月如素练的夜里,你会想起这首诗。那时,你会低首无语,像千古以来每个读这首诗的人。那时候,你的母亲又将安在? 她或许已阖上那忧伤多泪的眼,或许仍未阖上,但无论如何,她会记得,在那个宁静的冬日黄昏,她曾抱你在膝上,一起轻诵过那样凄绝的句子。

让我们念它,诗诗,让我们再念:

床前明月光
疑是地上霜
举头望明月
低头思故乡

我想走进那则笑话里去

围坐喝茶的深夜,听到这样的笑话:

有个茶痴,极讲究喝茶,干脆去住在山高泉冽的地方,他常常浩叹世人不懂品茶。如此,二十年过去了。

有一天,大雪,他瀹水泡茶,茶香满室,门外有个樵夫叩门,说:

"先生啊!可不可以给我一杯茶喝?"

茶痴大喜,没想到饮茶半世,此日竟碰上闻香而来的知音,立刻奉上素瓯香茗,来人连尽三杯,大呼,好极好极,几乎到了感激涕零的程度。

茶痴问来人:

"你说好极,请说说看,这茶好在哪里?"

樵夫一面喝第四杯,一面手舞足蹈:

"太好了,太好了,我刚才快要冻僵了,这茶真好,滚烫滚烫的,一喝下去,人就暖和了。"

因为说的人表演得活灵活现,一桌子的人全笑了,促狭的人立刻现炒现卖,说:

"我们也快喝吧,这茶好吧!滚烫哩!"

我也笑,不过旋即悲伤。

人方少年时,总有些耽溺于美。喝茶,算是生活美学里的一部分。凡有条件可以在喝茶上讲究的人总舍不得不讲究。及至中年,才不免惘然发现,世上还有美以外的东西。

大凡人世中的美,如音乐,如书法,如室内设计,如舞蹈,总要求先天的敏锐加上后天的训练。前者是天分,当然足以傲人,后者是学养,也是可以自豪的。因此,凡具有审美眼光之人,多少都不免骄傲孤慢吧?《红楼梦》里的妙玉已是出家人,独于"美字头上"勘不破,光看她用隔年雨水

招待贾母刘姥姥喝茶，喝完了，她竟连"官窑脱胎白盖碗"也不要了——因为嫌那些俗人脏。

黛玉平日虽也是个小心自敛的寄居孤女，但一谈到美，立刻扬眉瞬目，眼中无人，不料一旦碰上妙玉，也只好败下阵来，当时妙玉另备好茶在内室相款，黛玉不该问了一句：

"这也是旧年的雨水？"

妙玉冷笑一声：

"你这么个人，竟是个大俗人，连水也尝不出来！这是五年前我在玄墓蟠香寺住着收的梅花上的雪，统共得了那一鬼脸青的花瓮一瓮，总舍不得吃，埋在地下，今年夏天才开了，我只吃过一回，这是第二回了。你怎么尝不出来？隔年蠲的雨水，哪有这样清凉？如何吃得？"

风雅绝人的黛玉竟也有遭人看做俗物的时候，可见俗与不俗有时也有点像才与不才，是个比较上的问题。

笑话里的俗人樵夫也许可笑，——但焉知那"茶痴"碰到"超级茶痴"的时候，会不会也遭人贬为俗物？

为了不遭人看为俗气，一定有人累得半死吧！美学其实严酷冷峻，间不容发。其无情处真不下于苛官厉鬼。

日本的十六世纪有位出身寒微的木下藤吉郎，一度改名羽柴秀吉，后来因为军功成为霸主，赐姓丰臣，便是后世熟知的丰臣秀吉。他位极人臣之余很想立刻风雅起来，于是拜了禅僧千利休学茶道。一切作业演练都分毫不差，可是千利休却认为他全然不上道。一日，丰臣秀吉穿过千利休的茶庵小门，见墙上插花一枝，赶紧跑到师父面前，巴巴地说了一句看似开悟的话：

"我懂了！"

千利休笑而不答——唉！我怀疑这千利休根本是故布陷阱。见到花而大叫一声"我懂了"的徒弟，自以为因而可以去领"风雅证书"了，却是全然不解风情的。我猜千利休当时的微笑极阴险也极残酷。不久之后，丰臣就借故把千利休杀了，我敢说千利休临刑之际也在偷笑，笑自己有先见之明，早就看出丰臣秀吉不能身列风雅之辈。

丰臣秀吉大概太累了，"风雅"两字令他疲于奔命，原来世上还有些东西比打仗还辛苦。不如把千利休杀了，从此一了百了。

相较之下,还是刘姥姥豁达,喝了妙玉的茶,她竟敢大大方方地说:"好虽好,就是淡了些。"

众人要笑,由他去笑,人只要自己承认自己蠢俗,神经不知可以少绷断多少根。

那一夜,在众人的哄笑声中,我真想走到那则笑话里去,我想站在那茶痴面前,他正为樵夫的一句话气得跺脚,我大声劝他说:"别气了,茶有茶香,茶也有茶温,这人只要你的茶温不要你的茶香,这也没什么呀!深山大雪,有人因你的一盏茶而免于僵冻,你也该满足了。是这人来——虽然是俗人——你才有机会可以得到布施的福气,你也大可以望天谢恩了。"

怀不世之绝技,目高于顶,不肯在凡夫俗子身上浪费一丝一毫美,当然也没什么不对。但肯起身为风雪中行来的人奉一杯热茶,看着对方由僵冷而舒活起来,岂不更为感人——只是,前者的境界是绝美的艺术,后者大约便是近乎宗教的悲悯淑世之情了。

原载 1993 年 10 月 29 日《"中国"时报》"人间"副刊

春日二则

美丽的计时单位

> 唐宫中，以女工揆日之长短，冬至后，日晷渐长，比常日增一线之工。
>
> ——《唐杂录》

> 何人却忆穷愁日，日日愁随一线长。
>
> ——杜甫《至日遣兴诗》

如果要计算白昼，以什么为单位呢？如果我们以"水银柱上升一毫米"来计大气压，以"摄氏四度时一立方公寸"纯水之重为一公斤来计重量，那么，拿什么来数算光耀如银的白昼呢？

唐代宫中的女子曾发明了一个方法，她们用线来数算。冬至以后，白昼一天比一天长，做女红的女子便每日多加一根线。

想花腾日暄之际，多少素手对着永昼而怔怔，每扎下一针脚，都是无亿量劫中的一个刹那啊！每悠然一引线，岂不也是生生世世情长意牵中的一段完成吗？长安城里的丽人绣罢腊梅绣牡丹，直绣到一一风荷举。山乡水廓的妇人或工于织缣或工于织素，直织到经冬复历春。中国的女子把一缕缕柔长的丝线来作为量度白昼的单位，多美丽的计时单位啊！

中国的男人也有类似的痴心，歌谣里男子急急地唱道：

"拴住太阳好干活啊！"

唱歌的人想必是看着未插完的秧田或割不完的大麦而急得不讲理起

来的吧？疯狂的庄稼汉竟是蛮不知累的，累倒的反是太阳，它竟想先收工了。拴住它啊！别让那偷懒的小坏蛋跑了，但是拴太阳要拿什么来拴呢？总不是闺阁中的绣线吧。想来该是牵牛的粗绳了。

想迟迟春日，或陌上或栏畔，多少中国女子的手用一根根日渐加多的线系住明亮的昼光，多少男子的手用长绳甩套西天的沉红，套住系住以后干什么，也没有干什么，纯朴的人并无意再耽溺一番"如花美眷，似水流年"的自怜自惜，他们只是简单地想再多做一点工作，再留下一点点痕迹。

至于我呢？我是一个喜欢单位的女子——没有单位，数学就不存在了，我愿以脚为单位去丈量茫茫大地（《说文》：六尺为步，步百为亩，秦改二百四十步为亩），我愿以手为单位去计度咫尺天涯（《说文》：咫八寸，尺十寸，咫指中等身高妇人之手长），我也愿以一截一截的丝线去数算明亮的春昼，原来数学上的单位也可以是这样美丽的。

留憾的是：不知愁山以何物计其净重，恨海以何器量其容积，江南垂柳绿的程度如何刻表？洛阳牡丹浓红的数据如何书明？欲望有其标高吗？绝情有其硬度吗？酒可以计其酒精比，但愁醉呢？灼伤在皮肤医学上可以分度，但悲烈呢？地震有级，而一颗心所受的摧折呢？唉！数学毕竟有所不及啊！

何谓春天？

那故事是真的，爸爸说给我听的。

那时候，中日战争已经打起来了，政府迁到汉口，是一九三八年左右吧？蒋先生在南岳衡山召开一个大会，讨论许多事情，其中军医署也来了，会中决定令军医署的人立刻着手准备明年春季的医疗。

会后，公文一层层转下去，不知怎的，竟转到一位死心眼的朋友手上，他反问了一句：

"春天？请问何谓春天？"

问得好！他的主管一时也愣住了，的确，如果连春天都解释不出来，又怎能克日计时完成春季医疗准备？于是一纸公文，带着这不知该算正经还是该算逗趣的问句，一关关旅行，公文直走了七关，终于收集了许多学者专家的"春天之定义"，其中劳动了"军政部""军委会""国民政府""科

学研究院"等一个个正襟危坐的机关,得到如下不同的答案。

解释之一说:应该指阴历正、二、三月。

解释之二说:应该从立春日算起。

解释之三说:应指阳历一、二、三月。

解释之四说:应指阳历二、三、四月。

解释之五说:从天文学上行星位置来看。

解释之六说:从地理学上平均温度来看。

解释之七说:应该可以参照西洋对于 Spring 的说法。

……

那事后来不知如何了结的,想想,原来公文往返之际也有如此动人的事,遥想那时我尚未出生,战争正进行,血流正殷,五岳正枯坐相望,南岳衡山的一番风云盛会之后竟惹出了这么澹澹的一句反问,算来,也该是万里烽烟中的一纶琴音,在四方杀伐声中的一句柔美的唠叨。

然而,对始于犹豫而终于逃遁的春天该如何定义?我一直还没有找到。

原载 1985 年 5 月 7 日《"中国"时报》"人间"副刊

林中杂想

我躺在树林子里看《水浒传》。

事情是这样开始的,暑假前,我答应学生"带队",所谓带队,是指带"医疗服务队"到四湖乡去。起先倒还好,后来就渐渐不怎么好了。原来队上出了一位"学术气氛"极浓的副队长,他最先要我们读胡台丽的《媳妇入门》,这倒罢了,不料他接着又一口气指定我们读杨懋春的《乡村社会学》,吴相湘的《晏阳初传》,苏兆堂翻译的《小龙村》等等。这些书加起来怕不有一尺高,这家伙也太烦人了,这样下去,我们医学院的同学都有成为人类学家和社会学家的危险。

奇怪的是口里虽嘟嘟囔囔地抱怨,心里却也动心,甚至下决心要去看一本早就想看的萨孟武的《水浒传与中国社会》。问题是要看这本书就该把《水浒传》从头再看一遍。当时就把这本厚厚的章回塞进行囊,一路同去四湖。

而此刻,我正躺在林子里看《水浒》,林子是一片木麻黄,有几分像好汉出没的黑松林,这里没有好汉,奇怪的是倒有一批各自说着乡音的退伍军人,(在这遍地说着海口腔的台西地带,哪来的老兵呢?)正横七竖八地躺在石凳上纳凉,我睡的则是一张舒服的折床,是刚才一个妇人让给我的,她说:

"喂,我要回家吃饭了,小姐,你帮我睡好这张床。"

咦,世间竟有如此好事,我当即把内含巨款的皮包拿来当枕头(所谓巨款,其实也只有五千元,我一向不爱多带钱,这一次例外,因为自觉是"领队老师",说不定队上有"不时之需"),舒舒服服躺下,看我的《水浒》,当时我也刚吃过午饭,太阳正当头,但经密密的木麻黄一过滤,整个林子阴阴凉凉的,像一碗柠檬果冻。

我正看到二十八回，武松被刺配二千里外的孟州，路上其实他尽有机会逃跑，他却宁可把松下的枷重新戴上，把封皮贴上，一步步自投孟州而来。

一路看下去，不能不叫痛快，武松那人容易让人记得的是景阳岗打虎的那一段。现在自己人大了，回头看那一段，倒也不觉可贵，他当时打虎，其实也是非打不可，不打就被虎吃，所以就打了，此外看不出他有什么高贵动机，只能证明，他是天生的拳击好手罢了。倒是二十八回里做了囚徒的武松，处处透出洒脱的英雄骨气。

初到配军，照例须打一百杀威棒，武松既不去送人情，也不肯求饶，只大声大气说：

> "都不要你众人闹动。要打便打！我若是躲闪一棒的，不是打虎好汉！从先打过的都不算，从新再打起！我若叫一声，便不是阳谷县为事的好男子！"——两边看的人都笑道："这痴汉弄死！且看他如何熬——"

武松不肯折了好汉的名，仍然嚷道：

> 要打便打毒些，不要人情棒儿，打我不快活！

不想事情有了转机，管营想替他开脱，故意说：

> 新到囚徒武松，你路上途中曾害甚病来？

武松不领情，反而犟嘴：

> "我于路不曾害！酒也吃得，饭也吃得，肉也吃得，路也走得！"管营道："这厮是途中得病到这里，我看他面皮才好，且寄下他这顿杀威棒。"两边行仗的军汉低低对武松道："你快说病。这是相公将就你，你快只推曾害便了。"武松道："不曾害！不曾害！打了倒干净！我不

要留这一顿'寄库棒'！寄下倒是钩肠债，几时得了！"两边看的人都笑。管营也笑道："想你这汉子多管害热病了，不曾得汗，故出狂言。不要听他，且把去禁在单身房里。"

及至关进牢房，其他囚徒看他未吃杀威棒，反替他担忧起来，告诉他此事绝非好意，想必是使诈，想置他于死，还活灵活现地形容"塞七窍"的死法叫"盆吊"，用黄沙压则叫做"大布袋"。不料武松听了，最有兴趣的居然是想知道除了此两法以外，还有没有第三种，他说：

还有什么法度害我？

当下，管营送来美食。

武松寻思道："敢是把这些点心与我吃了却来对付我？……我且落得吃了，却再理会！"武松把那镟酒来一饮而尽，把肉和面都吃尽了。

武松那一饮一食真是潇洒！人到把富贵等闲看，生死不萦怀之际，并且由于自信，相信命运也站在自己这一边时，才能有这种不在乎的境界，才能耍这种高级的天地也奈何他不得的无赖。吃完了，他冷笑一声：

看他怎地来对付我！

等正式晚饭送来，他虽怀疑是"最后的晚餐"，还是吃了。饭后又有人提热水来，他虽怀疑对方会趁他洗澡时下毒手，仍然不在乎，说：

我也不怕他！且落得洗一洗。

这几段，真的越看越喜，高起兴来，便翻身拿笔画上要点，加上眉批，恨不得拍掌大笑，觉得自己也是黑松林里的好汉一条，大可天不怕地不怕地过它一辈子。

回想起前天随队来四湖的季医生跟我说的一段话，她说：

"你看看，这些小朋友，他们问我，目前群体医疗的政策虽不错，但是将来卫生部门总要换人的呀，换了人，政策不同，怎么办？"

两人说着不禁摇头叹气，我们其实不怕卫生部门的政策不政策，我们怕的是这才二十岁左右的年轻人，为什么先自把初生之犊的锐气给弄得没有了？

是因为一直是好孩子吗？是因为觉得一切东西都应该准备好，布置好，而且，欢迎的音乐已奏响，你才顺利地踏在夹道花香中启步吗？唐三藏之取经，岂不是"向万里无寸草处行脚"，盘古开天辟地之际，混沌一片，哪里有天地？天是由他的头颅顶高的，地是由他踏脚处来踩实踩平的，为什么这一代的年轻人，特别是年轻人中最优秀的那一批，却偏偏希望像古代的新媳妇，一路由别人抬花轿，抬到婆家。在婆家，有一个姓氏在等她，有一个丈夫在等她，有一碗饭供她吃——其实，天晓得，这种日子会好过吗？

武松算不得英雄算不得豪杰，只不过一介草莽武夫，这一代的人却连这点草莽气象也没有了吗？什么时候我们才不会听到"饱学之士"的"无知之言"道：

"我没办法回国呀，我学的东西太尖端，国内没有我吃饭的地方呀！"

孙中山革命的时候，是因为有个"中华民国筹备处"成立好了，并且聘他当主任委员，他才束装回国赴任的吗？曹雪芹是因为"国家文艺基金会"委托他着手撰写一部"当代最伟大的小说"，才动笔写下《红楼梦》第一回的吗？

能不能不害怕不担忧呢？甚至是过了许多年回头一望的时候，才猛然想起来大叫一声说：

"哎呀，老天，我当时怎么都不知道害怕呢？"

把孔子所不屑的"三思而行"的踌躇让给老年人吧！年轻不就是有莽撞往前去的勇气吗？年轻就是手里握着大把岁月的筹码，那么，在命运的赌局里作乾坤一掷的时候，虽不一定赢，气势上总该能壮阔吧？

前些日子，不知谁在服务队住宿营地的门口播放一首歌，那歌因为是早晨和中午的代用起床号,所以每天都要听上几遍,其实那首歌唱得极有味道,沙嘎中自有其抗颜欲辩的率真,只是走来走去刷牙洗澡都要听它再三重复那无奈的郁愤,心里的感觉有点奇怪:

> 告诉我,世界不会变得太快,
> 告诉我,明天不会变得更坏,
> 告诉我,人类还没有绝望,
> 告诉我,上帝也不会疯狂,
> ……
> 这未来的未来,我等待……

听久了,心里竟有些愀然,为什么只等待别人来"告诉我"呢?一颗恭谨聆受的心并没有"错",但,那么年轻的嗓音,那么强盛的肺活量,总可以做些什么可以比"等待别人告诉我"更多的事吧?少年振衣,岂不可作千里风幡看?少年瞬目,亦可壮作万古清流想。如此风华,如此岁月,为什么等在那里,为什么等人家来"告诉我"呢?

为什么不是我去"告诉人"呢?去啊!去昭告天下,悬崖上的红心杜鹃不会等人告诉它春天来了,才着手筹备开花,它自己开了花,并且用花的旗语告诉远山近岭,春天已经来了。明灿逼人的木星,何尝接受过谁的手谕才长倾其万斛光华?小小一只绿绣眼,也不用谁来告诉它清晨的美学,它把翠羽的身子浓缩为一撇"美的据点"。万物之中,无论尊卑,不都各有其美丽的讯息要告诉别人吗?

有一首英文的长歌,名字叫"To tell the untold",那名字我一看就入迷,是啊,"去告诉那些不曾被告知的人",真的,仲尼仆仆风尘,在陌生的渡口,向不友善的路人问津,为的是什么?为的岂不是去告诉那些不曾被告知的人吗?达摩一苇渡江,也无非圣人同样的一点初衷。而你我十几年乃至几十年孜孜于知识的殿堂,为的又是什么?难道不是要得到更真切的道和理,以便去告诉后人吗?我们认真,其实也只为了让自己告诉别人的话更诚恳更扎实而足以掷地有声(无根的人即使在说真话的时候也类似谎言——因为单薄不实在)。

那唱歌的人"等待别人来告诉我"并不是错误,但能"去告诉别人"岂

不更好？去告诉世人，我们的眼波未枯，我们的心仍在奔驰。去告诉世人，有我在，就不准尊严被抹杀，生命被冷落，告诉他们，这世界仍是一个允许梦想、允许希望的地方。告诉他们，这是一个可以栽下树苗也可以期待清荫的土地。

回家吃饭的妇人回来了，我把床还她，学生还在不远处的海清宫睡午觉，我站起身来去四面乱逛。想想这世界真好，海边苦热的地方居然有一片木麻黄，木麻黄林下刚好有一张床等我去躺，躺上去居然有施耐庵来为我讲故事，故事里的好汉又如此痛快可喜。想来一个人只要往前走，大概总会碰到一连串好事的，至于倒霉的事呢？那也总该碰上一些才公平吧？可是事是死的，人是活的，就算碰到倒霉事，总奈何我不得呀！

想想年轻是多么好，因为一切可以发生，也可以消弭，因为可以行可以止可以歌可以哭，那么还有什么可担心的呢？

真的，还有什么可担心的呢？

原载 1986 年 1 月 8 日《"中央"日报》国际版"海外"副刊

只因为年轻啊

一 爱——恨

小说课上，正讲着小说，我停下来发问：

"爱的反面是什么？"

"恨！"

大约因为对答案很有把握，他们回答得很快而且大声，神情明亮愉悦，此刻如果教室外面走过一个不懂中国话的老外，随他猜一百次也猜不出他们唱歌般快乐的声音竟在说一个"恨"字。

我环顾教室，心里浩叹，只因为年轻啊，只因为太年轻啊，我放下书，说：

"这样说吧，譬如说你现在正谈恋爱，然后呢？就分手了，过了五十年，你七十岁了，有一天，黄昏散步，冤家路窄，你们又碰到一起了，这时候，对方定定地看着你，说：

'×××，我恨你！'

"如果情节是这样的，那么，你应该庆幸，居然被别人痛恨了半个世纪，恨也是一种很容易疲倦的情感，要有人恨你五十年也不简单，怕就怕在当时你走过去说：

"'×××，还认得我吗？'

对方愣愣地呆望着你说：

"'啊，有点面熟，你贵姓？'"

全班学生都笑起来，大概想象中那场面太滑稽太尴尬吧？

"所以说，爱的反面不是恨，是漠然。"

笑罢的学生能听得进结论吗？——只因太年轻啊，爱和恨是那么容易说得清楚的一个字吗？

二　受　创

来采访的学生在客厅沙发上坐成一排，其中一个发问道：

"读你的作品，发现你的情感很细致，并且总是在关怀，但是关怀就容易受伤，对不对？那怎么办呢？"

我看了她一眼，多年轻的额，多年轻的颊啊，有些问题，如果要问，就该去问岁月，问我，我能回答什么呢？但她的明眸定定地望着我，我忽然笑了起来，几乎有点促狭的口气：

"受伤，这种事是有的——但是你要保持一个完完整整不受伤的自己做什么用呢？你非要把你自己保卫得好好的不可吗？"

她惊讶地望着我，一时也答不上话。

人生世上，一颗心从擦伤、灼伤、冻伤、撞伤、压伤、扭伤，乃至到内伤，哪能一点伤害都不受呢？如果关怀和爱就必须包括受伤，那么就不要完整，只要撕裂，基督不同于世人的，岂不正在那双钉痕宛在的受伤手掌吗？

小女孩啊，只因年轻，只因一身光灿晶润的肌肤太完整，你就舍不得碰撞就害怕受创吗！

三　经济学的旁听生

"什么是经济学呢？"他站在台上，戴眼镜，灰西装，声音平静，典型的中年学者。

台下坐的是大学一年级的学生，而我，是置身在这二百人大教室里偷偷旁听的一个。

从一开学我就昂奋起来，因为在课表上看见要开一门"社会科学概论"的课程，包括四位教授来设"政治""法律""经济""人类学"四个讲座。想起可以重新做学生，去听一门门对我而言崭新的知识，那份喜悦真是掩不住藏不严，一个人坐在研究室里都忍不住要轻轻地笑起来。

"经济学就是把'有限资源'做'最适当的安排'，以得到'最好的效果'。"

台下的学生沙沙地抄着笔记。

"经济学为什么发生呢？因为资源'稀少'，不单物质'稀少'，时间也'稀少'，——而'稀少'又是为什么？因为，相对于'欲望'，一切就显得'稀少'了……"

原来是想在四门课里跳过经济学不听的，因为觉得讨论物质的东西大概无甚可观，没想到一走进教室来竟听到这一番解释。

"你以为什么是经济学呢？一个学生要考试，时间不够了，书该怎么念，这就叫经济学啊！"

我愣在那里反复想着他那句"为什么有经济学——因为稀少——为什么稀少，因为欲望"而麻颤惊动，如同山间顽崖愚壁偶闻大师说法，不免震动到石骨土髓格格作响的程度。原来整场生命也可作经济学来看，生命也是如此短小稀少啊！而人的不幸却在于那颗永远渴切不止的有所索求、有所跃动、有所未足的心，为什么是这样的呢？为什么竟是这样的呢？我痴坐着，任泪下如麻不敢去动它，不敢让身旁年轻的助教看到，不敢让大一年轻的孩子看到。奇怪，为什么他们都不流泪呢？只因为年轻吗？因年轻就看不出生命如果像戏，也只能像一场短短的独幕剧吗？"朝如青丝暮成雪"，乍起乍落的一朝一暮间又何尝真有少年与壮年之分？"急罚盏，夜阑灯灭"，匆匆如赴一场喧哗夜宴的人生，又岂有早到晚到早走晚走的分别？然而他们不悲伤，他们在低头记笔记。听经济学听到哭起来，这话如果是别人讲给我听的，我大概会大笑，笑人家的滥情，可是……

"所以，"经济学教授又说话了，"有位文学家卡莱亚这样形容：经济学是门'忧郁的科学'……"

我疑惑起来，这教授到底是因有心而前来说法的长者，还是以无心来度脱的异人？至于满堂的学生正襟危坐是因岁月尚早，早如揭衣初涉水的浅溪，所以才凝然无动吗？为什么五月山栀子的香馥里，独独旁听经济学的我为这被一语道破的短促而多欲的一生而又惊又痛泪如雨下呢？

四　如果作者是花

"年年岁岁花相似，岁岁年年人不同。"

诗选的课上,我把句子写在黑板上,问学生:

"这句子写得好不好?"

"好!"

他们的声音听起来像真心的,大概在强说愁的年龄,很容易被这样工整、俏皮而又怅惘的句子所感动吧?

"这是诗句,写得比较文雅,其实有一首新疆民谣,意思也跟它差不多,却比较通俗,你们知道那歌词是怎么说的?"

他们反应灵敏,立刻争先恐后地叫出来:

> 太阳下山明早依旧爬上来,
> 花儿谢了明年还是一样地开
> 美丽小鸟飞去不回头
> 我的青春小鸟一样不回来,
> 我的青春小鸟一样不回来。

那性格活泼的干脆就唱起来了。

"这两种句子从感性上来说,都是好句子,但从逻辑上来看,却有不合理的地方——当然,文学表现不一定要合逻辑,但是我还是希望你们看得出来问题在哪里?"

他们面面相觑,又认真地反复念诵句子,却没有一个人答得上来。我等着他们,等满堂红润而聪明的脸,却终于放弃了,只因太年轻啊,有些悲凉是不容易觉察的。

"你知道为什么说'花相似'吗?是因为陌生,因为我们不懂花,正好像一百年前,我们中国是很少看到外国人,所以在我们看起来,他们全是一个样子,而现在呢,我们看多了,才知道洋人和洋人大有差别,就算都是美国人,有的人也有本领一眼看出住纽约、旧金山和南方小城的不同。我们看去年的花和今年的花一样,是因为我们不是花,不曾去认识花,体察花,如果我们不是人,是花,我们会说:

'看啊,校园里每一年都有全新的新鲜人的面孔,可是我们花却一年老似一年了。'

同样的,新疆歌谣里的小鸟虽一去不回,太阳和花其实也是一去不回

的,太阳有知,太阳也要说:

'我们今天早晨升起来的时候,已经比昨天疲软苍老了,奇怪,人类却一代一代永远有年轻的面孔……'

我们是人,所以感觉到人事的沧桑变化,其实,人世间何物没有生老病死,只因我们是人,说起话来就只能看到人的痛,你们猜,那句诗的作者如果是花,花会怎么写呢?"

"年年岁岁人相似,岁岁年年花不同。"他们齐声回答。

他们其实并不笨,不,他们甚至可以说很聪明,可是,刚才他们为什么全不懂呢?只因为年轻,只因为对宇宙间生命共有的枯荣代谢的悲伤有所不知啊!

五　高倍数显微镜

他是一个生物系的老教授,外国人,我认识他的时候他已经退休了。

"小时候,父亲是医生,他看病,我就站在他旁边,他说:'孩子,你过来,这是哪一块骨头?'我就立刻说出名字来……"

我喜欢听老年人说自己幼小时候的事,人到老年还不能忘的记忆,大约有点像太湖底下捞起的石头,是洗净尘泥后的硬瘦剔透,上面附着一生岁月所冲积洗刷出的浪痕。

这人大概注定要当生物学家的。

"少年时候,喜欢看显微镜,因为那里面有一片神奇隐秘的世界,但是看到最细微的地方就看不清楚了,心里不免想,赶快做出高倍数的新式显微镜吧,让我看得更清楚,让我对细枝末节了解得更透彻,这样,我就会对生命的原质明白得更多,我的疑难就会消失……"

"后来呢?"

"后来,果然显微镜愈做愈好,我们能看清楚的东西,愈来愈多,可是……"

"可是什么?"

"可是我并没有成为我自己所预期的'更明白生命真相的人',糟糕的是比以前更不明白了,以前的显微镜倍数不够,有些东西根本没发现,所以不知道那里隐藏了另一段秘密,但现在,我看得愈细,知道得愈多,愈不

明白了,原来在奥秘的后面还连着另一串奥秘……"

我看着他清癯渐消的颊和清灼明亮的眼睛,知道他是终于"认了",半世纪以前,那意气风发的少年以为只要一架高倍数的显微镜,生命的秘密便迎刃可解,什么使他敢生出那番狂想呢?只因为年轻吧?而退休后,在校园的行道树下看花开花谢的他终于低眉而笑,以近乎撒赖的口气说:

"没有办法啊,高倍数的显微镜也没有办法啊,在你想尽办法以为可以看到更多东西的时候,生命总还留下一段奥秘,是你想不通猜不透的……"

六 浪 掷

开学的时候,我要他们把自己形容一下,因为我是他们的导师,想多知道他们一点。

大一的孩子,新从成功岭下来,从某一点上看来,也只像高四罢了,他们倒是很合作,一个一个把自己尽其所能地描述了一番。

等他们说完了,我忽然觉得惊讶不可置信,他们中间照我来看分成两类,有一类说:"我从前爱玩,不太用功,从现在起,我想要好好读点书。"另一类说:"我从前就只知道读书,从现在起我要好好参加些社团,或者去郊游。"

奇怪的是,两者都有轻微的追悔和遗憾。

我于是想起一段三十多年前的旧事,那时流行一首电影插曲(大约是叫《渔光曲》吧),阿姨舅舅都热心播唱,我虽小,听到"月儿弯弯照九州"觉得是可以同意的,却对其中另一句大为疑惑。

"舅舅,为什么要唱'小妹妹青春水里流(或"丢"?不记得了)'呢?"

"因为她是渔家女嘛,渔家女打鱼不能去上学,当然就浪费青春啦!"

我当时只知道自己心里立刻不服气起来,但因年纪太小,不会说理由,不知怎么吵,只好不说话,但心中那股不服倒也可怕,可以埋藏三十多年。

等读中学听到"春色恼人",又不死心地去问,春天这么好,为什么反而好到令人生恼,别人也答不上来,那讨厌的甚至眨眨狎邪的眼光,暗示春天给人的恼和"性"有关。但事情一定不是这样的,一定另有一个道理,那道理我隐约知道，却说不出来。

更大以后，读浮士德，那些埋藏许久的问句都汇拢过来，我隐隐知道那里有一番解释了。

年老的浮士德，坐对满屋子自己做了一生的学问，在典籍册页的阴影中他乍乍瞥见窗外的四月，歌声传来，是庆祝复活节的喧哗队伍。那一霎间，他懊悔了，他觉得自己的一生都抛掷了，他以为只要再让他年轻一次，一切都会改观。中国元杂剧里老旦上场照例都要说一句"花有重开日，人无再少年"（说得淡然而确定，也不知看戏的人惊不惊动），而浮士德却以灵魂押注，换来第二度的少年以及因少年才"可能拥有的种种可能"。可怜的浮士德，学究天人，却不知道生命是一桩太好的东西，好到你无论选择什么方式度过，都像是一种浪费。

生命有如一枚神话世界里的珍珠，出于沙砾，归于沙砾，晶光莹润的只是中间这一段短短的幻象啊！然而，使我们颠之倒之甘之苦之的不正是这短短的一段吗？珍珠和生命还有另一个类同之处，那就是你倾家荡产去买一粒珍珠是可以的，但反过来你要拿珍珠换衣换食却是荒谬的，就连镶成珠坠挂在美人胸前也是无奈的，无非使两者合作一场"慢动作的人老珠黄"罢了。珍珠只是它圆灿含彩的自己，你只能束手无策地看着它，你只能欢喜或喟然——因为你及时赶上了它出于沙砾且必然还原为沙砾之间的这一段灿然。

而浮士德不知道——或者执意不知道，他要的是另一次"可能"，像一个不知是由于技术不好或是运气不好的赌徒，总以为只要再让他玩一盘，他准能翻本。三十多年前想跟舅舅辩的一句话我现在终于懂得该怎么说了，打鱼的女子如果算是浪掷青春的话，挑柴的女子岂不也是吗？读书的名义虽好听，而令人眼目为之昏眊，脊骨为之佝偻，还不该算是青春的虚掷吗？此外，一场刻骨的爱情就不算烟云过眼吗？一番功名利禄就不算滚滚尘埃吗？不是啊，青春太好，好到你无论怎么过都觉浪掷，回头一看，都要生悔。

"春色恼人"那句话现在也懂了，世上的事最不怕的应该就是"兵来有将可挡，水来以土能掩"，只要有对策就不怕对方出招。怕就怕在一个人正小小心心地和现实生活斗阵，打成平手之际，忽然阵外冒出一个叫宇宙大化的对手，他斜里杀出一记叫"春天"的绝招，身为人类的我们真是措手

不及。对着排天倒海而来的桃红柳绿,对着蚀骨的花香,夺魂的阳光,生命的豪奢绝艳怎能不令我们张皇无措,当此之际,真是不做什么既要懊悔——做了什么也要懊悔。春色之叫人气恼跺脚,就是气在我们无招以对啊!

回头来想我导师班上的学生,聪明颖悟,却不免一半为自己的用功后悔,一半为自己的爱玩后悔——只因年轻啊,只因太年轻啊,以为只要换一个方式,一切就扭转过来而无憾了。孩子们,不是啊,真的不是这样的!生命太完美,青春太完美,甚至连一场匆匆的春天都太完美,完美到像喜庆节日里一个孩子手上的气球,飞了会哭,破了会哭,就连一日日空瘪下去也是要令人哀哭的啊!

所以,年轻的孩子,连这么简单的道理你难道也看不出来吗?生命是一个大债主,我们怎么混都是他的积欠户。既然如此,干脆宽下心来,来个"债多不愁"吧!既然青春是一场"无论做什么都觉是浪掷"的憾意,何不反过来想想,那么,也几乎等于"无论诚恳地做了什么都不必言悔",因为你或读书或玩,或作战,或打鱼,恰恰好就是另一个人叹气说他遗憾没做成的。

——然而,是这样的吗?不是这样的吗?在生命的面前我可以大发职业病做一个把别人都看做孩子的教师吗?抑或我仍然只是一个太年轻的蒙童,一个不信不服欲有所辩而又语焉不详的蒙童呢?

原载 1985 年 6 月 20 日《"中国"时报》"人间"副刊

注:此教授名叫棣慕华(1903—1989),原籍美国,成长于江苏六合。后半生住台湾,是一位基督教贵格会的牧师,也身兼台大教授。对台湾高山蕨类颇有研究,有些台湾高山植物以他的名字命名。

星　约

一　上　一　次

是因为期待吗？整个天空竟变得介乎可信赖与不可信赖之间，而我，我介乎悟道的高僧与焦虑的狂徒之际。

七十六年才一次啊！

"运气特别不好！"男孩说，"两千年来，这次哈雷是最不亮的一次！上一次，嘿，上一次它的尾巴拖过半个天空哩！"

男孩十七岁，七十六年后他九十三，下一次，下一次他有幸和他的孩子并肩看星吗，像我们此刻？

至于上一次，男孩，上一次你在哪里，我在哪里，我的母亲又复在哪里？连民国亦尚在胎动。爽飒的鉴湖女侠墓草已长，黄兴的手指尚完好，七十二烈士的头颅尚在担风挑雨的肩上寄存。血在腔中呼啸，剑在壁上狂吟，白衣少年策马行过漠漠大野。那一年，就是那一年啊，彗星当空挥潇，仿佛日月星辰全是定位的镂刻的字模，唯独它，是长空里一气呵成的行草。

那一年，上一次，我们不在，但一一知道。有如一场宴会，我们迟了，没赶上，却见茶气氤氲，席次犹温，一代仁人志士的呼吸如大风盘旋谷中，向我们招呼，我们来迟了，没有看到那一代的风华。但一九一〇我们是知道的，在武昌起义和黄花岗之前的那一年我们是感念而熟知的。

二　初　识

还有，最初的那一次，（其实怎能说是最初呢，只能说是最初的记载罢

了，只能说是不甚认识的初识罢了。）这美丽得使人惊惶的天象，正是以美丽的方块字记录的。在秦始皇的年代，"七年，彗星先出于东方，见北方……五月，见西方……"秦代的资料，是以委婉的小篆体记录的吧？

而那时候，我们在哪里？易水既寒，群书成焚灰，博浪沙的大椎打中副车，黄石老人在桥头等待一位肯为人拾鞋的亢奋少年，伏生正急急地咽下满腹经书，以便将来有朝一日再复缓缓吐出，万里长城开始一尺一尺垒高、垒远……忙乱的年代啊，大悲伤亦大奋发的岁月啊，而那时候，我们在哪里？我们在哪里？

三　有　所　期

我们在今夜，以及今夜的期待里。以及，因期待而生的焦灼里。

不要有所期有所待，这样，你便不会忧伤。

不要有所系有所思，否则，你便成不赦的囚徒。

不要企图攫取，妄想拥有，除非，你已预先洞悉人世的虚空。

——然而，男孩啊，我们要听取这样的劝告吗？长途役役，我们有如一只罗盘上的指针，因神秘的磁场牵引而不安而颤抖而在每一步颠簸中敏感地寻找自己和整个天地的位置，但世上的磁针有哪一根因这种种劫难而后悔而愿意自决于磁场的骚动呢？

四　咒　诅

如果有人告诉我彗星是一场祸殃，我也是相信的。凡美丽的东西，总深具危险性，像生命。奇怪，离童年越远，我越是想起那只青蛙的童话：

有一个王子，不知为什么，受了魔法的诅咒，变成了青蛙。青蛙守在井底，他没有为这大悲痛哭泣，但他却听到了哭泣的声音，那一定来自小悲痛小凄怆吧？大痛是无泪的啊！谁哭呢？一个小女孩，为什么哭呢，为一只失落的球。幸福的小公主啊，他暗自叹息起来，她最响亮的号啕竟只为一只小球吗？于是他为她落井捡球。然后她依照契约做了他的朋友，她让青蛙在餐桌上有一席之地，她给了他关爱和友谊，于是青蛙恢复了王子之身。

——生命是一场受过巫法的大咒诅,注定朽腐,注定死亡,注定扭曲变形——然而我们活了下来,活得像一只井底青蛙,受制于窄窄的空间,受制于匆匆一夏的时间。而他等着,等一份关爱来破此魔法和咒诅。一瞬柔和的眼神已足以破解最凶恶的毒咒啊!

如果哈雷是祸殃,又有什么可悸可怖? 我们的生命本身岂不是更大的祸殃吗? 然而,然而我们不是一直相信生命是一场充满祝福的诅咒,一枚有着苦蒂的甜瓜,一条布满陷阱的坦途吗?

我不畏惧哈雷,以及它在传述中足以压住人的华灿和美丽。即使美如一场祸殃,我也不会因而畏惧它多于一场生命。

五 暂 时

缸里的荷花谢尽,浮萍潜伏,十二月的屋顶寂然,男孩一手拿着电筒,一手拿着星象图,颈子上挂着望远镜。

"哈雷在哪里?"我问。

"你怎么这么'势利眼',"男孩居然愤愤地教训起我来,"满天的星星哪一颗不漂亮,你为什么只肯看哈雷?"

淡淡的弦月下,阳台黝黑,男孩身高一米八四,我抬头看他,想起那首《日升日沉》的歌:

> 这就是我一手带大的小女孩吗?
> 这就是那玩游戏的小男孩吗?
> 是什么时候长大的呀? ——他们

"看那颗天狼星,冬天的晚上就数它最亮,蓝汪汪的,对不对? 它的光等是负一点四,你喜欢了,是不是? 没有女人不喜欢天狼,它太像钻石了。"

我在黑夜中窃笑起来,男孩啊——

付这座公寓订金的时候,我曾惘惘然站在此处,揣想在这小小的舞台上,将有我人世怎样的演出? 男孩啊,你在这屋子中成形,你在此听第一篇故事念第一首唐诗,而当年伫立痴想的时候,我从来不曾想到你会在此

和我谈天狼星！

"蓝光的星是年轻的星，星光发红就老了。"男孩说。

星星也有生老病死啊？星星也有它的情劫和磨难啊？

"一颗流星。"男孩说。

我也看见了，它钢截利落，如钻石划过墨黑的玻璃。

"你许了愿？"

"许了。你呢？"

"没有。"

怎么解释呢？怎样把话说清楚呢？我仍有愿望，但重重愿望连我自己静坐以思的时候对着自己都说不清楚，又如何对着流星说呢？

"那是北极星——不过它担任北极星其实也是暂时的。"

"暂时？"

"对，等二十万年以后，就是大熊星来做北极星了，不过二十万年以后大熊星座的组合位置有点改变。"

暂时担任北极星二十万年？我了解自己每次面对星空的悲怆失措甚至微愠了，不公平啊，可是跟谁去争辩，跟谁去抗议？

"别的星星的组合形态也会变吗？"

"会，但是我们只谈那些亮的星，不亮的星通常就是远的星，我们就不管它们了。"

"什么叫亮的？"

"光度总要在一等左右，像猎户星座里最亮的，我们中国人叫它参宿七的那一颗，就是零点一等，织女星更亮，是零度。太阳最亮，是负二十六等……"

六 "光的单位"

奇怪啊，印度人以"克拉"计钻石，愈大的钻石克拉愈多，希腊人以"光等"计星亮，愈亮的星"光等"反而愈少，最后竟至于少成负数了。

"古希腊人为什么这么奇怪呢？为什么他们用这种方法来计算光呢？我觉得'光度'好像指'无我的程度'，'我执'愈少，光源愈透，'我'愈强，光愈暗。"

"没有那么复杂吧？只是希腊人就是这样计算的。"

我于是躺在木凳上发愣,希腊人真是不可思议,满天空都成了他们的故事布局,星空于他们竟是一整棚累累下垂的葡萄串,随时可摘可食,连每一粒葡萄晶莹的程度他们也都计算好了。

七 猎户在天

几年前的一个星夜。我们站在各种光等的星星下。

"猎户在天——"我说。

"《诗经》的句子吧?"女友问。

"怎么会,也不想想猎户星座是希腊名词啊!"

她大笑起来,她是被我的句型骗了,何况她是诗人,一向不讲理的,只是最后连我自己也恍惚起来,真的很像《诗经》里的句子呢!

我们有点在装迷糊吗?为什么每看到好东西我们就把它故意误为中国的?

猎户是一组美丽的星,宽宏的肩,长挺的腿,巧饰的腰带和腰带下的腰刀,旁边还有一只野兔呢!然而,这漂亮的猎者是谁呢?是始终在奔驰在追索在欲求的世人吗?不知道啊,但他那样俊朗,把一个形象从古希腊至今维系了三千年,我不禁肃然。

"看到腰带下的小腰刀吗?腰刀是三颗直排的星组成的,中间的那一颗你用望远镜仔细看,是一大团星云,它距离我们只不过一千五百光年而已。"

"一千五百年!是唐朝吗?"

"是南北朝。"

早于秾艳的李义山,早于狂歌的李白,沉郁的杜甫以及凿破大地的隋炀帝。南北朝,南北朝又复为何世呢?对那一整个年代我所记得的只有北魏的石雕,悠悠青石,刻成了清明实在的眉目,今夕的星光就是当年大匠举斧加石的年代发出的,历劫的星光则今夕始来赴我双目的天池。

猎户星座啊!

八 见与不见

　　我其实是要看哈雷的,但哈雷不现,我只看到云。我终于对云感到抱歉了——这是不公平的,我渴望哈雷是因它稍纵即逝,然而云呢? 云又岂是永恒的? 此云曾是彼水,彼水曾是泉曾是溪,曾是河曾是海,曾是花上晓露眼中横波,曾是禾田间的汗水,曾是化碧前的赤血,壮士沙场之际的一杯酒是它,赵州说法时的半杯茶也是它。然而,我竟以为云只是云,我竟以为今日之云同于昨日之云,云不也跟哈雷一样是周而复始吗? 迂回往来的吗?

　　我不断地向自己解释,劝自己好好看一朵云,那其间亦自有千古因缘,然而我依旧悲伤且不甘心,为什么这是一片灯网交织的城? 且长年有着厚云层。为什么不让我今生今世看见一次哈雷!

　　"奇怪啊,神话只属于古代,至于我们的年代只有新闻,而且多是报导不实的,为什么?"

　　黑暗中男孩看我,叹了一口气,他半年前交了一篇历史课的读书报告,题目便是《中国神话的研究》,得分九十五。曾经统御过所有的英雄和巨灵,辉耀了整个日月星辰的神话,此刻已老,并且沦为一个中学生的读书报告。

　　在一个接一个的冬夜里我惋叹跌足,并且生自己的气,气自己被渴望折磨,神话里的夸父就是渴死的,我要小心一点才行。所以悲伤时我总是想哈雷先生(哈雷彗星以他的名字来命名),以及他亦悲亦喜的一生,他在二十六岁那年惊见彗星,此后他用许多年来研究,相信彗星会在自己一百零二岁时再现。看过彗星以后他又活了一甲子,死于八十六岁,像一个放榜前殁世的考生,无从证实自己的成绩。那哈雷死时是怎样想的呢,我猜想他的心情正像一个孩子,打算在圣诞夜彻夜不眠,好看到圣诞老公公如何滑下烟囱,放下礼物。然而他困了,撑不住了,兴奋消失,他开始模糊了,心里却是不甘心的,嘴里说着半真半呓的叮咛:

　　"父亲,等下圣诞老人来的时候,一定要叫我喔! 我要摸摸他的胡子!"

　　哈雷说的话想来也类似:

"造物啊,我熬不住了,我要睡了,你帮我看好,好吗?十六年后它会来的,我先睡,你到时候要叫我一声哟!"

生当清平昌大之盛世,结交一时之俊彦如牛顿,能于切磋琢磨中发天地之微,知宇宙之数,哈雷的平生际遇也算幸运了。然而,肉体的贮瓶终于要面临大朽坏的——并不因其间贮注的是大智慧而有异,只是大限来时,他是否有憾呢?

寒星如一片冰心的冬夜,我反复自问:

哈雷生平到底看过彗星重现吗?若说看见了,他事实上在星现前十六年已经死了,若说未见,他却是见的,正如围棋高手早在几小时以前预见胜负,一步步行去的每一着履痕他们都有如亲睹。

大军事家大政治家大科学家都是在不见处先见未明时先明的啊!

那么,我呢?我算不算看过那彗星的人呢?假设有盲者,站在凄凄长夜里,感知天空某一角落有灿然的光体如甩动的火把,算不算看到了呢?如果他倾耳辨听天河淙淙,如果他在安静中若闻哈雷的跳跃,像一只河畔的蚱蜢,蹦去又蹦回,他算不算看到了呢?而我,当我在金牛座昴星团中寻它,当我在白羊和双鱼座中寻它千百度思它千百度,我算不算看到它了呢?在无所视无所听无所触无所嗅的隔离中,我们可以仅仅凭信心念力去承认去体会身在云后的它吗?

九　我已践约

又一颗流星划过天空,天空割裂,但立刻拢合,造物的大诡秘仍然不得窥见。这不知名的星从此化为光尘,也许最后剩一小块陨石,落到地球上,被人捡起,放在陈列室里,像一部写坏了的爱情小说,光华消失,飞腾不见,只留下硬硬的纹理。

夜空有千亩神话万顷传奇,有流星表演的冰上芭蕾——万古乾坤只在此半秒钟演出。以此肉身,以此肉眼来面对他们,这种不公平的对决总使我心情大乱,悲喜无常。哈雷会来吗?原谅我的急躁,我和男孩有缘得窥七十六年一临的奇景吗?如果能,我为此感激,如果不能,让我感激朝朝来临的太阳,月月重圆的月亮,以及至七夕最凄丽的织女,于冬月亦明艳的猎户。我已践约,今夜,以及此生,哈雷也没有失约,但云横雾亘,我

不能表示异议。

如果我不曾谢恩，此刻，为茫茫大荒中一小块荷花缸旁的立脚位置，为犹明的双眸，为未熄的渴望，为身旁高大的教我看星的男孩，为能见到的以及未能见到的，为能拥有的以及不能拥有的，为悲为喜，为悟为不悟，为已度的和未度的岁月，我，正式致谢。

原载 1985 年 12 月 25 日《"中国"时报》"人间"副刊

三个人里面聪明的那一个

哈,乔治,听说你要到亚洲来啦。

要是你在飞机上碰到一个黑头发黄皮肤、深棕眼珠和塌鼻梁的人,你友善地走过去:

"嗨,你是日本人吗?"

哼,不一定,这人可能是中国人或韩国人。要是他更黑更瘦些,又可能是马来人,要是他把双手当胸合并,像要祈祷——那么你是遇见泰国人啦。

要把东方人搞清楚可没这么简单。当然啦,要是你肯在东方住上——不必太长,只要几十年——那你也可以像萧伯纳《卖花女》一剧(原名Pygmalion,改成电影后是窈窕淑女 My Fair Lady)里面的教授,随时可以指出对方是生在哪里,长在哪里,妈妈是何方人士。

不过呢,还是让我先说个听来简单的人种判别法吧。

据说,如果你看到三个东方人,其中有钱的那个是日本人,漂亮的那个是韩国人,聪明的那个呢,就是咱们中国人啦!

另外,还有个故事,你也不妨听听!

假若全世界都毁灭了,只剩下两个人,而这两个人如果是拉丁人,他们就找到一把吉他一张鼓弄了个小乐队;如果他们是德国人,他们就合开1家工厂;如果是美国人,他们组织了一个"美援委员会";如果他们是英国人——什么都没发生,他们正在等人来给他们正式介绍。而如果他们是中国人,他们就合开一家餐馆。

你认识的中国人是怎么样的呢?

我的一个朋友,身高180公分,体重170磅,到伊利诺去念书,碰到个美国老太太。老太太对他左瞧右瞧,说:

"怎么你不像中国人哇?"

我的朋友灵机一动,说:

"哎,是啊,我刚刚才剪掉我的辫子——就是像猪尾巴的那一种。"

老太太满意地笑了。我朋友并没有骗她,不过,这"刚刚"两字的意思是 70 年前就是了。

要了解中国和中国人,最好的方法是活 5000 年。可怜马土撒拉(创世纪所载上古最长寿的人)也没这个办法。我们只好零零星星随便聊聊吧。

中国人的第一个嗜好是工作,世界上再没有比中国人更疯狂地喜欢工作的民族了。中国字里"男"人的男,是田和力,也就是"在田里的那种劳动力";中国字的妇人是女和帚,意思是指"拿着扫把的那女人";中国的"家"字是"屋顶下养着一窝猪"的意思(当然啦,这并不是说屋子里没有人,只是说要有人有猪才成其为家)。总之,你要叫一个中国人不做事,那简直要他的命。

中国人最喜欢的东西就是土地。中国人拼命工作之后,如果赚了钱,他就立刻再买一块地。中国人无论在全世界哪里,他都习惯性地要往土里种点什么,他会傻里傻气地跑到沙漠里去种白菜。而奇怪的是当土地搞清他们是中国人之后,果真很听话,种什么就长什么,一点也不反抗。

中国人爱土地爱得发狂,"搬家"这件事是不大发生的。要是村上有一家是 200 年前搬来的人,人家还说他是"生客"——因为"才"搬来 200年而已——照这标准看,美国人几乎全都是客人。

中国人如果发了财,他绝对想不通怎么花钱法。他把钱全留给儿子,而这儿子,同样也不知道钱该怎么花,他又把钱留给了孙子。你觉得他们很傻吗? 嘿嘿,你错啦,这里面乐趣无穷!

中国人因为爱土地爱得太厉害,大家都决定老住一个地方,住到后来前街后巷全是亲戚。英文里只有一个 uncle,中国人却不允许如此含糊,中国人可以分出 5 种不同的 uncle。其中包括:

伯伯——爸爸的哥哥

叔叔——爸爸的弟弟

姑爹——爸爸的姊妹的丈夫

姨丈——妈妈的姊妹的丈夫

舅舅——妈妈的兄弟

从这一点，你大概可以了解中国小孩有多聪明。他们从刚会说话就能弄清楚上百种的各式各样的亲属称呼，你佩服不佩服？

中国人多半性情温和，因为他从小知道他不单是他自己，他还是"爸妈的儿子""祖父母的孙子""叔叔的侄儿""表弟的表哥""堂姊的堂弟""外甥的舅舅""堂嫂的小叔"……曾经有一个皇帝去请教一家5代同堂的大家族的家长，问他们怎能那么多人住在一起而那么和谐，那位张姓的老头一言不答，只拿起毛笔来在纸上一个连一个地写了100个"忍"字。

这老人比耶稣虽不如，不过比彼得要强多了（按：使徒彼得曾问耶稣，弟兄得罪我，饶恕他7次够不够？耶稣回答，不是7次，是70个7次），中国人没有一个不了解"忍"，因为他们爱他们的土地，爱他们的生活。而他们知道，如果要在这块土地上生活下去，非接纳别人、容忍别人不可。

中国人注重名分。全世界，你大概再也找不到一个民族像中国人一样把名分看得比事实更重要的了，中国人即使为此吃了大亏也在所不惜。

在中国神话里的一个妖怪（当然，你要知道，中国妖怪是很中国的），如果在为非作歹大施妖法之际，忽然被人认出来，大叫一声他的名字，他的法术立刻就破了，他立刻就像《圣经》里剃了头的参孙，什么力气都没有了。另外一个对付中国妖怪的好办法你不妨也学一下（既然你要到东方来，难保你不遇见中国妖怪啊），那就是准备一个照妖镜，让妖怪不小心之际忽然发现了自己的脸，当他大吃一惊看到自己的本形是一只丑陋的乌龟或鳝鱼，他就不好意思地自动爬跑啦！

不知为什么，聪明的中国人竟没有想到，如果有一只乌龟觉得自己长得很漂亮，而斗志更昂扬了，那可怎么办？

传统的中国战士连怒发冲冠勇往杀敌的时候也不忘记问清楚对方的名字（对了，你不要以为问名都是杀头的前奏，事实上有时也蛮罗曼蒂克的，中国人订婚之前就有个"问"名之礼），章回小说中标准的说法是：

"来将通名，宝刀不斩无名小卒！"

奇怪，那些来将竟老老实实地把名字都说出来了。

传统的中国人又非常谦虚，他们叫自己的文章为"拙作"，他们建议你把他的画拿去补壁（遮墙壁的洞），把他的书拿去覆瓿（封坛子口），他说自己的小孩是"犬子"，自己的太太是"拙荆"（笨手笨脚的乡下人），他的房子

是"寒舍",他自己是"鄙人"（边远地区不识礼的人）；连中国的皇帝都要称自己作"寡人"（没有道德的人）或孤（没人理会的人），如果你听一个中国人说："我一无所长，希望跟阁下多学习。"千万不要以为他是一个没有自信心的家伙，他其实是要你知道他的谈吐多么有教养。如果你听见他和他太太合力保证他家的菜准备得又少又难吃，你可以大胆地赴宴，他们弄的东西绝不比国宴差。

当然，中国人并不是不自豪的民族，正确的做法是"谦虚"由他负责，赞美的"反驳"由你负责。如果他说："我这只小犬，又笨又懒。"你应该说："贵公子真了不起啊，我从来没有看过比他更聪明的 7 岁小孩了——我家犬子差他远了，真是有其父必有其子啊！"

说到这里，再说一个故事：如果你看到一堆人挤在一起抢一只橄榄球，他们是美国人；如果你看到一堆人在一起洗澡，他们是日本人；而如果你看到一堆人又挤又打地抢着付账，他们是中国人。

对你而言，正确的方法是稍作挣扎，并且让他获得第一回合的胜利，通常他多半会感激你，在下一次的时候让你获得胜利。当然，下一次的时候，你并不知道。但中国人对下一次是充满信心的，虽然也许下一次是50 年后，你最好不要健忘，否则你就不礼貌了。

中国人又极保守。在翻译外国名词的时候，我们总小心地不要伤害自己的尊严，我们把马铃薯翻成洋芋——外国人的芋头。我们把火柴翻成洋火——洋人的火。一辆汽车不知怎么的，居然翻成轿车——像我们的轿子一样舒服的车。而番茄，不知怎么竟是番人的茄子啦！当然，也有翻音的，但即使翻音，我们也有办法让它获得一份新的中国美感。"美"国在中文里增加了"美丽""坚利"的意思，英国平白拣了"英华"和"吉利"的好彩头，而德国呢！是"道德"和"意志"。中国人无论如何也想不通日本人怎么会把美国译作"米"国，美国跟"米"并没有太大的关系。

如果你在中国人住的地方——不管是台湾是香港是新加坡是美国唐人街或者中国大陆，你会立刻发觉，到处都是人。《圣经》上有一句话说："因为上帝如此爱世人，所以赐下他的独生子"(For God so love the world that he give his only be gotten son……)，但中国牧师加了个注脚，说："因为上帝爱中国人，所以造了如此之多"(For God so loved Chinese that he made so many of them)。中国人是个不管怎么样都活得下去的民族。

曾有一位中国古代的哲学家,在垂暮之年即将临终之际把他的学生叫了来,说:

"你看我的牙齿呢?"

"没有了,都掉光了。"

"我的舌头呢?"

"还在。"

那学生忽然明白:柔韧的东西永远比坚硬的东西更强,更适合于生存。

在希腊神话,西方的神祇像宙斯,差不多是以革命家的姿态出现的,他摧毁,他建造,他的面前是一片新天新地。

但在中国神话里,中国神祇跟中国人一样善于节省,传说中天和地曾受过极大的损害,中国神明的办法是这样的:

天斜了,斜向西北,神明决定不去管他——因此你看到中国天空上的星辰都倾向西北。

地也歪了,歪向东南,神明也不加理会——因此中国大陆的河流全都"一江春水向东流"了。

当然,也有破损得更严重的。中国神明的办法依然是补修而不是换新,所以那位叫女娲的神烧了些灰止住洪水(当然,你知道,灰加水,又变成中国人最喜欢的土地了)。然后,这位神又弄了些石头补起天空来。中国人一直到现在还使用女娲补过的这片天空,补得真不错,到现在还挺管用,看样子还能再用下去。

"节约能源"这件事准是中国的神明发明的。

对了,谈到女娲,大家对他的性别鉴定颇不确定,大部分认为他是女的,小部分认为不太清楚。说来奇怪,中国神明中性别搞不清的还有西王母跟后来的观音菩萨,中国人不像法国人,法国人连水果都能定出女性水果和男性水果,在中国人看,身为神明最重要的就是做好神明,至于他是男神女神,那又有什么重要?

英文里有许多令女权运动者尴尬甚至愤怒的字。例如,主席,英文叫chairman,中国人比较聪明,只说"坐主要席位的人";例如历史,英文叫history,中国人只说"一只手,秉持着中正的原则而写的",中文也绝不会

用 men 或 humen。中文的"人"只是画一个人的侧像，男人女人都行。

所以，如果你是男性沙文主义的信徒，千万别娶中国女人。

这些年来，美国女人闹了半天，争到一个 MS 的称谓，让已婚未婚的女人都可以共用，但许多女人还不敢用。但中国妇女在 60 年前就用起自己的姓和自己的名字了，当你听到有人叫一声王小姐的时候，王小姐可能是 16 岁的少女，也可能是 60 岁的祖母。

中国女人也从来不能想象世界上还有女人不能读书，没有选举权或者同工不同酬的怪事。

而且——这件事说来中国男人自己也莫名其妙——自从中国的大家庭渐渐变成小家庭以后，中国丈夫的钱包不知道怎么搞的，全掉到太太手里去了。通常现代中国家庭的组织是这样的：丈夫是外交部长，太太是内政兼经济部长，丈夫按月缴纳全部薪俸，太太多半会很仁慈地发回一些零用钱。

大概中国丈夫都有"伟人意识"，他们不屑于管钱，所以就放弃了管钱的权利——这一点让全世界的女人简直羡慕得要死。

不过，当然，你不要忘了，中国女人全是天才烹调家，中国男人踊跃地做"好丈夫"不是没有理由的。

中国女孩的身高这些年来增加极多，她们的智慧和能力也增加得惊人。她们对考大学和更高的学位极有兴趣——她们绝不为找丈夫而读书，但是她们这么能干、健康、漂亮，男人怎么能不爱她们呢？

如今在台湾，许多行业几乎全让女性抢光了（例如小学教员或文教记者），有人建议要开设些男性保障名额。

当然，中国妇女深知中庸之道，所以她并不坚持争取更多的权利。所以，在机场里，如果你愿意为一位中国女人提箱子的话，她并不会坚持自己提的权利，如果你在火车里让位给一个中国女孩，她也会放弃拒绝的权利。

而其实中国女孩最可爱的地方是她有一颗全新的头脑，却保持着最古老的德行。她们不管做家庭主妇或女工或教授，全都干得非常出色。中国古代四书上说的"齐家""治国"，她们的确是同时做到了。

我们说了太多中国女人的事了，其实中国男人也努力在中西和古今之间不断地做选择和协调。譬如说，在台湾的中国人放弃了四合院的建筑和叠席式的建筑而接纳了四层的或十几层的房子。我们放弃了轿子、三轮车,而选择了汽车(哎,哎,台北交通之乱,你是领教过的吧?我的一位朋友开车一年,既没撞到别人的车,也没被别人的车撞,自认为是奇运当头,赶紧去买奖券,居然没有中,他这才相信有人运气比他还好)。我们放弃了长袍而选择了简单的衣服,至于年轻人——年轻人全世界都一样,他们已经决定穿他们那一代的制服:牛仔裤。但如果你在牛仔裤上面看到功夫装,你知道他正在从事很正经的文化交流工作。

那么,如果我们穿着 Levis 的衣服,开着福特的车子,住着钢筋水泥的房子,梳着 5000 年祖先从来没有梳过的发型——那么,中国特色到哪里去找呢?

特色还是到处存在的。在香港,你会看到家家厨房在雪亮的不锈钢瓦斯炉或电炉上放着个黄褐色的砂锅。在新加坡,在最热闹的地点开着中药铺,那些中国人,在他最病最弱的时候,他情感上需要的是中国药草。在马来西亚,成千的侨社团体吵着要一所中文大学。而在新加坡,已经有了一所教中文的南洋大学——当初捐钱的陈六使先生竟是个不识字的华侨。

不管中国人到了哪里,他的中国特质绝不改变。南洋的华侨甚至还有义山,华人死了也要葬在华人的鬼里。

当然,算起来,全世界各地区的华人中就是在中国的最敢接受现代化。离开中国的人,一般而言是最怕失去中国特色的人。而至于我们,我们住的地方就是中国,有中国人民,中国土地,中国教育,我们不怕失去中国,我们自己就是中国啊!

你对中国好奇吗?说到这里,我要吓你一吓。中国人是更好奇的,而且不打算隐藏他们的好奇。越战时期有个美国人在西贡街上画画,立刻围上一大堆中国华侨,老老小小把他围得什么也看不见,当然,其中还不乏指指点点教他怎么画的。他烦不过,便逃到身后有一堵墙的地方,背靠墙坐下,心里想有了这道屏障就好了。可惜他忘了,中国人在耶稣未降世以前就会筑墙了,那堵小小的墙对中国人而言真是何足道哉!当下所有的中国人跟着爬上了那堵墙头,可怜那无辜的墙竟被压垮了。

传统的中国人是不允许你有私生活的,他理直气壮地问一个小姐的年龄,他甚至追根究底地盘问你为什么要跟长得挺不错的玛丽分手;传统

的中国社会至少有个好处，不需要心理协谈医生——反正谁都可以听谁的隐私。对中国人而言，一个人如果有"不可告人之事"，他一定不是好人。

不过，当然，刚才只是吓唬你的，那种中国人现在快要找不到了。中国人渐渐也试着去了解外国人，并且尊重外国人的生活习惯了。

不过中国人虽然爱看人，却不至于大惊小怪（中国人脸部肌肉的活动量向来是美国人的十分之一，欧洲人的五分之一）。中国人看到 TNT，很不屑，说："跟我们过年放炮用的不也差不多吗？"中国人看到电子计算机，说："我们早就有算盘了。"中国人看到电讯，说："哎呀，《封神榜》那本小说不是早就说过顺风耳了吗？"阿姆斯壮辛辛苦苦跨了一步，上了月亮，中国人毫不佩服，说："咱们嫦娥早就去了。"甚至，说来真让美国人生气，当嬉皮们吃 LSD 的时候，中国学者翻书一看，嘿，中国的嬉皮在一千五百年前就吃了五石散了。就连裸奔，中国人认为也不是美国人发明的，而是中国古代的刘伶发明的。这有什么办法呢，中国历史 5000 年，人间所有能发生的，在中国都已经发生过了。

在上古的时候，中国曾经以为外国人都跟兽类有点关系——不然怎么身上会有毛呢？后来进步一点了，叫外国人为"洋鬼子"，鬼虽不是好称呼，但毕竟是人类的续集。后来，慢慢的，才发现他们是洋人而不是洋鬼——这一点我一直认为大家都应该感谢好莱坞，他们把多么优秀的洋人样品送给我们看啊，我们的男人很快地就爱上了嘉宝、秀兰·邓波儿、伊丽莎白·泰勒、费雯丽或今天的费唐·娜薇，我们的女人也开始偷偷喜欢范伦铁诺、克拉克·盖博、罗勃·泰勒或李察·波顿、查理士·布朗逊……洋鬼子原来也有这么漂亮的，大家都同意，把"洋鬼子"改"洋人"比较有道理。

好，再回到那个老故事上来吧。如果你看到三个黑发黑眼黄皮肤的人，记住，有钱的那个是日本人，漂亮的那个是韩国人，聪明的那个（当然，也许他还加上既有钱又漂亮）就是咱们中国人啦。

当然，如果你有足够的聪明去认出一个聪明的中国人来，那你自己倒也蛮聪明的啦！

《山海经》的悲愿

南山经之首,曰䧿山,其首曰招摇之山,临于西海之上,多桂⋯⋯
多金玉,有草焉,其状如韭而青华,其名曰祝余,食之不饥。有木焉,
其状如谷而黑理,其华四照,其名曰迷谷,佩之不迷。有兽焉,其状如
禺而白耳,伏行人走,其名曰狌狌,食之善走⋯⋯又东三百七十里,曰
杻阳之山,其阳多赤金,其阴多白金,有兽焉,其状如马而白首,其文
如虎而赤尾⋯⋯佩之宜子孙。⋯⋯怪水出焉⋯⋯其名曰旋龟,其音
如判木,佩之不聋,可以为底⋯⋯又东三百里柢山,多水,无草木,有
鱼焉,其状如牛,陵居,蛇尾有翼,其羽在魼下,其音如留牛,其名曰鲢,
冬死而夏生,食之无肿疾⋯⋯又东四百里,有兽焉⋯⋯其名曰类,自
为牝牡,食者不妒⋯⋯有鸟焉,其状如鸡,而三首六目六足三翼,其名
曰鹠鹋,食之无卧⋯⋯

迩来重读《山海经》,才知如此僻书亦不免处处泪痕。

原来整个山海经的第一段即归结到"食之不饥"的梦想上,从前读来
觉得"荒诞不经"的片段,现在却能知道其中婉转的深意了。平生顺遂,直
到踏遍天涯巷陌之余,才知道人寰之苦,"不饥"两字,竟奢侈美丽得足以
作为一部神话的第一个梦想。

以前的我竟而不懂,只因饱人不知饿人饥啊!

及至读到"佩之不迷"才知道痴愚的人生原是如此多歧多惑而致纷杂
难解的啊!

"食之善走"是因感慨于大地的辽阔和一己的局限吧? 以径尺之足如
何去丈量万里漠野和千寻高山呢?

一路读下去,看到的不是种种神异,而是一幅人生苦难的图解啊,"佩

之宜子孙"是畏惧血胤的斩绝啊,"佩之不聋"是对听觉残障的畏惧,"食之不妒"是因人间的爱关情阻太纷歧多困吧！至于会说出"佩之不畏"的话,也正是因为人世多有可畏可惧可悸怖的事吧？"食之无卧"是不甘于血肉之躯易于困顿易于委疲的弱点吧！

读到"食之无肿疾"不免垂睫长坐,原来古人亦知肿瘤之残虐,名为癌的恶性肿瘤曾经带去我多少朋友的性命啊！却也偶然有几个挺着断矛残盾维持住不输不赢局面的人,只有那极幸运的,可以完肤完骨抽身而出。

到何处去寻得那多水的枳山,寻得那水中冬死夏生的鳣以痊愈天下的肿疾呢？

原来在"荒唐之言"和"幽邈之思"的背后,怪诞的《山海经》里亦自有母性的忧愁和深婉啊！

原载 1983 年 5 月 30 日《"中国"时报》"人间"副刊

魂梦三则

天机欲泄

据说,蒙古人有个规矩,认为晨起不可说梦,但吃过早饭以后就可以了,大约认为一个人连早饭都不吃就开始说梦,多少有点没出息吧!

我家旧俗却不然,老一辈的人认为梦中每含天机,天机本是上天"绝对机密"的档案,有些人却身不由己在梦中偷偷洞悉了。因此,梦之可说与不可说,端视其内容凶吉而定。如果是吉祥美好的兆示,那么千万要保密,并且等着在现实世界中一步步欣见其成。如果是凶象,就必须赶快说出,则凶事自败。其所以然者,在于上天颇为小气,不喜天机泄露,你如泄露了,他便偏偏拂逆你,不让你说中。因此,好事被你说出,上天便不让你好事得成,同理,坏事若被说出,上天也就不肯降祸了。有点像今人所说的"见光死"的意味。

所以,我从小若遇美梦,则含藏自喜,有如女子口内秘密含着的情人送的一小片糖果,舍不得让别人知道。如遇噩梦,则委屈尽诉于人,丝毫不留。奇怪的是,年龄渐大,才知有些梦是不悲不喜,无凶无吉的,这才发现梦不是泄天机,梦是泄我自己的一己之机密啊!

我透过梦看自己,研究自己,像某些爱照镜子的少年。我以瞳仁观世界,瞳仁却不能自观,滔滔斯世,我认识最浅的不就是我自己吗?所以,有幸捡到一两个梦境,我总珍惜不已(因梦太滑溜,转瞬即忘),希望在那里面看到属于自己的一部分面目和心情,我因此喜欢记录梦境。

现实世界里的事物,你是可以经之营之的,但对于梦,你什么都不能插手,你只能记述。我喜欢作为一个纯记录者——我之于人生,不也如

此吗?

搏　虎

它是一只嫩金色的老虎,身体柔和圆长,表情在冷漠狡狯中有其高贵绝艳。虽然在梦中,我也知道它是一只东方的老虎,而不是西方的狮子。

一只老虎,不知为什么,竟出现在市集上——市集则在梦里。

忽然之间,有人发现这头异类,于是鬼喊一声,大家纷纷狂走。那特别怯弱的,早已跑得不知去向,也有人大概吓昏了,跑虽也在跑,却跑来跑去,像遭鬼迷路似的,仍离不了老虎的前后左右。

那老虎一时之间却也好像还没有决定要干什么,只定定地用它冷冷的宝石似的眼睛四下逡巡(不是有一种宝石叫虎眼吗),我不寒而栗了,我大概属于那种想跑而不知为什么却又没跑成的人。

也有一些人,站在远远的外围张望,不知为什么,居然形成了一堵残忍的人墙砌成的斗兽场。情势很清楚,我们陷在包围之中,命里注定要去对付一只老虎,一只美丽强壮且复残忍的对手,我几乎已感到不战而败的悲哀。

事情却忽然出了变化,有人不知从哪里弄到枪,有人则不知从哪里弄到棒,看来我们必须死战一场。气氛立刻不同了,我虽手中一无所有,却也斗志昂扬,居然迎上身去左蹦右跳,心里想着扰乱它一下也好。有人瞅机会从前面放一枪,有人想办法后面打一棒,那老虎却用睥睨而厌倦不屑的眼神望着我们,打在它身上的枪和棒,它竟浑然不知。

远远的人墙观看我们,把我们的生死交关当做节目欣赏,他们有时尖叫、有时喝彩。我没有时间气他们,也没有力量恨他们,我们,一大群人在斗一只灿烂的、不知失败为何物的老虎。

"啊——"

忽然有人大吼一声,把棒子往地上一丢,转身就走了。

我急起来,叫道:

"别走啊!千万别罢手!我们还没打赢呢!你为什么要走呢?"

"我——"他的表情不是悲伤,而是比悲伤更多一点的什么,"我只能告诉你,刚才我跳上去要打的时候,忽然对准了它的口腔,我往里一看,啊——我，我忽然决定不能打了——"

他的表情是深深的悲怆，仿佛一下子老了。

他正在向我解释的时候，陆续有别人弃枪曳棒地走开了。我心急如焚，迎上前去，大叫："为什么？怎么回事？都不打了吗？"

他们的表情个个古怪，介于哭不哭、笑不笑之间。他们垂头丧气，有的一言不发而去，有的比较有耐心，却也只肯说一句跟刚才那人类似的话：

"我们看见它张大了嘴，我们往嘴里一看，知道不能打了。真的，不能打了——没有意思。"

我不信邪，捡起别人不打的棒子，直奔老虎而去。天啊，它那样大、那样强壮，我如何是它的对手？

然后，和别人一样，我来到它的正对面，我举棒猛挥，棒子劈空而下的时候，我自然微微下蹲。忽然，我看见了，它血口大张，但从那口腔看进去，它腹内竟空无一物，呀，它原来只是一张皮包空气的玩具老虎，由于制作太精良，我们竟以为它是真的。

我的棒子停在半空，我和刚才那些人一样哭笑不得。荒谬剧其实比悲剧更为悲剧啊！

我感到全身冰凉，原来我们刚才所有的心绪和动作都是滑稽的胡闹。那些狂走者的悸怖、那些逃不了的人的慌张、那些贾勇而战的英雄气概、那些一击而中的惊喜或数击不中的恼怒、那些奔忙劳累、那些生命交关以及那些自以为聪明的围观、那些幻想能打死猛虎的期待、那些数不尽的纷杂、无以名之的心情……一切的一切，原来都是一念的差误，此处根本无虎，有的只是一只像是老虎的"玩具老虎"。

这样的结局比之战败更不幸百倍！因为战败者毕竟还遭逢过一个强大的对手，而我们，这群市集上的英雄，却自顾自地和"空无"交锋，并且自以为战况剧烈。

醒来的时候，几乎还把梦中的力怯手软也带出梦外来了。微明的天光里，我在想，那老虎是什么呢？众人所嘶吼悸怖，穷力以征逐奋抗的竟是什么呢？是名誉？是学问？是财富？是爱情？抑或根本即是灼灼其表的生命的本身呢？

我们是一群在幻梦中，与幻觉中的金色猛虎相搏，并因其过程而惧而

栗,而喜而泣,而狂而怒,而焦虑而骄傲而绝望的人。尤其不幸的,我们的智慧不高,不足以让我们事先直逼真相,并且我们的愚蠢又不够低,不能让我们终身受蒙蔽。

我想,这是我所做的最悲伤的一个梦了。

大　河

水极粹美,介于翡翠与水晶之间,用手臂泼刺一划,仿佛纵浪大化,在有无之间出入悠游,绿是"有",透明是"无",沾臂成湿的是"有",映日成彩的是"无",直指天空的河道是"有",淙淙如韵的声音是"无"。

我在水里游泳,我在水里,水在天里,天在我里。

那是一场梦,我后来才知道,我当时只惊讶世间何以会有如此干干净净、一清见底的水。那一阵子我学游泳,女儿教我一种"水母漂",可以在水里浮沉摆荡。我喜欢那姿势的名字,仿佛自己真是一只圆圆的有如气泡的水母了。

在梦里,我是狭长的刀剑,划过晶面,在水和水之间拨出一条华丽的轨迹。我渐游渐远,渐渐忘记自己是人,仿佛只觉自己是水族,或者任何一种模糊的生命,我顺着河道慢慢行远了。

如果,那夜的我,沿着梦一直游,一直游,会不会竟而忘返呢?

但在梦中——不知由于幸运或是不幸——我却猛然回头,那一刹间我才发现原来女儿也跟着我游来了,她没有说什么,我也没有说什么,和风惠日,草原夹岸,我忽然发现自己仍是人身,并且是一个母亲。

然后我发现水面长着些翠蔓蔓的植物叶子,便只好和女儿低头在水下潜游,从水底往水面一看,晶艳的阳光照在水面的叶子上,叶子全然透明起来。这才发现,奇怪啊,那原来不是水生的荇藻,它是极为平常的番薯叶子。

我仍继续游,阳光仍继续照在水面晶亮的叶子上,女儿仍继续跟在我脚旁游,我便这样游回了人间,睁开眼,夏日清晨的阳光刚刚照在前廊。

我忽然知道自己为什么梦见番薯叶了,我当时正养着两只番薯,在长夏惊人的生机中,枝叶纠纠绊绊铺满了前廊。梦见直奔大洋的大河,却让河面上长着家中的植物,恐怕是一件矛盾可笑的事吧?梦见这样的梦,多少证明自己不够利落洒脱吧？但人生本来就是一场夹缠不清的大决绝和大留恋啊！

这是一个蒸热无比的夏日，在台北盆地，而我梦见一条清凉透明的河。

来自未来

拿起听筒，是个小男孩，大约五六岁吧，声音干净如钢，却又柔甜似蜜，感觉上是个长得结实憨厚的小孩，他说：

"喂！我找外婆！"

外婆？这个家里够资格做外婆的人只有婆母，而叫她外婆的那男孩已经二十岁了，何况婆母也于月前辞世。

愣了一秒钟，我说：

"你打错了！"

小孩立刻乖巧地挂断电话。我有点后悔，应该多逗他讲几句话的，那么好听的小孩子的嫩嗓。何况他必然是个聪明的小孩，说起话来稳重自信，有大将之风。他是谁呢？

于是我站在电话机旁，发起呆来。我是清醒的，我没有做梦，但那感觉却比梦更像梦。我很想问什么人一句话——也许那孩子并没有打错？也许他真是婆母的外孙。这是他十几年前的一通电话，现在迟迟方至。也或许是他现在打的，是他童年的梦魂从成年的身体里游离而出，前来寻找他故去的外婆。

但是，这通电话其实明明可能就是打给我的啊！虽然女儿才十七岁，虽然也许要再等十几二十年后，我才会有一个五六岁的会打电话的小外孙，但也说不定这通电话就是那个孩子打来的啊！他从迢遥的未来打回头，打回现在，他想来探视他的外婆，在她的盛年，在她肌肤犹实，眼目仍清澈，行动如风的年代。

其实，刚才，我如果找些话来跟孩子聊聊，应该不难。例如"你外婆是谁""你妈妈叫什么名字""你上学了没有"等等，可是那一刹那我大约了解了，如果我问出外婆的名字，一切便都点破了。世上最好的事原是不能说破的，孙悟空历经九九八十一难取得西天经书，便要害他在晒书时吹掉几

页才好。至于这个声音洪亮又甜腻的孩子是不是像梅脱林剧本"青鸟"里那个十几年后才会诞生的孩子，我何必问得那么清楚呢？

然后，我有一种柔和幸福的感觉，我在屋子里走来走去，想着，并且忍不住就说出声来：

"知道吗？我接到了一通神秘的电话，来自未来，有一个小男孩和我说了一句话。"

家人也不搭理我的疯言疯语，我有一点点喜悦，因为独自拥有一桩经验，也有一点点悲伤，我是正在害怕若干年后儿女离去后空巢的悲伤吗？为什么我一直听到那甜甜的孩童的声音呢？

约写于 1989 年

一张纸上，如果写的是我的文章

少年时,曾听人说过一句很毒很毒的话,因而半生不能忘记——其实,毒话之所以毒,多半因为它是事实。

事情是这样的:当时,有应长辈过生日,他把家藏的宣纸拿出来,找人画上画,要作为礼堂里当日视觉的焦点。那纸极大,约莫两人高一人宽。长辈从大陆带出来,珍藏多年,可以算是绝版纸吧!

因为纸大,一幅画连画了好多天,等画快画好了,有位行家走来一看,淡淡地扔下了一句话:

"唉,可惜了——这纸,如果不画,会比画了值钱!"

事隔三十年,我仍然不能忘记当时他摇头惋叹的表情。

他来看画,然而他没有看到画。他看到了一些颜色和线条,然而他没有看到画。他看到了树、花和石头,然而,他没有看到画。

只是,他看见了绘事后面的素纸,他并不狂妄,至少,他懂得尊重造纸艺术。

我不画画,但我不免常常戒慎惊惧,因为不知道自己的作品会不会反而减损了一张纸的原有价值。一张纸或出于树,或出于竹,或出于众草,但都一度曾是旺盛的生命。如今它既为人类而粉身碎骨,我有什么权利去随便浪费一张洁白的纸呢?

一张纸,如果印成钞票,可以增加千倍万倍的身价。一张纸,如果写成手谕,可以指挥千军万马。而一张纸上如果写上的是我的文章呢?

所以,如果有编辑对我说"随便给我们写点什么啦",我总有点生气。随便写? 我为什么要随便写? 我半生以来为了想好好写作,甚至不敢以写作为业,我怕自己沦落,怕自己和文学之间的纯洁的爱意竟至成了"养生之计"。所以,我必须跟一般人一样,用多年的努力打下自己事业的基

础,然后,我才能无欲无求地来写作,既然如此虔诚专致,怎么可以"随便写写"呢?

如果一张纸没有因为我写出的文字而芬芳,如果一双眼没有因读过我的句子而闪烁生辉——写作,岂不是一项多余吗?

原载 1992 年 1 月 28 日《"中华"日报》副刊

其实，你跟我都是借道前行的过路人

那天放假，是端午节的假。从前，端午节是不放假的，原因不详。似乎是，从民国开始，新派的当权人士就对农历节庆有点仇视。但挨挨蹭蹭混了七十年多，发现老百姓还是爱过老节，终于投了降，把清明、端午、中秋的假一一照放。想来，说不定，有一天连旧历的花朝日或重阳节都放假也未可知。

那一天，因为是第一次得到一个新鲜的端午假日，十分兴奋，于是全家出发，驾上车，浩浩荡荡赴大屯山去赏蝶，以为庆贺。奇怪的是，事近十年，现在回想起来，那蝴蝶漂亮的青翅倒不算印象深刻，使我惊愕难忘的倒是另一幅景象。

蝴蝶并非不美丽，但它的美对我而言是"意料中事"，并无意外可言。我在导游手册上找到"蝴蝶廊"的名字，就"按图索蝶"前往大屯山一探，果真找到了它们。

但另外的那个景象却是我"碰"上的，导游手册里完全没提到。

那天我从阳投公路左转，往大屯山主峰的方向开去，蝴蝶廊便在大屯山主峰上。天气晴和，它们三三两两在阳光下舒翅，它们的翅膀有如青天一角，又如土耳其蓝玉。看完蝴蝶，我继续前往于右任墓，忽然，毫无防备，它，出现在车前。

它显然极度惊惶，它是一条碧绿色的小蛇。蛇虽然也有嘴脸眼睛，但蛇的表情大约是我们人类读不懂的吧？只是它急恐窜逃的样子我看得懂，它的肢体在痉挛中飞迅蠕动，把那翡翠一般优雅的皮色舞成一片模糊晃动的碎琉璃。

我在它横越马路的地方轻轻刹车，距它大约四公尺，我停在那里对它说：

"不要怕，我让你，你是行人，你先过。"

窄窄的山路，对它竟是天险难渡。不知是不是因为柏油路面不利于它的蠕动，它看来张皇失措。

"对不起，吓到你了，你的名字是不是叫小青？今天是端午节，你知不知道，今天这日子跟你们蛇族的故事有关呢！"

它战栗，这是它生死攸关、存亡续绝的时刻。

"不要这样，这条路又不是我的，我们两个都只不过是偶然借道前行的过路人罢了！你好好走嘛！这座山与其说属于我的祖先，不如说是属于你的祖先。我打扰了你们的领域，我说道歉都来不及，你又何必吓成这样呢？"

小蛇窜入草丛，转瞬消失。

事情过了快十年了，它那抖动如飞鞭的身形，它那痛苦扭折的 S 形常在我眼前晃动，我为自己和人类文明加诸于它的苦楚而深感苦楚。

不知它如今还活着吗？曾经，某年某月某日某时，我与它，两个同被初夏阳光蛊惑而思有所动的生物，一起借道而行，行经光影灿烂的山路。它是那样碧莹美丽，我不能忘记。

原载 1996 年 12 月 25 日《中华日报》

摇动过，但依然是我的土地

"黄来了，新加坡的黄，你记得吗？我们也许明天请他吃饭聊聊。"丈夫跟我说这句话是在晚餐的时候。

每次去新马，黄都把我的安适看成他的责任，三年不见，不知他怎么样了。但我也来不及想他，晚饭后睡了一觉，十二点起来赶稿。老朋友逼着要，躲不掉的。

那篇稿写的是台湾，写的时候自己几乎要笑出来，一所秀朗国小比南太平洋的小岛国"诺鲁"要大好多倍哩！那个国家真是人丁不旺，总共才八千零四十二人；吐瓦鲁也好不到哪里去，才一万人，我们一所秀朗国小就够成立好几个国家了。但高山上那只有一两个学生的国小也很动人，一切的教室、教学设备、师资仍然一丝不苟，只为对那一两个孩子有所预期，只为了让每个幼小者都能有学习的惊喜。写着写着，又写到玉山，写到国家公园。四点钟，女儿也起来了，我们各据餐桌一方，互不说话，认真忙自己的"功课"。

五点了，我去找录音机，打算把杂乱的稿子念一遍，供人誊抄。一站起来，只觉地覆天翻，女儿叫起来，我拉她躲在餐桌下面，那经验又恐惧又好玩。我们母女从来还不会如此鼻子贴鼻子地蹲在桌子底下哩！即使在她极幼小的时候也不曾；家中两个男生也爬起来了，家里闹嚷一片，像除夕夜。

我六点躺下，把闹钟拨到七点，因为八点有课，整个过程里我只能说，上帝，别开玩笑，我们禁不起这样乱摇，我这一夜累坏了，我没有时间去"被震"啊！不管怎么样，我要先睡一个钟头。

第二天，丈夫回来，依然是晚餐时分，他说：

"黄走啦，不用请客了，他吓坏了，原来是明天的机票，他硬去换成今

天的，我请人去送他，你猜怎么样？机场里人山人海，都是观光客，都是给地震吓倒的，一个个嚷着要立刻划票回家。"

我一面听他说，一面试图从玻璃瓶里取出今年第一批做的芥菜心来尝，芥菜心独有的辣味直冲，我忍住眼泪。

奇怪啊，地震的时候我其实也是怕的，却打死也万万想不到出国的念头，当时只一心等地震过去，好赶快爬出来修改不甚满意的底稿。间或摇得太不像话的时候，就从心里跟上帝顶顶嘴，表示异议。摇得更厉害的时候干脆把心一横，搂着女儿对自己说："好家伙，死就死吧，这辈子活得也不枉了，怕什么？"

因为是自己的土地，因为是自己的天空，因为不是观光客，所以地动天摇的时候，心情无论如何惊惧，仍然拿脚跟踩住这块地，仍然用头颅顶着这片天。就算死，千年后，有人从劫灰中掘出成尘的你我，我们的骨血仍然饱含着今夜的月光，仍然化验得出本土的泥屑。

事后检点门户，最重要的损失是一只瓮，它倒在地上，裂了，水流得满地，我把植物拿起来，破片收好，丈夫把水擦得半干——反正剩下的它自己会干的。这一切都是在凌晨前赶睡一小时早觉之前做好的。

我睡在床上，犹在盘想，明天要去找一罐树脂，把跌破的瓮仔细粘了，粘好以后当然不能再放水来养植物了，那也无妨，破瓮还是可以插点枯枝或干燥花的，学校后山上的箕芒冬天来了会干得很好看，有空可以摘一把回来……好困，但仍在有一搭没一搭地想那只瓮……这是我的地盘，摇过震过，而且难保明天不继续摇撼，但它是我唯一的爱，我从来无法把它跟别的土地放在一起来选择，余震似乎犹在，明天我会去补那只瓮……我终于理由充足地睡着了。

"浮生若梦啊!"他说

那一年,他是文学院院长,我是中文系里的小助教。

但校车上会相逢,有时候也同座。他总是妙语如珠。他瘦小清癯,表情不多,讲起笑话来,冷冷一张脸,却引得全车笑翻:

"从前,在英国有一个人,患了失眠,就去看医生,"他的措辞简单、老实,我以为是真人真事,"医生就给了他药,他回去一吃,病就好了,睡得很沉,睡着了,还梦见自己到了太平洋上的一个小岛,美女如云,列队欢迎他。他的朋友刚好也患失眠,听到有这种好事,赶快也去看医生,也拿了药,回家也照样吃了。于是呢,果真也睡着了。而且,说巧不巧的,也梦到太平洋上一个小岛,但不幸的是,他一靠岸,就有土人来追杀他,害得他跑得气都透不过来……他很生气,跑去质问医生,医生说:'哎呀,当然不同啰,你的朋友是私人付费,你呢? 是公保支付。'"

讲完笑话,云淡风轻,他又去捣弄他的烟斗,也不管一车人笑得前仰后合,他已完全的事不干己了。

他其实是政治系的教授,也不知为什么,做了文学院院长,有一天,又闲聊,他忽然说:

"你觉得文学有用吗?"

这话对大学中文系刚毕业的我而言,简直是亵渎。文学,是不容怀疑的!

"譬如,举个例子,"他慢条斯理地说起来,"我从前小时候听人说'浮生若梦',怎么说,我都不懂,人生怎么会像梦呢? 现在,到了我这个年岁,懂了。懂了的时候,又觉得不用你来说。所以说,既然不懂的时候,说了也不懂,懂的时候,完全不用你来说——那么,文学又有什么用呢?"

本来准备要辩论的话说不出来了,反而牢牢地记下他举的例子。我

自己仍然信仰文学,但他的话陷我于反复思索,至今仍不时困扰我。我也记得他的脸,像春天早晨烟岚散去后的晴山,淡淡的,仿佛什么事都没有发生过,可是,分明那话里有多少惊动生命之痛的大悲情在搅和啊!

最后一次去看他是探病,他已中风,坐在一张大椅子上,不能说话。冬天的暖阳穿窗而入,照在他浅灰色的长袍上,他嘴角的口水沿着前襟流下(当年出产幽默风趣的嘴角啊)!一直流、一直流,一只猫在他身上跳来跳去,他的目光呆滞,凝望着不知什么地方的地方。

"浮生如梦"?文学究竟能做些什么?我想再跟他讨论,但他已仿佛是被另一个主人买去的家奴。他曾经属于学术,学术是一个宽厚博大的主人,容得你古今上下去自纵自如。但他的新主人极其残酷,鞭笞他如鞭白痴,不久,他谢世。

他的脸,淡淡的,似喜非喜,似悲无悲。生平总是丢下一句笑话,自己不笑,就游离开了。或者,丢下一句悲伤的话做开头,自己也不续下去,竟躲起来了。

"浮生如梦"啊!浮生是什么?梦是什么?我不知道,我只记得他的脸,淡然无事的脸。

原载 1995 年 9 月 25 日《"中国"时报》"人间"副刊

一则关于朝颜的传说

我听到这样一个故事：

在树枝的高桠上，有一只那年夏天刚孵化出来的小鹡鸰。

在树下草坡上，有一地灿开的朝颜，也就是我们说的牵牛花。只是在那远古的时代，它们都习惯于平长在地上，从来不知道什么叫攀爬。

这天清晨，小鹡鸰正在享受母亲刚捕捉到的小虫。

小虫十分美味，小鹡鸰大口地吞吃，母亲不吃，它在一旁絮絮叨叨地说话：

"今天天气真好，天空很蓝，云很白。"

这一点，小鹡鸰懂，因为，蓝天和白云，它在窝里抬起头来就能看到。

"草地很绿，很柔软。"母亲继续说。

绿和柔软，小鹡鸰也懂，因为它们栖身的大树长满绿色的树叶，而它们小小的巢里也经常填满母亲不知从哪里衔来的柔软的苇芒。

"而且，草地上爬满了大片美丽的紫色朝颜。"

"紫色是什么？"这一次小鹡鸰完全不懂了。

"紫色是一种颜色，它是由太阳的红和天空的蓝互相调和成的。"

然而小鹡鸰想不出那是什么奇怪的颜色。

"朝颜又是什么？"

"朝颜是一种花，像一只可以吹的喇叭。"

小鹡鸰一点也听不懂："奇怪，花是什么？ 喇叭又是什么？ 还有，那'美丽'又是什么？"

"美丽，"妈妈的眼睛闪烁，"啊，叫我怎么说呢？ 美丽是一种叫你一见之下，就忽然心折忽然谦逊的东西。"

"你不能带它来给我看吗？"小鹡鸰急了，因为它更不懂什么叫心折和

谦逊。

"不能,"母亲说,"美丽的紫色朝颜是离不得土地的,它会立刻萎谢而死。"

"可是我想看一眼美丽的紫色朝颜啊!"

母亲没料到小鹪鹩在情急之下会叫得那么大声。

连不远处的朝颜也听见了。

这样的声音里透着渴望和哀求,使它的心为之一紧。

"是的,我不可以离开土地,但是,让我试着爬上树去,让小鹪鹩看一眼吧!"

于是它非常艰难地向大树挪移。三天之后,才勉强到达树根,而在它开始试着爬树的时候,自己柔细的指头被大树干刮破了,它没有料到树皮竟然如此粗糙,然而它忍着痛继续往上爬去。

七天之后,它爬到小鹪鹩的窗口,筋疲力尽之际,它听到那母亲的声音:

"啊,孩子,快来看,这就是我所说的美丽的紫色的朝颜。它来了,它把自己的美自己送来了。"

从此以后,朝颜变成一种脚跟虽不离地,手臂却能垂直爬上山坡篱笆或岩石的奇异小花。

原载 1993 年 12 月 28 日《联合报》联副

春　俎

春天是一则谎言

　　那女孩说，春天是一则谎言，饰以软风，饰以杜鹃；那女孩斩钉截铁地说，春天，是一则谎言。

　　——可是，她说，二十年过去，我仍不可救药地甘于被骗。那些偶然红的花，那些偶然绿的水，竟仍然令我痴迷。春天一来，便老是忘记，忘记蓝天是一种骗局，忘记急湍是一种诡语，忘记千柯都只不过在开些空头支票，忘记万花只不过服食了迷幻药。真的，老是忘记——直到秋晚醒来时，才发现他们玩的只不过是些老把戏，而你又被骗了，你只能在苍白的北风中向壁叹息。

　　她说她的，我总不能拒绝春天。春水一涨潮，我就变得盲目，变得混沌，像一个旧教徒，我恭谨地行到溪畔去办"告解"，去照鉴自己的心，看看能不能仍拼成水仙——虽然，可能她说得对，虽然春天可能什么都不是，虽然春天可能只是一则谎言。

过　客

　　别墅的主人买了地，盖了房子，却无奈地陷在楼最高、气最浊、车马喧腾的地方，把别墅的所有权状当做清供。

　　而第一位在千山夜雨中拧亮玻璃吊盏的人，却竟是我这陌生的过客，一时之间恍惚竟以为别墅是我的——或者也是云的？谁是客？谁是主？谁是物？谁是我？谁曾占有过什么？谁又曾管领过什么？

　　长长的甬道,只回响我的软履。寂然的阳台,只留我独饮风露。穆然的大柜,只垂挂我的春衫。初涨的新溪,只流过我的梦槛——那主人不在,那主人不在,我把一切的美好霸占得那样彻底。

　　纤草初渥,足下的春泥几乎在升起一种柔声的歌。而这片土地,两年以前属于禾稻,千纪以前属于牧畜,万年以前属于渔猎,亿载以前属于洪荒,而此刻,它属于一张一尺见方的所有权状。

　　而我是谁? 为什么我感到自己强烈的占有,不是今夜的占有,而是亿载之前的占有,我几乎能指出哪一带蓝天曾腾跃过飞天,哪一丛密林曾隐居着麒麟,哪一片水滩曾映照七彩的凤凰,哪一座小桥曾负载挟弓猎人的歌;而今夜,我取代他们,继承他们,让我的十趾来膜拜泥土。

　　今夜,我是拙而安的鸠鸟,我占着别人的别墅,我占着有巢氏的巢,我占着昭阳宫,我占着含章殿,我占着裴令的绿野堂,我占着王摩诘的辋川和终南别业,我占着亘古长存的大地庙堂——我,一个过客。

坠　星

　　山的美在于它的重复,在于它是一种几何级数,在于它是一种循环小数,在于它的百匝千遭,在于它永不干休的环抱。

　　晚上,独步山径,两侧的山又黑又坚实,有如一锭古老的徽墨,而徽墨最浑凝的上方却被一点灼然的光突破。

　　"星坠了!"我忽然一惊。

　　而那一夜并没有星,我才发现那或者只是某一个人一盏灯;一盏灯? 可能吗? 在那样孤绝的高处? 伫立许多,我仍弄不清那是一颗低坠的星,或是一盏高悬的灯。而白天,我什么也不见,只见云来雾往,千壑生烟。但夜夜,它不瞬地亮着,令我迷惑。

山　月

　　山月升起的地方刚好是对岸山间一个巧妙的缺口。中宵惊起,一丸冷月像颗珠子,莹莹然地镶嵌在山的缺处。

　　有些美,如山间月色,不知为什么美得那样无情,那样冷绝白绝,触手成冰。无月之夜的那种浑厚温暖的黑色此刻已被扯开,山月如雨,在同样的景片上硬生生地安排下另一种格调。

真的,山月如雨,隔着长窗,隔着纱帘,一样淋得人兜头兜脸,眉发滴水,连寒衾也淋湿了,一间屋子竟无一处可着脚,整栋别墅都漂浮起来,晃漾起来,让人有一种绝望的惊惶。

山月总是触动人最深处的忧伤,山月让人不能遗忘。

山月照在山的这一边,山月照在山的那一边。山的这一方是长帘垂地的别墅,山的那一方是海峡深蕴的忧伤。

山月照在岛上,山月也绕过岛去照一千一百万平方公里的旧梦,在不眠的中宵。在万窍含风的水夜,山月吹起令人愁倒的胡笳。

山月何以如此凛烈,山月何以如此无情,山月何以如此冷绝愁绝,触手成冰!

夜　雨

雨声有时和溪声是很难于分辨的,尤其在夜里。有时为了证实雨,我必须从回廊探出双臂。探着雨,便安心地回去躺下,欣喜而满足,夜是母性的,雨也是,我遂在双重的母性中拥书而眠。

书不多,但从毛诗到皮蓝得娄,从陶渊明到乌托邦都有,只是落雨的夜里,我却总想起秦少游,以及他的"可堪孤馆闭春寒,杜鹃声里斜阳暮"。雨声中唯一的缺憾是失去鸟声。有一种鸟声,平时总听得到,细长而无尾音,却自有一种直抒胸臆的简捷的悲怆,像一个不善言词的人的低喟。雨夜中有时不免想起那只鸟,不知在何处抖动它潮湿的羽毛和潮湿的叹息。

盛夏中偶落的骤雨,照例总扬起一阵浓郁的土香。而三月的夜雨不知为什么也能渗出一丝丝的青草味,跟太阳蒸发出来的强烈的草薰不同,是一种幽森的、细致的、嫩生生的气味,我想如果有一天我失明了,光凭嗅觉,我也能毫无错误地辨认出三月的夜雨。

野　溪

从来没有想到溪声会那样执着,日以继夜,夜以继日,像一个喧嚷的

小男孩,使我感到一种疲倦。我爱那水,但它使我疲倦——它使我疲倦,但我仍爱那水——我之所以疲倦,或者无论梦着醒着,我不能一秒钟不恭谨地聆听它,过分的爱情常使人疲累不胜。

水极浅,小溪中多半是乱石小半是草,还有一些树,很奇怪地都有着无比苍老嶙峋的根,以及柔嫩如婴儿的透明绿叶,让人猜不透它们的年龄。大部分的巨石都被树根抓住了,树根如网,巨石如鱼,相峙似乎已有千年之久,让人重温渔猎时代敦实的喜悦。

谁在溪中投下千面巨石,谁在石间播下春芜秋草,谁在草中立起大树如碑? 谁在树上剪裁三月的翠叶如酒旆? 谁在这无数张招展的酒旆间酝酿亿万年陈久而新鲜的芬芳?

溪水清且浅,溪声激以越,世上每日有山被斩首解肢,每日有水被奸污毁容,而眼前的野溪却浑然无知地坚持着今年度的歌声;而明年,明年谁知道,我们且对斟今年的春天! 让千穴的清风吹彻玉笙,让千转的白湍拨起泠泠古弦,我们且对斟今年的春天。

雨天的书

一

我不知道,天为什么无端落起雨来了。薄薄的水雾把山和树隔到更远的地方去,我的窗外遂只剩下一片辽阔的空茫了。

想你那里必是很冷了吧?另芳。青色的屋顶上滚动着水珠子,滴沥的声音单调而沉闷,你会不会觉得很寂寥呢?

你的信仍放在我的梳妆台上,折得方方正正的,依然是当日的手痕。我以前没见过你;以后也找不着你,我所能持有的,也不过就是这一片模模糊糊的痕迹罢了。另芳,而你呢?你没有我的只字片语,等到我提起笔,却又没有人能为我传递了。

冬天里,南馨拿着你的信来。细细斜斜的笔迹,优雅温婉的话语。我很高兴看你的信,我把它和另外一些信件并放着。它们总是给我鼓励和自信,让我知道,当我在灯下执笔的时候,实际并不孤独。

另芳,我没有即时回你的信,人大了,忙的事也就多了。后悔有什么用呢?早知道你是在病榻上写那封信,我就去和你谈谈,陪你出去散散步,一同看看黄昏时候的落霞。但我又怎么想象得到呢?十七岁,怎么能和死亡联想在一起呢?死亡,那样冰冷阴森的字眼,无论如何也不该和你发生关系的。这出戏结束得太早,迟到的观众只好望着合拢的黑绒幕黯然了。

雨仍在落着,频频叩打我的玻璃窗。雨水把世界布置得幽冥昏暗,我不由幻想你打着一把小伞,从芳草没胫的小路上走来,走过生,走过死,走过永恒。

87

那时候，放了寒假。另芳，我心里其实一直是惦着你的。只是找不着南馨，没有可以传信的人。等开了学，找着了南馨，一问及你，她就哭了。另芳，我从来没有这样恨自己。另芳，如今我向哪一条街寄信给你呢？有谁知道你的新地址呢？

南馨寄来你留给她的最后字条，捧着它使我泫然。另芳，我算什么呢？我和你一样，是被送来这世界观光的客人。我带着惊奇和喜悦看青山和绿水，看生命和知识。另芳，我有什么特别值得一顾的呢？只是我看这些东西的时候比别人多了一份冲动，便不由得把它记录下来了。我究竟有什么值得结识的呢？那些美得叫人痴狂的东西没有一样是我创造的，也没有一件是我经营的，而我那些仅有的记录，也是破碎支离，几乎完全走样的，另芳，聪慧如你，为什么念念要得到我的信呢？

"她死的时候没有遗憾，"南馨说，"除了想你的信。你能写一封信给她吗？我要烧给她——我是信耶稣的，我想耶稣一定会拿给她的。"

她是那样天真，我是要写给你的，我一直想着要写的，我把我的信交给她，但是，我想你已经不需要它了。你此刻在做什么呢？正在和鼓翼的小天使嬉戏吧？或是拿软软的白云捏人像吧？（你可曾塑过我?）再不然就一定是在茂美的林园里倾听金琴的轻拨了。

另芳，想象中，你是一个纤柔多愁的影子，皮肤是细致的浅黄，眉很浓，眼很深，嘴唇很薄(但不爱说话)，是吗？常常穿着淡蓝色的衣裙，喜欢望着帘外的落雨而出神，是吗？另芳，或许我们真是不该见面的，好让我想象中的你更为真切。

另芳，雨仍下着，淡淡的哀愁在雨里飘零。遥想你墓地上的草早该绿透了，但今年春天你却没有看见。想象中有一朵白色的小花开在你的坟头，透明而苍白，在雨中幽幽地抽泣。

而在天上，在那灿烂的灵境上，是不是也正落着阳光的雨，落花的雨和音乐的雨呢？另芳，请俯下你的脸来，看我们，以及你生长过的地方。或许你会觉得好笑，便立刻把头转开了。你会惊讶地自语："那些年，我怎么那么痴呢？其实，那些事不是都显得很滑稽吗？"

另芳，你看，我写了这么多，是的，其实写这些信也很滑稽，在永恒里你已不需要这些了。但我还是要写，我许诺过要写的。

或者，明天早晨，小天使会在你的窗前放一朵白色的小花，上面滚动着无数银亮的小雨珠。

"这是什么?"

"这是我们在地上发现的,有一个人,写了一封信给你,我们不愿把那样拙劣的文字带进来,只好把它化成一朵小白花了——你去念吧,她写的都在里面了。"

那细碎质朴的小白花遂在你的手里轻颤着。另芳,那时候,你怎样想呢?它把什么都说了,而同时,它什么也没有说。那一片白,乱簌簌地摇着,模模糊糊地摇着你生前曾喜爱过的颜色。

那时候,我愿看到你的微笑,隐约而又浅淡,映在花丛的水珠里——那是我从来没有看见,并且也没有想象过的。

二

细致的湘帘外响起潺潺的声音,雨丝和帘子垂直地交织着,遂织出这样一个朦胧黯淡而又多愁绪的下午。

山径上两个顶着书包的孩子在跑着、跳着、互相追逐着。她们不像是雨中的行人,倒像是在过泼水节了。一会儿,她们消逝在树丛后面,我的面前重新现出湿湿的绿野,低低的天空。

手里握着笔,满纸画的都是人头,上次念心理系的王说,人所画的,多半是自己的写照。而我的人像都是沉思的,嘴角有一些悲悯的笑意。那么,难道这些都是我吗?难道这些身上穿着曳地长裙,右手握着檀香折扇,左手擎着小花阳伞的都是我吗?咦,我竟是那个样子吗?

一张信笺摊在玻璃板上,白而又薄。信债欠得太多了,究竟今天先还谁的呢?黄昏的雨落得这样忧愁,那千万只柔柔的纤指抚弄着一束看不见的弦索,轻挑慢捻,触着的总是一片凄凉悲怆。

那么,今日的信寄给谁呢?谁愿意看一带灰白的烟雨呢?但是,我的眼前又没有万里晴岚,这封信却怎么写呢?

这样吧,寄给自己,那个逝去的自己。寄给那个听小舅讲"灰姑娘"的女孩子,寄给那个跟父亲念"新丰折臂翁"的中学生。寄给那个在水边静坐的织梦者,寄给那个在窗前扶头的沉思者。

但是,她在哪里呢?就像刚才那两个在山径上嬉玩的孩童,倏忽之

间,便无法追寻了。而那个"我"呢？你隐藏到哪一处树丛后面去了呢？

你听,雨落得这样温柔,这不是你所盼的雨吗？记得那一次,你站在后庭里,抬起头,让雨水落在你张开的口里,那真是很好笑的。你又喜欢一大早爬起来,到小树叶下去找雨珠儿,很小心地放在写算术用的化学垫板上,高兴得像是得了一满盘珠宝。你真是很富有的孩子,真的。

什么时候你又走进中学的校园了,在遮天的古木下,听隆隆的雷声,看松鼠在枝间乱跳,你忽然欢悦起来。你的欣喜有一种原始的单纯和热烈,使你生起一种欲舞的意念。但当天空陡然变黑,暴风夹雨而至的时候,你就突然静穆下来,带着一种虔诚的敬畏。你是喜欢雨的,你一向如此。

那年夏天,教室后面那棵花树开得特别灿美,你和芷同时都发现了。那些嫩枝被成串的黄花压得低垂下来,一直垂到小楼的窗口。每当落雨时分,那些花串儿就变得透明起来,美得让人简直不敢喘气。

那天下课的时候,你和芷站在窗前。花在雨里,雨在花里,你们遂被那些声音,那些颜色颠倒了。但渐渐地,那些声音和颜色也悄然退去,你们遂迷失在生命早年的梦里。猛回头,教室竟空了。才想起那一节是音乐课,同学们都走光了。那天老师没骂你们,真是很幸运的——不过他本来就不该骂你们,你们在听夏日花雨的组曲呢！

渐渐地,你会忧愁了。当夜间,你不自禁地去听竹叶滴雨的微响;当初秋,你勉强念着"留得残荷听雨声",你就模模糊糊地为自己拼凑起一些哀愁了。你愁着什么呢？你不能回答——你至今都不能回答。你不能抑制自己去喜欢那些苍凉的景物,又不能保护自己不受那种愁绪的感染。其实,你是不必那么善感的,你看,别人家都忙自己的事,偏是你要愁那不相干的愁。

年齿渐长,慢慢也会遭逢一点人事了,只是很少看到你心平气和过,并且总是带着鄙夷,看那些血气衰败到不得不心平气和的人。在你,爱是火炽的,恨是死冰的,同情是渊深的,哀愁是层叠的。但是,谁知道呢？人们总说你是文静的,只当你是温柔的。他们永远不了解,你所以爱阳光,是钦慕那光明;你所以爱雨水,是向往那份淋漓。但是,谁知道呢？

当你读到《论语》上那句"知其不可而为之"时,忽然血如潮涌,几天之久不能安坐。你从来没有经过这样大的暴雨——在你的思想和心灵之中。你仿佛看见那位圣人的终生颠沛，因而预感到自己的一部分命运。但你不能不同时感到欣慰，因为许久以来，你所想要表达的一个意念，竟在两千年前的一部典籍上出现了。直到现在，一想起这句话，我心里总激动得不能自已。你真是傻得可笑，你。

凭窗望去，雨已看不分明，黄昏竟也过去了。只是那清晰的声音仍然持续，像乐谱上一个延长符号。那么，今夜又是一个凄冷的雨夜了。你在哪里呢？你愿意今宵来入梦吗？带我到某个旧游之处去走走吧！南京的古老城墙是否已经苔滑？柳州的峻拔山水是否也已剥落？

下一次写信是什么时候呢？我不知道。当有一天我老的时候，或许会写一封很长的信给你呢！我不希望你接到一封有谴责意味的信，我是多么期望能写一封感谢和赞美的信啊！只是，那时候的你配得到它吗？

雨声滴答，寥落而美丽。在不经意的一瞥中，忽然发现小室里的灯光竟这般温柔；同时，在不经意的回顾里，你童稚的光辉竟也在遥远的地方闪烁。而我呢？我的光芒呢？真的，我的光芒呢？在许多年之后，当我桌上这盏灯燃尽了，世人还有没有其他的光呢？哦，我的朋友，我不知道那么多，只愿那时候你我仍发着光，在每个黑暗凄冷的雨夜里。

同　色

　　船在长江上走,两岸风景逼人而来简直是一场美的夹杀。

　　跟风景同来的是历史,一会儿是楚襄王梦中的神女,一会儿是屈原浮尸的秭归,一会儿是兵书宝剑,一会儿是"朝辞白帝彩云间"的白帝城,一会儿是王昭君生长的香溪,我站在船头,来不及地张望。

　　远远的,江边一块大砾石,没什么来历,没名字,也没什么附会的故事,只是一块简单的大石头,附上一些小石头,如此而已,但衬着江水朝阳,却也有一分庄严美丽,我为它的简单质朴而感动。

　　行到近处,突然,看见矶石上有人站起,他钓到一尾鱼,此刻正站起来收线,我吓了一跳,为什么我看这石头看了这么久竟没有发现石上有人?细看去,原来是个老人,大概由于他穿着灰青的衫子,手脚又是淡赭石的颜色,他整个人和石头竟是一体的,他们简直同色又同质,难怪他不动的时候,我就没看出来。

　　土地不属于人,人属于土地。

　　真属于土地的人,是和江水和石头同色同质的人。

原载 1997 年 1 月 17 日《联合报》副刊

魔　季

　　蓝天打了蜡,在这样的春天。在这样的春天,小树叶儿也都上了釉彩。世界,忽然显得明朗了。

　　我沿着草坡往山上走,春草已经长得很浓了。唉,春天老是这样的,一开头,总惯于把自己藏在峭寒和细雨的后面。等真正一揭了纱,却又谦逊地为我们延来了长夏。

　　山容已经不再是去秋的清瘦了,那白茸茸的芦花海也都退潮了。相思树是墨绿的,荷叶桐是浅绿的,新生的竹子是翠绿的,刚冒尖儿的小草是黄绿的。还是那些老树的苍绿,以及藤萝植物的嫩绿,熙熙攘攘地挤满了一山。我慢慢走着,我走在绿之上,我走在绿之间,我走在绿之下。绿在我里,我在绿里。

　　阳光的酒调得很淡,却很醇,浅浅地斟在每一个杯形的小野花里。到底是一位怎样的君王要举行野宴呢?何必把每个角落都布置得这样豪华雅致呢?让走过的人都不免自觉寒酸了。

　　那片大树下的厚毡是我们坐过的,在那年春天。今天我走过的时候,它的柔软仍似当年,它的鲜绿仍似当年,甚至连织在上面的小野花也都娇美如昔。啊,春天,那甜甜的记忆又回到我的心头来了——其实不是回来,它一直存在着的!我禁不住怯怯地坐下,喜悦的潮音低低地回响着。

　　清风在细叶间穿梭,跟着它一起穿梭的还有蝴蝶。啊,不快乐真是不合理的——在春风这样的旋律里。所有柔嫩的枝叶都被邀舞了,窸窣地响起一片搭虎绸和细纱相擦的衣裙声。四月是音乐季呢!(我们有多久不闻丝竹的声音了?)宽广的音乐台上,响着甜美渺远的木箫,古典的七弦琴,以及琮琮然的小银铃,合奏着繁富而又和谐的曲调。

　　我们已把窗外的世界遗忘得太久了,我们总喜欢过着四面混凝土的

生活。我们久已不能像那些溪畔草地上执竿的牧羊人,以及他们仅避风雨的帐篷。我们同样也久已不能想象那些在垄亩间荷锄的庄稼人,以及他们只足容膝的茅屋。我们不知道脚心触到青草时的恬适,我们不晓得鼻腔遇到花香时的兴奋。真的,我们是怎么会痴骏得那么厉害的!

那边,清澈的山涧流着,许多浅紫、嫩黄的花瓣上下飘浮,像什么呢?我似乎曾经想画过这样一张画——只是,我为什么如此想画呢?是不是因为我的心底也正流着这样一带涧水呢?是不是由于那其中也正轻搅着一些美丽虚幻的往事和梦境呢?啊,我是怎样珍惜着这些花瓣啊,我是多么想掬起一把来作为今早的晨餐啊!

忽然,走来一个小女孩。如果不是我看过她,在这样薄雾未散尽,阳光诡谲闪烁的时分,我真要把她当做一个小精灵呢!她慢慢地走着,好一个小山居者,连步履也都出奇地舒缓了。她有一种天生的属于山野的纯朴气质,使人不自已地想逗她说几句话。

"你怎么不上学呢?凯凯。"

"老师说,今天不上学,"她慢条斯理地说,"老师说,今天是春天,不用上学。"

啊,春天!噢!我想她说的该是春假,但这又是多么美的语误啊!春天我们该到另一所学校去念书的。去念一册册的山,一行行的水。去速记风的演讲,又数骤云的变化。真的,我们的学校少开了许多的学分,少聘了许多的教授。我们还有许多值得学习的,我们还有太多应该效法的。真的呢,春天绝不该想鸡兔同笼,春天也不该背盎格鲁撒克逊人的土语,春天更不该收集越南情势的资料卡。春天春天,春天来的时候我们真该学一学鸟儿,站在最高的枝柯上,抖开翅膀来,晒晒我们潮湿已久的羽毛。

那小小的红衣山居者很好奇地望着我,稍微带着一些打趣的神情。

我想跟她说些话,却又不知道该讲些什么。终于没有说——我想所有我能教她的,大概春天都已经教过她了。

慢慢地,她俯下身去,探手入溪。花瓣便从她的指间闲散地流开去,她的颊边忽然漾开一种奇异的微笑,简单的、欢欣的、却又是不可捉摸的笑。我又忍不住叫了她一声——我实在仍然怀疑她是笔记小说里的青衣小童。(也许她穿旧了那袭青衣,偶然换上这件的吧!)我轻轻地摸着她头上的蝴蝶结。

"凯凯。"

"嗯?"

"你在干什么?"

"我,"她踌躇了一下,茫然地说,"我没干什么呀!"

多色的花瓣仍然在多声的涧水中淌过,在她肥肥白白的小手旁边乱旋。忽然,她把手一握,小拳头里握着几片花瓣。她高兴地站起身来,将花瓣往小红裙里一兜,便哼着不成腔的调儿走开了。

我的心像是被什么击了一下,她是谁呢?是小凯凯吗?还是春花的精灵呢?抑或,是多年前那个我自己的重现呢?在江南的那个环山的小城里,不也住过一个穿红衣服的小女孩吗?在春天的时候她不是也爱坐在矮矮的断墙上,望着远远的蓝天而沉思吗?她不是也爱去采花吗?爬在树上,弄得满头满脸的都是乱扑扑的桃花瓣儿。等回到家,又总被母亲从衣领里抖出一大把柔柔嫩嫩的粉红。她不是也爱水吗?她不是一直梦想着要钓一尾金色的鱼吗?(可是从来不晓得要用钓钩和钓饵。)每次从学校回来,就到池边去张望那根细细的竹竿。俯下身去,什么也没有——除了那张又圆又憨的小脸。啊,那个孩子呢?那个躺在小溪边打滚,直揉得小裙子上全是草汁的孩子呢?她隐藏到什么地方去了呢?

在那边,那一带疏疏的树荫里,几只毛茸茸的小羊在啮草,较大的那只母羊很安详地躺着。我站得很远,心里想着如果能摸摸那羊毛该多么好。它们吃着、嬉戏着、笨拙地上下跳跃着。啊,春天,什么都是活泼泼的,都是喜洋洋的,都是嫩嫩的,都是茸茸的,都是叫人喜欢得不知怎么是好的。

稍往前走几步,慢慢进入一带浓烈的花香。暖融融的空气里加调上这样的花香真是很醉人的。我走过去,在那很陡的斜坡上,不知什么人种了一株栀子花。树很矮,花却开得极璀璨,白莹莹的一片,连树叶都几乎被遮光了。像一列可以采摘的六角形星子,闪烁着清浅的眼波。这样小小的一棵树,我想,她是拼却了怎样的气力才绽出这样的一树春华呢?四下里很静,连春风都被甜得腻住了——我忽然发现自己已经站了很久,哦,我莫不是也被腻住了吧!

酢浆草软软地在地上摊开,浑朴、茂盛,那气势竟把整个山顶压住了。那种愉快的水红色,映得我的脸都不自觉地热起来了!

山下，小溪蜿蜒。从高处俯视下去，阳光的小镜子在溪面上打着明晃晃的信号。啊，春天多叫人迷惘啊！它究竟是怎么回事呢？是谁负责管理这最初的一季呢？他想来应该是一个神奇的魔术师了，当他的魔术棒一招，整个地球便美妙地缩小了，缩成一束花球，缩成一方小小的音乐匣子。他把光与色给了世界，把爱与笑给了人类。啊，春天，这样的魔术季！

小溪比冬天涨高了，远远看去，那个负薪者正慢慢地涉溪而过。啊，走在春水里又是怎样的滋味呢？或许那时候会恍然以为自己是一条鱼吧？想来做一个樵夫真是很幸福的，肩上挑着的是松香，（或许还夹杂着些山花野草吧！）脚下踏的是碧色琉璃，（并且是最温软、最明媚的一种。）身上的灰布衣任山风去刺绣，脚下的破草鞋任野花去穿缀。嗯，做一个樵夫真是很叫人嫉妒的。

而我，我没有溪水可涉，只有大片大片的绿罗裙一般的芳草，横生在我面前。我雀跃着，跳过青色的席梦思。山下阳光如潮，整个城布都沉浸在春里了。我遂想起我自己的那扇红门，在四月的阳光里，想必正焕发着红玛瑙的色彩吧！

他在窗前坐着，膝上放着一本布瑞克的《国际法案》，看见我便迎了过来。我几乎不能相信，我们已在一个屋顶下生活了一百多个日子。恍惚之间，我只觉得这儿仍是我们共同读书的校园。而此刻，正是含着惊喜在楼梯转角处偶然相逢的一刹那。不是吗？他的目光如昔，他的声音如昔，我怎能不误认呢？尤其在这样熟悉的春天，这样富于传奇气氛的魔术季。

前庭里，榕树抽着纤细的芽儿。许多不知名的小黄花正摇曳着，像一串晶莹透明的梦。还有古雅的蕨草，也善意地沿着墙角滚着花边儿。啊，什么时候我们的前庭竟变成一列窄窄的画廊了。

我走进屋里，扭亮台灯，四下便烘起一片熟杏的颜色。夜已微凉，空气中沁着一些凄迷的幽香。我从书里翻出那朵栀子花，是早晨自山间采来的，我小心地把它夹入厚厚的大字典里。

"是什么？好香，一朵花吗？"

"可以说是一朵花吧，"我迟疑了一下，"而事实上是一九六五年的春天——我们所共同盼来的第一个春天。"

我感到我的手被一只大而温热的手握住，我知道，他要对我讲什么话了。

远处的鸟啼错杂地传过来,那声音纷落在我们的小屋里,四下遂幻出一种林野的幽深——春天该是很深很浓了,我想。

1965 年 5 月 2 日

一 钵 金

乡居的日子是一钵闪烁的黄金,在贫乏的生活里流溢着旧王族的光辉。

过完了整个没有花的春,过完了半个只有热风没有蝉鸣的夏,我们遂把行囊携到这一排密生的丛竹之下。竹影中有一幢小屋,小屋前有绕宅的七里香,小屋后有老去的葡萄藤。

这里是一所安静的学院,暑假中学生都离去了,空留下大片美丽的红土操场和校园中盘旋的清风。而风过时满屋生香,把我们借住的小屋弄得像一个搅拌中的草莓冰淇淋桶。

将诗诗放在一张大木床上,他清亮的眼睛便惊讶地转动着,满足而又欢欣。他的满足使我们悲哀了好一阵,我们禁锢你太久,诗诗,我们也禁锢自己太久,在都市的黑尘里。

多么喜欢那些竹子,在窗外撑起万竿青葱。整个安静的下午,那些长长的尖叶在微风中优美地翻动,风便由竹丛那边的世界滤了过来,没有人能想象过滤后的风是怎样地充满了绿意和凉意。落雨的夜里,竹叶也负责过滤雨声。把雨依次漏下,听来像什么人在临轩纵击羯鼓。翌日黎明,许多小笋便悄然出土,露出尖尖的骄傲,像一个埋藏了许多世纪而乍被掘出的城市。

走着走着,便想起在远古的时代里,有一个僧人,专喜欢在清晨时分去摘取竹叶上的露水,研为墨汁,以作书画。又想起东坡,在放逐流浪的岁月中,却永远能拥有几竿翠竹。竹是一种怎样的树啊!竹是五言诗,原始而古典,美丽而苍凉。

那时候,你会觉得。汉很近,唐很近,竹林七贤不过就在几尺以外的地方饮酒。

靠窗的地方放着我的小桌，仅容一盏灯、一卷书和一杯茶的小桌。当我偶然铺开纸的时候，就有那么多美好的东西令我掷笔。没有围墙也没有门扉，我们的小屋因此看来便像一辆偶然停在林荫下的跑车，可以憩息，也可以观望。太多的风景重叠着，最远的一幅是蓝天，其次是如烟的平林，再其次是草地，再其次是瘦竹。偶然间杂其中，成为流动的画面的，则是一些低飞的麻雀和一群跳跃的孩童——这一切使文学成为笨拙而多余。

而在我背后，小诗诗朗声地笑着，叫着。长久以来，我们不曾如此地接近，不曾如此地以整日的时间什么都不做而只是谈那些轻柔的、语言之外的语言。五个月的他是那样的兴奋，那样的忙碌。时而望着窗外的浓荫，时而去捉墙上自己的影子，时而摇响他的玩具铃，时而抢爸爸的阔边眼镜，又时而煞有介事地倾听远方火车的长鸣。

当我向前瞭望，当我向后俯视，我就默无一言。我已被夹在自然和婴儿之间，世间还有什么可羡慕的幸福？

有一天清晨，当我醒来，小室里摇漾着淡淡的阳光，葡萄藤的影子在雕镂着粉墙。而当我抬头看窗外，我惊讶地发现竹林上开遍了蓝紫色的牵牛花。

"这是什么奇迹，"我披衣而起，"昨天还没有的，是什么精灵在一夜之间幻出这样的花蔓。"

而当我走出室外，牵牛花全不见了，蓝紫色的小点仍在——原来是致密的竹叶所遮不住的细碎碎的八月晴空。

但我仍然相信那是一些牵牛花，在我今晨睁开眼睛，不知身在何处的那一霎间，某些善良的小仙就将竹影间的蓝天点化成花。为了给我一些温柔的回忆，一些孩提时代甜蜜而伤感的回忆，让我复习我生命初期那幢满篱牵牛花的老屋。

那天，整个早晨，我的胸中便鼓荡着那些神圣的余响。

又有无数黄昏，我们推着流苏四垂的婴儿车，走在松枝交映的红砖道上。学校的伙食团五点就让我们吃了晚饭，我们变得好像是在时间方面得到一笔横财的暴发户，可以挥霍地掷出。夏日的傍晚，在乡间竟同时是这样的安恬而又这样的喧闹。整个晚间我们便什么也不做地扶车而行，不时肃立道旁，凝视着烧霞的长天。渐渐地，暮色被田野的虫声淹没。渐渐

地,虫声被灌溉渠的水响淹没。渐渐地,水响被初生的月华淹没。而小诗诗的推车微微地颠簸着,颠满车的暮色,颠满车的虫声,颠满车的水响,颠满车的月华。当我们俯身而视的时候,小诗诗不知在什么时候已经睡去了,带着满足与信任,垂下他细密的黑睫毛。他的小手搭在车子的两侧,如同夏夜中两茎散香的莲花。

"我不相信婴儿没有梦,虽然他们没有语言。"有一天我对心理系的刘教授说,"他总是在笑,他必是梦见什么了。"

"他们会有很简单的梦。"他说,"但他们分不清楚,在梦与现实之间他们找不到分界。"

那么,睡吧,诗诗。乡居的日子自有迷人的摇篮曲——在梦中,以及现实中。

最爱那些傍晚的阵雨,雨收之后,小园里的茉莉白得如一把新采出水的珠子。校园里的红土红得发沉,绿树绿得透明,我们便走在恍恍惚惚的往事里。仿佛仍是昨天,那些在大学念书的美好日子,而梦和现实是这样的混淆。

走到那排松树下,我们忽然怔住了,放射形的松针上,遍生着晶亮的小雨珠。那些细细尖尖的青针,有着比花瓣更美好的形状,每一枝都指向一个崭新的方向。而那些雨珠,像一把撒自天际的晶莹的梦,被兜在松针的网里。对着月亮,每一个梦都闪烁生辉。那两侧枝柯相接的松径,在此刻看来竟像是一道碎冰砌成的拱门,清冷而华贵,令人在敬畏中却步。我们肃立良久,感到一种宗教的庄穆。

学校后面有一曲湖水,湖边水浅的地方丛生着大片浅紫色的花串。隔着湖水回望校园中的小教堂,便有那么朴拙可爱的意味。湖畔有一些苦苓树,恣意横生的枝子竟伸到水中去了,树影下憩息着垂钓的人,一次次地换他们的饵。

如果我有一根钓竿,我就钓那些花,我就钓那些水中的云影,我就钓那些失去了的闲情。

而事实上乡居的日子,一切都满着、溢着,我不禁窃笑起自己来了。我何须钓些什么呢?我竟那样不可救药地怀着都市人的想法。我何须花呢?这些日子本来就如同花心中的小憩。我何须云影?它们在我窗前日夜周游。我何须额外的闲情。我早已拥有它——在我心灵的深处。

让日子周而复始,让生活如一支七节鞭笞打我们,我们能忍受——我们曾有炳耀的今夏。

乡居的日子是一钵黄金,在我们贫乏的生活中流溢着旧王族的光辉。

愁 乡 石

到"鹅库玛"度假去的那一天,海水蓝得很特别。

每次看到海,总有一种瘫痪的感觉,尤其是看到这种碧入波心的、急速涨潮的海。这种向正前方望去直对着上海的海。

"只有四百五十海里。"他们说。

我不知道四百五十海里有多远,也许比银河还要迢遥吧? 每次想到上海,总觉得像历史上的镐京或是洛邑那么幽渺,那样让人牵起一种又凄凉又悲怆的心境。我们面海而立,在浪花与浪花之间追想多柳的长安与多荷的金陵,我的乡愁遂变得又剧烈又模糊。

可惜那一片江山,每年春来时,全交付给了千林啼鴂。

明孝陵的松涛在海浪中来回穿梭,那种声音、那种色泽,恍惚间竟有那么相像。记忆里那一片乱映的苍绿已经好虚幻好飘渺了,但不知为什么,老忍不住要用一种固执的热情去念诵它。

有两三个人影徘徊在柔软的沙滩,拣着五彩的贝壳。那些炫人的小东西像繁花一样地开在白沙滩上,给发现的人一种难言的惊喜。而我站在那里,无法让悲激的心怀去适应一地的色彩。

蓦然间,沁凉的浪打在我的脚上,我没有料到那一下冲撞竟有那么裂人心魄。想着海水所来的方向,想着上海某一个不知名的滩头,我便有一种嚎哭的冲动。而哪里是我们可以恸哭的秦庭? 哪里是申包胥可以流七日泪水的地方? 此处是异国,异国寂凉的海滩。

他们叫这一片海为中国海,世上再没有另一个海有这样美丽沉郁的名字了。小时候曾经多么神往于爱琴海,多么迷醉于想象中那抹灿烂的晚霞,而现在,在这个无奈的多风下午,我只剩下一个爱情,爱我自己国家的名字,爱这个蓝得近乎哀愁的中国海。

而一个中国人站在中国海的沙滩上遥望中国,这是一个怎样咸涩的下午!

遂想起那些在金门的日子,想起在马山看对岸的角屿,在湖井头看对岸的何厝。望着那一带山峦,望着那块使东方人骄傲了几千年的故土,心灵便脆薄得不堪一声海涛。那时候忍不住想到自己为什么不是一只候鸟,犹记得在每个江南草长的春天回到旧日的梁前,又恨自己不是鱼,可以绕着故国的海滩岩岸而流泪。

海水在远处澎湃,海水在近处澎湃,海水徒然地冲刷着这个古老民族的羞耻。

我木然地坐在许多石块之间,那些灰色的,轮流着被海水和阳光煎熬的小圆石。

那些岛上的人很幸福地过着他们的日子,他们在历史上从来不曾辉煌过,所以他们不必痛心。他们没有骄傲过,所以无须悲哀。他们那样坦然地说着日本话、给小孩子起日本名字,在国民学校的旗杆上竖着别人的太阳旗,他们那样怡然地顶着东西、唱着歌,走在美国人为他们铺的柏油路上。

他们有他们的快乐。那种快乐是我们永远不会有也不屑有的。我们所有的只是超载的乡愁。只是世家子弟的那份茕独。

海浪冲逼而来,在阳光下亮着残忍的光芒。海雨天风,在在不放过旅人的悲思。我们向哪里去躲避?我们向哪里去遗忘?

小圆石在不绝的浪涛中颠簸着,灰白的色调让人想起流浪者的霜鬓。我拣了几个,包在手绢里,我的臂膀遂有着十分沉重的感觉。

忽然间,就那样不可避免地忆起了雨花台,忆起那闪亮了我整个童年的璀璨景象。那时候,那些彩色的小石曾怎样地令我迷惑。有阳光的假日,满山的拣石者挑剔地品评着每一块小石子。那段日子为什么那么短呢?那时候我们为什么不能预见自己的命运?在去国离乡的岁月里,我们的箱箧里没有一撮故国的泥土。更不能想象一块雨花台石子的奢侈了。

灰色的小圆石一共是七块,它们停留在海滩上想必已经很久了,每一次海浪的冲撞便使它们更浑圆一些。

雕琢它们的是中国海的浪花,是来自上海的潮汐,日日夜夜,它们听

着遥远的消息。

把七块小石转动着,它们便发出琅然的声音,那声音里有着一种神秘的回响,呢喃着这个世纪最大的悲剧。

"你拣的就是这个?"

游伴们从远远近近的沙滩走了回来,展示着他们彩色缤纷的贝壳。

而我什么也没有,除了那七颗黯淡的灰色石子。

"可是,我爱它们。"我独自走开去,把那七颗小石压在胸口上,直压到我疼痛得淌出眼泪来。在流浪的岁月里我们一无所有,而今,我却有了它们。我们的命运多少有些类似,我们都生活在岛上,都曾日夜凝望着一个方向。

"愁乡石!"我说,我知道这必是它的名字,它决不会再有其他的名字。

我慢慢地走回去,鹅库玛的海水在我背后蓝得叫人崩溃,我一步一步艰难地摆脱它。而手绢里的愁乡石响着,响着久违的乡音。

无端的,无端的,又想起姜白石,想起他的那首八归。

最可惜的那一片江山,每年春来时,全交付给了千林啼鴂。

愁乡石响着,响一片久违的乡音。

后记:鹅库玛系冲绳岛极北端之海滩,多有异石悲风。西人设基督教华语电台于斯,以其面对上海及广大的内陆地域。余今秋(一九六七)曾往一游,去国十八年。虽望乡亦情怯矣。是日徘徊低吟,黯然久之。

种种有情

　　有时候,我到水饺店去,饺子端上来的时候,我总是怔怔地望着那一个个透明饱满的形体,北方人叫它"冒气的元宝",其实它比冷硬的元宝好多了,饺子自身是一个完美的世界,一张薄茧,包覆着简单而又丰盈的美味。

　　我特别喜欢看的是捏合饺子边皮留下的指纹,世界如此冷漠,天地和文明可能在一刹那之间化为炭劫,但无论如何,当我坐在桌前,上面摆着的某个人亲手捏合的饺子,热雾腾腾中,指纹美如古陶器上的雕痕,吃饺子简直可以因而神圣起来。

　　"手泽"为什么一定要拿来形容书法呢? 一切完美的留痕,甚至饺皮上的指纹不都是美丽的手泽吗? 我忽然感到万物的有情。

　　巷口一家饺子馆的招牌是正宗川味山东饺子馆,也许是一个四川人和一个山东人合开的,我喜欢那招牌,觉得简直可以画入清明上河图,那上面还有电话号码,前面注着 TEL,算是有了三个英文字母,至于号码本身,写的当然是阿拉伯文,一个小招牌,能涵容了四川、山东、中文、阿拉伯(数)字、英文,不能不说是一种可爱。

　　校车反正是每天都要坐的,而坐车看书也是每天例有的习惯,有一天,车过中山北路,劈头栽下一片叶子竟把手里的宋诗打得有了声音,多么令人惊异的断句法。

　　原来是通风窗里掉下来的,也不知是刚刚新落的叶子,还是某棵树上的叶子在某时候某地方,偶然憩在偶过的车顶上,此刻又偶然掉下来的,我把叶子揉碎,它是早死了,在此刻,它的芳香在我的两掌复活,我揸开微绿的指尖,竟恍惚自觉是一棵初生的树,并且刚抽出两片新芽,碧绿而芬芳,温暖而多血,镂饰着奇异的脉络和纹路,一叶在左,一叶在右,我是庄

严地合着掌的一截新芽。

两年前的夏天，我们到堪萨斯去看朱和他的全家——标准的神仙眷属，博士的先生，硕士的妻子，数目"恰恰好"的孩子，可靠的年薪，高尚住宅区里的房子，房子前的草坪，草坪外的绿树，绿树外的蓝天……

临行，打算合照一张，我四下浏览，无心地说：

"啊，就在你们这棵柳树下面照好不好？"

"我们的柳树？"朱忽然回过头来，正色地说，"什么叫我们的柳树？我们反正是随时可以走的！我随时可以让它不是'我们的柳树'。"

一年以后，他和全家都回来了，不知堪萨斯城的那棵树的如今属于谁——但朱属于这块土地，他的门前不再有柳树了，他只能把自己栽成这块土地上的一片绿意。

春天，中山北路的红砖道上有人手拿着用粗绒线做的长腿怪鸟在兜卖，风吹着鸟的瘦胫，飘飘然好像真会走路的样子。

有些外国人忍不住停下来买一只。

忽然，有个中国女人停了下来，她不顶年轻，大概三十左右，一看就知是由于精明干练日子过得很忙碌的女人。

"这东西很好，"她抓住小贩，"一定要外销，一定赚钱，你到××路××巷×号二楼上去，一进门有个×小姐，你去找她，她一定会想办法给你弄外销！"

然后她又回头重复了一次地址，才放心走开。

台湾怎能不富，连路上不相干的路人也会指点别人怎么做外销，其实，那种东西厂商也许早就做外销了，但那女人的热心，真是可爱得紧。

暑假里到中部乡下去，弯入一个岔道，在一棵大榕树底下看到一个身架特别小的孩子，把几根绳索吊在大树上，他自己站在一张小板凳上，结着简单的结，要把那几根绳索编成一个网花盆的吊篮。

他的母亲对着他坐在大门口，一边照顾着杂货店，一边也编着美丽的结，蝉声满树，我停下来搭讪着和那妇人说话，问她卖不卖，她告诉我不能卖，因为厂方签好契约是要外销的。带路的当地朋友说他们全是不露声色的财主。

我想起那年在美国逛梅西公司，问柜台小姐那架录音机是不是台湾做的，她回了一句：

"当然，反正什么都是日本跟台湾来的。"

我一直怀念那条乡下无名的小路，路旁那一对富足的母子，以及他们怎样在满地绿荫里相对坐编那织满了蝉声的吊篮。

我习惯请一位姓赖的油漆工人，他是客家人，哥哥做木工，一家人彼此生意都有照顾。有一年我打电话找他们，居然不在，因为到关岛去做工程了。

过了一年才回来。

"你们也是要三年出师吧。"有一次我没话找话跟他们闲聊。

"不用，现在两年就行。"

"怎么短了？"

"当然，现代人比较聪明！"

听他说得一本正经，顿时对人类前途都觉得乐观了起来，现代的学徒，不用生炉子，不用倒马桶，不用替老板娘抱孩子，当然两年就行了。

我一直记得他们一口咬定现代人比较聪明时脸上那份尊严的笑容。

老王是一个包工头，圆滚滚的身材加上圆头圆脸圆眼睛——甚至还有个圆鼻子。

可是我一直觉得他简直诗意得厉害。

一张估价单，他也要用毛笔写，还喜欢盯着人问："怎么？这笔字不顶难看吧？"

碰到承包大工程，他就要一个人躲到乌来去，在青山绿水之间仔细推敲工和料的盈亏。

有一次，偶然闲谈，他兴高采烈地提到他在某某地方做过工程。那是一个军事单位。

"有人说那里有核子弹，你看到没有？"

"当然有！"

"有，又怎么会让你看见？"我笑了起来。

"老实说，我也没看见，"他也笑起来，不过仍是理直气壮的，"不过，有，我也说有，没有，我也说有，反正我就是硬要说它有。我们做老百姓的就是这样。"

有没有核子弹忽然变得不重要，有老王这样的人才是件可爱的事。

学校下面是一所大医院，黄昏的时候，病人出来散步，有些探病的人

也三三两两地散步。

那天,我在山径上便遇见了几个这样的人。

习惯上,我喜欢走慢些去偷听别人说话。

其中有一个人,抱怨钱不经用,抱怨着抱怨着,像所有的中老年人一样,话题忽然就回到四十年前一块钱能买几百个鸡蛋的老故事上去了。

忽然,有一个人憋不住地叫了起来:

"你知道吗,抗战前,我念初中,有一次在街上捡到一张钱,哎呀,后来我等了一个礼拜天,拿着那张钱进城去,又吃了馆子,又吃了冰淇淋,又买了球鞋,又买了字典,又看了电影,哎呀,钱居然还没有花完呐……"

山径渐高,黄昏渐冷。

我驻下脚,看他们渐渐走远,不知为什么,心中涌满了对黄昏时分霜鬓的陌生客的关爱,四十年前的一个小男孩,曾被突来的好运弄得多么愉快,四十年后山径上薄凉的黄昏,他仍然不能忘记……不知为什么,我忽然觉得那人只是一个小男孩,如果可能,我愿意自己是那掉钱的人,让人世中平白多出一段传奇故事……

无论如何,能去细味另一个人的惆怅也是一件好事。

元旦的清晨,天气异样的好,不是风和日丽的那种好,是清朗见底毫无渣滓的一种澄澈。我坐在计程车上赶赴一个会,路遇红灯时,车龙全停了下来,我无聊地探头窗外,只见两个年轻人骑着机车,其中一个说了几句话忽然兴奋地大叫起来:"真是个好主意啊!"我不知他们想出了什么好主意,但看他们阳光下无邪的笑脸,也忍不住跟着高兴起来,不知道他们的主意是什么主意,但能在偶然的红灯前遇见一个以前没见过以后也不会见到的人真是一个奇异的机缘。他们的脸我是记不住的,但那不重要,重要的是我记得他们石破天惊的欢呼,他们或许去郊游,或许去野餐,或许去访问一个美丽的笑靥如花的女孩,他们有没有得到他们预期的喜悦,我不知道,但我至少得到了,我惊喜于我能分享一个陌路的未曾成形的喜悦。

有一次,路过香港,有事要和乔宏的太太联络,习惯上我喜欢凌晨或午夜打电话——因为那时候忙碌的人才可能在家。

"你是早起的还是晚睡的?"

她愣了一下。

"我是既早起又晚睡的,孩子要上学,所以要早起,丈夫要拍戏,所以要晚睡——随你多早多晚打来都行。"

这次轮到我愣了,她真厉害,可是厉害的不止她一个人。其实,所有为人妻为人母的大概都有这份本事——只是她们看起来又那样平凡,平凡得自己都弄不懂自己竟有那么大的本领。

女人,真是一种奇怪的人,她可以没有籍贯、没有职业,甚至没有名字地跟着丈夫活着,她什么都给了人,她年老的时候拿不到一文退休金,但她却活得那么有劲头,她可以早起可以晚睡,可以吃得极少可以永无休假地做下去。她一辈子并不清楚自己是在付出还是在拥有。

资深主妇真是一种既可爱又可敬的角色。

文艺会谈结束的那天中午,我因为要赶回宿舍找东西,午餐会上迟到了三分钟,慌慌张张地钻进餐厅,席次都坐好了,大家已经开始吃了,忽然有人招呼我过去坐,那里刚好空着一个座位,我不假考虑地就走过去了。

等走到面前,我才呆了,那是谢东闵主席右首的位子,刚才显然是由于大家谦虚而变成了空位,此刻却变成了我这个冒失鬼的位子,我浑身不自在起来,跟"大官"一起总是件令人手足无措的事。

忽然,谢主席转过头来向我道歉:

"我该给你夹菜的,可是,你看,我的右手不方便,真对不起,不能替你服务了。你自己要多吃点。"

我一时傻眼望着他,以及他的手,不知该说什么。那只伤痕犹在的手忽然美丽起来,炸得掉的是手指,炸不掉的是一个人的风格和气度。我拼命忍住眼泪,我知道,此刻,我不是坐在一个"大官"旁边,而是一个温煦的"人"的旁边。

经过火车站的时候,我总忍不住要去看留言牌。

那些粉笔字不知道铁路局允许它保留半天或一天,它们不是宣纸上的书法,不是金石上的篆刻,不是小笺上的墨痕,它们注定立刻便要消逝——但它们存在的时候,它是多好的一根丝缕,就那样缩住了人间种种的牵牵绊绊。

我竟把那些句子抄了下来:

缎:久候未遇,已返,请来龙泉见。

春花:等你不见,我走了(我二点再来)。荣。

展:我与姨妈往内埔姐家,晚上九时不来等你。

每次看到那样的字总觉得好,觉得那些不遇、焦灼、愚痴中也自有一份可爱。一份人间的必要的温度。

还有一个人,也不署名,也没称谓,只扎手扎脚地写了"吾走矣"三个大字,板黑字白,气势好像要突破挂板飞去的样子。也不知道究竟是写给某一个人看的,还是写给过往来客的一句诗偈,总之,令人看得心头一震!

《红楼梦》里麻鞋鹑衣的疯道人可以一路唱着《好了歌》,告诉世人万般"好"都是因为"了断"尘缘,但为什么要了断呢?每次我望着大小驿站中的留言牌,总觉万般的好都是因为不了不断,不能割舍而来的。

天地也无非是风雨中的一座驿亭,人生也无非是种种羁心绊意的事和情,能题诗在壁总是好的!

咏 物 篇

柳

所有的树都是用"点"画成的,只有柳,是用"线"画成的。

别的树总有花,或者果实,只有柳,茫然地散出些没有用处的白絮。

别的树是密码紧排的电文,只有柳,是疏落的结绳记事。

别的树适于插花或装饰,只有柳,适于霸陵的折柳送别。

柳差不多已经落伍了,柳差不多已经老朽了,柳什么实用价值都没有——除了美。柳树不是匠人的树,它是诗人的树,情人的树。柳是愈来愈少了,我每次看到一棵柳都会神经紧张地屏息凝视——我怕我有一天会忘记柳,我怕我有一天读到白居易的"何处未春先有思,柳条无力魏王堤",或是韦庄的"晴烟漠漠柳毵毵"竟必须去翻字典。

柳树从来不能造成森林,它注定是堤岸上的植物,而有些事,翻字典也是没用的,怎么的注释才使我们了解苏堤的柳,在江南的二月天梳理着春风隋堤的柳怎样茂美如堆烟砌玉的重重帘幕。

柳丝条子惯于伸入水中,去纠缠水中安静的云影和月光。它常常巧妙地逮着一枚完整的水月,手法比李白要高妙多了。

春柳的柔条上暗藏着无数叫做"青眼"的叶蕾,那些眼随兴一张,便喷出几脉绿叶,不几天,所有谷粒般的青眼都拆开了。有人怀疑彩虹的根脚下有宝石,我却总怀疑柳树根下有翡翠——不然,叫柳树去哪里吸收那么多纯净的碧绿呢?

木 棉 花

所有开花的树看来都该是女性的,只有木棉花是男性的。

木棉树又干又皱,不知为什么,它竟结出那么雪白柔软的木棉,并且用一种不可思议的优美风度,缓缓地自枝头飘落。

木棉花大得骇人,是一种耀眼的橘红色,开的时候连一片叶子的衬托都不要,像一碗红曲酒,斟在粗陶碗里,火烈烈的,有一种不讲理的架势,却很美。

树枝也许是干得狠了,根根都麻绉着,像一只曲张的手——肱是干的、臂是干的,连手肘、手腕、手指头和手指甲都是干的——向天空讨求着什么,撕抓些什么。而干到极点时,树枝爆开了,木棉花几乎就像是从干裂的伤口里吐出来的火焰。

木棉花常常长得极高,那年在广州初见木棉树,不知是不是因为自己年纪特别小,总觉得那是全世界最高的一种树了,广东人叫它英雄树。初夏的公园里,我们疲于奔命地去接拾那些新落的木棉,也许几丈高的树对我们是太高了些,竟觉得每团木棉都是晴空上折翼的云。

木棉落后,木棉树的叶子便逐日浓密起来,木棉树终于变得平凡了,大家也都安下一颗心,至少在明春以前,在绿叶的掩覆下,它不会再暴露那种让人焦灼的奇异的美了。

流苏与诗经

三月里的一个早晨,我到台大去听演讲,讲的是"词与画"。

听完演讲,我穿过满屋子的"权威",匆匆走出,惊讶于十一点的阳光柔美得那样无缺无憾——但也许完美也是一种缺憾,竟至让人忧愁起来。

而方才幻灯片上的山水忽然之间都遥远了,那些绢,那些画纸的颜色都黯淡如一盒久置的香。只有眼前的景致那样真切地逼来,直把我逼到一棵开满小白花的树前,一个植物系的女孩子走过,对我说:"这花,叫流苏。"

那花极纤细,连香气也是纤细的,风一过,地上就添了一层纤纤细细的白,但不知怎的,树上的花却也不见少。对一切单薄柔弱的美我都心疼着。总担心它们在下一秒钟就不存在了,匆忙的校园里,谁肯为那些粉簌簌的小花驻足呢?

不太喜欢"流苏"这个名字,听来仿佛那些花都是垂挂着的,其实那些花全都向上开着,每一朵都开成轻扬上举的十字形——我喜欢十字花科的花,那样简单地交叉的四个瓣,每一瓣之间都是最规矩的九十度,有一诚恳的美——像一部四言的诗经。

如果要我给那棵花树取一个名字,我就要叫它诗经,它有一树美丽的四言。

栀 子 花

有一天中午,坐在公路局的车上,忽然听到假警报,车子立刻调转方向,往一条不知名的路上疏散去了。

一刹间,仿佛真有一种战争的幻影在蓝得离奇的天空下涌现——当然,大家都确知自己是安全的,因而也就更有心情幻想自己的灾难之旅。

由于是春天,好像不知不觉间就有一种流浪的意味。季节正如大多数的文学家一样,第一季照例总是华美的浪漫主义,这突起的防空演习简直有点郊游趣味,不经任何人同意就自作主张而安排下的一次郊游。

车子走到一个奇异的角落,忽然停了下来,大家下了车,没有野餐的纸盒,大家只好咀嚼山水,天光仍蓝着,蓝得每一种东西都分外透明起来。车停处有一家低檐的人家,在篱边种了好几棵复瓣的栀子花,那种柔和的白色是大桶的牛奶里勾上那么一点子蜜。在阳光的烤炙中凿出一条香味的河。

如果花香也有颜色,玫瑰花香所掘成的河川该是红色的,栀子花的花香所掘的河川该是白色的,但白色有时候比红色更强烈、更震人。

也许由于这世界上有单瓣的栀子花,复瓣的栀子花就显得比一般的复瓣花更复瓣。像是许多叠的浪花,扑在一起,纠住了,扯不开,结成一攒花——这就是栀子花的神话吧!

假的解除警报不久就拉响了,大家都上了车,车子循着该走的正路把各人送入该过的正常生活中去了。而那一树栀子花复瓣的白和复瓣的香

都留在不知名的篱落间，径自白着香着。

花　拆

花蕾是蛹，是一种未经展示未经破茧的浓缩的美。花蕾是正月的灯谜，未猜中前可以有一千个谜底。花蕾是胎儿，似乎混沌无知，却有时喜欢用强烈的胎动来证实自己。

花的美在于它的无中生有，在于它的穷通变化。有时，一夜之间，花拆了，有时，半个上午，花胖了，花的美不全在色、香，在于那份不可思议。我喜欢慎重其事地坐着看昙花开放，其实昙花并不是太好看的一种花，它的美在于它的仙人掌的身世所给人的沙漠联想，以及它猝然而逝所带给人的悼念。但昙花的拆放却是一种扎实的美，像一则爱情故事，美在过程，而不在结局。有一种月黄色的大昙花，叫"一夜皇后"的，每颤开一分，便震出噗然一声，像绣花绷子拉紧后绣针刺入的声音，所有细致的蕊丝，登时也就跟着一震，那景象常令人不敢久视——看久了不由得要相信花精花魄的说法。

我常在花开满前离去，花拆一停止，死亡就开始。

有一天，当我年老，无法看花拆，则我愿以一堆小小的春桑枕为收报机，听百草千花所打的电讯，知道每一夜花拆的音乐。

春之针缕

春天的衫子有许多美丽的花为锦绣，有许多奇异的香气为熏炉，但真正缝纫春天的，仍是那一针一缕最质朴的棉线——

初生的禾田，经冬的麦子，无处不生的草，无时不吹的风，风中偶起的鹭丝，鹭丝足下恣意黄着的菜花，菜花丛中扑朔迷离的黄蝶……

跟人一样，有的花是有名的，有价的，有谱可查的，但有的没有，那些没有品秩的花却纺织了真正的春天。赏春的人常去看盛名的花，但真正的行家却宁可细察春衫的针缕。

酢浆草常是以一种倾销的姿态推出那些小小的紫晶酒钟，但从来不粗制滥造。有一种菲薄的小黄花凛凛然地开着，到晚春时也加入抛散白絮的行列,很负责地制造暮春时节该有的凄迷。还有一种小草莓的花,白得几乎像梨花——让人不由得心里矛盾起来,因为不知道该祈祷留它为一朵小白花,或化它为一盏红草莓。小草莓包括多少神迹啊。如何棕黑色的泥土竟长出灰褐色的枝子,如何灰褐色的枝子会溢出深绿色的叶子,如何深绿色的叶间会沁出珠白的花朵,又如何珠白的花朵已锤炼为一块碧涩的祖母绿,而那颗祖母绿又如何终于兑换成浑圆甜蜜的红宝石。

春天拥有许多不知名的树,不知名的花草,春天在不知名的针缕中完成无以名之的美丽。

万物伙伴

　　三百年前，十七世纪的中叶，一群学者和诗人，将他们辛苦辑成的一大套丛书，呈给龙椅上的康熙皇帝。后来，那批编者死了，那皇帝读者也死了，而那套书却印了出来，可以在今天任何一个有规模的图书馆里找到，那本书是"咏物诗"，包括中国历代大诗人对万物的歌咏。

　　吃满汉全席，也许是皇族特有的口福，但读诗，读咏物诗，却已是每一个小老百姓的权利。诗，从来不会不属于人类全体。

　　西洋人论诗，每每强调叙事诗、抒情诗或者牧歌，但中国人却喜欢说咏物、咏史、咏怀。"物"在中国已经成为一种可以歌颂，可以细描，可以玩味的诗歌题材了。正如在艺术方面中国人不习惯说画"画"，我们一定要说画山水、画人物、画花鸟、画四君子……

　　咏物诗在中国诗的历史中当然不能算最优秀的作品，但令人惊讶的是，"物"在中国，有其比西洋诗中更高贵的形象。"天人合一"是比较抽象不易捉摸的，"物我无间"倒比较合乎中国人更实际的生活，庄子说："天地与我并立，而万物与我为一。"事实上，天，经常被看做"物"，连人，也是"人物"，人既为"万物之灵"，也是万物的一支吧！人死了，变成鬼，就中国人来看，仍是"物"，是"异物"。

　　中国上古史里的圣王当然都是最有智慧最深沉的人，然而他们获得智慧的方法既不是"面壁"，也不是"闭关"，相反，他们"仰则观象于天""俯则观法于地""视鸟兽之文与地之宜"，然后，他们获得了统驭的智慧。中国的政治家，是透过"自然观察家"、"哲学家"而成为"政治理论家"的。中国的君子懂得"自强不息"的道理，是因为有感于"天行健"。中国的圣人是看到"逝者如斯"的东流水，震撼于"不舍昼夜"的自然力量，方会回身观照，急于想把自己冲激成一川洪流。

　　这不仅是士大夫的观念,事实上取法自然,从万物体悟人生,也是一般小百姓的想法。武侠小说里固然有时也承认秘笈的权威,但一派宗师在融会贯通天下武学之际,总是独凌绝峰,并且从大海日出、白鹤腾空、瀑布断流、风舞琼花等现象获得灵感上的突破。在这种事上,武学分明又是一种诗学,一种美学。在中国,几乎所有的智慧体悟都来自对万物的观察。

　　中国的文字,就其象形本质而论,是采取"画成其'物',随体诘诎"的办法。你可以不认识"稷"字,但你知道它是禾的一种,是广大田野中青青的翠意。你可以不认识"麋",但你知道它是鹿族里的一脉,是浅溪旁呼伴饮水的善良生物。你可以不认识"雯",却可以想象它是一种美丽的天象,是云霞的妹妹。

　　作为一个中国人,每天,在每一个文字上遇见万物的速写像。我们在一张简单的报纸上重见"日""月""山""川",它们仍然那样传神地勾画着初民对万物的惊喜赞叹。当我们看到"册"字,它向我们显示那穿在一条线上厚实整齐的竹简。当我们看到"果"字,它沉甸甸地悬在最高枝的喜悦感仍然是极真实的,我们不由得感到与万物有亲有故的那份真切情意。

　　然后,忽焉一声炸雷,我们就看到"物竞天择""弱肉强食"的新旗号,我们还来不及分辨这句话在生物学上的正确意义,它已经就变成政客和野心家的金科玉律了……

　　但是,我们仍然记得我们是来自一个和万物有亲有故的民族。

　　这个民族,曾产生庄子。他像一个小学老师,他第一次把我们引离教室,带我们站在春天的原野上,教我们看天、看云、看花草、看尘泥,然后告诉我们说:"物无贵贱。"我们认真地想着他所说的"齐物论",直等到一只蜻蜓误停在我们的肩上,我们终于相信我们都只不过是一个小小的客旅,我们之间并无大小之差尊卑之别。金星难道比土星高贵吗?太阳比月亮美丽吗?人比蜉蝣活得更长吗?

　　韩愈说:"有其翼者去其角。"在中国人看来,没有谁是绝对的强者,如果说"适者生存",则万物莫不是"适者",上天不会造一只有翅膀的老虎,也不会造一只生有大角的老鹰。柔弱无依的墨鱼,在事急时也有它"防御性的武器"。换句话说,这是一个"有饭大家吃""人人都有得混"的众生平等的世界。

　　在这种观念之下,万物都各安其位,各得其所,大如山的自然可以入

画，小如沙砾亦自有景观（近世有显微摄影，一幅盐结晶的构图，一幅"精子力争上游图"，莫不动人良深）。明灿如钻石的是美，沉黯如黑玉的也是美。刚如削壁虽足取法，柔似春水也能给人许多启示。像虎豹一样强，固然可以傲啸山林，像小蜥蜴一样弱，也有资格享受成色十足的阳光……

因此，张横渠会说："民吾同胞，物吾与也。"翻成白话文就是："人类，是我的手足弟兄，万物，是我一伙的朋友。"

既不是逞能地去霸占万物，也不是无能地役于万物，只是一个欢欢喜喜的孩子，走在欢欢喜喜的阳光里，觉得眼前一切鸟兽虫鱼花树草木全都与自己有亲有故的那种心情。也因此，程颢会写下"万物静观皆自得，四时佳兴与人同"的句子，朱晦庵会持有"好鸟枝头亦朋友，落花水面皆文章"的烂漫天机。

旧式塾师的诗学教育，也是从万物之情体会出来的，老师说"天"，学生要懂得说"地"，老师说"桃红"，学生对"柳绿"。就这样，在对对子——这种师生间的"合法抬杠"——中，中国小孩学会了写诗，学会了陆机所说的那种"挫万物于笔端"的本领。

当然，反过来说，中国诗里也充满了"物"的和谐。孔子劝儿子读诗的理由之一是"可以在诗里认识鸟兽草木"。一本《诗经》，是从一条河畔写起的，水鸟和鸣，荇菜飘浮，好一卷澄澈无渣滓的歌。《楚辞》里是另一种植物，兰芷苾蕙，一派南国风物。连汉代乐府，也每每无缘无故地要拿"青青河畔草"做开头的固定格式。

可是，中国诗里写物跟美国诗人狄谨荪写蛇、康明思写蚱蜢是不相同的。"非人磨墨墨磨人"写的是墨吗？"百花发，我不发，我若发，都骇杀"写的是秋菊吗？咏物者常常弄不清楚自己手绘的是一幅蝴蝶，还是一幅自己，咏物者终于发现自己在万物里，万物在自己里。

不单诗，中国戏剧也惯于以物体贯穿剧情。《汉宫秋》里，前前后后只是那一把琵琶的抑扬悲欢。《桃花扇》，整个大明朝的兴亡全在一个金陵女子的扇底说完了。而《荆钗记》，一支小小的木棒做的头钗，却是贫微夫妻的爱情保障……

生命也是如此啊，几片瓦，一口井，一口老黑锅，故事就绕着小小的道具而推展。在那个古老的时代，每一件物都有先人的手泽，都有亲切的情意。不幸那时代远了，我们身处在一个"银货两讫"的商业社会里，我们是按着定价购物的一代,杯子只是杯子,笔只是笔,今年的衣服是明年的垃圾,月亮在荧光幕上自会出现,不必麻烦去看天上的那一轮。我们有无限膨胀的物欲,却不能通一点物情物趣。

学院的教育把我们变成善于分析的说明符号":",不知从什么时候开始,我们竟再也不会发出一声惊叹号"!"。

"江畔何人初见月?江月何年初照人?"

江畔见月者何止万万千千个,江月照人何止万万千千年?但谁是真正的"江畔见月人"呢?那必是一个带一声惊呼就穆然肃然把一颗心交给月光去浸得清极莹极的一位吧!而谁又是江月所真正愿意倾光相授的传人呢?那必是让月光也为之一震的光风霁月的君子吧?

与万物摩踵擦肩而过,谁是那得物趣、通物情、能友物、能契物的人呢?

我认识一位教植物学的老教授,他说:

"我年轻的时候,用显微镜观察叶子的组织,那时代的显微镜不够好,我们能看到的东西不够多,我常希望有更高倍数的显微镜出现,我们就会明白得多些。现在,我老了,这种显微镜出现了。奇怪的是,放大倍数增加以后,看到了更多的东西,引出的问题反而更多了,我忽然发现我比以前更不了解那些组织了!"

在他自己承认"不了解"的谦逊和敬畏中,我看到了他的"了解"。

让科学帮助我们"了解"我们的"不了解",这样,我们反而可以算为不太讨厌的"解人"。

让我们爱万物以及造物的天、成物的人。江月会一直俯照着春江,但见者自见,不见者自不见,不见者只能行在黑色的长夜里。万物是我们并生的伴侣,但侣者自侣,不侣者自不侣,失侣者只好孤单封闭地走完一生。

在一盏茶里饮千古的风流,在瓦斯炉前遥想燧人氏的风采,由一张纸上想见汉文明,捧一碗饭时懂得感谢嘉南平原上的老农,让事事物物都关情,让我们生活得更好奇,更惊讶,更感激。

一开头,我曾经说过,三百年前,有一批学者战战兢兢地编了一部"咏物诗"给皇帝看。而今,我所编的是一本"咏物散文"——不再编给皇帝看,而是编给更尊贵的一位——你——看的。你,一个中国人,配接受这一切的献呈。

再跟我们讲个笑话吧！

——怀念世棠

不知怎么开的头，他谈起他小时候，在上海弄堂里住，对面有一家义学，夜间上课，来的人都是目不识丁的三轮车夫或苦力之类的。夜晚，对面亮着灯，那些汉子诚心诚意地扮起乖乖的小学生来，一个个拉长调子念道：

"晋太元中，武陵人……"

他一边说，一边就吟起那调子。

我立刻为之五内震动，并且牢牢记住那吟法——我为什么如此？大约是为那些劳力者对知识的崇敬和感触万端。黄昏，拉了一天的车，扛了一天的货，那些人必然累了，但他们勉力来上学，来读《桃花源记》，美丽的晋代的桃花源对他们的现实生活能产生什么好处？大约什么都没有吧？但他们仍虔诚地大声吟诵，觉得好里有点什么可攀的高贵，什么可及的梦想……

我可怜徐世棠——这个说故事给我听的友人，他必须曾是一个富厚之家的寂寞小男孩吧？他为什么凭窗而望，并且牢牢记住那些汗污的面孔和书声？他重述那场景时为什么眼中有湿意，声中有悲悯？

认识世棠，是我大一那年，到最后一次和他通电话（在他死前二十天），这段友谊共是三十九年。

世棠在艺专读音乐，擅钢琴，所以在教会担任司琴的工作。他的钢琴在我听来简直是出神入化，像他的人，雄辩，滔滔不绝，而又娓娓动听。大伙隐约知道他家世不错，住在中山北路不知几条通里，反正那是某些有钱人住的地方。但世棠的穿着却刻意邋遢，大概那是他年轻时叛逆的一种

120

方式吧！一张肥头而又半张嘴的旧鞋尤其令人印象深刻。教会里向例都有个奉献箱,供人投进金钱,某次奉献箱里有位不知名的好心人提供了一笔钱,上面注明"供司琴弟兄买鞋之用"。他居然被当成济贫的对象了,朋友闻了,无不绝倒。

又有一次,下雨天,他不知哪里弄到一件又旧又大的斗篷式黑雨衣穿着,站在许昌街上,竟有路人把他当成三轮车夫,问他:

"××路去不去?"

那种款式的雨衣的确是车夫常穿的。我想他努力要在衣着上让自己摆脱那个有钱的家。他想做他自己,很普罗大众的自己,其实,只此一件事,大概就把他累得半死。

世棠圆脸圆眼睛,鼓胀的腮颊充满可爱的喜感。圣诞节扮起圣诞老人来非他莫属,我现在还能忆起他背上的礼物袋,他这一世也真像个圣诞老人,到处去散播好东西,只是,他似乎忘了留一件给自己了。

世棠天生有老人和小孩缘,读大学的时候,他有一次和朋友一起赴深山,到原住民的村落去,他背着一架手风琴,走到哪里便拉到哪里,每到一个村子,总能把一村的小孩迷死。

朋友相聚的时候世棠的角色永远不变,他是负责逗大家快乐的人,他总有说不完的笑话,又极善模仿人,大家笑得滚作一团的时候,他一径保持木木的一张脸,死撑着不笑,现在回想起来,不知道那里面有没有一种成分叫寂寞。

世棠有个奇怪的嗜好,是做蛋糕,当时很少人家里有烤箱,即使有,做蛋糕也该是女孩子的事——当然,这件事多少也和他的英文好有关系,当年并没有什么中文蛋糕食谱,要看懂英文食谱在当年来说是件难事。

世棠是梁实秋迷,梁教授是他的父执辈,他一提起梁教授便话题不绝:

"刚来台湾的时候,他就借住在我们家呀!逃难,到台湾,梁先生心情并不好。可是,晚上,梁师母在白灯罩上点了几点红点,梁先生便加上枝干,一幅红梅图就蹦出来了。"

我又一惊,和三轮车夫的故事一样动人,一个是劳力阶级对知识的虔敬信仰,一个是读书人对困厄环境的夷然眼神。两者都令我默然久之。

世棠后来一直常去梁家做客,梁家当年座上客不少,但能得梁先生的

冷隽和幽默之传的，似乎只世棠一人。

世棠的父母和冰心夫妇也熟，他小时候甚至是冰心的干儿子，前些年他还去访问过这位干妈。

世棠在艺专读书似乎不是什么乖乖牌的学生，但由于英文好，他倒是常被选作学生代表，去美国开些国际性的会。

"啊！美国有一种冰的点心，叫'火烧阿拉斯加'，一块雪糕，浇上酒，点上火一烧，立刻端上来。还有一种饮料叫 Root Bear，厚厚的玻璃杯，事先冰得透透的，杯上结了霜，把饮料倒进去，一喝，哇！……"我垂涎三尺，立志在有生之年一定要吃到这两种好东西。

由于爱英文，继艺专之后他又去读了辅仁外文。他的梦想是做个口译员，后来他果真考上联合国英翻中的口译员。不料才刚开始做，我们就退出了联合国，世棠不想留在那里做事，便毅然辞了职回国，供职于新闻局。

"呀！"见他回来，我说，"你不就是人家说的黑官吗？"

"哼，黑得厉害呢！"

由于没有正式的公务员铨叙资格，他的薪水极低，到了难以维生的程度。绝处逢生，倒也被他想出了一个办法，就是下班后到餐厅去弹钢琴，一方面赚外快，另一方面，勉强算是公余的休息——一个人想要拥抱自己的土地和人民，从现实层面来说有时也真是很艰难的。

那段时间世棠也回辅仁教书，倒是发生一件特别的事。有位女生，从南部来，读大一，是他英文班上的，她对老师的课十分入迷。不料到了下学期，她被学校分到第二班，而世棠教的是第一班，这女生很失望，打算不修这门课了，宁可去世棠班上旁听，世棠知道此事后力劝女孩照规定选课，女孩忖度，以为选了课之后，或者老师有什么神通把她调到第一班也未可知——不料没有。但等上课的时候，她才赫然发现世棠已经把自己调到第二班来了！这女孩说：

"我当时从南部来台北，土土的，从来不知道重视自己——而这件事改变了我的一生，我知道我得做好，免得让老师为我这样做却不值得。"

这女孩名叫黄迺毓，目前是师大家政研究所的教授。

世棠后来转去文建会工作，那是在申学庸教授主掌文建会的时候。

之后他又参与外贸协会的工作，前后共十三年，最近八年一直驻伦敦,也许由于年龄,他非常渴望回台湾,无奈未蒙许可,他有时候短期回来——只为听几场昆剧,真是手法豪奢。

他死后有人为他没能早离英国回到台湾惋惜,我则说:"如果我是他长官,我也不放他,这种中英文俱佳的人才到哪里去找!"

有一件事,世棠曾多次谢我,因为我一度对他说:

"你,那么能说的人,怎么可能不会写呢?试试看写点什么吧!"

世棠写了,果真文笔爽飒明亮,如短笛信吹,自成佳趣。

"都是晓风叫我写的呀!她说的,'能言者必能文'!"

我每次都想订正他的话,但都没说——其实,不是所有擅长说话的人都能写好文章。是那些说完故事能令人心神震动如山崩海啸的高手才能。世棠其实很像英文所形容的"讲故事的人"(storyteller),他永远能把故事陈述得那么好!奇怪的是有时候他那么孤傲难踪,但有时候他又那么认真卑微地用故事和笑话来取悦于人,什么场合只要有世棠在便热闹融洽,这种令人愉悦的才分不是常人轻易可以拥有的。

有时候世棠也试用文言文写文章,我惊奇之余才悟到他有些地方是十分古典的。例如他爱写信。其实这一点,颇令人难以招架。古老的书信艺术不是一般人能身体力行的,因而不免让自己陷入"欠信"的不义状态。欠信不比欠债好受,尤其在世棠过去后,我每次想到自己常不回他信,就内疚不已。

近五年来我一直希望世棠做一件事,我希望他能录一卷录音带,他讲的故事那么活灵活现,他不只属于我们这个时代,下个世纪的孩子应该也有权利分享他的声音。他立刻就被说动了,也许他本来即有此意吧?

最后一个暑假,他真的走进录音室,要为孩子们讲一个故事,什么故事呢?他想起自己八岁起就极爱的故事——王尔德的《快乐王子》。五十年过去了,他坐在录音室里娓娓地复述起这故事,他的声音干净敦实,充满感情:

　　——但是,他还没有张开翅膀,第三滴水又落了下来,他仰起头去看,他看见——啊!他看见了什么?

　　快乐王子的眼里装满了泪水,泪珠沿着他的黄金的脸颊流下来。他的脸在月光里显得这么美,叫小燕子的心里也充满了怜悯。

"你是谁?"他问道。

"我是快乐王子。"

"那么你为什么哭呢?"燕子又问,"你看,你把我一身都打湿了。"

"从前我活着,有一颗人心的时候,"王子慢慢地答道,"我并不知道眼泪是什么东西,因为我那时候住在无愁宫里,悲哀是不能进去的——"

"我觉得,他自己就是那个'快乐王子'!"他去世之后一位朋友斩钉截铁地说。

我想的确是吧?那个悲愁的快乐王子。

世棠走后我曾和他的老母亲通过电话,据她老人家说,世棠年少时曾立志当牧师,母亲以为不可,说他生性太爱说笑取闹,有所不宜。我听了不免吓一跳,因为三十多年的老友,我竟不知他当年有此心愿,当年一起长大的朋友中有几个看来特别虔诚深稳的,他们后来倒也的确不负众望做了牧师,但大家万万没有想到这位每次聚会都负责把大家肚子笑痛的一位,内心深处竟期望自己是一位驻堂牧师。

现在想来,也许他这一生所做的事都只是在实践他少年时期的梦想:他做口译员,他去新闻局、文建会,他做台湾驻英国的贸协主任,他写文章,他为孩童录音,他勤于给朋友写信并鼓励他们,这一切全等于在牧养这个世代,在服役这些人群。他终于做了另一种意义的牧师。

世棠独居在伦敦市郊,十二月廿六日有人还看见他,他可能死于十二月廿七日的心脏病,十二月三十日同事破门而入,才发现他已远行,得年五十九岁。死前他似乎正要出门,所以西装领带俨然,这样有尊严而不受苦的死法当然值得羡慕,悲伤的是我们这群还留在世上的朋友。谁能来跟我们再讲个笑话呢?人生的欢乐原来是这样稀少易逝,讲笑话的人一走,场子岂不立刻冷了。

什么时候,再跟我们讲个笑话吧!世棠!

原载 1998 年 2 月 16 日《"中国"时报》"人间"副刊

一半儿春愁，一半儿水

——溪城忆旧

那年，她十七岁，我也是。夏天放榜，她考取了东吴，我也是。她读会计，我读中文，我们都很快乐。

我们相约去看新校区，南部乡下来的同班同学——真的很南部，比高雄还南，我们是屏东来的小孩。

同学叫她"狮子"，倒不是因为她凶恶，而是因为她名叫师瑾，"师""狮"同音，大家就叫她"狮子"。

"狮子"长得美，一双大眼睛，慧黠灵动，莹澈渊深，仿佛一串说不完的谜面，令人沉吟费猜。狮子且清瘦，腰肢一把，轻盈若无，穿起那时代流行的蓬裙，直如云中仙子。

我们终于找到外双溪，那时是一九五八年，住在台北的人一时还没有学会污染的本领。我们站在溪边，我惊异于碧涧濑石之美——啊，教我怎么说呢，我只能说，那时候的水，真是水。没有杂质的水。

我当时忍不住跟狮子胡扯：

"我们去弄件游泳衣，下去游泳吧！"

其实，我只是说说，因为，第一，我根本不会游泳。第二，水也太浅，不可能施展身手。

但狮子这个人一向认真，她立刻很淑女地骂了一句：

"你神经啦！"

我懂她的意思，她是指光天化日，众目睽睽，一个女孩子只穿一件游泳衣便去戏水，岂不有伤风化？

而我当时那么说，无非想表达，此水清清，清到值得我们跳进去嬉戏！

四十年后的今天，我每周去东吴上小说课，经过溪边，总不免扼腕叹息。溪水啊！你昔日的美丽呢？虽然也有胆大的钓鱼者继续钓鱼，虽然也有一两只白鹭穿梭其间。但，那曾经澄澈如玉的溪水却早已不见了。

狮子，继续着她在人世间循规蹈矩的步伐，继续流盼她的美目，但乳癌却攫住她。她抗拒，她去开刀，她去复健，她认真地前往大陆寻求医疗，然而，三年前她终于走了。灵堂布满白色的姬百合，她连葬礼都规划得一丝不苟。

我该向谁去讨回我误撞异域的朋友呢？

一九五八年，东吴在外双溪的第一栋校舍落成，中文系一年级在"第一教室"上课（那位置，现在是注册组在使用）。班上同学只有十人，如果用成本会计的眼光来看，真是浪费。但小班上课实在是令人难忘的好经验，认真的教授甚至可以记得我们作品中的某些句子，像张清徽（张敬）老师，三十年后她偶然还能当面背诵我大四"曲选习作"的句子：

"沟里波澜拥又推，乱成堆，一半儿春愁一半儿水。"

令我又喜又愧。

然而，清徽老师也走了，祭吊时播放的不是哀乐而是她生前最喜欢的昆曲。啊！真是奇异的告别式啊！

"袅晴丝，吹来闲庭院……"

幽缓的《水磨调》，人生却是如此匆匆啊！

老师是旧式才女，有才华，又用功，连她的字我也是极喜欢的（虽然，不太有人知道她的书法）。她的古诗更写得好，浑茂质朴，情深意切，当今之日，华文世界，能写出这种水准的人，想来也不超过十个啊！

忆起清徽师，常忍不住恻恻而痛，因为同为女性，也因为疼惜，疼惜她这样的才女，却生不逢辰。她对自己的婚姻啧有烦言。但据我看，师丈并不坏。我有次在老师家中看到一帧佩剑少年的旧照片，那美少年英姿飒爽，足以令任何女子怦然心动，我问师丈：

"咦！这人是谁呀？"

"就是我呀！"

我当时大吃一惊！原来这不修边幅，说起话来颠三倒四的师丈，曾是早期清华的高材生，他英挺俊俏，眼神如电，令人形惭。他且又因抗战投身空军，可谓是才子又是英雄。老师当年倾心此人，本来应该可成一段佳话,但才子往往不容易与人相处,至于逢迎阿谀,当然更为不屑。在事业饱受挫折之余,他变得成天谈玄说命,不事生产。老师于是自怨自艾起来,词曲于她不失为一种及时的救赎。

啊!如果老师晚生五十年或者六十年,命运会不会好些?女性主义的大纛是不是让她可以活得更理直气壮一点?但反过来说如果她晚生六十年,那些来自书香世家的良好旧学根底也就没了——唉,人生实难啊!

何况,多年后,老师告诉我,她原为家计困窘,才在台大之外寻求兼课东吴的。那么,倒是我捡到便宜了,让我有一年之久领略她风趣隽永的授课。世事的凶吉休咎原是如此难卜,她的不幸,不料反而成就了我的幸运。

当这世上你可以称之为老师的人越来越少,学生却愈来愈多,真是件可悲的事。你眼看老成凋谢,却阻止不了他们的消失。于是你渐渐了解,原来,学者也不是永恒的,如果你不趁可请益的时候请益,将来,总有一天,你再也无法向他们请益了。

汪薇史(汪经昌)老师是我另一位恩师,不料在香港教书时发生车祸谢世。命运真是很奇怪的东西,汪老师和大多数外省老辈一样,对台湾的政治定位没什么把握。刚好,香港有意延聘他教书,他是希望能终老香港的,却不意为一辆不负责任的车子断了命。那司机何曾知道这一撞,撞碎了多少宝贵的曲学传承啊!

汪老师是曲学大师吴瞿安(吴梅)先生的弟子,在台湾曲学界可算得一代宗师。但奇怪的是他当初受聘中文系,所授的课程竟是"社会学"。

有一次,我请教汪老师要学词曲应该如何入手,他说应从《花间词》读,我再问从《花间词》读起如何读,他说,你来我家,我讲给你听。我从此每周两次去老师家听《花间词》,他讲给我一个人听,免费,而且供应晚餐。甚至我后来结了婚,仍赖皮如故。有时在老师家谈得兴起,不觉已至午夜。忽听得日式房子的矮墙外,有人用压低的清亮男高音的嗓子在叫:

"晓风!"

我一惊而起,推开抑扬清激的工尺谱,完了完了,一定又过了十二点了。于是乖乖出门,跟来"捉"我的丈夫一起回家。从龙泉街到永康街,坐在脚踏车后座上,一路犹想着老师婉转的笛声。这种情节一路上演到我生了孩子,实在脱不了身,才算罢休。而那时候,老师也正打算赴香港上

任去了。

我如今每次打开《花间词集》都不敢久读,因为一想起往事,就要流泪。

溪声千回,前尘如烟。连当年那可爱的会写情诗的学弟林炯阳也走了(至于他曾取得博士学位,当过中文系主任,算来都属"末节",他的诗人履历还是最可敬的)。我想,如今我只能珍惜活着的师友,并期待下一世纪的江山代出的人才。钟灵毓秀的溪城当能回应我的祈愿吧?

原载 1990 年 5 月 26 日《中华日报》副刊

重读一封前世的信

做编辑的，催起人来，几乎令人可以想见未来某一日死神来催命的情势。当然，往好处想，我今日既有本事死皮赖脸抵御编辑相催，他日，也许就不怎么怕死神的凌逼了。

我平日因疏懒成性，文债渐积渐多，只是，债多不愁，反正能躲则躲，能赖则赖，实在躲不掉也赖不掉的，就先应付一下。最近的债主是某报，人家要专案介绍我，不向我找资料又跟谁要资料呢？我很想哀告一声，说：

"喂，关于张晓风的资料，未必我张晓风就是权威呀！谁规定我该研究我自己？收集我自己？谁说我该提供有关张晓风的资料？我又不是给张晓风管资料的。"

如果要我在这世上找出少数几件我没什么大兴趣的事，"研究张晓风"一定会是其中的一项。想想，世上好玩的事有多么多呀！值得去留意一下的事有千桩万桩哩！譬如说：可以拿来做意大利面的特别小麦叫"杜兰小麦"，只有"杜兰"可以构成那迷人的韧劲。而且，意大利文有句"阿尔甸特"，意思便专指那份韧韧的嚼头。又譬如说马来人过新年的时候，晚辈跪拜父母，说"敏达玛阿夫"（minta maaf），意思是"请饶恕我过去一年得罪你的地方"（啊，我多么希望普天下的人过新年的时候都道这句话，它比"新年快乐"要有意思得多了）。又譬如台湾有种开在冬天的白色兰花叫"阿妈兰"（即祖母兰），开得天长地久，总也不谢，让人几乎以为它是永恒的。而开在春天的小朵紫色兰花却叫"小男孩"，一副顽皮又闯荡的样子。还有初夏时节，紫霞满树，危耸耸开遍洛杉矶和南美洲的那种"美死了人不偿命"的花树有个绕口的名字叫"夹卡润达"（GACARANTA），中文有个文绉绉的翻译叫"蓝花楹"……世上"杂学"无限，叫张晓风去搬

弄张晓风的资料,一方面是无趣,一方面也是胜之不武吧?

但人家在催,我也只好去找。"找自己"是件蛮累的事,而且往往并无收获。倒是有一天木匠阿陈来修衣橱,抖出一包信,我正打算拿去丢掉,不料却发现那泛黄的纸页上有一片熟悉的笔迹。凑近一看,几乎昏倒。天哪!那是朱桥的信啊!朱桥死了有三十年了吧?他曾经是多么优秀的一个编辑啊!而他是自杀死的,"自杀"在当年是个邪恶的不干净的字眼。他所服务的单位(幼狮系统)大概因而非常不以为然,所以他连身后该有的哀荣也没有捞到。丧礼上的亲属只有他的老姨妈,她用江北口音有腔有调地哭数着:

"朱家骏呀!你妈把你交给了我带来台湾呀!叫我以后回去怎么向你妈交代呀!"

过一会,想起来,她又补唱几句:

"你的志向高呀,平常的女孩子你都不要呀!至今还没成家呀!"

我非常惊讶,因为老姨妈似乎在用哭腔哭调告诉众亲朋好友:

"对于他的死,我是无罪的。不要以为我不照顾他,他没有成婚,他眼界高,他看上的女孩子人家看不上他,他的婚姻不是我耽误的……"

三十年后我才逐渐了解晚期的朱桥其实是在精神耗弱的状态下,产生了极度的"沮丧"。这事如果发生在今天,医生会认为这只不过是极平常的"忧郁症",每天早晨吃一颗"百忧解"也就过去了。可怜当年的朱桥虽一度皈依佛门,却仍然二度自杀,似乎下定必死的决心。

曾经,为了催稿,他在作者家中整夜苦苦守候。曾经,他自掏腰包预付某些作者的稿费。他曾经把《幼狮文艺》办得多么叫好又叫座啊!

此刻,这封三十三年前来自编者案头的信竟忽然出现在我眼底,令我惊悚流泪。是前世的信吗?真的有点像,古人是以三十年为一世的。虽然,所谓的三十年,其实,也只像一瞬。

那时代穷,还没有发明什么用五万十万的巨额奖金去鼓励文学青年的事(文学青年一概皆靠编者的信来加以鼓励)。1996年,我参加了奖金千元的"学艺竞赛",并且得了奖。我当时廿五岁,翌年,我获得中山文艺奖(奖金五万元),以后又曾获得十万的或四十万的奖金——奇怪的是,我最最难忘的却是这奖额千元的奖,只因评审会中有人因我的文章而哭泣。那泪水,胜过千万金银。

台湾刚解严的那阵子,有外国电视记者来访问,他提出的问题是:

"尚未解严的时候,你的写作是不是很不自由?"

我说:

"不,我一向都是自由的,我想写什么就写什么——问题是编辑,看他敢不敢登而已。"

1966 年,我写了《十月的哭泣》,算是当时威权能忍受的极限吧? 而朱桥在《幼狮文艺》上刊登此文,其实也冒着掼掉总编头衔的危险吧? 我当时少不更事,哪里知道自己痛快驰文之际,竟会害别人要赌上自己的前程。当今之世,肯为作者而一掷前程的编者又有几人呢?

朱桥的那封信是这样写的:

晓风小姐:

我愿意向你致最大的敬意,当我读完《十月的哭泣》之后,正和你含着泪写一样,我也含着泪读。今天,我给魏子云先生看,他比我更为激动,他不竟(仅)是热泪盈眶,而且他说要找一座山痛哭一场。

尼采说:"余最爱读以血泪写成的作品。"唯有以真诚的情感,才能打动人,特别是在我们今天处于这个惨痛的悲剧时代,本着这份感知,就我一个平凡的人而言,多少年的清晨与长夜,我都是为着一点爱国热忱,贡献了我能贡献的。就我编《幼狮文艺》后,虽然不如理想,但也看得出这份努力的心意。对于当前文坛上那些享受虚名与渔利之徒,时常令我齿冷,目前风气所趋,也是徒唤奈何的,因此,我对你抱着"那个题材不感动你的,而不遽尔下笔"是非常对的,希望你保持这份难得的态度。

学艺竞赛收稿已截止,就我观察而言,你的大作"获奖"是绝无问题的了。你信中说,你在情绪激动之下完成此作,有些小地方需要斟酌,我和魏子云先生研究很久,略为改动几处几个字,同时把题目拟改为《十月的阳光》。我们也知道,一字不改最好,因为你已用得很妥切了。为了免得被一些肤浅之辈断章取义,还是略加更改的为好,虽然,我们的刊物政治立场鲜明,但比任何民营报刊更不八股,别人不敢刊登的,我们反而敢刊登,我们敢刊登的别人亦未见得敢刊登,所以,改动数字几乎是必须的,尚请卓裁!

我非常快慰，能获得大作参加学艺竞赛，谢谢你给我们这篇好文章！敬祝

大安

朱桥　1966 年 10 月 17 日

以今天的标准来看，那篇文章只不过大胆真实，并没有忤逆之处。但是事隔几年，当齐邦媛教授和余光中教授两人要把该文选入某文选的时候，两人也彼此作壮语道：

"管他的，杀头就杀头，选是一定要选的。"

我很庆幸，齐余两人的大好头颅都安全无恙。而我，其实我并没有做什么坏事，我只不过在三十三年前的十月庆典上哭泣，当局一向要的是山呼万岁——而我却哭泣，不料竟引动众人与我一同哭泣……

啊！三十三年前，那曾是一个怎样的时代啊！

我曾于两年前为隐地的书写序，其中有段论述是这样写的：

曾经听一位老作家用十分羡慕的口吻说起现代年轻一辈的作者：

"我觉得他们真了不起，他们又聪明又有学问，又有文笔。他们以后的成就一定不得了——不像我们当年，没有科班出身，只好瞎摸！"

我反驳说：

"也不见得，这一代，他们的确比较精明干练，但要说文学上的成就，那又是另一回事了。"

"怎么说呢？"

"文学这东西，"我说，"太聪明的人根本碰不得，聪明人就会分心，就会旁骛。老一辈的作者，文学对他们而言就好像风雪暗夜荒原行路人手中所拿的那根小火炬，因为风大，你只好用手护着火苗——而护得急了，连手都差点烧烂。但你不能不好好护着它，因为在群狼当道的原野中，一旦火熄了，你就完了。那火炬成了你的唯一，你忍着手心的疼痛，抵死护好那小小的蹿动的火苗。

"现在的作者不是，写作是他众多本领中的一项，他靠此吃饭，或者不靠此吃饭,他表演,他享受掌声和金钱,他游走,他回来,他在排行榜上。他翻阅这个月的新书,他的心不痛,从来不痛,因为他是个快乐的书写作业员。

"而老一辈的作者,他们手中捧着火苗前行,那火苗便是文学。那烫得人手心灼痛欲焦的文学。你忍受,只因在茫茫荒郊、漫漫长夜,风雪相侵,生死交扣的时刻,舍此之外,你一无所有。

"相较之下,今日的文学是众多消费品中的一项,是琳琅市场上和肥皂和电池和冰箱除臭剂和洋芋片和保险套一起贩售的东西。一旦退货,立刻变成纸浆。

"现代的作者也许更有才华,但文学女神要的祭品却是你的痴狂和忠贞。"

我今天重读三十三年前一个编辑、一个文学人对年轻作者的殷殷期许,内心惶愧交煎。所有的生者对死者其实都欠着一副担子,因为死者谢世之际,无形中等于说了一句:

"担子,该由你们来挑了。"

当年曾经受人祝福,受人包容,受人期许的我,此刻,总该像地心的融雪之泉,为自己流经的土地而喷珠溅玉吧?

我真的肯做一个乐人之乐、苦人之苦、因别人的伤口而流血、因远方的哭声而倾泪的人吗?手中捏着前世的信,我逼问我自己。

原载 1999 年 7 月 18 日《联合报》副刊

劫　后

那天早晨大概是被白云照醒的,我想。云影一片接一片地从窗前扬帆而过,带着秋阳的那份特殊的耀眼。

阳光是真的出现了,阳光差不多可以嗅得出来——在那么长久的风雨和阴晦之后。我没有带伞便走了出去,澄碧的天空值得信任。

琉公圳的水退了,两岸的垂柳仍沾惹着黯淡的黑泥,那一夜它们必然曾经浸在泥泞的大水中。还有那些草,不知它们那一夜曾以怎样的荏弱去抗拒怎样的坚强。我只知道——凭着今天的阳光我知道——有一天,柳丝仍将毵毵如金,芳草将仍萋萋胜碧,生命永不会被击倒。

有些孩子,赤着脚在退去的水中嬉玩,手里还捏着刚捉到的泥腥的小鱼。欢乐仍在,游戏仍在,贫困中自足的怡情仍在。

巷子里,巷子外,快活的工人爬在屋顶和墙头上。调水泥的声音,砌砖块的声音,钉木桩的声音,那么协调地响在发亮的秋风里。受创的记忆忽然间变得很遥远,眼前只有音乐——这灾劫之后美丽的重建之声。于是便想起战争,想起使人类恐惧了很久却未出现的战争。忽然觉得并没有什么可怕,如果在那时只剩下一对男女,他们仍将削木为梳,裁叶为衣,并且举火为炊。生活的弦将永不辍断。

局促的瓦屋前,人人将团花的旧被撑在椅子上。微温的阳光下,那俗艳的花朵竟也出奇的动人。今夜,松香的软褥上,将升起许多安恬的梦。今夜将无风,今夜将无雨,今夜是可预料的甜蜜。

街头重新有了拥挤不堪的车辆和人群,车子停滞不前,大家都耐心地等着。灾劫之后,似乎人性变得和善了一些,也不十分在乎这几分钟的耽延了。交通车里,平常不交一言的同事也开始互相问询:

"府上还好吗?"

"还好，没有什么。"

"只进了一尺水。"

"我们家的水已经齐胸了。"

话题很愉快，余痛已不再写在脸上。每个人都高高兴兴的像负了伤仍然自豪的战士，去努力于恢复旧有的秩序。似乎大家都发现能有一张餐桌可供食，有一张干燥的旧床可供憩息是多么美好幸福的事。

菜场里再度熙攘起来，提着篮子的主妇愉快地穿梭着，并且重新有了还价的兴致。我第一次发现满筐的鸡蛋看来竟有那么圆润可爱。那微赤带褐的洛岛红，那晶莹欲穿的来亨，都像是什么战争中赢来的珠宝，被放在显要的位置上炫耀它所代表的胜利——在十一级的风之后，在十二级的水之后。

隔楼的琴声在久久的沉寂后终于响起，那既不成熟又不动听的旋律却令人几乎垂泪。在灾变之后，我忽然关心起那弹琴的小女孩，想她必然也曾惊悸过，哭泣过。而此刻，她的琴声里重新响起稳定而幸福的感觉，像一阕安眠曲，平复了日间的忧伤。

简单的琴声里，我似乎渐渐能看见那些山石下的死者，那些波涛中的生者，一刹那间，他们仿佛都成了我的弟兄。我与那些素未谋面的受难者同受苦难，我与那些饥寒的人一同饥寒。有时候，我甚至能亲切地想到几万年前的古人，在那个落地玻璃被吹破，黑暗中榉木地板上流着雨水的夜里，我便那么确实地感到他们的颤栗，以及他们的不屈。我第一次稍稍了解那些在矿灾之后地震之余的手足。我第一次感到他们的眼泪在我的眼眶中流转，我第一次感到他们的悲哀在我的血管中翻腾。

于是学会了为阳光感谢——因为阴晦并非不可能。学会了为平静而索味的日子感谢——因为风暴并非不可能。学会了为粗食淡饭感谢——因为饥饿并非不可能。甚至学会了为一张狰狞的面目感谢——因为有一天，我们中间不知谁便要失去这十分脆弱的肉体。

并且，那么容易地便了解了每一件不如意的事，似乎原来都可以更不如意。而每一件平凡的事，都是出于一种意外的幸运。日光本来并不是我们所应得的。月光也未曾向我们索取过户税。还有那些焕然一天的星斗，那些灼热了四季的玫瑰，都没有服役于我们的义务。只因我们已习惯于它们的存在，竟至于习惯得不再激动，不再觉得活着是一种恩惠，不再

存着感戴和敬畏。但在风雨之后，一切都被重新思索，这才忽然惊喜地发现，一年之中竟有那么多美好的日子——每一天，都是一个欢欣的感恩节。

有一天，当许多许多年之后，或许在一个多萤的夏夜，或许在一个炉火半温的冬天黄昏，我们会再提起艾尔西和芙劳西，会提起那交加的风灾雨劫，但我们会欢欣地复述，不以它为祸，只以它为一则奇妙耐听的老故事。

我们将淡忘那些损失，我们不复记忆那些恐惧。我们只将想到那停电的夜里，家人共围着一支小红烛的美好画面。我们将清晰地记起在四方风雨中，紧拥着一个哭泣的孩童，并且使他安然入睡的感觉，那时候那孩子或许已是父亲。我们更将记得灾劫之后的阳光，那样好得无以复加地落在受难者的门楣上。

酿酒的理由

春天,柠檬还没有上市,我就赶不及地做了两坛柠檬酒。

封坛的那天,心情极其郑重,我把那未酿成的汁液谛视良久,终于模糊地搞清楚自己为什么那么急,那么疯。

理由之一是自己刚从国外回来,很想重新拥有一份本土的芳醇。记得有一天,起得极早,只为去小店里喝一碗豆浆,并且吃那种厚实的菱形烧饼,或者在深夜到合适的露店里吃一份烤味噌鱼的消夜。每走在街上,两侧是复杂而"多元化"的食物的馨香。多么喜欢看见蒙古烤肉在素食店的隔壁,多么喜欢意大利饼和饺子店隔街对望,多么喜欢汉堡和四神汤各有其食客。对我而言,这种尊重各种胃纳的世界几乎已经就是大同世界的初阶了。爱一个地方的方法极多,其中最简单而直接的方法之一是"吃那个地方的食物"。对我而言,每一种食物都有如南洋的榴梿——那里的华人相信,只有爱上那种异味的人,才会真正甘心在那里徘徊流连。

如果一个人不爱上万峦猪脚、新竹贡丸、埔里米粉以及牛肉面、芒果、莲雾、百香果,我总不相信他真能踏实地爱台湾。

酿一坛酒就是把本土的糖、红标米酒和芳香噀人的柠檬搅和在一起,等待时间把它凝定成自己本土的气味。

理由之二是由于酿一坛酒的时候几乎觉得自己就是一个雏形的上帝——因为手中有一项神迹正在进行。古人以酒礼天,以酒奠亡灵,以酒祝婚姻,想必即是因为每一坛酒都是一项奥秘一度神迹一种介乎可成与可败之间、介乎可掌握与不可掌握之间的万般可能。凡人如我,怎么可能"参天地之化育""缔造化之神功"? 但亲手酿一坛酒却庶几近之。那时候你会回到太古,创世纪才刚刚写下第一行,整个故事呼之欲出,一支笔蓄势待发,整张羊皮因等待被书写一段情节而无限地舒伸着……

理由之三是由于酒是一种"时间的艺术"，家中有了一坛初酿的酒，岁月都因期待而变得晃漾不安乃至美丽起来。人虽站在厨房的油烟里，眼睛却望着那坛酒，如同望着一个约会，我终于断定自己是一个饮与不饮都不重要的半吊子饮者。对我而言重要的反而是那份"期待的权利"，在微微的焦灼、不耐和甜蜜感中我日复一日隔着玻璃凝视封口之内的酒的世界。

仅仅只需着手酿一坛酒，居然就能取得一个国籍——在名为"希望"的那个国度里，世间还有比这种投资更划得来的事吗？

想当年那些绍兴人，在女儿一出世的时候便做下许多坛米酒埋在地窖里，好等女儿出嫁时用来待客，那其间有多么深婉的情意啊！那酒因而叫"女儿红"，真是好得不能再好的名字，令人想起桃花之坞，想起新荷之塘，想起水上琴弦以及故意俯身探到窗前来的月光，一样的使人再多一丝触想便要成泪。

想那些酿酒的母亲，心情不知是如何的？当酒色初艳，母亲的心究竟是乍喜抑是乍悲？当女儿的头发愈来愈乌黑浓密，发下的脸愈来愈灿若流霞，大自然中一场大酝酿已经完成。酒已待倾，女儿正待嫁，待倾之酒明丽如女子的情泪，待嫁之女亦芳醇如乍启的激滟，当此之时，做母亲的心情又是怎样的？

而我的柠檬酒并没有这等"严重性"，它仅仅只是六个礼拜后便可一试的浅浅的芳香。没有那种大喜大悲的沧桑，也不含那种亦快亦痛的宕跌——但也许这样更好一点，让它只是一桩小小的机密，一团悠悠的期待，恰如一叠介于在乎与不在乎之间可发表亦可不发表的个人手稿。

酿一坛酒使我和"时间"处得更好，每一个黄昏，当我穿过市馨与市尘回到这一小方宁馨的所在，我会和那亲爱的酒坛子打一声招呼说："嗨，你今天看起来比昨天更漂亮了！"

拥有一坛酒的人把时间残酷的减法演算成了仁慈的加法。这样看来一坛酒不只是一坛饮料，而且也是一件法器，一旦有了它，便可以玩出一套奇异的法术：让一切的消失反身重现，让一切的飞逝反成增加。拥有一坛酒的人是古代的史官，站在日日进行的情节前，等待记录一段历史的完成。

酿酒的理由之四是可以凭此想起以前的乃至以后的和此酒有关的友

人，这样淡薄的饮料虽不值识者一笑，却也是许多欢聚中的一抹颜色，朋友的幽默，朋友的歌哭，朋友的睿智，乃至于他们的雄辩和缄默，他们的激扬和沉潜，他们的洒脱和朴质，都在松子色的酒光里一一重现。酒在未饮之前是神奇的预言书，在既饮之后则又是耐读的历史书。沿着酒杯的矿苗挖下去，你或者掘到朋友的长歌，或者触到朋友的泪痕，至少，你也会碰到朋友的恬淡——但无论如何你总不会碰到"空白"。

如此一来，还不该酿一坛酒吗？

酿酒的理由之五非常简单——我在酒里看到我自己，如果孔子是待沽的玉，则我便是那待斟的酒，以一生的时间去酝酿自己的浓度，所等待的只是那一刹的倾注。

安静的夜里，我有时把玻璃坛搬到桌上，像看一缸热带鱼一般盯着它看，心里想，这奇怪的生命，它每一秒钟的味道都和上一秒钟不同呢！一旦身为一坛酒，就注定是不安的，变化的，酝酿的。如果酒也有知，它是否也会打量皮囊内的我而出神呢？它或者会想："那皮囊倒是一具不错的酒坛呢！只是不知道坛里的血肉能不能酝酿出什么来？"

那时候我多想大声地告诉它：

"是啊，你猜对了，我也是酒，酝酿中，并且等待一番致命的倾注！"

也许酿一坛酒，在四月，是一件好得根本可以不需要理由的事，可是，我恰好拣到一堆理由，特别记述如上，提供作为下次想酿酒时的借口。

原载 1984 年 5 月 23 日《"中国"时报》"人间"副刊

你不能要求简单的答案

年轻人啊，你问我说：

"你是怎样学会写作的？"

我说：

"你的问题不对，我还没有'学会'写作，我仍然在'学'写作。"

你让步了，说：

"好吧，请告诉我，你是怎么学写作的？"

这一次，你的问题没有错误，我的答案却仍然迟迟不知如何出手，并非我自秘不宣——但是，请想一想，如果你去问一位老兵：

"请告诉我，你是如何学打仗的？"

——请相信我，你所能获致的答案绝对和"驾车十要"或"电脑入门"不同。有些事无法作简单的回答，一个老兵之所以成为老兵，故事很可能要从他十三岁那年和弟弟一齐用门板扛着被日本人炸死的爹娘去埋葬开始，那里有其一生的悲愤郁结，有整个中国近代史的沉痛、伟大和荒谬。不，你不能要求简单的答案，你不能要一个老兵用明白扼要的字眼在你的问卷上做填充题，他不回答则已，如果回答，就必须连着他的一生的故事。你必须同时知道他全身的伤疤，知道他的胃溃疡，知道他五十年来朝朝暮暮的豪情与酸楚……

年轻人啊，你真要问我跟写作有关的事吗？我要说的也是：除非，我不回答你，要回答，其实也不免要夹上一生啊（虽然一生并未过完）！一生的受苦和欢悦，一生的痴意和决绝忍情，一生的有所得和有所舍。写作这件事无从简单回答，你等于要求我向你述说一生。

二岁半，年轻的五姨教我唱歌，唱着唱着，就哭了，那歌词是这样的：

"小白菜呀，地里黄呀，三岁两岁，没有娘呀……生个弟弟，比我强呀，弟弟吃面，我喝汤呀……"

我平日少哭，一哭不免惊动妈妈，五姨也慌了，两人追问之下，我哽咽地说出原因：

"好可怜啊，那小白菜，晚娘只给他喝汤，喝汤怎么能喝饱呢？"

这事后来成为家族笑话，常常被母亲拿来复述，我当日大概因为小，对孤儿处境不甚了然，同情的重点全在"弟弟吃面他喝汤"的层面上，但就这一点，后来我细想之下，才发现已是"写作人"的根本。人人岂能皆成孤儿而后写孤儿？听孤儿的故事，便放声而哭的孩子，也许是比较可以执笔的吧。我当日尚无弟妹，在家中骄宠恣纵，就算逃难，也绝对不肯坐入挑筐。挑筐因一位挑夫可挑前后两箩筐，所以比较便宜。千山迢递，我却只肯坐两人合抬的轿子，也算是一个不乖的小孩了。日后没有变坏，大概全靠那点善于与人认同的性格。所谓"常抱心头一点春，须知世上苦人多"的心情，恐怕是比学问、见解更为重要的，人之所以为人的本源。当然它也同时是写作的本源。

七岁，到了柳州，便在那里读小学三年级。读了些什么，一概忘了，只记得那是一座多山多水的城，好吃的柚子堆在桥的两侧卖。桥在河上，河在美丽的土地上。整个逃离的途程竟像一场旅行。听爸爸一面算计一面说："你已经走了大半个中国啦，从前的人，一生一世也走不了这许多路的。"小小年纪当时心中也不免陡生豪情侠意。火车在山间蜿蜒，血红的山踯躅开得满眼，小站上有人用小沙甑闷了香肠饭在卖，好吃得令人一世难忘。整个中国的大苦难我并不了然，知道的只是火车穿花而行，轮船破碧疾走，一路懵懵懂懂南行到广州，仿佛也只为到水畔去看珠江大桥，到中山公园去看大象和成天降下祥云千朵的木棉树……

那一番大播迁有多少生离死别，我却因幼小只见山河的壮阔，千里万里的异风异俗，某一夜的山月，某一春的桃林，某一女孩的歌声，某一城垛的黄昏，大人在忧思中不及一见的景致，我却一一铭记在心，乃至一饭一蔬一果，竟也多半不忘。古老民间传说中的天机，每每为童子见到，大约就是因为大人易为思虑所蔽。我当日因为混然无知，反而直窥入山水的一片清机。山水至今仍是那一砚浓色的墨汁，常容我的笔有所汲饮。

小学三年级，写日记是一件很痛苦的回忆。用毛笔，握紧了写（因为

母亲常绕到我背后偷抽毛笔，如果被抽走了，就算握笔不牢，不合格），七岁的我，哪有什么可写的情节，只好对着墨盒把自己的日子从早到晚一遍一遍地再想过。其实，等我长大，真的执笔为文，才发现所写的散文，基本上也类乎日记。也许不是"日记"而是"生记"，是一生的记录。一般的人，只有幸"活一生"，而创作的人，却能"活二生"。第一度的生活是生活本身；第二度则是运用思想再追回它一遍，强迫它复现一遍。萎谢的花不能再艳，磨成粉的石头不能重坚，写作者却能像呼唤亡魂一般把既往的生命唤回，让它有第二次的演出机缘。人类创造文学，想来，目的也即在此吧？我觉得写作是一种无限丰盈的事业，仿佛别人的卷筒里填塞的是一份冰淇淋，而我的，是双份，是假日里买一送一的双份冰淇淋，丰盈满溢。

也许应该感谢小学老师的，当时为了写日记把日子一寸寸回想再回想的习惯，帮助我有一个内省的深思的人生。而常常偷来抽笔的母亲，也教会我一件事：不握笔则已，要握，就紧紧地握住，对每一个字负责。

八岁以后，日子变得诡异起来，外婆猝死于心脏病。她一向疼我，但我想起她来却只记得她拿一根筷子，一片制钱，用棉花自己捻线来用。外婆从小出身富贵之家，却勤俭得像没隔宿之粮的人。其实五岁那年，我已初识死亡，一向带我的佣人因肺炎而死，不知是几"七"，家门口铺上炉灰，等着看他的亡魂回不回来，铺炉灰是为了检查他的脚印。我至今几乎还能记起当时的惧怖以及午夜时分一声声凄厉的狗号。外婆的死，再一次把死亡的巨痛和荒谬呈现给我，我们折着金箔，把它吹成元宝的样子，火光中我不明白一个人为什么可以如此彻底消失了？葬礼的场面奇异诡秘，"死亡"一直是令我恐惧乱怖的主题——我不知该如何面对它？我想，如果没有意识到死亡，人类不会有文学和艺术，我所说的"死亡"，其实是广义的，如即聚即散的白云，旋开旋减的浪花，一张年头鲜艳年尾破败的年画，或是一支心爱的自来水笔，终成破敝。

文学对我而言，一直是那个挽回的"手势"。果真能挽回吗？大概不能吧？但至少那是个依恋的手势，强烈的手势，照中国人的说法，则是个天地鬼神亦不免为之愀然色变的手势。

读五年级的时候，有个陈老师很奇怪地要我们几个同学来组织一个"绿野"文艺社。我说"奇怪"，是因为他不知是有意或无意的，竟然丝毫不拿我们当小孩子看待。他要我们编月刊；要我们在运动会里做记者并印发快报；他要我们写朗诵诗，并且上台表演；他要我们写剧本，而且自导自演。我们在校运会中挂着记者条子跑来跑去的时候，全然忘了自己是个孩子，满以为自己真是个记者了，现在回头去看才觉好笑。我如今也教书，很不容易把学生看做成人，当初陈老师真了不起，他给我们的虽然只是信任而不是赞美，但也够了。我仍记得白底红字的油印刊物印出来之后，我们去一一分派的喜悦。

我间接认识一个名叫安娜的女孩，据说她也爱诗。她要过生日的时候，我打算送她一本《徐志摩诗集》。那一年我初三，零用钱是没有的，钱的来源必须靠"意外"，要买一本十元左右的书因而是件大事。于是我盘算又盘算，决定一物两用。我打算早一个月买来，小心地读，读完了，还可以完好如新地送给她。不料一读之后就舍不得了，而霸占礼物也说不过去，想来想去，只好动手来抄，把喜欢的诗抄下来。这种事，古人常做，复印机发明以后就渐成绝响了。但不可解的是，抄完诗集以后的我整个和抄书以前的我不一样了。把书送掉的时候，我竟然觉得送出去的只是形体，一切的精华早为我所吸取，这以后我欲罢不能地抄起书来，例如：向老师借来的冰心的《寄小读者》，或者其他散文、诗、小说，都小心地抄在活页纸上。感谢贫穷，感谢匮乏，使我懂得珍惜，我至今仍深信最好的文学资源是来自双目也来自腕底。古代僧人每每刺血抄经，刺血也许不必，但一字一句抄写的经验却是不应该被取代的享受。仿佛玩玉的人，光看玉是不够的，还要放在手上抚触，行家叫"盘玉"。中国文字也充满触觉性，必须一个个放在纸上重新描摹——如果可能，加上吟哦会更好，它的听觉和视觉会一时复苏起来，活力弥弥。当此之际，文字如果写的是花，则枝枝叶叶芬芳可攀；如果写的是骏马，则嘶声在耳，鞍辔光鲜，真可一跃而去。我的少年时代没有电视，没有电动玩具，但我反而因此可以看见希腊神话中赛克公主的绝世美貌，黄河冰川上的千古诗魂……

读我能借到的一切书，买我能买到的一切书，抄录我能抄录的一切片段。

刘邦项羽看见秦始皇出游，便跃跃然有"我也能当皇帝"的念头，我只是在看到一篇好诗好文的时候有"让我也试一下"的冲动。这样一来，只

有对不起国文老师了。每每放了学，我穿过密生的大树，时而停下来看一眼枝丫间乱跳的松鼠，一直跑到国文老师的宿舍，递上一首新诗或一阕词，然后怀着等待开奖的心情，第二天再去老师那里听讲评。我平生颇有"老师缘"，回想起来皆非我善于撒娇或逢迎，而在于我老是"找老师的麻烦"。我一向是个麻烦特多的孩子，人家两堂作文课写一篇五百字"双十节感言"交差了事，我却抱着本子从上课写到下课，写到放学，写到回家，写到天亮，把一个本子全写完了，写出一篇小说来。老师虽一再被我烦得要死，却也对我终生不忘了。少年之可贵，大约便在于胆敢理直气壮地去麻烦师长，即便有老天爷坐在对面，我也敢连问七八个疑难（经此一番折腾，想来，老天爷也忘不了我），为文之道其实也就是为人之道吧？能坦然求索的人必有所获，那种渴切直言的探求，任谁都要稍稍感动让步的吧？

你在信上问我，老是投稿，而又老是遭人退稿，心都灰了，怎么办？

你知道我想怎样回答你吗？如果此刻你站在我面前，如果你真肯接受，我最诚实最直接的回答便是一阵仰天大笑：

"啊！哈——哈——哈——哈——哈！……"

笑什么呢？其实我可以找到不少"现成话"来塞给你作标准答案，诸如"勿气馁"啦、"不懈志"啦、"再接再厉"啦、"失败为成功之母"啦，可是，那不是我想讲的。我想讲的，其实就只是一阵狂笑！

一阵狂笑是笑什么呢？笑你的问题离奇荒谬。

投稿，就该投中吗？天下哪有如此好事？买奖券的人不敢抱怨自己不中，求婚被拒绝的人也不会到处张扬，开工设厂的人也都事先心里有数，这行业是"可能赔也可能赚"的。为什么只有年轻的投稿人理直气壮地要求自己的作品成为铅字？人生的苦难千重，严重得要命的情况也不知要遇上多少次。生意场上、实验室里、外交场合，安详的表面下潜伏着长年的生死之争。每一类的成功者都有其身经百劫的疤痕，而年轻的你却为一篇退稿陷入低潮？

记得大一那年，由于没有钱寄稿（虽然，稿件视同印刷品，可以半价——唉，邮局真够意思，没发表的稿子他们也视同印刷品呢！——可惜我当时连这半价邮费也付不出啊！），于是每天亲自送稿，每天把一番心血交给门口警卫以后便很不好意思地悄悄走开——我说每天，并没有记错，因为少年的心易感，无一事无一物不可记录成文，每天一篇毫不困难。胡适当年责备少年人"无病呻吟"，其实少年在呻吟时未必无病，只因生命资历浅，不知如何把话删削到只剩下"深刻"，遭人退稿也是活该。我每天送稿，因此每天也就可以很准确地收到二天前的退稿，日子竟过得非常有规律起来，投稿和退稿对我而言就像有"动脉"就有"静脉"一般，是合乎自然定律的事情。

那一阵投稿我一无所获——其实，不是这样的，我大有斩获，我学会用无所谓的心情接受退稿。那真是"纯写稿"，连发表不发表也不放在心上。

如果看到几篇稿子回航就令你沮丧消沉——年轻人，请听我张狂的大笑吧！一个怕退稿的人可怎么去面对冲锋陷阵的人生呢？退稿的灾难只是一滴水一粒尘的灾难，人生的灾难才叫排山倒海呢，碰到退稿也要沮丧——快别笑死人了，所以说，对我而言，你问我的问题不算"问题"，只算"笑话"，投稿投不中有什么大不了！如果你连这不算事情的事也发愁，你这一生岂不愁死？

传统中文系的教育很多人视之为写作的毒药，奇怪的是对我而言，它却给了我一些更坚实的基础。文字训诂之学，如果你肯去了解它，其间自有不能不令人动容的中国美学，声韵学亦然。知识本身虽未必有感性，但那份枯索严肃亦如冬日，繁华落尽处自有无限生机。和一些有成就的学者相比，我读的书不算多，但我自信每读一书于我皆有增益。读论语，于是我竟有不胜低徊之致；读史书，更觉页页行行都该标上惊叹号。世上既无一本书能教人完全学会写作，也无一本书完全于写作无益。就连看一本滥书，也令我恍然自惕，为文万不可如此骄矜昏昧，不知所云。

有一天，在别人的车尾上看到"独身贵族"四个大字，当下失笑，很想在自己车尾上也标上"已婚平民"四个字。其实，人一结婚，便已堕入平民阶级，一旦生子，几乎成了"贱民"，生活中种种繁琐吃力处，只好一肩担了。平民是难有闲暇的，我因而不能有充裕的写作时间，但我也因而了解升斗小民在庸庸碌碌、乏善可陈生活背后的尊严，我因怀胎和乳养的过程，而能确实怀有"彼亦人子也"的认同态度，我甚至很自然地用一种霸道

的母性心情去关爱我们的环境和大地。我人格的成熟是由于我当了母亲，我的写作如果日有臻进，也是基于同样的缘故。

你看，你只问了我一个简单的问题，而我，却为你讲了我的半生。文章千古事，得失寸心知，记得旅行印度的时候，看到有些小女孩在编丝质地毯，解释者说：必须从幼年就学起，这时她们的指头细柔，可以打最细最精致的结子，有些毯子要花掉一个女孩一生的时间呢！文学的编织也是如此一生一世吧？这世上没有什么不是一生一世的，要做英雄、要做学者、要做诗人、要做情人，所要付出的代价不多不少，只是一生一世，只是生死以之。

我，回答了你的问题吗？

原载 1987 年 10 月 14 日《"中央"日报》副刊

初　　心

"初，裁衣之始也。"文字学的书上如此解释。

人生一世，亦如一匹辛苦织成的布，一刀下去，一切就都裁就了。

初哉首基肇祖元胎……

因为书是新的，我翻开来的时候也就特别慎重。书本上的第一页第一行是这样的："初、哉、首、基、肇、祖、元、胎……始也。"

那一年，我十七岁，望着《尔雅》这部书的第一句话而愕然，这书真奇怪啊！把"初"和一堆"初的同义词"并列卷首，仿佛立意要用这一长串"起始"之类的字来做整本书的起始。

也是整个中国文化的起始和基调吧？我有点敬畏起来了。

想起另一部书，《圣经》，也是这样开头的：

"起初，上帝创造天地。"

真是简明又壮阔的大笔，无一语修饰形容，却是元气淋漓，如洪钟之声，震耳贯心，令人读着读着竟有坐不住的感觉，所谓壮志陡生，有天下之志，就是这种心情吧！寥寥数字，天工已竟，令人想见日之初升，海之初浪，高山始突，峡谷乍裂以及大地寂然等待小草涌腾出土的刹那！

而那一年，我十七，刚入中文系，刚买了这本古代第一部字典《尔雅》，立刻就被第一页第一行迷住了，我有点喜欢起文字学来了。真好，中国人最初的一本字典（想来也是世人的第一本字典），它的第一个字就是"初"。

"初，裁衣之始也。"文字学的书上如此解释。

147

我又大为惊动,我当时已略有训练,知道每一个中国文字背后都有一幅图画,但这"初"字背后不只一幅画,而是长长的一幅卷轴。想来当年造字之人初造"初"字的时候,也是煞费苦心之余的神来之笔。"初"这件事无形可绘,无状可求,如何才能追踪描摹?

他想起了某个女子的动作,也许是母亲,也许是妻子,那样慎重地先从纺织机上把布取下来,整整齐齐的一匹布,她手握剪刀,当窗而立,她屏息凝神,考虑从哪里下刀,阳光把她微微毛乱的鬓发渲染成一轮光圈。她用神秘而多变的眼光打量着那整匹布,仿佛在主持一项典礼,其实她努力要决定的只不过是究竟该先做一件孩子的小衫好呢?还是先裁自己的一幅裙子?一匹布,一如渐渐沉黑的黄昏,有一整夜的美梦可以预期——当然,也有可能是噩梦,但因为有可能成为噩梦,美梦就更值得去渴望——而在她思来想去的当际,窗外陆陆续续流溢而过的是初春的阳光,是一批一批的风,是雏鸟拿捏不稳的初鸣,是天空上一匹复一匹不知从哪一架纺织机里卷出的浮云……

那女子终于下定决心,一刀剪下去,脸上有一种近乎悲壮的决然。

"初"字,就是这样来的。

人生一世,亦如一匹辛苦织成的布,一刀下去,一切就都裁就了。

整个宇宙的成灭,也可视为一次女子的裁衣啊!我爱上"初"这个字,并且提醒自己每清晨都该恢复为一个"初人",每一刻,都要维护住那一片初心。

初发芙蓉

《颜延之传》里这样说:

"颜延之问鲍照,己与谢灵运优劣,照曰:'谢五言诗如初发芙蓉,自然可爱,君诗如铺锦列绣,雕绩满眼。'"

六朝人说的芙蓉便是荷花,鲍照用"初发芙蓉"比谢灵运,实在令人羡慕,其实"像荷花"不足为奇,能像"初发水芙蓉"才令人神思飞驰。灵运一生独此四字,也就够了。

后来的文学批评也爱沿用这字眼,周济(介存斋)《论词杂著》论晚唐韦庄的词便说:

"端己词清艳绝伦,初日芙蓉春日柳,使人想见风度。"

中国人没有什么"诗之批评"或"词之批评",只有"诗话""词话",而词话好到如此,其本身已凝聚饱实,且华丽如一则小令。

清露晨流　新桐初引

《世说新语》里有一则故事,说到王恭和王忱原是好友,以后却因政治上的芥蒂而分手。只是每次遇见良辰美景,王恭总会想到王忱。面对山石流泉,王忱便恢复为王忱,是一个精彩的人,是一个可以共享无限清机的老友。

有一次,春日绝早,王恭独自漫步到幽极胜极之处,书上记载说:

"于时清露晨流,新桐初引。"

那被人爱悦,被人誉为"濯濯如春月柳"的王恭忽然怅怅然冒出一句:"王大故自濯濯。"语气里半是生气半是爱惜,翻成白话就是:

"唉,王大那家伙真没话说——实在是出众!"

不知道为什么,作者在描写这段微妙的人际关系时,把周围环境也一起写进去了。而使我读来怦然心动的也正是那段"于时清露晨流,新桐初引"的附带描述。也许不是什么惊心动魄的大景观,只是一个序幕初启的清晨,只是清晨初初映着阳光闪烁的露水,只是露水点下的桐树初初抽了芽,遂使得人也变得纯洁灵明起来,甚至强烈地怀想起那个有过嫌隙的朋友。

李清照大约也是被这光景迷住了,所以她的《念奴娇》里竟把"清露晨流,新桐初引"的句子全搬过去了。一颗露珠,从六朝闪到北宋,一叶新桐,在安静的扉页里晶薄透亮。

我愿我的朋友也在生命中最美好的片刻想起我来。在一切天清地廓之时,在叶嫩花初之际,在霜之始凝,夜之始静,果之初熟,茶之方馨。在船之启碇,鸟之回翼,在婴儿第一次微笑的刹那,想及我。

如果想及我的那人不是朋友,而是敌人(如果我有敌人的话),那也好——不,也许更好,嫌隙虽深,对方却仍会想及我,必然因为我极为精彩的缘故。当然,也因为一片初生的桐叶是那么好,好得足以让人有气度去欣赏仇敌。

原载 1988 年 1 月 1 日《"中国"时报》大地副刊

半　局

楔　子

汉武帝读司马相如的子虚赋,忽然怅恨地说:

"朕独不得与此人同时哉!"

他错了,司马相如并没有死,好文章不一定都是古人做的,原来他和司马相如活在同一度的时间里。好文章、好意境加上好的赏识,使得时间也有情起来。

我不是汉武帝,我读到的也不是子虚赋,但蒙天之幸,让我读到许多比汉赋更美好的"人"。

我何幸曾与我敬重的师友同时,何幸能与天下人同时,我要试着把这些人记下来。千年万世之后,让别人来羡慕我,并且说:"我要是能生在那个时代多么好啊!"

大家都叫他杜公——虽然那时候他才三十几岁。

他没有教过我的课——不算我的老师。

他和我有十几年之久在一个学校里,很多时候甚至是在一间办公室里——但是我不喜欢说他是"同事"。

说他是朋友吗? 也不然,和他在一起虽可以聊得逸兴遄飞,但我对他的敬意,使我始终不敢将他列入朋友类。

说"敬意"几乎又不对,他这人毛病甚多,带棱带刺,在办公室里对他敬而远之的人不少,他自己成天活得也是相当无奈,高高兴兴的日子虽有,唉声叹气的日子更多。就连我自己,跟他也不是没有斗过嘴,使过气,

150

但我惊奇我真的一直尊敬他,喜欢他。

原来我们不一定喜欢那些老好人,我们喜欢的是一些赤裸、直接的人——有瑕的玉总比无瑕的玻璃好。

杜公是黑龙江人,对我这样年龄的人而言,模糊的意念里,黑龙江简直比什么都美,比爱琴海美,比维也纳森林美,比庞培古城美,是榛莽渊深,不可仰视的。是千年的黑森林,千峰的白积雪加上浩浩万里、裂地而奔窜的江水合成的。

那时候我刚毕业,在中文系里做助教,他是讲师,当时学校规模小,三系合用一个办公室,成天人来人往的,他每次从单身宿舍跑来,进了门就嚷:

“我来‘言不及义’啦!”

他的喉咙似乎曾因开刀受伤,非常沙哑,猛听起来简直有点凶恶(何况他又长着一副北方人魁梧的身架),细听之下才发觉句句珠玑,令人绝倒。后来我读到唐太宗论魏徵(那个凶凶的、逼人的魏徵),却说其人“妩媚”,几乎跳起来,这字形容杜公太好了——虽然杜公粗眉毛,瞪凸眼,嘎嗓子,而且还不时骂人。

有一天,他和另一个助教谈西洋史,那助教忽然问他那段历史中兄弟争位后来究竟是谁死了,他一时也答不上来,两个人在那里久久不决,我听得不耐烦:

“我告诉你,既不是哥哥死了,也不是弟弟死了,反正是到现在,两个人都死了。”

说完了,我自己也觉一阵悲伤,仿佛《红楼梦》里张道士所说的一个吃它一百年的疗妒羹——当然是效验的,百年后人都死了。

杜公却拊掌大笑:

“对了,对了,当然是两个都死了。”

他自此对我另眼看待,有话多说给我听,大概觉得我特别能欣赏——当然,他对我特别巴结则是在他看上跟我同住的女孩之后,那女孩后来成了杜夫人,这是后话,暂且不提。

杜公在学生餐厅吃饭,别的教职员拿到水淋淋的餐盘都要小心地用卫生纸擦干(那是十几年前,现在已改善的),杜公不然,只把水一甩,便去盛两大碗饭,他吃得又急又多又快,不像文人。

"擦什么?"他说,"把湿细菌擦成干细菌罢了!"

吃完饭,极难喝的汤他也喝:

"生理食盐水,"他说,"好欤!"

他大概吃过不少苦,遇事常有惊人的洒脱,他回忆在政大读政治研究所时说:

"蛇真多——有一晚我洗澡关门时夹死了一条。"

然后他又补充说:

"当时天黑,我第二天才看到的。"

他住的屋子极小,大约是四个半榻榻米,宿舍人又杂,他种了许多盆盆罐罐的昙花,不时邀我们清赏,夏天招待桂花绿豆汤、郁李(他自己取的名字,做法把黄肉李子熬烂,去皮核,加蜜冰镇),冬天是腊八粥或猪腿肉红煨干鱿鱼加粉丝。我一直以为他对莳花深感兴趣,后来才弄清楚,原来他只是想用那些多刺的盆盆罐罐围满走廊,好让闲杂人等不能在他窗外聊天——穷教员要为自己创造读书环境真难。

"这房子倒可以叫'不畏斋'了!"他自嘲道,"四十、五十而无闻焉,其亦不足畏也——孔夫子说的。"

他那一年已过了四十岁了。

当然,也许这一代的中国人都不幸,但我却比较特别同情民国十年左右出生的人,更老的一辈赶上了风云际会,多半腾达过一阵,更年轻的在台湾长大,按部就班地成了青年才俊,独有五十几岁的那一代,简直是为受苦而出世的,其中大部分失了学,甚至失了家人,失了健康,勉力苦读的,也拿不出漂亮的学历,日子过得抑郁寡欢。

这让我想起汉武帝时代的那个三朝不被重用的白发老人的命运悲剧——别人用"老成谋国"者的时候,他还年轻,别人用"青年才俊"的时候他又老了。

杜公能写字,也能做诗,他随写随掷,不自珍惜,却喜欢以米芾自居。

"米南宫哪,简直是米南宫哪!"

大伙也不理他。他把那幅"米南宫真迹"一握,也就丢了。

有一次,他见我因为一件事而情绪不好,便仿韩愈"送李愿归盘谷序"中"大丈夫之不得意于时也"的意思作了一篇"大小姐之不得意于时也"的赋,自己写了,奉上,令人忍俊不禁。

又有一次，一位朋友画了一幅石竹，他抢了去，为我题上"渊渊其声，娟娟其影"，墨润笔酣，句子也庄雅可喜，裱起来很有精神。其实，我一直没有告诉他，我喜欢他，远在米芾之上，米芾只是一个遥远的八百年前的名字，他才是一个人，一个真实的人。

杜公爱憎分明，看到不顺眼的人或事他非爆出来不可。有一次他极讨厌的一个人调到别处去了，后来得意洋洋地穿了新机关的制服回来，他不露声色地说：

"这是制服吗？"

"是啊！"那人愈加得意。

"这是制帽？"

"是啊！"

"这是制鞋？"

"是啊！"

那个不学无术的家伙始终没有悟过来制鞋、制帽是指丧服的意思。

他另外讨厌的一个人一天也穿了一身新西装来炫耀。

"西装倒是好，可惜里面的不好！"

"哦，衬衫也是新买的呀！"

"我是指衬衫里面的。"

"汗衫？"

"比汗衫更里面的！"

很多人觉得他的嘴刻薄，不厚道，积不了福，我倒很喜欢他这一点，大概因为他做的事我也想做——却不好意思做。天下再没有比乡愿更讨厌的人，因此我连杜公的缺点都喜欢。

——而且，正因为他对人对物的挑剔，使人觉得受他赏识真是一件好得不得了的事。

其实，除了骂骂人，看穿了他还是个"剪刀嘴巴豆腐心"，记得我们班上有个男孩，是橄榄球队队长，不知怎么阴错阳差地分到中文系来了。有一天，他把书包搁在山径旁的一块石头上，就去打球了，书包里的一本"中国文学发达史"滑出来，落在水沟里，泡得透湿。杜公捡起来，给他晾着，晾了好几天，这位仁兄才猛然想到书包和书，杜公把小心晾好的书还他，也没骂人，事后提起那位成天一身泥水一身汗的男孩，他总是笑滋滋地，

很温暖地说：

"那孩子！"

杜公绝顶聪明，才思敏捷，涉猎甚广，而且几乎可以过目不忘，所以会意独深。他说自己少年时喜欢诗词，好发诗论。忽有一天读到王国维的《人间词话》，大吃一惊，原来他的论调竟跟王国维一样，他从此不写诗论了。

杜公的论文是"中国历代政治符号"，很为识者推重，指导教授是当时政治研究所主任浦薛凤先生，浦先生非常欣赏他的国学，把他推荐来教书，没想到一直开的竟是国文课。

学生国文程度不好——而且也不打算学好，他常常气得瞪眼。

有一次我在叹气：

"我将来教国文，第一，扮相就不好。"

"算了，"他安慰我，"我扮相比你还糟。"

真的，教国文似乎要有其扮相，长袍、白髯、咳嗽、摇头晃脑、诗云子曰、阴阳八卦、抬眼看天，无视于满教室的传纸条、瞌睡、K英文。不想这样教国文课的，简直就是一种怪异。

碰到某些老先生他便故作神秘地说：

"我叫杜奎英，奎者，大卦也。"

他说得一本正经，别人走了，他便纵声大笑。

日子过得不快活，但无妨于他言谈中说笑话的密度，不过，笑话虽多，总不失其正正经经读书人的矩度。他创立了《思与言》杂志，在十五年前以私人力量办杂志，并且是纯学术性的杂志，真是要有"知其不可而为之"的勇气，杜公比大多数《思与言》的同仁都年长些，但是居然慨然答应做发行人，台大政治系的胡佛教授追忆这段往事，有很生动的记载：

"那时的一些朋友皆值二十与三十之年，又受过一些高等教育，很想借新知的介绍，做一点知识报国的工作。所以在兴致来时，往往商量着创办杂志，但多数兴致过后，又废然而止。不过有一次数位朋友偶然相聚，又旧话重提，决心一试。为了躲避台北夏季的热浪，大家另约到碧潭泛舟，再作续谈。奎英兄虽然受约，但他的年龄略长，我们原很怕他涉世较深，热情可能稍减。正好在买舟时，他尚未到，以为放弃。到了船放中流，大家皆谈起奎英兄老成持重，且没有公教人员的身份，最符合政府所规定立志发行人的资格,惜他不来。说到兴处,忽见昏黑中,一叶小舟破水追随而来,并靠上我们的船舷。打桨的人奋身攀沿而上,细看之下竟是奎英兄。大家皆高声叫道:发行人出现了。奎英兄的豪情,的确不较任何人为减,他不但同意一肩挑起发行人的重责,且对刊物的编印早有全盘的构想。"

其实,何止是发行人? 他何尝不是社长、编辑、校对,乃至于写姓名发通知的人(将来的历史要记载台湾的文人,他们共有的可爱之处便是人人都灰头土脸地编过杂志)。他本来就穷,至此更是只好"假私济公",愈发穷了,连结婚都得借债。

杜公的恋爱事件和我关系密切,我一直是电灯泡,直到不再被需要为止。那实在也是一场痛苦缠绵的恋爱,因为女方全家几乎是抵死反对。

杜公谈起恋爱,差不多变了一个人,风趣、狡黠、热情洋溢。

有一次他要我带一张英文小纸条回去给那女孩,上面这样写:

请你来看一张全世界最美丽的图画,会让你心跳加速呼吸急促……

小宝(我们都这样叫她)和我想不通他哪里弄来一张这种图画,及至跑去一看,原来是他为小宝加洗的照片。

他又去买些粗铅丝,用槌子把它锤成烤插,带我们去内双溪烤肉。

也不知他哪里学来那么多稀奇古怪的本领,问他,他也只神秘地学着孔子的口吻说:"吾多能鄙事。"

小宝来请教我的意见,这倒难了,两人都是我的朋友,我曾是忠心不二的电灯泡,但朋友既然问起意见,我也只好实说:

"要说朋友,他这人是最好的朋友;要说丈夫,他倒未必是好丈夫,他这种人一向厚人薄己,要做他太太不容易,何况你们年龄相悬十七岁,你又一直要出国,你全家又都如此反对……"

真的,要家长不反对也难。四十多岁了,一文不名,人又不漂亮,同事传话,也只说他脾气偏执,何况那时候女孩子身价极高。

从一切的理由看,跟杜公结婚是不合理性的——好在爱情不讲究理性,所以后来他们还是结婚了。奇怪的是小宝的母亲至终倒也投降了,并

且还在小宝出国进修期间给他们带了两年孩子。

杜公不是那种怜香惜玉低声下气的男人，不过他做丈夫看来比想象中要好得多，他居然会烧菜、会拖地、会插个不知什么流的花，知道自己要有孩子，忍不住兴奋地叨念着："唉，姓杜真讨厌，真不好取名字，什么好名字一加上杜字就弄反了。"

那么粗犷的人一旦柔情起来，令人看着不免心酸。

他的女儿后来取名"杜可名"，出于"老子"，真是取得好。

他后来转职政大，我们就不常见面了，但小宝回国时，倒在我家吃了一顿饭，那天许多同事聚在一起，加上他家的孩子，我家的孩子——着实热闹了一场。事后想来，凡事都是一时机缘，事境一过，一切的热闹繁华便终究成空了。

不久就听说他病了，一打听已经很不轻，肺中膈长癌，医生已放弃开刀，杜公是何等聪明的人，他立刻什么都明白了，倒是小宝，他一直不让她知道。

我和另外两个女同事去看他，他已黄瘦下来，还是热乎乎地弄两张椅子要给我们坐，三个人推来让去都不坐，他一径坚持要我们坐。

"哎呀，"我说，"你真是要二椅杀三女呀！"

他笑了起来——他知道我用的是"二桃杀三士"的典故，但能笑几次了呢？我也不过强颜欢笑罢了。

他仍在抽烟，我说别抽了吧！

"现在还戒什么？"他笑笑，"反正也来不及了。"

那时节是六月，病院外夏阳艳得不可逼视，暑假里我即将有旅美之行——我知道那是我最后一次看他了。

后来我寄了一张探病卡，勉作豪语：

"等你病好了，咱们再煮酒论战。"

写完，我伤心起来，我在撒谎，我知道旅美回来，迎我的将是一纸过期的讣闻。

旅美期间，有时竟会在异国的枕榻上惊醒，我梦见他了，我感到不祥。

对于那些英年早逝弃我而去的朋友，我的情绪与其说是悲哀，不如说是愤怒！

正好像一群孩子，在广场上做游戏，大家才刚弄清楚游戏规则，才刚明白游戏的好玩之处，并且刚找好自己的那一伙，其中一人却不声不响地半局而退了，你一时怎能不愕然得手足无措，甚至觉得被什么人骗了一场似的愤怒！

满场的孩子仍在游戏，属于你的游伴却不见了！

九月返国，果真他已于八月十四日去世了，享年五十二岁，孤女九岁，他在病榻上自拟的挽联是这样的：

> 天道好还，国族必有前途，惟势难方殷，先死亦佳，勉无深恶大罪，可以笑谢兹世
> 人间多苦，事功早摒奢望，已庸碌一生，幸存何益，忍抛孤嫠弱息，未免愧对私心

但写得尤好的则是代女儿挽父的白话联：

> 爸爸曾说要陪我直到结婚生了娃娃，而今怎教我立刻无处追寻，你怎舍得这个女儿
> 女儿只有把对您那份孝敬都给妈妈，以后希望您梦中常来看顾，我好多喊几声爸爸

（这个联，不够工整，句构和平仄都有问题，他放在枕下未曾示人，死后才由家人翻出，但因系摹拟小孩口吻，也算好联了。）

读来五内翻涌，他真是有担当、有抱负、有才华的至情至性之人。

也许因为没有参加他的葬礼，感觉上我几乎一直欺骗自己他还活着，尤其每有一篇自己比较满意的作品，我总想起他来，他那人读文章严苛万分，轻易不下一字褒语，能被他击节赞美一句，是令人快乐得要晕倒的事。

每有一句好笑话，也无端想起他来，原来这世上能跟你共同领略一个笑话的人竟如此难得。

每想一次，就怅然久之，有时我自己也惊讶，他活着的时候，我们一年也不见几面，何以他死了我会如此嗒然若失呢？我想起有一次看到一副对联，现在也记不真切，似乎是江兆申先生写的：

相见亦无事

不来常思君

　　真的，人和人之间有时候竟可以淡得十年不见，十年既见却又可以淡得相对无一语，即使相对应答又可以淡得没有一件可以称之为事情的事情，奇怪的是淡到如此无干无涉，却又可以是相知相重、生死不舍的朋友。

1977 年 5 月《中华日报》

地毯的那一端

德：

　　从疾风中走回来，觉得自己像是被浮起来了。山上的草香得那样浓，让我想到，要不是有这样猛烈的风，恐怕空气都会给香得凝冻起来！

　　我昂首而行，黑暗中没有人能看见我的笑容。白色的芦荻在夜色中点染着凉意——这是深秋了，我们的日子在不知不觉中临近了。我遂觉得，我的心像一张新帆，其中每一个角落都被大风吹得那样饱满。

　　星斗清而亮，每一颗都低低地俯下头来。溪水流着，把灯影和星光都流乱了。我忽然感到一种幸福，那样混沌而又陶然的幸福。我从来没有这样亲切地感受到造物的宠爱——真的，我们这样平庸，我总觉得幸福应该给予比我们更好的人。

　　但这是真实的，第一张贺卡已经放在我的案上了。洒满了细碎精致的透明照片，灯光下展示着一个闪烁而又真实的梦境。画上的金钟摇荡，遥遥地传来美丽的回响。我仿佛能听见那悠扬的音韵，我仿佛能嗅到那沁人的玫瑰花香！而尤其让我神往的，是那几行可爱的祝词："愿婚礼的记忆存至永远，愿你们的情爱与日俱增。"

　　是的，德，永远在增进，永远在更新，永远没有一个边和底——六年了，我们护守着这份情谊，使它依然焕发，依然鲜洁，正如别人所说的，我们是何等幸运。每次回顾我们的交往，我就仿佛走进博物馆的长廊。其间每一处景物都意味着一段美丽的回忆。每一件东西都牵扯着一个动人的故事。

　　那样久远的事了。刚认识你的那年才十七岁，一个多么容易错误的年纪！但是，我知道，我没有错。我生命中再没有一件决定比这项更正确了。前天，大伙儿一起吃饭，你笑着说："我这个笨人，我这辈子只做了一

件聪明的事。"你没有再说下去,妹妹却拍手起来,说:"我知道了!"啊,德,我能够快乐地说,我也知道。因为你做的那件聪明事,我也做了。

那时候,大学生活刚刚展开在我面前。台北的寒风让我每日思念南部的家。在那小小的阁楼里,我呵着手写蜡纸。在草木摇落的道路上,我独自骑车去上学。生活是那样黯淡,心情是那样沉重。在我的日记上有这样一句话:"我担心,我会冻死在这小楼上。"而这时候,你来了。你那种毫无企冀的友谊四面环护着我,让我的心触及最温柔的阳光。

我没有兄长,从小我也没有和男孩子同学过。但和你交往却是那样自然,和你谈话又是那样舒服。有时候,我想,如果我是男孩子多么好呢!我们可以一起去爬山,去泛舟。让小船在湖里任意漂荡,任意停泊,没有人会感到惊奇。好几年以后,我将这些想法告诉你,你微笑地注视着我:"那,我可不愿意,如果你真想做男孩子,我就做女孩。"而今,德,我没有变成男孩子,但我们可以去遨游,去做山和湖的梦。因为,我们将有更亲密的关系了。啊,想象中终生相爱相随该是多么美好!

那时候,我们穿着学校规定的卡其服。我新烫的头发又总是被风刮得乱蓬蓬的。想起来,我总不明白你为什么那样喜欢接近我。那年大考的时候,我蜷曲在沙发里念书。你跑来,热心地为我讲解英文文法。好心的房东为我们送来一盘春卷,我慌乱极了,竟吃得洒了一裙子。你瞅着我说:"你真像我妹妹,她和你一样大。"我窘得不知如何是好,只是一径低着头,假做抖那长长的裙幅。

那些日子真是冷极了。每逢没有课的下午我总是留在小楼上,弹弹风琴,把一本拜尔琴谱都快翻烂了。有一天你对我说:"我常在楼下听你弹琴。你好像常弹那首《甜蜜的家庭》。怎么? 在想家吗?"我很感激你的窃听,唯有你了解、关切我凄楚的心情。德,那个时候,当你独自听着的时候,你想些什么呢? 你想到有一天我们会组织一个家庭吗? 你想到我们要用一生的时间以心灵的手指合奏这首歌吗?

寒假过后,你把那叠泰戈尔诗集还给我。你指着其中一行请我看:"如果你不能爱我,就请原谅我的痛苦吧!"我于是知道发生什么事了。我不希望这件事发生,我真的不希望。并非由于我厌恶你,而是因为我太珍重这份素净的友谊,反倒不希望有爱情去加深它的色彩。

但我却乐于和你继续交往。你总是给我一种安全稳妥的感觉。从头起，我就付给你我全部的信任。只是，当时我心中总向往着那种传奇式的、惊心动魄的恋爱，并且喜欢那么一点点的悲剧气氛。为着这些可笑的理由，我耽延着没有接受你的奉献。我奇怪你为什么仍作那样固执的等待。

你那些小小的关怀常令我感动。那年圣诞节你把得来不易的几颗巧克力糖，全部拿来给我了。我爱吃笋豆里的笋子，唯有你注意到，并且耐心地为我挑出来。我常常不晓得照料自己，唯有你想到用自己的外衣披在我身上。（我至今不能忘记那衣服的温暖，它在我心中象征了许多意义。）是你，敦促我读书。是你，容忍我偶发的气性。是你，仔细纠正我写作的错误，是你，教导我为人的道理。如果说，我像你的妹妹，那是因为你太像我大哥的缘故。

后来，我们一起得到学校的工读金。分配给我们的是打扫教室的工作。每次你总强迫我放下扫帚，我便只好遥遥地站在教室的末端，看你奋力工作。在炎热的夏季里，你的汗水滴落在地上。我无言地站着，等你扫好了，我就去掸掸桌椅，并且帮你把它们排齐。每次，当我们目光偶然相遇的时候，总感到那样兴奋。我们是这样地彼此了解，我们合作的时候总是那样完美。我注意到你手上的硬茧，它们把那虚幻的字眼十分具体地说明了。我们就在那飞扬的尘影中完成了大学课程——我们的经济从来没有富裕过；我们的日子却从来没有贫乏过。我们活在梦里，活在诗里，活在无穷无尽的彩色希望里。记得有一次我提到玛格丽特公主在她婚礼中说的一句话："世界上从来没有两个人像我们这样快乐过。"你毫不在意地说："那是因为他们不认识我们的缘故。"我喜欢你的自豪，因为我也如此自豪着。

我们终于毕业了，你在掌声中走到台上，代表全系领取毕业证书。我的掌声也夹在众人之中，但我知道你听到了。在那美好的六月清晨，我的眼中噙着欣喜的泪。我感到那样骄傲，我第一次分沾你的成功，你的光荣。

"我在台上偷眼看你，"你把系着彩带的文凭交给我，"要不是中国风俗如此，我一走下台来就要把它送到你面前去的。"

我接过它，心里垂着沉甸甸的喜悦。你站在我面前，高昂而谦和、刚毅而温柔。我忽然发现，我关心你的成功，远远超过我自己的。

那一年,你在军中。在那样忙碌的生活中,在那样辛苦的演习里,你却那样努力地准备研究所的考试。我知道,你是为谁而作的。在凄长的分别岁月里,我开始了解,存在于我们中间的是怎样一种感情。你来看我,把南部的冬阳全带来了。那厚呢的陆战队军服重新唤起我童年时期对于号角和战马的梦。我一直没有告诉你,当时你临别敬礼的镜头烙在我心上有多深。

我帮着你搜集资料,把抄来的范文一篇篇断句、注释。我那样竭力地做,怀着无上的骄傲。这件事对我而言有太大的意义。这是第一次,我和你共赴一件事,所以当你把录取通知转寄给我的时候,我竟忍不住哭了。德,没有人经历过我们的奋斗,没有人像我们这样期期相勉,没有人多年来在冬夜图书馆的寒灯下彼此伴读。因此,也就没有人了解成功带给我们的兴奋。

我们又可以见面了,能见到真真实实的你是多么幸福。我们又可以去作长长的散步,又可以蹲在旧书摊上享受一个闲散黄昏。我永不能忘记那次去泛舟。回程的时候,忽然起了大风。小船在湖里直打转,你奋力摇橹,累得一身都汗湿了。

“我们的道路也许就是这样吧!”我望着平静而险恶的湖面说,“也许我使你的负担更重了。”

“我不在意,我高兴去搏斗!”你说得那样急切,使我不敢正视你的目光,“只要你肯在我的船上,晓风,你是我最甜蜜的负荷。”

那天我们的船顺利地拢了岸。德,我忘了告诉你,我愿意留在你的船上,我乐于把舵手的位置给你。没有人能给我像你给我的安全感。

只是,人海茫茫,哪里是我们共济的小舟呢?这两年来,为着成家的计划,我们劳累到几乎虐待自己的地步。每次,你快乐的笑容总鼓励着我。

那天晚上你送我回宿舍,当我们迈上那斜斜的山坡,你忽然驻足说:“我在地毯的那一端等你!我等着你,晓风,直到你对我完全满意。”

我抬起头来,长长的道路伸延着,如同圣坛前柔软的红毯。我迟疑了一下,便踏向前去。

现在回想起来,已不记得当时是否是个月夜了,只觉得你诚挚的言词闪烁着,在我心中亮起一天星月的清辉。

"就快了!"那以后你常乐观地对我说,"我们马上就可以有一个小小的家。你是那屋子的主人,你喜欢吧?"

我喜欢的,德,我喜欢一间小小的陋屋。到天黑时分我便去拉上长长的落地窗帘,捻亮柔和的灯光,一同享受简单的晚餐。但是,哪里是我们的家呢?哪儿是我们自己的宅院呢?

你借来一辆半旧的脚踏车,四处去打听出租的房子,每次你疲惫不堪地回来,我就感到一种痛楚。

"没有合意的,"你失望地说,"而且太贵,明天我再去看。"

我没有想到有那么多困难,我从不知道成家有那么多琐碎的事,但至终我们总算找到一栋小小的屋子了。有着窄窄的前庭,以及矮矮的榕树。朋友笑它小得像个巢,但我已经十分满意了。无论如何,我们有了可以憩息的地方。当你把钥匙交给我的时候,那重量使我的手臂几乎为之下沉。它让我想起一首可爱的英文诗:"我是一个持家者吗?哦,是的。但不止,我还得持护着一颗心。"我知道,你交给我的钥匙也不止此数。你心灵中的每一个空间我都持有一枚钥匙,我都有权径行出入。

亚寄来一卷录音带,隔着半个地球,他的祝福依然厚厚地绕着我。那样多好心的朋友来帮我们整理。擦窗子的,补纸门的,扫地的,挂画儿的,插花瓶的,拥拥熙熙地挤满了一屋子。我老觉得我们的小屋快要炸了,快要被澎湃的爱情和友谊撑破了。你觉得吗?他们全都兴奋着,我怎能不兴奋呢?我们将有一个出色的婚礼,一定的。

这些日子我总是累着。去试礼服,去订鲜花,去买首饰,去选窗帘的颜色。我的心像一座喷泉,在阳光下涌溢着七彩的水珠儿。各种奇特复杂的情绪使我眩晕。有时候我也分不清自己是在快乐还是在茫然,是在忧愁还是在兴奋。我眷恋着旧日的生活,它们是那样可爱。我将不再住在宿舍里,享受阳台上的落日。我将不再偎在母亲的身旁,听她长夜话家常。而前面的日子又是怎样的呢?德,我忽然觉得自己好像要被送到另一个境域里去了。那里的道路是我未走过的,那里的生活是我过不惯的,我怎能不惝惝然呢?如果说有什么可以安慰我的,那就是:我知道你必定和我一同前去。

冬天就来了,我们的婚礼在即。我喜欢选择这季节,好和你厮守一个长长的严冬。我们屋角里不是放着一个小火炉吗?当寒流来时,我愿其

中常闪耀着炭火的红光。我喜欢我们的日子从黯淡凛冽的季节开始，这样，明年的春花才对我们具有更美的意义。

　　我即将走入礼堂，德，当结婚进行曲奏响的时候，父亲将挽着我，送我走到坛前，我的步履将凌过如梦如幻的花香。那时，你将以怎样的微笑迎接我呢。

　　我们已有过长长的等待，现在只剩下最后的一段了。等待是美的，正如奋斗是美的一样，而今，铺满花瓣的红毯伸向两端，美丽的希冀盘旋而飞舞。我将去即你，和你同去采撷无穷的幸福。当金钟轻摇，蜡炬燃起，我乐于走过众人去立下永恒的誓愿。因为，哦，德，因为我知道，是谁，在地毯的那一端等我。

1964 年 12 月 4 日

初　雪

诗诗,我的孩子:

　　如果五月的花香有其源自,如果十二月的星光有其出发的处所,我知道,你便是从那里来的。

　　这些日子以来,痛苦和欢欣都如此尖锐,我惊奇在他们之间区别竟是这样的少。每当我为你受苦的时候,总觉得那十字架是那样轻省。于是我忽然了解了我对你的爱情,你是早春,把芬芳秘密地带给了园。

　　在全人类里,我有权利成为第一个爱你的人。他们必须看见你,了解你,认识你而后才决定爱你,但我不需要。你的笑貌在我的梦里翱翔,具体而又真实。我爱你没有什么可夸耀的,事实上没有人能忍得住对孩子的爱情。

　　你来的时候,我开始成为一个爱思想的人,我从来没有这样深思过生命的意义,这样敬重过生命的价值,我第一次被生命的神圣和庄严感动了。

　　因着你,我爱了全人类,甚至那些金黄色的雏鸡,甚至那些走起路来摇摆不定的小狗,它们全都让我爱得心疼。

　　我无可避免地想到战争,想到人类最不可抵御的一种悲剧。我们这一代人像菌类植物一般,生活在战争的阴影里。我们的童年便在拥塞的火车上和颠簸的海船里度过。而你,我能给你怎样的一个时代? 我们既不能回到诗一般的十九世纪,也不能隐向神话般的阿尔卑斯山,我们注定生活在这苦难的年代,以及苦难的中国。

　　孩子,每思及此,我就对你抱歉,人类的愚蠢和卑劣把自己陷在悲惨的命运里。而今,在这充满核子恐怖的地球上,我们有什么给新生的婴儿? 不是金锁片,不是香槟酒,而是每人平均相当一百万吨 TNT 的核子

威力。孩子,当你用完全信任的眼光看这个世界的时候,你是否看得见那些残忍的武器正悬在你小小的摇篮上?以及你父母亲的大床上?

我生你于这样一个世界,我也许是错了。天知道我们为你安排了一段怎样的旅程。

但是,孩子,我们仍然要你来,我们愿意你和我们一起学习爱人类,并且和人类一起受苦。不久,你将学会为这一切的悲剧而流泪——而我们的时代多么需要这样的泪水和祈祷。

诗诗,我的孩子,有了你我开始变得坚韧而勇敢。我竟然可以面对着冰冷的死亡而无惧于它的毒钩。我正视着生产的苦难而仍觉傲然。为你,孩子,我会去胜过它们。我从没有像现在这样热爱过生命。你教会我这样多成熟的思想和高贵的情操,我为你而献上感谢。

前些日子,我忽然想起《新约》上的那句话:"你们虽然没有见过他,却是爱他。"我立刻明白爱是一种怎样独立的感情。当油加利的梢头掠过更多的北风,当高山的峰巅开始落下第一片初雪的莹白,你便会来到。而在你珊瑚色的四肢还没有开始在这个世界挥舞以前,在你黑玉的瞳仁还没有照耀这个城市之先,你已拥有我们完整的爱情。我们会教导你在孩提以前先了解被爱。诗诗,我们答应你要给你一个快乐的童年。

写到这里,我又模糊地忆起江南那些那么好的春天,而我们总是伏在火车的小窗上,火车绕着山和水而行,日子似乎就那样延续着,我仍记得那满山满谷的野杜鹃!满山满谷又凄凉又美丽的忧愁!

我们是太早懂得忧愁的一代。

而诗诗,你的时代未必就没有忧愁,但我们总会给你一个丰富的童年,在你所居住的屋顶下没有属于这个世界的财富,但有许多的爱,许多的书,许多的理想和梦幻。我们会为你砌一座故事里的玫瑰花床,你便在那柔软的花瓣上游戏和休息。

当你渐渐认识你的父亲,诗诗,你会惊奇于自己的幸运,他诚实而高贵,他亲切而善良。慢慢地你也会发现你的父母相爱得有多么深。经过这样多年,他们的爱仍然像林间的松风,清馨而又新鲜。

诗诗,我的孩子,不要以为这是必然的,这样的幸运不是每一个孩子都有的。这个世界不是每一对父母都相爱的。曾有多少个孩子在黑夜里独泣,在他们还没有正式投入人生的时候,生命的意义便已经否定了。诗诗,诗诗,你不会了解那种幻灭的痛苦,在所有的悲剧之前,那是第一出悲剧。而事实上,整个人类都在相残着,历史并没有教会人类相爱。诗诗,你去教他们相爱吧,像那位诗哲所说的:他们残暴地贪婪着,嫉妒着,他们的言辞有如隐藏的刀锋正渴于饮血。

去,我的孩子,去站在他们不欢之心的中间,让你温和的眼睛落在他们身上,有如黄昏的柔霭淹没那日间的争扰。

让他们看你的脸,我的孩子,因而知道一切事物的意义,让他们爱你,因而彼此相爱。

诗诗,有一天你会明白,上苍不会容许你吝守着你所继承的爱。诗诗。爱是蕾,它必须绽放。它必须在疼痛的破拆中献出芳香。

诗诗,你也教导我们学习更多更高的爱。记得前几天,一则药商的广告使我惊骇不已,那广告是这样说的:"孩子,不该比别人的衰弱。下一代的健康关系着我们的面子。要是孩子长得比别人的健康、美丽、快乐,该多好多荣耀啊。"诗诗,人性的卑劣使我不禁齿冷。诗诗,我爱你,我答应你,永不在我对你的爱里掺入不纯洁的成分。你就是你,你永不会被我们拿来和别人比较,你不需要为满足父母的虚荣心而痛苦。你在我们眼中永远杰出,你可以贫穷、可以失败,甚至可以潦倒。诗诗,如果我们骄傲,是为你本身而骄傲,不是为你的健康美丽或者聪明。你是人,不是我们培养的灌木,我们决不会把你修剪成某种形态来使别人称赞我们的园艺天才。你可以照你的倾向生长,你选择什么样式,我们都会喜欢——或者学习着去喜欢。

我们会竭力地去了解你,我们会慎重地俯下身去听你述说一个孩童的秘密愿望。我们会带着同情与谅解帮助你度过忧闷的少年时期。而当你成年,诗诗,我们仍愿分担你的哀伤,人生总有那么些悲怆和无奈的事,诗诗,如果在未来的日子里你感觉孤单,请记住你的母亲,我们的生命曾一度相系,我会努力使这种系联持续到永恒。我再说,诗诗,我们会试着了解你,以及属于你的时代。我们会信任你——上帝从未赐下坏的婴孩。

我们会为你祈祷,孩子,我们不知道那些古老而太平的岁月会在什么时候重现。那种好日子终我们一生也许都看不见了。

如果这种承平永远不会再重现,那么,诗诗,那也是无可抗拒无可挽回的事。我只有祝福你的心灵,能在苦难的岁月里有内在的宁静。

常常记得,诗诗,你不单是我们的孩子,你也属于山,属于海,属于五月里无云的天空——而这一切,将永远是人类欢乐的主题。

你即将长大,孩子,每一次当你轻轻地颤动,爱情便在我的心里急速涨潮。你是小芽,蕴藏在我最深的深心里,如同音乐蕴藏在长长的箫笛中。

前些日子,有人告诉我一则美丽的日本故事。说到每年冬天,当初雪落下的那一天,人们便坐在庭院里,穆然无言地凝望那一片片轻柔的白色。

那是一种怎样虔敬动人的景象!那时候,我就想到你,诗诗,你就是我们生命中的初雪。纯洁而高贵,深深地撼动着我。那些对生命的惊服和热爱,常使我在静穆中有哭泣的冲动。

诗诗,给我们的大地一些美丽的白色。诗诗,我们的初雪。

你真好，你就像我少年伊辰[①]

　　她坐在淡金色的阳光里，面前堆着的则是一垛浓金色的柑仔。是那种我最喜欢的圆紧饱甜的"草山桶柑"。而卖柑者向例好像都是些老妇人，老妇人又一向都有张风干橘子似的脸。这样一来，真让人觉得她和柑仔有点什么血缘关系似的，其实卖番薯的老人往往有点像番薯，卖花的小女孩不免有点像花蕾。

　　那是一条僻静的山径，我停车，蹲在路边，跟她买了十斤柑仔。

　　找完了钱，看我把柑仔放好，她朝我甜蜜温婉地笑了起来——连她的笑也有蜜柑的味道——她说："啊，你这查某真好，我知，我看就知——"

　　我微笑，没说话，生意人对顾客总有好话说，可是她仍抓住话题不放……

　　"你真好——你就像我少年伊辰一样——"

　　我一面赶紧谦称"没有啦"，一面心里暗暗好笑起来——奇怪啊，她和我，到底有什么是一样的呢？我在大学的讲堂上教书，我出席国际学术会议，我驾着标致的二〇五在山径御风独行。在台湾，在香港，在北京，我经过海关关口，关员总会抬起头来说："啊，你就是张晓风。"而她只是一个老妇人，坐在路边，贩卖她今晨刚摘下来的柑仔。她却说，她和我是一样的，她说得那样安详笃定，令我不得不相信。

　　转过一个峰口，我把车停下来，望着层层山峦，慢慢反刍她的话，那袋柑仔个个沉实柔腻，我取了一个掂了掂。柑仔这种东西，连摸在手里都有极好的感觉，仿佛它是一枚小型的液态的太阳，可食、可触、可观、可嗅。

　　不，我想，那老妇人，她不是说我们一样，她是说，我很好，好到像她生

---

　　① 伊辰，闽南语，那个时光的意思。

命中最光华的那段时间一样好。不管我们的社会地位有多大落差，在我们共同对着一堆金色柑仔的时候，她看出来了，她轻易就看出来了，我们的生命基本上相同的。我们是不同的歌手，却重复着生命本身相同的好旋律。

少年时的她是怎样的？想来也是个一身精力，上得山下得海的女子吧？她背后山坡上的那片柑仔园，是她一寸寸拓出来的吧？那些柑仔树，年年把柑仔像喷泉一样从地心挥洒出来的，也是她当日一棵棵栽下去的吧？满屋子活蹦乱跳的小孩，无疑也是她一手乳养大的？她想必有着满满实实的一生。而此刻，在冬日山径的阳光下，她望见盛年的我向她走来购买一袋柑仔，她却想卖给我她长长的一生，她和一整座山的龃龉和谅解，她的伤痕和她的结痂。但她没有说，她只是温和地笑。她只是相信，山径上恒有女子走过——跟她少年时一样好的女子，那女子也会走出沉沉实实的一生。

我把柑仔瓣开，把金船似的小瓣食了下去。柑仔甜而饱汁，我仿佛把老妇的赞许一同咽下。我从山径的童话中走过，我从烟岚的奇遇中走过，我知道自己是个好女人——好到让一个老妇想起她的少年，好到让人想起汗水，想起困厄，想起歌，想起收获，想起喧闹而安静的一生。

替古人担忧

同情心，有时是不便轻易给予的，接受的人总觉得一受人同情，地位身份便立见高下，于是一笔赠金，一句宽慰的话，都必须谨慎。但对古人，便无此限，展卷之余，你尽可痛哭，而不必顾到他们的自尊心，人类最高贵的情操得以维持不坠。

千古文人，际遇多苦，但我却独怜蔡邕，书上说他："少博学，好辞章……妙操音律，又善鼓琴，工书法，闲居玩古，不交当世……"后来又提到他下狱时"乞黥首刖足，续成汉史，不许。士大夫多矜救之，不能得，遂死狱中"。

身为一个博学的、孤绝的、"不交当世"的艺术家，其自身已经具备那么浓烈的悲剧性，及至在混乱的政局里系狱，连司马迁的幸运也没有了！甚至他自愿刺面斩足，只求完成一部汉史，也竟而被拒，想象中他满腔的悲愤直可震陨满天的星斗。可叹的不是狱中冤死的六尺之躯，是那永不为世见的焕发而饱和的文才！

而尤其可恨的是身后的污蔑，不知为什么，他竟成了民间戏剧中虐待赵五娘的负心郎，陆放翁的诗里曾感慨道：

> 古道斜阳赵家庄，盲翁负鼓正作场。
> 身后是非谁管得，满城争唱蔡中郎。

让自己的名字在每一条街上被盲目的江湖艺人侮辱，蔡邕死而有知，又怎能无恨！而每一个翻检历史的人，每读到这个不幸的名字，又怎能不感慨是非的颠倒无常。

　　李斯,这个跟秦帝国连在一起的名字,似乎也沾染着帝国的辉煌与早亡。

　　当他年盛时,他曾是一个多么傲视天下的人,他说:"诟莫大于卑贱,而悲莫甚于贫困,久处卑贱之位,困苦之地,非世而恶利,自托于无为,此非士之情也!"他曾多么贪爱那一点点醉人的富贵。

　　但在多舛的宦途上,他终于付出自己和儿子作为代价,临刑之际,他黯然地对儿李由说:"吾欲与若复牵黄犬,俱出上蔡东门,逐狡兔,岂可得乎?"

　　幸福被彻悟时,总是太晚而不堪温习了!

　　那时候,他会想起少年时上蔡的春天,透明而脆薄的春天!

　　异于帝都的春天! 他会想起他的老师荀卿,那温和的先知,那为他相秦而气愤不食的预言家,他从他那儿学了"帝王之术",却始终参不透他的"物禁太盛"的哲学。

　　牵着狗,带着儿子,一起去逐野兔,每一个农夫所可触及的幸福,却是秦相李斯临刑的梦呓。

　　公元前二〇八年,咸阳市上有被腰斩的父子,高踞过秦相,留传下那么多篇疏壮的刻石文,却不免于那样惨烈的终局!

　　看剧场中的悲剧是轻易的,我们可以安慰自己"那是假的",但读史时便不知该如何安慰自己了。读史者有如屠宰业的经理人,自己虽未动手杀戮,却总是以检点流血为务。

　　我们只知道花蕊夫人姓徐,她的名字我们完全不晓,太美丽的女子似乎注定了只属于赏识她的人,而不属于自己。

　　古籍中如此形容她:"拜贵妃,别号花蕊夫人,意花不足拟其色,似花蕊翾轻也,又升号慧妃,如其性也。"

　　花蕊一样的女孩,怎样古典华贵的女孩,由于美丽而被豢养的女孩!

　　而后来,后蜀亡了,她写下那首有名的亡国诗:

　　　　君王城上竖降旗,妾在深宫哪得知。
　　　　十四万人齐解甲,更无一个是男儿。

无一个男儿,这又奈何?孟昶非男儿,十四万的披甲者非男儿,亡国之恨只交给一个美女的泪眼,交给那柔于花蕊的心灵。

国亡赴宋,相传她曾在葭萌的驿壁上留下半首《采桑子》,那写过百首宫词的笔,最后却在仓皇的驿站上题半阕小词:

初离蜀道心将碎,离恨绵绵,春日如年,马上时时闻杜鹃……

半阕!南唐后主在城破时,颤抖的腕底也是留下半首词。半阕是人间的至痛,半阕是永劫难补的憾恨!马上闻啼鹃,其悲竟如何?那写不下去的半阕比写出的更是哀绝。

蜀山蜀水悠然而清,寂寞的驿壁在春风中穆然而立,见证着一个女子行过蜀道时凄于杜鹃鸟的悲鸣。

词中的《何满子》,据说是沧州歌者临刑时欲以自赎的曲子,不获免,只徒然传下那一片哀结的心声。

《乐府杂录》中曾有一段有关这曲子的戏剧性记载:

刺史李灵曜置酒,坐客姓骆唱《何满子》,皆称其绝妙。白秀才曰:"家有声妓,歌此曲,音调。"召至,令歌,发声清越,殆非常音,骆遽问曰:"是宫中胡二子否?"妓熟视曰:"不问君岂梨园骆供奉邪?"相对泣下,皆明皇时人也。

异地闻旧音,他乡遇故知,岂都是喜剧?白头宫女坐说"天宝"固然可哀,而梨园散失沦落天涯,宁不可叹?

在伟大之后,渺小是怎样地难忍,在辉煌之后,黯淡是怎样地难受,在被赏识之后,被冷落又是怎样地难耐,何况又加上那凄恻的《何满子》,白居易所说的"一曲四词歌八叠,从头便是断肠声"的《何满子》!

千载以下,谁复记忆胡二子和骆供奉的悲哀呢?人们只习惯于去追悼唐明皇和杨贵妃,谁去同情那些陪衬的小人物呢?但类似的悲哀却在每一个时代演出,"天宝"总是太短,渔阳鼙鼓的余响敲碎旧梦,马嵬坡的

夜雨滴断幸福，新的岁月粗糙而庸俗，却以无比的强悍逼人低头。玄宗把自己交给游仙的方士，胡二子和骆供奉却只能把自己交给比永恒还长的流浪的命运。

灯下读别人的颠沛流离，我不知该为撰曲的沧州歌者悲，还是该为唱曲的胡二子和骆供奉悲——抑或为自己悲。

开卷和掩卷

×君,十八岁,神差鬼使,不知怎么选择了读中文系。×君也许是男孩,也许是女孩,也许是有志文学,也许只是分数不够高,读不成别的,只好到中文系来凑合。总之,他来了。

他既决定来中文系,对文学总有几分情意。而这几分情意不敢说一定能惊天动地,但总也不算虚情假意。他希望自己和文学之间的关系能渐入佳境。

然后,开学了。伟大堂皇的学分纷纷上场,他忽然发现自己像结婚礼堂里的新郎:他可以拜天地,拜高堂,他可以用印,可以敬酒,可以吃菜,甚至可以表演亲吻新娘。但他就是不能和新娘一起走开,一起走到花前月下的无人之处,倾心相谈。

×君的大一课程除去体育、英文、历史、宪法不算,剩下来的可能是国文、文字学、文学概论、理则学、文学史。等到二年级,他可能读历代文选、文学史、诗经、诗选、小说选、声韵学或训诂学……如果×君够警觉,他会发现一路下来所有的学分,所有的教法,都在塞给他一个东西,这个东西的名字叫"文学学"。

对,是文学学,而不是文学。

什么叫文学学呢? 文学学是指文学的周边学问,例如修辞学,例如理则学,例如声韵训诂。

文学学也不算没有意义,像大城市之必须有卫星城镇,像大工业必有卫星工厂,文学也不妨有些基础工程,只是基础工程之后应该继之以亭台楼阁才对。平地架楼,因无根无基而脆弱无依,固所不宜,相反的,只挖一堆地基放在那里,而无以为继也未免可笑。

我们姑且假定×君一向很重视自己的学业成绩,(对在台湾长大的学

生而言,这个假定不算过分乱猜吧?)因此他很努力地想考好他的每一门学科。譬如说,诗选这门课吧,考试之前,×君努力要记清楚的资料很可能是:

一、仄起式的平仄是如何安排的?

二、初唐最重要的诗人是谁?

三、杜甫"香稻啄残鹦鹉粒"是什么意思?

四、"劝君更进一杯酒"和"与尔同销万古愁"之间算不算对句。

是否动词对动词,名词对名词,虚词对虚词?

×君在班上的成绩不错,运气好的话他还可能拿到某种奖学金。×君毕业在即,正准备考硕士班研究所,大家都称赞他是中文系高材生——不过,有一个小小的秘密,那就是,×君迄今都还没有碰到文学。

×君和其他好学生一样,从小深信一句话:

"开卷有益"。

他平生受这句话之惠不少。譬如说,等车的时候,排队等吃饭的时候,他都一卷在握,丝毫不敢浪费时间。他一点点学业上的成就都是靠这句话博取来的。

可惜×君不知道另外一句更重要的话:

"掩卷有功"。

掩卷有功四个字是我发明的,古人并未明言,虽然古人很善于掩卷。

李白诗中有言:

"片言苟会心,掩卷忽而笑。"(《翰林读书言怀呈集贤诸学士》)

苏辙的诗中也有一句:

"书中多感遇,掩卷辄长吁。"

"掩卷"就是把书合起来的意思。除了"掩卷",古人也用其他的字眼来表示类似的动作,例如:

"阖卷""抛卷""阖书""掷书"。

除了关上书卷,其他类似的动作如:

"掷笔"。

其作用也类似。

开卷而读,是为了汲取资料,但汲取资料只不过把人变成"会走路的电脑光碟片"而已,并不能使我们摧心动容,使我们整个人变得文学化。

"掩卷长太息"才是"教书机"和"读书机"办不到的事情。×君如果"读书破万卷",也未必有益,只待×君一旦"阖卷泪沾襟",则他的文学教育就不算空白了。

建国中学长久以来流传着一则故事,有位同学,打开历史考卷一看,有道题目要求详述鸦片战争对近代中国的影响,他匆匆写了两行,忍不住,便掷下考卷,急奔到校园中去痛哭。那一天,他的历史考卷当然是不及格的,但当天其他考卷和成绩漂亮的同学能和他比历史感吗?相较之下能一字字冷静道出《马关条约》的同学反而显得残忍无情吧?

"伏卷"而书的乖乖牌学子何止千人,但"推卷"而起抚膺号啕的却只有那一位啊!

英国十八世纪的历史学家吉朋,写了卷帙浩渺的《罗马衰亡史》。从动念到完成,历时一十四载。所描述的时代则长达一千三百年,其规模气魄略近司马迁写《史记》。吉朋写此书言简意赅,纲举目张,为世所颂。但我真正心折的还是他一七六四年秋天站在卡比托尔的古罗马废墟中,对着断壁颓垣喟然而叹的那份千古历史兴亡感。

书写历史不是靠一个字母一个字母的死功,而是靠望着"大江东去",油然兴起"浪淘尽,千古风流人物"的那声叹息!

身为中文系的老师,我深知同学诸生能做个"开卷人"的已经不多了——"不开卷的人"就更别提了,他们根本没资格来"掩卷",可惜的是那些只知开卷而不知掩卷的学生。古人认为读《出师表》《陈情表》应该"有感觉",否则不忠不孝。今天学生读此二文恐怕大多数的人只在意考试会考哪一题。其实,应该"有感觉"的篇章又何止《出师表》《陈情表》,读陈子昂《登幽州台》即使不怆然泪下,也该黯然久之吧?读张岱湖心亭饮茶一章,能不悠然意远吗?

不幸的是,属于文学的、感觉的境界往往难以传递,于是我们只好教授"平平仄仄仄仄平平"。后者客观、确实、有效率,也容易让学生佩服。当今之世,讲杜甫《兵车行》讲到哽咽泪下难以为继的老师恐怕多少会让学生看扁吧?

但我要强调的是,那些开卷读书却不曾掩卷叹息的人其实还不曾跨入文学的门槛。那些接触过客观资料,主观方面却不曾五内惊动的,仍然

只算文学的门外汉。

下面我且举几例，来说明只要细心体会，其实感动无处不在。

譬如说，词牌。一般而言，词牌因为是音乐方面的调名，和文字内容未见得有密切关系，读的时候很容易就掠空而过低调处理，不去管它了。但词牌名仍有那极美的，耐人反复玩味。真的是"阖卷"之余茫然四顾，慌叹流连不能自己。

有两首词牌名（现在很少听到），一名《惜花春起早》，一名《爱月夜眠迟》。每当花朝月夕，想起这两个词牌名，只觉其困境亦恰似人生：春朝花绽，怎能不勉力相从？月夜光盈，又怎忍遽舍清辉？然而活着原是一件艰辛的事，谁都能像王维诗中的神勇少年"一身能擘两雕弧"？而美，是如此浩渺不尽，我怎能既追踪"惜花春起早"又抓紧"爱月夜眠迟"？

只是词牌的名字，已足够令人掩卷失神。

另外生动逼人的词牌名还有，如：

《骤雨打新荷》，唉，如果是"雨打荷"也就罢了，"骤雨"打"新荷"却令人如闻土膏生腥的气息，如触及五月的清甜微润的池面薄烟。方其时也，新荷如青钱小小，比浮萍大不了多少，比雨滴大不了多少。小小的新荷，圈点着水面，圈点着初夏，而初夏这篇文章写得太好，造化神明不知不觉便多圈了几个圈。

此外《一痕沙》《一萼红》《隔渚莲》也都令人神往心悸，不胜低回。而苏东坡的《无愁可解》则是一派顽皮，意欲挑战《解愁》。人生弄到要靠酒来解愁，则何如根本把自己活成"无愁可解"的境界。既然根本不愁，也就不必麻麻烦烦去想法子再来解什么愁。

不过是几个词牌，不过是三五个字的组句，却令人沉吟，迟疑，不能自拔于无边之美感。

除了词牌，斋名也颇有趣。古人动不动便有个堂皇的斋名，但现实生活中则未必真有什么楼什么轩什么庵什么室什么斋。所谓的斋，往往只在主人的方寸之间鸠工营造。

初中时就听到梁任公《饮冰室文集》，当时只以为饮冰室就是我们吃刨冰的冰果店，代表的是清凉的意思。及至读了《庄子》，才知道全然不是那么回事，原文是"今吾朝受命而夕饮冰，我其内热欤？"注疏中说"晨朝受诏，暮夕饮冰，是明怖惧忧愁，内心熏灼"，原来饮冰是指内心焦灼不安。

那么，梁任公原来在恣纵无碍的才华之外亦自有其生当乱世的忧怖，如此一想，也真是掩卷肃容一番。

至于曾国藩，他把自己的住处命名为"求阙斋"。世人无不爱求全，曾氏独求"缺"。以他当时位极人臣的显达背景，他当然比别人更了解居安思危的真谛。求缺，是全福全贵到极致之后的谦逊。对此简单明了的三个字，曾文正公一生风骨气度都毕现眼前，我因这三字而掩卷轻叹，终生俯首。

近人有"无求备斋""知不足斋"，并皆引人深思。周弃子先生取名"未埋庵"，令人思之不胜感伤。一切活着的人不都迟早要大去吗？把此刻的自己看做葬礼未举行前的自己，多少可以减少一些名利心、争逐意，虽然命意嫌衰飒了些。

以上举例重在可叹可感的美感，至于有情有趣可堪一笑的例子也是有的，此处且举苏轼《撵云篇》的诗序为代表：

"云气自山中来，以手拨开，笼收其中，归家云盈笼，开而放之，作《撵云篇》。"

如果读《出师表》不哭为不忠，读《撵云篇》不掩卷大笑也真可谓"不通气"了！东坡老儿实在无赖得可爱，把山云捉来放在竹笼中，倒好像那些烟岚云雾全是小白驯鸽似的，手到擒来，等笼子一张开，全部白云亦如小鸟振翅而出，急扑扑地穿梭和满屋子都是。

世间宁有此事！但苏轼的谎撒得太可爱了，这一出他自导自演的"捉放云"几乎有些卡通趣味，你除了抚掌大笑之外还能有什么办法！

刚才所说的那位×君，如果在大四毕业之前只会开卷动读，而不会掩卷悲喜，他这一生就算做到中文系教授，也仍然是个"文学绝缘体"。

但愿读文学的×君不单读了些"文学学"，也早日碰触到"文学"。但愿×君和其他所有接触过文学的Ｙ君，都既能因开卷而受益，亦能拥有掩卷一叹的灵犀。但愿他们不仅是"有脚光碟片"，而是有感应的"文学人"。

六　　桥

——苏东坡写得最长最美的一句诗

　　这天清晨，我推窗望去，向往已久的苏堤和六桥，与我遥遥相对。我穆然静坐，不敢喧哗，心中慢慢地把人类和水的因缘回想一遍：

　　大地，一定曾经是一项奇迹，因为它是大海里面浮凸出来的一块干地。如果没有这块干地，对鲨鱼当然没有影响，海豚，大概也不表反对，可是我们人类就完了，我们总不能一直游泳而不上岸吧！

　　岸，对我们是重要的，我们需要一个岸，而且，甚至还希望这个岸就在我们一回头就可以踏上去的地方（所谓"回头是岸"嘛！），我们是陆地生物，这一点，好像已经注定了。

　　但上了岸，踏上了大地，人类必然又会有新的不满足。大地很深厚沉稳，而且像海洋一样丰富。她供应的物质源源不绝。你可以欣赏她的春华秋实，她的横岭侧峰。但人类不可能忘情于水，从胎儿时代就四面包围着我们的水。水，一旦离开我们而去，日子就会变得很陌生很干瘪。

　　而古代中国是一个内陆国家，要想看到海，对大多数的人而言，并不容易。中国人主动去亲近的水是河水、江水、湖水。尤其是湖，它差不多是小规模的海洋。中国人动不动就把湖叫成海，像洱海、青海。犹太人也如此，他们的加利利海分明只是湖。

　　有了湖，极好——但人类还是不满足。人类是矛盾的，他本来只需要大水中有一块可以落脚的陆地，等有了陆地他又希望陆地中有一块小水名叫湖。有了这块小湖水，他更希望有一块小陆地，悄悄插入湖中，可以容他走进那片小水域里——那是什么？那是堤。

　　如果要给"堤"设一个谜语供小孩猜，那便该是：

水中有土、土中有水、水中又有土。

苏堤、白堤便是经两位大诗人督修而成的"诗意工程"。诗人,本是负责刺探人类心灵活动的情报员,他知道人类内心的隐情秘意。他知道人类既需要大地的丰饶稳定,也需要海洋的激情浪漫。于是白居易挖了湖了又筑了堤(农人因而得灌溉之利,常人却收取柳雨荷风),后来苏东坡又补一堤。有名的白堤、苏堤就是指这两条带状的大地。

更有意思的是,有了长堤之后,有人更希望这块小土地上仍能有点水意。于是,苏堤中间设了六道桥,这六道桥的名字分别是映波、锁澜、望山、压堤、东浦、跨虹。桥有点拱背,中间一个漏洞,船只因而可以穿堤而过。如果再为"六桥"设一道谜题,那也容易,不妨写成下面这种笨笨的句子:

水中有土、土中有水、水中又有土、土中又有水。

这天早晨,我呆呆地望着这全长二点八公里的苏堤。由于拥有六座桥,刚好把苏堤分成七个段落,算来恰如一句七言。啊!那一定是苏东坡写得最长最大的一句七言了,最有气魄而且最美丽。

苏堤因为是无中生有的一块新地(浚湖而得的最高贵华艳的废土),所以不作经济利益的打算,只用来种桃花和杨柳。明代袁宏道形容此地,说:"六桥杨柳一络,牵风引浪,萧疏可爱",苏轼的诗也说:"六桥横绝天汉上"。如果你随便抓一个中国人来,叫他形容天堂,大概他讲来讲去也跳不出"六桥烟柳"或"苏堤春晓"的景致。六桥,大概已是中国人梦境的总依归了。

我自己最喜欢的和六桥有关的句子出自元人散曲:

贵何如,贱何如? 六桥都是经行处。(作者刘致)

对呀,在春暖花开的时候,难不成因为他是×主席或×部长,就可以用八只眼睛来看波光潋滟吗? 不,在面对桃红柳绿的时刻,我们都只能虔诚地用两腿走过风景,用两眼膜拜,用一颗心来贮存,如此而已。

绝美的六桥,是大家都可以平等经行的,恰如神圣的智慧,无人不可收录在心。眼望着苏东坡生平所写下的最长最美的一句诗,我心里的喜悦平静也无限的华美悠长。

错　　误

——中国故事常见的开端

在中国，错误不见得是一件坏事，诗人愁予有首诗，题目就叫《错误》，末段那句"我达达的马蹄是美丽的错误"四十年来像一枝名笛，不知被多少嘴唇呜然吹响。

《三国志》里记载周瑜雅擅音律，即使酒后也仍然轻易可以辨出乐工的错误。当时民间有首歌谣唱道："曲有误，周郎顾。"后世诗人多事，故意翻写了两句："欲使周郎顾，时时误拂弦。"真是无限机趣，描述弹琴的女孩贪看周郎的眉目，故意多弹错几个音，害他频频回首，风流俊赏的周郎哪里料到自己竟中了弹琴素手甜蜜的机关。

在中国，故事里的错误也仿佛是那弹琴女子在略施巧计，是善意而美丽的——想想如果不错它几个音，又焉能赚得你的回眸呢？错误，对中国故事而言有时几乎成为必须了。如果你看到《花田错》《风筝误》或《误入桃源》这样的戏目不要觉得古怪，如果不错它一错，哪来的故事呢！

有位德国戏剧家布莱希特写过一出《高加索灰阑记》，不但取了中国故事做蓝本，学了中国京剧表演方式，到最后，连那判案的法官也十分中国化了。他故意把两起案子误判，反而救了两造婚姻，真是彻底中式的误打误撞，而自成佳境。

身为一个中国读者或观众，虽然不免训练有素，但在说书人的梨花简嗒然一声敲响或书页已尽正准备掩卷叹息的时候，不免悠悠想起，咦？怎么又来了，怎么一切的情节，都分明从一点点小错误开始？

我们先来说《红楼梦》吧，女娲炼石补天，偏偏炼了三万六千五百零一块。本来三万六千五百是个完整的数目，非常精准正确，可以刚刚补好残天。女娲既是神明，她心里其实是雪亮的，但她存心要让一向正确的自己错它一次，要把一向精明的手段错它一点。"正确"，只应是对工作的要求，"错误"，才是她乐于留给自己的一道难题，她要看看那块多余的石头，究竟会怎么样往返人世，出入虚实，并且历经情劫。

就是这一点点的谬错，于是大荒山无稽崖青埂峰下，便有了一块顽石，而由于有了这块顽石，又牵出了日后的通灵宝玉。

整一部《红楼梦》，原来恰恰只是数学上三万六千五百分之一的差误而滑移出来的轨迹，并且逐步演化出一串荒唐幽渺的情节。世上的错误往往不美丽，而美丽又每每不错误，唯独运气好碰上"美丽的错误"才可以生发出歌哭交感的故事。

《水浒传》楔子里的铸错则和希腊神话《潘朵拉的盒子》有些类似，都是禁不住好奇，去窥探人类不该追究的奥秘。

但相较之下，洪太尉"揭封"又比潘朵拉"开盒子"复杂得多。他走完了三清堂的右廊尽头，发现了一座奇特神秘的建筑：门缝上交叉贴着十几道封纸，上面高悬着"伏魔之殿"四个字，据说从唐朝以来八九代天师每一代都亲自再贴一层封条，锁孔里还灌了铜汁。洪太尉禁不住引诱，竟打烂了锁，撕了封条，踢倒大门，撞进去掘起石碣，搬走石龟，最后又扛起一丈见方的大青石板，这才看到下面原来是万丈深渊。刹那间，黑烟上腾，散成金光，激射而出。仅此一念之差，他放走了三十六座天罡星和七十二座地煞星，合共一百零八个魔王……

《水浒传》里一百零八个好汉便是这样来的。

那一番莽撞，不意冥冥中竟也暗合天道，早在天师的掐指计算中——中国故事至终总会在混乱无秩里找到秩序。这一百零八个好汉毕竟曾使荒凉的年代有一腔热血，给邪曲的世道一副直心肠。中国的历史当然不该少了尧舜孔孟，但如果不是洪太尉伏魔殿那一搅和，我们就是失掉夜奔的林冲或醉打出山门的鲁智深，想来那也是怪可惜的呢！

洪太尉的胡闹恰似顽童推倒供桌，把袅袅烟雾中的时鲜瓜果散落一地，遂令天界的清供化成人间童子的零食。两相比照，我倒宁可看到洪太尉触犯天机，因为没有错误就没有故事——而没有故事的人生可怎么忍受呢？

一部《镜花缘》又是怎么样的来由？说来也是因为百花仙子犯了一点小小的行政上的错误，因此便有了众位花仙贬入凡尘的情节。犯了错，并且以长长的一生去截补，这其实也正是大部分的人间故事吧！

也许由于是农业社会，我们的故事里充满了对四时以及对风霜雨露的时序的尊重。《西游记》里的那条老龙王为了跟人打赌，故意把下雨的时间延后两小时，把雨量减少三寸零八点，其结果竟是惨遭斩头。不过，龙王是男性，追究起责任来动用的是刑法，未免无情。说起来女性仙子的命运好多了，中国仙界的女权向来相当高涨，除了王母娘娘是仙界的铁娘子以外，众女仙也各司要职。像"百花仙子"，担任的便是最美丽的任务。后来因为访友下棋未归，下达命令的系统弄乱了，众花在雪夜奉人间女皇帝之命提前齐开。这一番"美丽的错误"引致一种中国仙界颇为流行的惩罚方式——贬入凡尘。这种做了人的仙即所谓"谪仙"（李白就曾被人怀疑是这种身份）。好在她们的刑罚与龙王大不相同，否则如果也杀砍百花之头，一片红紫狼藉，岂不伤心！

百花既入凡尘，一个个身世当然不同，她们佻傥美丽，不苟流俗，各自跨步走向属于她们自己的那一番人世历程。

这一段美丽的错误和美丽的罚法都好得令人艳羡称奇！

从比较文学的观点看来，有人以为中国故事里往往缺少叛逆英雄。像宙斯，那样弑父自立的神明，像雅典娜，必须拿斧头砍开父亲脑袋自己才跳得出来的女神，在中国是不作兴的。就算捣蛋精的哪吒太子，一旦与父亲冲突，也万不敢"叛逆"，他只能"剔骨剜肉"以还父母罢了。中国的故事总是从一件小小的错误开端，诸如多炼了一块石头，失手打了一件琉璃盏，太早揭开坛子上有法力的封口。（关公因此早产，并且终生有一张胎儿似的红脸。）不是叛逆，是可以谅解的小过小犯，是失手，是大意，是一时兴起或一时失察。"叛逆"太强烈，那不是中国方式。中国故事只有"错"，而"错"这个字既是"错误"之错也是"交错"之错，交错不是什么严重的事，只是两人或两事交互的作用——在人与人的盘根错节间就算是错也不怎么样。像百花之仙，待历经尘劫回来，依旧是仙，仍旧冰清玉洁馥馥郁郁，仍然像掌理军机令一样准确地依时开花。就算在受刑期间，那也是一场美丽的受罚，她们是人间女儿，兰心蕙质，生当大唐盛世，个个"纵其才而横其艳"，直令千古以下，回首乍望的我忍不住意飞神驰。

年轻，有许多好处，其中最足以傲视人者莫过于"有本钱去错"。年轻人犯错，你总得担待他三分——

有一次，我给学生订了作业，要他们每人念几十首诗，录在录音带上交来。有的学生念得极好，有的又念又唱，极为精彩，有的却有口无心。苏东坡的"一年好景君须记，正是橙黄橘绿时"，不知怎么回事，有好几个学生念成"一年好景须君记"，我听了，一面摇头莞尔，一面觉得也罢，苏东坡大约也不会太生气。本来的句子是"请你要记得这些好景致"，现在变成了"好景致得要你这种人来记"，这种错法反而更见朋友之间相知相重之情了。好景年年有，但是，得要有好人物来记才行呀！你，就是那可以去记住天地岁华美好面的我的朋友啊！

有时候念错的诗也自有天机欲泄，也自有密码可索，只要你有一颗肯接纳的心。

在中国，那些小小的差误，那些无心的过失，都有如偏离大道以后的岔路。岔路亦自有其可观的风景，"曲径"似乎反而理直气壮地可以"通幽"。错有错着，生命和人世在其严厉的大制约和惨烈的大叛逆之外也何妨采中国式的小差错小谬误或小小的不精确。让岔路可以是另一条大路的起点，容错误是中国式故事里急转直下的美丽情节。

许士林的独白

——献给那些暌违母颜比十八年更长久的天涯之人

驻马自听

我的马将十里杏花跑成一掠眼的红烟,娘! 我回来了!

那尖塔戳得我的眼疼,娘,从小,每天,它嵌在我的窗里,我的梦里,我寂寞童年唯一的风景,娘。

而今,新科的状元,我,许士林,一骑白马一身红袍来拜我的娘亲。

马蹄起大路上的清尘,我的来处是一片雾,勒马蔓草间,一垂鞭,前尘往事,都到眼前。我不需有人讲给我听,只要溯着自己一身的血脉往前走,我总能遇见你,娘。

而今,我一身状元的红袍,有如十八年前,我是一个全身通红的赤子,娘,有谁能撕去这袭红袍,重还我为赤子? 有谁能抟我为无知的泥,重回你的无垠无限?

都说你是蛇,我不知道,而我总坚持我记得十月的相依,我是小渚,在你初暖的春水里被环护,我抵死也要告诉他们,我记得你乳汁的微温。他们总说我只是梦见,他们总说我只是猜想,可是,娘,我知道我是知道的,我知道你的血是温的,泪是烫的,我知道你的名字是"母亲"。

而万古乾坤,百年身世,我们母子就那样缘薄吗? 才甫一月,他们就把你带走了。有母亲的孩子可聆母亲的音容,没母亲的孩子可依向母亲的坟头,而我呢,娘,我向何处破解恶狠的符咒?

有人将中国分成江南江北,有人把领域划成关内关外,但对我而言,娘,这世界被截成塔底和塔上。塔底是千年万世的黝黑混沌,塔外是荒凉的日光，无奈的春花和忍情的秋月……

塔在前，往事在后，我将前去祭拜，但，娘，此刻我徘徊伫立，十八年，我重溯断了的脐带，一路向你泅去，春阳暖暖，有一种令人没顶的怯惧，一种令人没顶的幸福。塔牢牢地楔死在地里，像以往一样牢，我不敢相信你驮着它有十八年之久，我不能相信，它会永永远远镇住你。

十八年不见，娘，你的脸会因长期的等待而萎缩干枯吗？有人说，你是美丽的，他们不说我也知道。

认　取

你的身世似乎大家约好了不让我知道，而我是知道的，当我在井旁看一个女子汲水，当我在河畔看一个女子洗衣，当我在偶然的一瞥间看见当窗绣花的女孩，或在灯下纳鞋的老妇，我的眼眶便乍然湿了。娘，我知道你正化身千亿，向我絮絮地说起你的形象。娘，我每日不见你，却又每日见你，在凡间女子的颦眉瞬目间，将你一一认取。

而你，娘，你在何处认取我呢？在塔的沉重上吗？在雷峰夕照的一线酡红间吗？在寒来暑往的大地腹腔的脉动里吗？

是不是，娘，你一直就认识我，你在我无形体时早已知道我，你从茫茫大化中拼我成形，你从冥漠空无处抟我成体。

而在峨嵋山，在竞绿赛青的千岩万壑间，娘，是否我已在你的胸臆中。当你吐纳朝霞夕露之际，是否我已被你所预见？我在你曾仰视的霓虹中舒昂，我在你曾倚以沉思的树干内缓缓引升，我在花，我在叶，当春天第一棵小草冒地而生并欢呼时，你听见我。在秋后零落断雁的哀鸣里，你分辨我，娘，我们必然从一开头就是彼此认识的。娘，真的，在你第一次对人世有所感有所激的刹那，我潜在你无限的喜悦里，而在你有所怨有所叹的时分，我藏在你的无限凄凉里，娘，我们必然是从一开头就彼此认识的，你能记忆吗？娘，我在你的眼，你的胸臆，你的血，你的柔和如春浆的四肢。

湖

娘，你来到西湖，从叠烟架翠的峨嵋到软红十丈的人间，人间对你而

言是非走一趟不可的吗？但里湖、外湖、苏堤、白堤，娘，竟没有一处可堪容你，千年修持，抵不了人间一字相传的血脉姓氏，为什么人类只许自己修仙修道，却不许万物修得人身跟自己平起平坐呢？娘，我一页一页地翻圣贤书，一个一个地去阅人的脸，所谓圣贤书无非要我们做人，但为什么真的人都不想做人呢？娘啊！阅遍了人和书，我只想长哭，娘啊，世间原来并没有人跟你一样痴心地想做人啊！岁岁年年，大雁在头顶的青天上反复指示"人"字是怎么写的，但是，娘，没有一个人在看，更没有一个人看懂了啊！

南屏晚钟，三潭印月，曲院风荷，文人笔下西湖是可以有无限题咏的。冷泉一径冷着，飞来峰似乎想飞到哪里去，西湖的游人万千，来了又去了，谁是坐对大好风物想到人间种种就感激欲泣的人呢，娘，除了你，又有谁呢？

雨

西湖上的雨就这样来了，在春天。

是不是从一开头你就知道和父亲注定不能天长日久做夫妻呢？茫茫天地，你只死心塌地眷着伞下的那一刹那温情。湖色千顷，水波是冷的，光阴百代，时间是冷的。然而一把伞，一把紫竹为柄的八十四骨的油纸伞下，有人跟人的聚首，伞下有人世的芳馨，千年修持是一张没有记忆的空白，而伞下的片刻却足以传诵千年。娘，从峨嵋到西湖，万里的风雨雷雹何尝在你意中，你所以眷眷于那把伞，只是爱与那把伞下的人同行，而你心悦那人，只是因为你爱人世，爱这个温柔缠绵的人世。

而人间聚散无常，娘，伞是聚，伞也是散，八十四支骨架，每一支都可能骨肉撕离。娘啊！也许一开头你就是都知道的，知道又怎样，上天下地，你都敢去较量，你不知道什么叫生死，你强扯一根天上的仙草而硬把人间的死亡扭成生命，金山寺一斗，胜利的究竟是谁呢，法海做了一场灵验的法事，而你，娘，你传下了一则喧腾人间的故事。人世的荒原里谁需要法事？我们要的是可以流传百世的故事，可以乳养生民的故事，可以辉耀童年的梦寐和老年的记忆的故事。

而终于，娘，绕着那一湖无情的寒碧，你来到断桥，斩断情缘的断桥。

故事从一湖水开始,也向一湖水结束,娘,峨嵋是再也回不去了。在断桥,一场惊天动地的婴啼,我们在彼此的眼泪中相逢,然后,分离。

合　钵

一只钵,将你罩住,小小的一片黑暗竟是你而今而后头上的苍穹。娘,我在噩梦中惊醒千回,在那份窒息中挣扎。都说雷峰塔会在夕照里,千年万世,只专为镇一个女子的情痴,娘,镇得住吗? 我是不信的。

世间男子总以为女子一片痴情,是在他们身上,其实女子所爱的哪里是他们,女子所爱的岂不也是春天的湖山,山间的晴岚,岚中的万紫千红,女子所爱的是一切好气象、好情怀,是她自己一寸心头万顷清澈的爱意,是她自己也说不清道不尽的满腔柔情。像一朵菊花的"抱香枝头死",一个女子紧紧怀抱的是她自己亮烈美丽的情操,而一只法海的钵能罩得住什么? 娘,被收去的是那桩婚姻,收不去的是属于那婚姻中的恩怨牵挂,被镇住的是你的身体,不是你的着意飘散如暮春飞絮的深情。

——而即使身体,娘,他们也只能镇住少部分的你,而大部分的你却在我身上活着。是你的傲气塑成我的骨,是你的柔情流成我的血。当我呼吸,娘,我能感到属于你的肺纳,当我走路,我想到你在这世上的行迹。娘,法海始终没有料到,你仍在西湖,在千山万水间自在地观风望月并且读着圣贤书,想天下事,与万千世人摩肩接踵——藉一个你的骨血揉成的男孩,藉你的儿子。

不管我曾怎样凄伤,但一想起这件事,我就要好好活着,不仅为争一口气,而是为赌一口气! 娘,你会赢的,世世代代,你会在我和我的孩子身上活下去。

祭　塔

而娘,塔在前,往事在后,十八年乖隔,我来此只求一拜——人间的新科状元,头簪宫花,身着红袍,要把千种委屈,万种凄凉,都并作纳头一拜。

娘!

那豁然撕裂的是土地吗？

那倏然崩响的是暮云吗？

那颓然而倾斜的是雷峰塔吗？

那哽咽垂泣的是娘，是你吗？

是你吗？娘，受孩儿这一拜吧！

你认识这一身通红吗？十八年前是红通通的赤子，而今是宫花红袍的新科状元许士林。我多想扯碎这一身红袍，如果我能重还为你当年怀中的赤子，可是，娘，能吗？

当我读人间的圣贤书，娘，当我援笔为文论人间事，我只想到，我是你的儿，满腔是温柔激荡的爱人世的痴情。而此刻，当我纳头而拜，我是我父之子，来将十八年的愧疚无奈并作惊天动地的一叩首。

且将我的额血留在塔前，作一朵长红的桃花：笑傲朝霞夕照，且将那崩然有声的头颅击打大地的声音化作永恒的暮鼓，留给法海听，留给一骇而倾的塔听。

人间永远有秦火焚不尽的诗书，法钵罩不住的柔情，娘，唯将今夕的一凝目，抵十八年数不尽的骨中的酸楚，血中的辣辛，娘！

终有一天雷峰会倒，终有一天尖耸的塔会化成飞散的泥尘，长存的是你对人间那一点执拗的痴！

当我驰马而去，当我在天涯地角，当我歌，当我哭，娘，我忽然明白，你无所不在地临视我，熟知我，我的每一举措于你仍是当年的胎动，扯你，牵你，令你惊喜错愕，令你隔着大地的腹部摸我，并且说："他正在动，他正在动，他要干什么呀？"

让塔骤然而动，娘，且受孩儿这一拜！

后记：许士林是故事中白素贞和许仙的儿子，大部分的叙述者都只把情节说到"合钵"为止，平剧中《祭塔》一段也并不经常演出，但我自己极喜欢这一段，我喜欢那种利剑斩不断，法钵罩不住的人间牵绊，本文试着细细表出许士林叩拜囚在塔中的母亲的心情。

秋千上的女子

楔　　子

　　我在备课——这样说有点吓人，仿佛有多模范似的，其实也不是，只是把秦少游的词在上课前多看两眼而已。我一向觉得少游词最适合年轻人读；淡淡的哀伤，怅怅的低喟，不需要什么理由就愁起来的愁或者未经规划便已深深坠入的情劫……

　　"秋千外，绿水桥平。"

　　啊，秋千，学生到底懂不懂什么叫秋千？他们一定自以为懂，但我知道他们不懂，要怎样才能让学生明白古代秋千的感觉。

　　这时候，电话响了，索稿的——紧接着，另一通电话又响了，是有关淡江大学"女性书写"研讨会的，再接着是东吴校庆筹备组规定要即交散文一篇，似乎该写点"话当年"的情节，催稿人是我的学生张曼娟，使我这犯规的老师惶惶无词……

　　然后，糟了，由于三案并发，我竟把这几件事想混了，秋千，女性主义，东吴读书，少年岁月，粘粘为一，撕扯不开……

　　汉族，是个奇怪的族类，他们不但不太擅长于唱歌或跳舞，就连玩，好像也不太会。许多游戏，都是西边或北边传来的——也真亏我们有这些邻居，我们因这些邻居而有了更丰富多样的水果、嘈杂凄切的乐器、吞剑吐火的幻术……以及哎，秋千。

　　在台湾，每个小学，都设有秋千架吧？大家小时候都玩过它吧？

　　但诗词里"秋千"却是另外一种,它们的原籍是"山戎",据说是齐桓公征伐山戎的时候顺便带回来的。想到齐桓公,不免精神为之一振,原来这小玩意儿来中国的时候正当先秦诸子的黄金年代。而且,说巧不巧的,正是孔老夫子的年代。孔子没提过秋千,孟子也没有。但孟子说过一句话:"咱们儒家的人,才不去提他什么齐桓公晋文公之流的家伙。"

　　既然瞧不起齐桓公,大概也就瞧不起他征伐胜利后带回中土的怪物秋千了!

　　但这山戎身居何处呢? 山戎在春秋时代住在河北省的东北方,现在叫做迁安县的一个地方。这地方如今当然早已是长城里面的版图了,它位在山海关和喜峰口之间,和避暑胜地北戴河同纬度。

　　而山戎又是谁呢? 据说便是后来的匈奴,更后来叫胡,似乎也可以说,就是以蒙古为主的北方异族。汉人不怎么有兴趣研究胡人家世,叙事起来不免草草了事。

　　有机会我真想去迁安县走走,看看那秋千的发祥地是否有极高大夺目的漂亮秋千,而那里的人是否身手矫健,可以把秋千荡得特别高,特别恣纵矫健——但恐怕也未必,胡人向来决不"安于一地",他们想来早已离开迁安县,迁安两字顾名思义,是鼓励移民的意思,此地大概早已塞满无往不在的汉人移民。

　　哎,我不禁怀念古秋千的风情起来了。

　　《荆楚岁时记》上说:"秋千,本北方山戎之戏,以习轻趫,后中国女子学之,楚俗谓之施钩,涅槃经谓之罟索。"

　　《开元天宝遗事》则谓:"天宝宫中,至寒食节,竞竖秋千,令宫嫔辈,戏笑以为宴乐,帝呼为半仙之戏,都市士民因而呼之。"

　　《事物纪原》也引《古今艺术图》谓:"北方戎狄爱习轻趫之态,每至寒食为之,后中国女子学之,乃以条绳悬树之架,谓之秋千。"

　　这样看来,秋千,是季节性的游戏,在一年最美丽的季节——暮春寒食节(也就是我们的春假日)——举行。

　　试想在北方苦寒之地,忽有一天,春风乍至花鸟争喧,年轻的心一时如空气中的浮丝游絮飘飘扬扬,不知所止。

　　于是,他们想出了这种游戏,这种把自己悬吊在半空中来进行摆荡的游戏,这种游戏纯粹呼应着春天来时那种摆荡的心情。当然也许和丛林生活的回忆有关。打秋千多少有点像泰山玩藤吧？

然而，不知为什么，事情传到中国，打秋千竟成为女子的专利。并没有哪一条法令禁止中国男子玩秋千，但在诗词中看来，打秋千的竟全是女孩。

也许因为初传来时只有宫中流行，宫中男子人人自重，所以只让宫女去玩，玩久了，这种动作竟变成是女性世界里的女性动作了。

宋明之际，礼教的势力无远弗届，汉人的女子，裹着小小的脚，蹐蹐在深深的闺阁里，似乎只有春天的秋千游戏，可以把她们荡到半空中，让她们的目光越过自家修筑的铜墙铁壁，而望向远方。

那年代男儿志在四方，他们远戍边荒，或者，至少也像司马相如，走出多山多岭的蜀郡，在通往长安的大桥桥柱上题下：

"不乘高车驷马，不复过此桥。"

然而女子，女子只有深深的闺阁，深深深深的闺阁，没有长安等着她们去功名，没有拜将台等着她们去封诰，甚至没有让严子陵归隐的"登云钓月"的钓矶等着她们去度闲散的岁月（"登云钓月"是苏东坡题在一块大石头上的字，位置在浙江富阳，近杭州，相传那里便是严子陵钓滩）。

我的学生，他们真的会懂秋千吗？她们必须先明白身为女子便等于"坐女监"，所不同的是有些监狱窄小湫隘，有些监狱华美典雅。而秋千却给了她们合法的越狱权，她们于是看到远方，也许不是太远的远方，但毕竟是狱门以外的世界。

秦少游那句"秋千外，绿水桥平"，是从一个女子眼中看春天的世界。秋千让她把自己提高了一点点，秋千荡出去，她于是看见了春水。春水明艳，如软琉璃，而且因为春冰乍融，水位也提高了，那女子看见什么？她看见了水的颜色和水的位置，原来水位已经平到桥面去了！

墙内当然也有春天，但墙外的春天却更奔腾恣纵啊！那春水，是一路要流到天涯去的水啊！

只是一瞥，另在秋千荡高去的那一刹，世界便迎面而来。也许视线只不过以二公里为半径，向四面八方扩充了一点点，然而那一点是多么令人难忘啊！人类的视野不就是那样一点点地拓宽的吗？女子在那如电光石火的刹那窥见了世界和春天。而那时候，随风鼓胀的，又岂只是她绣花的裙摆呢？

众诗人中似乎韩偓是最刻意描述美好的"秋千经验"的,他的秋千一诗是这样写的:

池塘夜歇清明雨

绕院无尘近花坞

五丝绳系出墙迟

力尽才瞵见邻圃

下来娇喘未能调

斜倚朱阑久无语

无语兼动所思愁

转眼看天一长吐

其中形容女子打完秋千"斜倚朱阑久无语""无语兼动所思愁"颇耐人寻味。"远方",也许是治不愈的痼疾,"远方"总是牵动"更远的远方"。诗中的女子用极大的力气把秋千荡得极高,却仅仅只见到邻家的园圃——然而,她开始无语哀伤,因为她竟因而牵动了"乡愁"——为她所不曾见过的"他乡"所兴起的乡愁。

韦庄的诗也爱提秋千,下面两句景象极华美:

紫陌乱嘶红叱拨(红叱拨是马名)

绿杨低映画秋千(《长安清明》)

好似隔帘花影动

女郎撩乱送秋千(《寒食城外醉吟》)

第一例里短短十四字便有四个跟色彩有关的字,血色名马骄嘶而过,绿杨丛中有精工绘画的秋千……

第二例却以男子的感受为主,诗词中的男子似乎常遭秋千"骚扰",秋千给了女子"一点点坏之必要"(这句型,当然是从痖弦诗里偷来的),荡秋千的女子常会把男子吓一跳,她是如此临风招展,却又完全"不违礼俗"。她的红裙在空中画着美丽的弧,那红色真是既妍又险,她的笑容晏晏,介乎天真和诱惑之间,她在低空处飞来飞去,令男子不知所措。

张先的词：

> 那堪更被明月
> 隔墙送过秋千影

说的是一个被邻家女子深夜荡秋千所折磨的男子。那女孩的身影被明月送过来，又收回去，再送过来，再收回去……

似乎女子每多一分自由，男子就多一分苦恼。写这种情感最有趣的应该是东坡的词：

> 墙里秋千墙外道
> 墙外行人墙里佳人笑
> 笑渐不开声渐悄
> 多情却被无情恼

由于自己多情便嗔怪女子无情，其实也没什么道理。荡秋千的女子和众女伴嬉笑而去，才不管墙外有没有痴情人在痴立。

使她们愉悦的是春天，是身体在高下之间摆荡的快意，而不是男人。

韩偓的另一首诗提到的"秋千感情"又更复杂一些：

> 想得那人垂手立
> 娇羞不肯上秋千

似乎那女子已经看出来，在某处，也许在隔壁，也许在大路上，有一双眼睛，正定定地等着她，她于是僵在那里，甚至不肯上秋千，并不是喜欢那人，也不算讨厌那人，只是不愿让那人得逞，仿佛多称他的心似的。

众诗词中最曲折的心意，也许是吴文英的那句：

> 黄蜂频扑秋千索
> 有当时，纤手香凝

由于看到秋千的丝绳上,有黄蜂飞扑,他便解释为荡秋千的女子当时手上的香已在一握之间凝聚不散,害黄蜂以为那绳索是一种可供采蜜的花。

啊,那女子到哪里去了呢?在手指的香味还未消失之前,她竟已不知去向。

——啊!跟秋千有关的女子是如此挥洒自如,仿佛云中仙鹤不受网弋,又似月里桂影,不容攀折。

然而,对我这样一个成长于二十世纪中期的女子,读书和求知才是我的秋千吧?握着柔韧的丝绳,借着这短短的半径,把自己大胆地抛掷出去。于是,便看到墙外美丽的清景;也许是远岫含烟,也许是新秧翻绿,也许雕鞍上有人正起程,也许江水带来归帆……世界是如此富艳难踪,而我是那个在一瞥间得以窥伺大千的人。

"窥"字其实是个好字,孔门弟子不也以为他们只能在墙缝里偷看一眼夫子的深厚吗?是啊,是啊,人生在世,但让我得窥一角奥义,我已知足,我已知恩。

我把从《三才图会》上影印下来的秋千图戏剪贴好,准备做成投影片给学生看,但心里却一直不放心,他们真的会懂吗?真的会懂吗?曾经,在远古的年代,在初暖的熏风中,有一双足悄悄踏上板架,有一双手,怯怯握住丝绳,有一颗心,突地向半空中荡起,荡起,随着花香,随着鸟鸣,随着迷途的蜂蝶,一起去探询春天的资讯。

高处何所有

——赠给毕业同学

很久很久以前，在一个很远很远的地方，一位老酋长正病危。

他找来村中最优秀的三个年轻人，对他们说：

"这是我要离开你们的时候了，我要你们为我做最后一件事，你们三个都是身强体壮而又智慧过人的好孩子，现在，请你们尽其可能地去攀登那座我们一向奉为神圣的大山，你们要尽其可能爬到最高超最凌越的地方，然后，折回头来告诉我你们的见闻。"

三天后，第一个年轻人回来了，他笑生双靥，衣履光鲜：

"酋长，我到达山顶了，我看到繁花夹道，流泉淙淙，鸟鸣嘤嘤，那地方真不坏啊！"老酋长笑笑说：

"孩子，那条路我当年也走过，你说的鸟语花香的地方不是山顶，而是山麓，你回去吧！"

一周以后，第二个年轻人也回来了，他神情疲倦，满脸风霜：

"酋长，我到达山顶了，我看到高大肃穆的松树林，我看到秃鹰盘旋，那是一个好地方。"

"可惜啊！孩子，那不是山顶，那是山腰，不过，也难为你了，你回去吧！"

一个月过去了，大家都开始为第三位年轻人的安危担心，他却一步一蹭，衣不蔽体地回来了，他发枯唇燥，只剩下清炯的眼神：

"酋长，我终于到达山顶，但是，我该怎么说呢？那里只有高风悲旋，蓝天四垂。"

"你难道在那里一无所见吗？难道连蝴蝶也没有一只吗？"

　　"是的，酋长，高处一无所有，你所能看到的，只有你自己，只有'个人'被放在天地间的渺小感，只有想起千古英雄的悲激心情。"

　　"孩子，你到的是真的山顶，按照我们的传统，天意要立你做新酋长，祝福你。"

　　真英雄何所遇？他遇到的是全身的伤痕，是孤单的长途以及愈来愈真切的渺小感。

情　怀

不知从什么时候开始，我变成了一个容易着急的人。

行年渐长，许多要计较的事都不计较了，许多渴望的梦境也不再使人颠倒，表面看起来早已经是个可以令人放心循规蹈矩的良民，但在胸臆里仍然暗暗地郁勃着一声闷雷，等待某种不时的炸裂。

仍然落泪，在读说部故事诸葛亮武侯废然一叹，跨出草庐的时候；在途经罗马看米开朗基罗一斧一凿每一痕都是开天辟地的悲愿的时候；在深宵不寐，感天念地深视小儿女睡容的时候。

忽焉就四十岁了，好像觉得自己一身竟化成两个，一个正咧嘴嬉笑，抱着手冷眼看另一个，并且说：

"嘿，嘿，嘿，你四十岁啦，我倒要看看你四十岁会变成什么样子哩！"

于是正正经经开始等待起来，满心好奇兴奋伸着脖子张望即将上演的"四十岁时"，几乎忘了主演的人就是自己。

好几年前，在朋友的一面素壁上看见一幅英文格言，说的是：

"今天，是此后余生的第一天。"

我谛视良久，不发一语，心里却暗暗不服：

"不是的，今天是今生到此为止的最后一天。"

我总是着急，余生有多少，谁知道呢？果真如诗人说的"百年梳三万六千回"的悠悠栉发岁月吗？还是"四季攸来往，寒暑变为贼，偷人面上花，夺人头上黑"的霸道不仁呢？有一年，眼看着患癌症的朋友史惟亮一寸寸地走远，那天是二月十四，日历上的情人节，他必然还有很绵缠不足的爱情吧，"中国"总是那最初也是最后的恋人，然而，他却走了，在情人节。

我走在什么时候？谁知道？只知道世方大劫，一切活着的人都是叨

天之幸,只知道,且把今天当做我的最后一天,该爱的,要来不及地去爱,该恨的,要来不及地去恨。

从印度、尼泊尔回来,有小小的人世间的得意,好山水,好游伴,好情怀,人生至此,还复何求?还复何夸?回来以后,急着去看植物园的荷花,原来不敢期望在九月看荷的,但也许喀什米尔的荷花湖使人想痴了心,总想去看看自己的那片香红,没想到她们仍在那里,比六月那次更灼然。回家忙打电话告诉慕容,没想到这人险阴,竟然已经看过了。

"你有没有想到,"她说,"就连这一池荷花,也不是我们'该'有的啊!"人是要活很多年才知道感恩的,才知道万事万物包括投眼而来的翠色,附耳而至的清风,无一不是豪华的天宠。才知道生命中的每一霎时间都是向永恒借来的片羽,才相信胸襟中的每一缕柔情都是无限天机所流泻的微光。

而这一切,跟四十岁又有什么关联呢?

想起古代的东方女子,那样小心在意地贮香膏于玉瓶,待香膏一点一滴地积满了,她忽然竟渴望就地一掷,将猛烈的馨香并作一次挥尽,啊!只要那样一度,够了。

想起绝句里的剑客,"十年磨一剑,霜刃未曾试,今日把示君,谁有不平事?"分明一个按剑的侠者,在清晨跨鞍出门,渴望及锋而试。

想起朋友亮轩少年十七岁,过中华路,在低矮的小馆里见于右任的一副对联"与世乐其乐,为人平不平",私慕之余,竟真能效志。人生如果真有可争,也无非这些吧?

又想起杨牧的一把纸扇,扇子是在浙江绍兴买的,那里是秋瑾的故居,扇上题诗曰:

> 连雨清明小阁秋
> 横刀奇梦少时游
> 百年堪羡越园女
> 无地今生我掷头

冷战的岁月是没有掷头颅的激情的,然而,我四十岁了,我是那扬瓶欲作一投掷的女子,我是那挎刀直行的少年,人世间总有一件事,是等着我去做的,石槽中总有一把剑,是等着我去拔的。

去年九月,我们全家四人到恒春一游。由于娘家至今在屏东已住了廿八年,我觉得自己很有理由把那块土地看做故乡了。阳光薄金,秋风薄凉,猫鼻头的激浪白亮如抛珠溅玉,立身苍茫之际,回顾渺小的身世,一切幼时所曾羡慕的,此刻全都有了。曾听人说流星划空之际,如果能飞快地说出祈愿便可实现,当时多急着想练好快利的口齿啊,而今,当流星过眼我只能知足地说:

"神啊,我一无祈求!"

可是,就在那一天,我走到一个小摊子前面,一些褐斑的小鸟像水果似的绑成一串吊在门口,我习惯后伸出手摸了它一下。忽然,那只鸟反身猛啄我一口,我又痛又惊,急速地收回手来,惶然无措地愣在那里。

就在那一瞬间,我忽然忘记痛,第一次想起鸟的生涯。

它必然也是有情有知的吧?它必然也正忧痛煎急吧?它也隐隐感到面对死亡的不甘吧?它也正郁愤悲挫忽忽如狂吧?

我的心比我的手更痛了。这是我第一次遇见不幸的伯劳,在这以前它一直是我案头古老的诗经里的一个名字,"七月鸣鸠",便是伯劳了,伯劳也是"劳燕分飞"典故里的一部分。

稍往前走,朋友指给我看烤好的鸟。再往前走,他指给我看堆积满地的小伯劳鸟的嘴尖。

"抓到就先把嘴折下来,免得咬人。然后才杀来烤,刚才咬你的那种因为打算卖活的,所以嘴尖没有折断。"

朋友是个尽责的导游,我却迷离起来。这就是我的老家屏东吗?这就是古老美丽的恒春古城吗?这就是海滩上有着发光的"贝壳沙"的小镇吗?这就是入夜以后沼气的蓝焰会从小泽里亮起来的神话之乡吗?"恒春"不该是"永恒的春天"吗?为什么有名的"关山落日"前,为什么惊心动魄的万里夕照里,我竟一步步踩着小鸟的嘴尖?

要不要管这档子闲事呢?

寄身在所谓的学术单位里已经是十几年了,学人的现实和计较有时不下商人,一位坦白的教授说:

"要我帮忙做食品检验?那对我的研究计划有什么好处?这种事是该卫生署做的,他们不做了,我多管什么闲事,我自己的 Paper 不出来,我

在学术界怎么混？"

他说的没有错，只是我有时会想起胡金铨的"龙门客栈"，大门砰然震开，白衣侠士飘然当户。

"干什么的？"

"管闲事的！"

回答得多么理直气壮。

我为什么想起这些？四十岁还会有少年侠情吗？为什么空无中总恍惚有一声召唤，使人不安。

我不喜欢"善心人士"的形象，"慈眉善目"似乎总和衰老、妇道人家、愚弱有关。而我，做起事来总带五分赌气性质，气生命不被尊重，气环境不被珍惜。但是，真的，要不要管这档闲事呢？管起来钱会浪费掉，睡眠会更不足，心力会更交瘁，而且，会被人看成我最不喜欢的"善士"的模样，我还要不要插手管它呢？

教哲学的梁从香港来，惊讶地看我在屋顶上种出一畦花来。看到他，我忽然唠唠叨叨在嬉笑中也哲学起来了。

"你知道，在这个世界上，我终于慢慢明白，我能管的事太少了，北爱尔兰那边要打，你管得着吗？巴基斯坦这边要打，你压得了吗？小学四年级的音乐课本上有一首歌这样说：'看我们少年英豪，抖着精神向前跑，从心底喊出口号，要把世界重改造，为着民族求平等，为着人类争公道，要使全球万国间，到处胜欢笑。'那时候每逢刮风，我就喜欢唱这首歌顶着风往前走。可是，三十年过去了，我不敢再说这样的大话，'要把世界重改造'，我没有这种本事，只好回家种一角花圃，指挥指挥四季的红花绿卉，这就是辛稼轩说的，人到了一个年纪，忽然发现天下事管不了，只好回过头来'乃翁依旧管些儿，管竹、管山、管水'。我呢，现在就管它几棵花。"

说的时候自然是说笑的，朋友认真地听，但我也知道自己向来虽不怕"以真我示人"，只是也不曾"以全我示人"。种花是真的，刻意去买了竹床竹椅放在阳台上看星星也是真的，却像古代长安街上的少年，耳中猛听得金铁交鸣，才发觉抽身不及，自己又忘了前约，依然伸手管了闲事。

一夜，歇下驰骋终日的疲倦，十月的夜，适度的凉，我舒舒服服地独倚在一张为看书而设计的躺榻上，算是对自己一点小小的纵容吧！生平好聊天，坐在研究室里是与古人聊天，与西人聊天。晚上读闲书读报是与时人聊天。写文章,则是与世人与后人聊天,旅行的时候则与达官贵人或老农老圃闲聊,想来属于我的一生,也无非是聊了些天而已。

忽然,一双忧郁愠怒的眼睛从报纸右下方一个不显眼的角落向我投视来,一双鹰的眼睛,我开始不安起来。不安的原因也许是因为那怒睁的眼中天生有着鹰族的锐利奋扬,但是不止,还有更多,我静静地读下去,在花莲,一个叫玉里的镇,一个叫卓溪乡古风村的地方,一只"赫氏角鹰"被捕了。从来不知道赫氏角鹰的名字,连忙去查书,知道它曾在几万年前,从喜马拉雅和云南西北部南下,然后就留在中央山脉了,它不是台湾特有鸟类,也不是偶然过境的候鸟,而是"留鸟",这一留,就是几万年,听来像绵绵无尽期的一则爱情故事。

却有人将这种鸟用铁夹捕了,转手卖掉,得到五千元。

我跳起来,打长途电话到玉里,夜深了,没人接,我又跑到桌前写信,急着找限时信封作读者投书,信封上了,我跑下楼去推脚踏车寄信,一看腕表已经清晨五点了,怎么会弄得这么晚的? 也只能如此了,救生命要紧?

跨车回来,心中亦平静亦激动,也许会带来什么麻烦,会有人骂我好出风头,会有人说我图名图利,会有人铁口直断说:"我看她是要竞选了!"不管他,我且先去睡两个小时吧! 我开始隐隐知道刚才的和那只鹰的一照面间我为什么不安,我知道那其间有一种召唤,一种几乎是命定的无可抗拒的召唤,那声音柔和而沉实,那声音无言无语,却又清晰如面晤,那声音说:"为那不能自述的受苦者说话吧! 为那不能自伸的受屈者表达吧!"

而后,经过报上的风风雨雨,侦骑四出,却不知那只鹰流落在哪里,我的生活从什么时候开始竟和一只鹰莫名其妙地连在一起了? 每每我凝视照片,想象它此刻的安危,人生际遇,真是奇怪。过了二十天,我人到花莲,主持了两个座谈会,当晚住在旅社里,当门一关,廊外海潮声隐隐而来,心中竟充满异样的感激,生平住过的旅社虽多,这一间却是花莲的父老为我预定并付钱的,我感激的是自己那一点的善意和关怀被人接纳,有时也觉得自己像说法化缘的老僧,虽然每遭白眼,但也能和人结成肝胆相照的朋友,我今夕蒙人以一饭相款,设一榻供眠,真当谢天,比起古代餐风露宿的苦行僧,我是幸运的。

第二天一早搭车到宜兰,听说上次被追索的赫氏角鹰便是在偷运台

北的途中死在那里。我和鸟类专家张万福从罗东问到宜兰，终于在一家"山产店"的冻箱里找到那只曾经搏云而上的高山生灵，而今是那样触手如坚冰的一块尸骨。站在午间陌生的小市镇上，山产店里一罐罐的毒蛇药酒，从架上俯视我。这样的结果其实多少也是意料中的，却仍忍不住悲怆。四十岁了，一身仆仆，站在小城的小街上，一家陈败的山产店前，不肯服输的心底，要对抗的究竟是什么呢？

和张万福匆匆包了它就赶北宜公路回家了，黄昏时在台北道别，看他再继续赶往台中的路，心中充满感恩之意。只为我一通长途电话，他就肯舍掉两天的时间，背着一大包幻灯片，从台中台北再转花莲去"说鸟"。此人也是一奇，阿美族人，台大法律系毕业，在美军顾问团做事，拿着高薪，却忽然发现所谓律师常是站在有钱有势却无理的一边，这一惊非同小可，于是弃职而去，一跑跑到大度山的东海潜心研究起鸟类生态来。故事听起来像江洋大盗忽然收山不做而削发皈依、反度起众人一般神奇。而他却是如此平实的一个人，会傻里傻气呆在野外从早上六点到下午六点，仔细数清楚棕面莺的母鸟喂了四百八十次小鸟的记录。并且会在座谈会上一一学鸟类不同的鸣声。而现在，"赫氏角鹰"交他去做标本，一周以后那胸前一片粉色羽毛的幼鹰会乖乖地张开翅膀，乖乖地停在标本架上，再也没有铁夹去夹它的脚了，再也没有商人去辗转贩卖它了，那永恒的展翼啊！台北的暮色和尘色中，我看他和鹰绝尘而去，心中的冷热一时也说不清。

我是个爱鸟人吗？不是，我爱的那个东西必然不叫鸟，那又是什么呢？或许是鸟的振翅奋扬，是一掠而过，将天空横渡的意气风发，也许我爱的仍不是这个，是一种说不清的生命力的展示，是一种突破无限时空的渴求。

曾在翻译诗里爱过希腊废墟的漫草荒烟，曾在风景明信片上爱过夏威夷的明媚海滩，曾在线装书里迷上"黄河之水天上来"，曾在江南的歌谣里想自己驾一叶迷途于十里荷香的小舟……而半生碌碌，灯下惊坐，忽然发现魂牵梦萦的仍是中央山脉上一只我未曾睹其面的一只鹰鸟。

四十岁了，没有多余的情感和时间可以挥霍，且专致地爱脚跟下的这片土地吧！且虔诚地维护头顶的那片青天吧！生平不识一张牌，却生就了大赌徒的性格，押下去的那份筹码其数值自己也不知道，只知道是余生的岁岁年年,赌的是什么? 是在我垂睫大去之际能看到较澄澈的河流,较清鲜的空气,较青翠的森林,较能繁息生养的野生生命……输赢何如? 谁知道呢? 但身经如此一番大搏,为人也就不枉了。

和丈夫去看一部叫"女人四十一枝花"的电影,回家的路上格格笑个不停,好莱坞的爱情向来是如此简单荒唐。

"你呢?"丈夫打趣,"你是不是女人四十一枝花?"

"不是,"我正色起来:"我是'女人四十一枚果',女人四十岁还做花,也不是什么含苞盛放的花了,但是如果是果呢,倒是透青透青初熟的果子呢!"

一切正好,有看云的闲情,也有犹热的肝胆,有尚未收敛也不想收敛的遭人妒的地方,也有平凡敦实容许别人友爱的余裕,有高龄的父母仍容我娇痴无忌如稚子,也有广大的国家容我去展怀一抱如母亲,有霍然而怒的盛气,也有湛然一笑的淡然。

还有什么可说呢? 芽嫩已过,花期已过,如今打算来做一枚果,待果熟蒂落,愿上天复容我是一粒核,纵身大化,在新着土处,期待另一度的芽叶。

我　　在

　　记得是小学三年级，偶然生病，不能去上学。于是抱膝坐在床上，望着窗外寂寂青山、迟迟春日，心里竟有一份巨大幽沉至今犹不能忘的凄凉。当时因为小，无法对自己说清楚那番因由，但那份痛，却是记得的。

　　为什么痛呢？现在才懂，只因你知道，你的好朋友都在那里，而你偏不在，于是你痴痴地想，他们此刻在操场上追追打打吗？他们在教室里挨骂吗？他们到底在干什么啊？不管是好是歹，我想跟他们在一起啊！一起挨骂挨打都是好的啊！

　　于是，开始喜欢点名，大清早，大家都坐得好好的，小脸还没有开始脏，小手还没有汗湿，老师说：

　　"×××"

　　"在！"

　　正经而清脆，仿佛不是回答老师，而是回答宇宙乾坤，告诉天地，告诉历史，说，有一个孩子"在"这里。

　　回答"在"字，对我而言总是一种饱满的幸福。

　　然后，长大了，不必被点名了，却迷上旅行。每到山水胜处，总想举起手来，像那个老是睁着好奇圆眼的孩子，回一声：

　　"我在。"

　　"我在"和"某某到此一游"不同，后者张狂跋扈，目无余子，而说"我在"的仍是个清晨去上学的孩子，高高兴兴地回答长者的问题。

　　其实人与人之间，或为亲情或为友情或为爱情，哪一种亲密的情谊不是基于我在这里，刚好，你也在这里的前提？一切的爱，不就是"同在"的缘分吗？就连神明，其所以为神明，也无非由于"昔在、今在、恒在"，以及

"无所不在"的特质。而身为一个人,我对自己"只能出现于这个时间和空间的局限"感到另一种可贵,仿佛我是拼图板上扭曲奇特的一块小形状,单独看,毫无意义,及至恰恰嵌在适当的时空,却也是不可少的一块。天神的存在是无始无终浩浩莽莽的无限,而我是此时此际此山此水中的有情和有觉。

有一年,和丈夫带着一团的年轻人到美国和欧洲去表演,我坚持选崔颢的《长干曲》作为开幕曲,在一站复一站的陌生城市里,舞台上碧色绸子抖出来粼粼水波,唐人乐府悠然导出:

> 君家何处在,妾住在横塘。
> 停船暂借问,或恐是同乡。

渺渺烟波里,只因错肩而过,只因你在清风我在明月,只因彼此皆在这地球,而地球又在太虚,所以不免停舟问一句话,问一问彼此隶属的籍贯,问一问昔日所生、他年所葬的故里。那年夏天,我们也是这样一路去问海外中国人的隶属所在的啊!

《旧约》里记载了一则三千年前的故事,那时老先知以利因年迈而昏聩无能,坐视宠坏的儿子横行。小先知撒母耳却仍是幼童,懵懵懂懂地穿件小法袍在空旷的大圣殿里走来走去。然而,事情发生了,有一夜他听见轻声的呼唤:

"撒母耳!"

他虽瞌睡却是个机警的孩子,跳起来,便跑到老以利面前:

"你叫我,我在这里!"

"我没有叫你,"老态龙钟的以利说,"你去睡吧!"

孩子去躺下,他又听到相同的叫唤:

"撒母耳!"

"我在这里,是你叫我吗?"他又跑到以利跟前。

"不是,我没叫你,你去睡吧。"

第三次他又听见那召唤的声音,小小的孩子实在给弄糊涂了,但他仍

207

然尽快跑到以利面前。

老以利蓦然一惊，原来孩子已经长大了，原来他不是小孩子梦里听错了话，不，他已听到第一次天音，他已面对神圣的召唤。虽然他只是一个弱的小孩，虽然他连什么是"天之钟命"也听不懂，可是，旧时代毕竟已结束，少年英雄会受天承运挑起八方风雨。

"小撒母耳，回去吧！有些事，你以前不懂，如果你再听到那声音，你就说：'神啊！请说，我在这里。'"

撒母耳果真第四度听到声音，夜空烁烁，廊柱耸立如历史，声音从风中来，声音从星光中来，声音从心底的潮声中来，来召唤一个孩子。撒母耳自此至死，一直是个威仪赫赫的先知，只因多年前，当他还是稚童的时候，他答应了那声呼唤，并且说："我，在这里。"

我当然不是先知，从来没有想做"救星"的大志，却喜欢让自己是一个"紧急待命"的人，随时能说"我在，我在这里"。

这辈子从来没喝得那么多，大约是一瓶啤酒吧，那是端午节的晚上，在澎湖的小离岛。为了纪念屈原，渔人那一天不出海，小学校长陪着我们和家长会的朋友吃饭，对于仰着脖子的敬酒者你很难说"不"。他们喝酒的样子和我习见的学院人士大不相同，几杯下肚，忽然红上脸来，原来酒的力量竟是这么大的。起先，那些宽阔黧黑的脸不免不自觉地有一份面对台北人和读书人的卑抑，但一喝了酒，竟人人急着说起话来，说他们没有淡水的日子怎么苦，说淡水管如何修好了又坏了，说他们宁可倾家荡产，也不要天天开船到别的岛上去搬运淡水……

而他们嘴里所说的淡水，在台北人看来，也不过是咸涩难咽的怪味水罢了——只是于他们却是遥不可及的美梦。

我们原来只是想去捐书，只是想为孩子们设置阅览室，没有料到他们红着脸粗着脖子叫嚷的却是水！这个岛有个好听的名字，叫鸟屿，岩岸是美丽的黑得发亮的玄武石组成的。浪大时，水珠会跳过教室直落到操场上来，澄莹的蓝波里有珍贵的丁香鱼，此刻餐桌上则是酥炸的海胆，鲜美的小鳍……然而这样一个岛，却没有淡水……

我能为他们做什么？在同盏共饮的黄昏，也许什么都不能，但至少我在这里,在倾听,在思索我能做的事……

读书,也是一种"在"。

有一年,到图书馆去,翻一本《春在堂笔记》,那是俞樾先生的集子,红绸精装的封面,打开封底一看,竟然从来也没人借阅过,真是"古来圣贤皆寂寞"啊!心念一动,便把书借回家去。书在,春在,但也要读者在才行啊!我的读书生涯竟像某些人玩"碟仙",仿佛面对作者的精魄。对我而言,李贺是随召而至的,悲哀悼亡的时刻,我会说:"我在这里,来给我念那首《苦昼短》吧!念'吾不识青天高,黄地厚,惟见月寒日暖,来煎人寿'。"读那首韦应物的《调笑令》的时候,我会轻轻地念:"胡马胡马,远放燕支山下。跑沙跑雪独嘶,东望西望路迷。迷路迷路,边草无穷日暮。"一面觉得自己就是那从唐朝一直狂驰至今不停的战马,不,也许不是马,只是一股激情,被美所迷,被莽莽黄沙和胭脂红的落日所震慑,因而心绪万千,不知所止的激情。

看书的时候,书上总有绰绰人影,其中有我,我总在那里。

《旧约·创世纪》里,堕落后的亚当在凉风乍至的伊甸园把自己藏匿起来。

上帝说:

"亚当,你在哪里?"

他噤而不答。

如果是我,我会走出,说:

"上帝,我在,我在这里,请你看着我,我在这里。不比一个凡人好,也不比一个凡人坏,我有我的逊顺祥和,也有我的叛逆凶戾,我在我无限的求真求美的梦里,也在我脆弱不堪一击的人性里。上帝啊,俯察我,我在这里。"

"我在",意思是说我出席了,在生命的大教室里。

几年前,我在山里说过的一句话容许我再说一遍,作为终响:

"树在。山在。大地在。岁月在。我在。你还要怎样更好的世界?"

你我间的心情，哪能那么容易说得清道得明

——序长安版的《从你美丽的流域》

你我间的心情，哪能那么容易说得清道得明呢？

我们坐在敦煌莫高窟前。

这里，就在这里，我已来过一千次——只是，前一千次都在魂思梦想里。

他，是一个尽责的随团记者，因为答应给某杂志写稿，此刻，他便正经八百地问起问题来：

"说说你这次丝路之旅的感想好吗？"

他备好纸笔，按下录音机：

"我——"

那时是正午，一尊尊菩萨都或坐或卧或立或歇在他们各自的洞窟里，他们那样华丽庄严，不涉一丝人世是非。烈日下，供人照相的骆驼也俯身休息。还有那些光鲜离奇的古装衣服正一套套吊在那里，艳魅诡异，令人错愕四顾，仿佛该有人来吹个唢呐什么的。

黄沙万里，弥天盖地，天色澄碧到近乎无情的程度，因为那蓝太纯，纯到不像真的，让人以为自己竟是坐在壁画里。

"啊！你叫我说什么呢？"我说，"在这个世界上，我也算是跑过许多地方了，北半球南半球东半球西半球，但如果我去印度，我可以冷眼看那些精美绝伦的古文化，以荒谬的身姿坐落在乌烟瘴气贫穷落后的现实社会里。看他们的好东西我会有纯粹的美的喜悦，但不会气血翻涌，引以自

豪。至于那些肮脏鄙陋，我虽也颦眉叹气，但却不会有落泪长号的悲恸。就连在印度古堡里遭人扒窃，弄得自己捉襟见肘，也照样嘻嘻哈哈，面不改色。原因很简单，我之所以掉钱，是因为我碰上了'坏人'，但这'坏人'即是印度人，不是中国人，我也就没有彻骨的悲痛和愤恨。

"而在中国大陆旅行，心情就不一样，你不像那些法国人日本人，你注定不是个心情轻松的观光客。你前一分钟才为一个风景或一处古迹而感动流泪而以身为中国人自傲；可是后一分钟，你又为某件事情气到要吐血要骂人八代祖宗。而这时候，如果又有人来拉着你，叫你'行个好'，给他钱去买个吃的，你真想放声大哭——平常，去任何地方旅行都能让身心休息，但到中国大陆不成，因为你对这块土地有情，因为你无可救药地还爱着自己的同胞手足。所以你忍不住又哭又笑又喜又怒又爱又恨，又祈祷又绝望，又祝福又咒诅……你简直不知怎么办，总之，你休想神经松弛。

"你叫我说感想，我哪里来得及有感想，自己一颗心都不知要怎么安怎么放了，哪里来得及有什么感想……"

热沙在四面大野蹲踞，仿佛恶兽猖狞，随时可以前来扑杀行人。奇怪的是，这八月酷暑，不时仍有一丝凉风吹来。这既是天堂也是地狱的地方啊！

那记者听我一番话，也呆了。后来，他那稿子也不知怎么写的，我真的不是个良好的"受访人"，我应该好好发表三点或四点感想，然而我不能，我只能胡乱说出自己纠结盘曲的心情。

西安出版社要我为大陆版的《从你美丽的流域》写个序，我不知为什么，竟觉艰难。其实，此生此世，我一直渴望透过我深爱的方块字把我血脉中的沸腾的声音翻译出来，给我深爱的族人去一一共证。

其实事情是很简单的事情，只是心情复杂，唐人李频的诗或许很宜于描述我此刻的心事：

岭外音书绝

经冬复历春

近乡情更怯

不敢问来人

啊！亲爱的读者，你原是我至亲至挚的乡人，我们都已出发。我，以我的书，你，以你的视线。我们终必相逢，在书中某个江山幽极处，某个桃李照堂处。相逢之际我一时竟不知如何开口，你我间的心情哪能那么容易说得清道得明呢？

古代的诗人离家十一年已经近乡情怯，而我呢？离开故土已过了四十个多次"经冬复历春"了；是的，我不知道该跟你说什么。如果我也情怯，请谅解我吧！

我有一个梦

楔　子

　　四月的植物园，一头走进去，但见群树汹涌而来，各绿其绿，我站在旧的图书馆前，心情有些迟疑。新荷已"破水而出"，这些童年期的小荷令人忽然懂得什么叫疼怜珍惜。

　　我迟疑，只因为我要去找刘白如先生谈自己的痴梦，有求于人，令我自觉羞惭不安，可是，现在是春天，一切的好事都应该可以有权利发生。

　　似乎是仗了好风好日的胆子，我于是走了进去，找到刘先生，把我的不平和愿望一五一十地说了。我说，我希望有人来盖一间国文教室——在这自认是中国的土地上——盖一间合乎美育原则的，像中国旧式书斋的教室。

　　我把话说得简单明了，所以只消几句就全说完了。

　　"构想很好，"刘先生说，"我来给你联络台中明道中学的汪校长。"

　　"明道是私立中学，"我有点担心，"这教室费财费力，明道未必承担得下来，我看还是去找教育部和教育厅来出面比较好。"

　　"这你就不懂了，还是私立学校单纯——汪校长自己就做得了主。如果案子交给公家，不知道要左开会右开会，开到什么时候？"

　　我同意了，当下又聊了些别的事，我即开车回家，从植物园到我家，大约十分钟车程。

　　走进家门，尚未坐下，电话铃已响，是汪校长打来的，刘先生已把

我的想法都告诉他了。

"张教授,我们原则上就决定做了,过两天,我上台北,我们商量一下细节。"

我被这个电话吓了一跳,世上之人,有谁幸运似我,就算是暴君,也不能强迫别人十分钟以后立刻决定承担这么大一件事。

我心里涨满谢意。

两年以后,房子盖好了,题名为"国学讲坛"。

一开始,刘先生曾命我把口头的愿望写成具体的文字,可以方便宣传,我谨慎从命,于是写了这篇《我有一个梦》。

我有一个梦。

我不太敢轻易地把这梦说给人听,怕遭人耻笑——毕竟,在这个世界上敢于去梦想的人并不多。

让我把故事从许多年前说起:南台湾的小城,一个女中的校园。六月,成串的黄花沉甸甸地垂自阿勃拉花树。风过处,花雨成阵,松鼠在老树上飞奔如急箭,音乐教室里传来三角大钢琴的玲珑流泉……

啊!我要说的正是那间音乐教室!

我不是一个敏于音律的人,平生也不会唱几首歌,但我仍深爱音乐。这,应该说和那间音乐教室有关吧!

我仿佛仍记得那间教室:大幅的明亮的窗,古旧却完好的地板,好像是日据时期留下的大钢琴,黄昏时略显昏暗的幽微光线……我们在那里唱"苏连多岸美丽海洋",我们在那里唱《阳关三叠》。

所谓学习音乐,应该不止是一本音乐课本、一个音乐老师。它岂不是也包括那个阵雨初霁的午后,那熏人欲醉的南风,那树梢悄悄的风声,那典雅的光可鉴人的大钢琴,那开向群树的格子窗……

近年来,我有机会参观一些耗资数百万或上千万的自然科学实验室。明亮的灯光下,不锈钢的颜色闪烁着冷然且绝对的知性光芒。令人想起伽利略,想起牛顿,想起历史回廊上那些伟大耸动的名字。实验室已取代古人的孔庙,成为现代人知识的殿堂,人行至此都要低声下气,都要"文武百官,至此下马"。

人文方面的教学也有这样伟大的空间吗?有的。英文教室里,每人一副耳机,清楚的录音带会要你把每一节发音都校正清楚,电视画面上更有生动活泼的镜头,诱导你可以做个"字正腔圆"的"英语人"。

每逢这个时候,我就暗自叹息,在我们这号称为中国的土地上,有没有哪一个教育行政人员,肯把为物理教室、化学教室或英语教室所花的钱匀出一部分用在中国语文教室里的? 换句话说,我们可以来盖一间国学讲坛吗?

当然,你会问:"国学讲坛? 什么叫国学讲坛? 国文哪需要什么讲坛? 国学讲坛难道需要望远镜或显微镜吗? 国文会需要光谱仪吗? 国文教学不就只是一位戴老花眼镜的老先生凭一把沙喉老嗓就可以廉价解决的事吗?"

是的,我承认,曾经有位母亲,蹲在地上,凭一根树枝、一堆沙子,就这样,她教出了一位欧阳修来。只要有一公尺见方的地方,只要有一位热诚的教师和学生,就能完成一场成功的教学。

但是,现在是九十年代了,我们在一夕之间已成暴富,手上捧着钱茫茫然不知该做什么……为什么在这种时候,我们仍然要坚持阳春式的国文教学呢?

我有一个梦。(但称它为梦,我心里其实是委屈的啊!)

我梦想在这号称为中国的土地上,除了能为英文为生物为化学为太空科学设置实验室之外,也有人肯为国文设置一间讲坛。

我梦想有一位国文教师在教授"好鸟枝头亦朋友,落花水面皆文章"的时候,窗外有粉色羊蹄甲正落入春水的波面,苦楝树上也刚好传来鸟鸣,周围的环境恰如一片舞台布景板,处处笺注着白纸黑字的诗。

晚明吴从先有一段文字令人读之目醉神驰他说:"斋欲深,槛欲曲,树欲疏,萝薜欲青垂;几席、阑干、窗窦,欲净滑如秋水;榻上欲有云烟气;墨池、笔床,欲时泛花香。读书得此护持,万卷尽生欢喜。琅嬛仙洞,不足羡矣。"

吴从先又谓:"读史宜映雪,以莹玄鉴。读子宜伴月,以寄远神……读《山海经》《水经》丛书小史,宜倚疏花瘦竹,冷石寒苔,以收无垠之游,而约缥缈之论。读忠烈传,宜吹笙鼓瑟以扬芳。读奸佞传,宜击剑捉酒以销愤。读'骚'宜空山悲号,可以惊蛰。读赋宜纵水狂呼,可以旋风……"

——啊,不,这种梦太奢侈了! 要一间平房,要房外的亭台楼阁花草

树木,要春风穿户,夏雨叩窗的野趣,还要空山幽壑,笙瑟溢耳。这种事,说出来——谁肯原谅你呢?

那么,退而求其次吧!只要一间书斋式的国学讲坛吧!要一间安静雅洁的书斋,有中国式的门和窗,有木质感觉良好的桌椅,你可以坐在其间,你可以第一次觉得做一个中国人也是件不错的事,也有其不错的感觉。

那些线装书——就是七十多年前差点遭一批激进分子丢到茅厕坑里去的那批——现在拿几本来放在桌上吧!让年轻人看看宋刻本的书有多么典雅娟秀,字字耐读。

教室的前方,不妨有"杏坛"两字,如果制成匾,则悬挂高墙,如果制成碑,则立在地上。根据《金石索》的记录,在山东曲阜的圣庙前,有金代党怀英所书"杏坛"两字,碑高六尺(指汉制的六尺),宽三尺,字大一尺八寸。我没有去过曲阜,不知那碑如今尚在否? 如果断碑尚存,则不妨拓回来重制,如果连断碑也不在了,则仍可根据《金石索》上的图样重刻回来。

唐人钱起的诗谓:"更怜童子宜春服,花里寻师到杏坛。"百年来我们的先辈或肝脑涂地或胼手胝足,或躲在防空洞里读其破本残卷,或就着油灯饿着肚子皓首穷经——但这一切是为了什么? 岂不是为了让我们的下一代活得幸福光彩,让他们可以穿过美丽的花径,走到杏坛前去接受教化,去享受一个中国少年对中国文化理所当然的继承权。

教室里,沿着墙,有一排矮柜,柜子上,不妨放些下课时可以把玩的东西。一副竹子搁臂,凉凉的,上面刻着诗。一个仿制的古瓮,上面刻着元曲,让人惊讶古代平民喝酒之际也不忘诗趣。一把仿同治时代的茶壶,肚子上面刻着一圈二十个字:"落雪飞芳树,幽红雨淡霞,薄月迷香雾,流风舞艳花。"学生正玩着的时候,你可以告诉孩子们这是一首回文诗,全世界只有中国语言可以做的回文诗。而所谓回文诗,你可以从任何一个字念起,意思都通,而且都押韵。当然,如果教师有点语言学的知识,他可以告诉孩子汉语是孤立语(Isolating Language)跟英文所属的屈折语(Inflectional Language)不同。至于仿长沙马王堆的双耳漆器酒杯,由于是纱胎,摇起来里面还会响呢!这比电动玩具可好玩多了吧? 酒杯上还有篆文"君幸酒"三个字,可堪细细看去。如果找到好手,也可以用牛肩胛骨做一块仿古甲骨文,所谓学问,有时固然自苦读中得来,有时也不妨从玩耍中得来。

墙上也有一大片可利用的地方,拓一方汉墓石,如何?跟台北画价动辄十万相比,这些古物实在太便宜了,那些画像砖之浑朴大方,令人悠然神往。

如果今天该讲岳飞的《满江红》,何不托人到杭州岳王坟上拓一张岳飞真迹来呢!今天要介绍"月落乌啼霜满天"吗?寒山寺里还有俞樾那块诗碑啊!如果把康南海的那一幅比照来看,就更有意思,一则"古钟沦日史"的故事已呼之欲出。杜甫成都浣花溪的千古风情,或诸葛武侯祠的高风亮节,都可以在一幅幅挂轴上留下来。

你喜欢有一把古琴或古筝吗?有,也可以,没有,也可以。这种事不妨即兴。

你喜欢有一点檀香加茶香吗?有,也可以,没有,也可以。这种事只消随缘。

如果学生兴致好,他们可以在素净的钵子里养一盆素心兰,这样,他们会了解什么叫中国式的芬芳。

教室里不妨有点音响设备,让听惯麦当娜的耳朵,听一听什么叫笛?什么叫箫?什么叫"把乌"?什么叫笙簧……

你听过"鱼洗"吗?一只铜盆,里面刻镂着细致的鱼纹,你在盆里注上大半盆水,然后把手微微打湿,放在铜盆的双耳上摩擦,水就像细致如丝的喷柱,激射而出——啊,世上竟有这么优雅的玩具。当然,如果你要用物理上的"共振"来解释它,也很好。如果你不解释,仅只让下了课的孩子去"好奇一下",也就算够本。

如果有好端砚,就放一方在那里。你当然不必迷信这样做就能变化气质。但砚台也是可以玩可以摸的,总比玩超人好吧?那细致的石头肌理具有大地的性格,那微凹的地方是时间自己的雕痕。

你要让年少的孩子去吃麦当劳,好吧,由你。你要让他们吃肯德基?好,请便。但,能不能,在他年少的时候,在小学,在中学,或者在大学,让他有机会坐在一间中国式的房子里,让他眼睛看到的是中国式的家具和摆设,让他手摸到的是中国式的器皿,让他——我这样祈祷应该不算过分吧——让他忽然对自己说:"啊!我是一个中国人!"

音乐有教室,因为它需要一个地方放钢琴。理化有教室,因为它需

一个空间放仪器。"国父思想"和"军训"各有教室,体育则花钱更多。那么,容不容许辟一间国学讲坛呢?这样的梦算不算妄想呢?如果我说,教国文也需要一间讲坛——那是因为我有一整个中国想放在里面啊!

我有一个梦!这是一个不忍告诉别人,又不忍不告诉别人的梦啊!

我交给你们一个孩子

我交给你们一个孩子

小男孩走出大门,反身向四楼阳台上的我招手,说:
"再见!"

那是好多年前的事了,那个早晨是他开始上小学的第二天。

我其实仍然可以像昨天一样,再陪他一次,但我却狠下心来,看他自己单独去了。他有属于他的一生,是我不能相陪的,母子一场,只能看做一把借来的琴,能弹多久,便弹多久,但借来的岁月毕竟是有其归还期限的。

他欣然地走出长巷,很听话的既不跑也不跳,一副循规蹈矩的模样。我一人怔怔地望着油加利下细细的朝阳而落泪。

想大声地告诉全城市,今天早晨,我交给你们一个小男孩,他还不知恐惧为何物,我却是知道的,我开始恐惧自己有没有交错?

我把他交给马路,我要他遵守规矩沿着人行道而行,但是,匆匆的路人啊,你们能够小心一点吗?不要撞到我的孩子,我把我至爱的孩子交给了纵横的道路,容许我看见他平平安安地回来!

我不曾搬迁户口,我不要越区就读,我们让孩子读本区内的国民小学而不是某些私立明星小学,我努力去信任自己国家的教育当局,而且,是以自己的儿女为赌注来信任的——但是,学校啊,当我把我的孩子交给你,你保证给他怎样的教育?今天清晨,我交给你一个欣欣诚实又颖悟的小男孩,多年以后,你将还我一个怎样的青年?

他开始识字,开始读书,当然,他也要读报纸,听音乐或看电视、电影,

古往今来的撰述者啊！各种方式的知识传递者啊！我的孩子会因你们得到什么呢？你们将饮之以琼浆，灌之以醍醐，还是哺之以糟粕？他会因而变得正直忠信，还是学会奸猾诡诈？当我把我的孩子交出来，当他向这世界求知若渴，世界啊，你给他的会是什么呢？

世界啊，今天早晨，我，一个母亲，向你交出她可爱的小男孩，而你们将还我一个怎样的人呢！

小蜥蜴如何藏身在草丛里的奇观

我给小男孩请了一位家庭教师，在他七岁那年。

听到的人不免吓了一跳：

"什么，那么小就开始补习了？"

不是的，我为他请一位老师是因为小男孩被蝴蝶的三部曲弄得神魂颠倒，又一心想知道蚂蚁怎么回家；看到世上有那么多种蛇，也使他欢喜得发了慌，我自己对自然的万物只有感性的欢欣赞叹，没有条析缕陈的解释能力，所以，我为他请了老师。

有一张征求老师的文字是我想用而不曾用过的，多年来，它像一坛忘了喝的酒，一直堆栈在某个不显眼的角落。春天里，偶然男孩又不自觉地转头去听鸟声的时候，我就会想起自己心底的那篇文字：

> 我们要为我们的小男孩寻找一位生物老师。
>
> 他七岁，对万物的神奇兴奋到发昏的程度，他一直想知道，这一切"为什么是这样的？"
>
> 我们想为他找的不单是一位授课的老师，也是一位启示他生命的奇奥和繁富的人。
>
> 他不是天才，他只是一个好奇而且喜欢早点知道答案的孩子。我们尊重他的好奇，珍惜他兴奋易感的心，我们不是富有的家庭，但我们愿意好好为他请一位老师，告诉他花如何开？果如何结？蜜蜂如何住在六角形的屋子里？蚯蚓如何在泥土中走路吃饭……他只有一度童年，我们急于让他早点享受到"知道"的权利。
>
> 有的时候，也请带他到山上到树下去上课，他喜欢知道蕨类怎样

生长，杜鹃花怎样红遍山头，以及小蜥蜴如何藏身在草丛里的奇观……

有谁愿意做我们小男孩的生物老师？

小男孩后来读了两年生物，获益无穷，而这篇在心底重复无数遍的"征求老师"的腹稿却只供我自己回忆。

寻人启事

我坐在餐桌旁修改自己的一篇儿童诗稿，夜渐渐深了。

男孩房里的灯仍亮着，他在准备那些考不完的试。

我说：

"喂，你来，我有一篇诗要给你看！"

他走过来，把诗拿起来，慢慢看完，那首诗是这样写的：

寻人启事

妈妈在客厅贴起一张大红纸
上面写着黑黑的几行字：
兹有小男孩一名不知何时走失
谁把他拾去了啊，仁人君子
他身穿小小的蓝色水手服
他睡觉以前一定要念故事
他重得像铅球又快活得像天使
满街去指认金龟车是他的专职
当电扇修理匠是他的大志
他把刚出生的妹妹看了又看露出诡笑：
"妈妈呀，如果你要亲她就只准亲她的牙齿。"
那个小男孩到哪里去了，谁肯给我明示？
听说有位名叫时间的老人把他带了去
却换给我一个国中的少年比妈妈还高

正坐在那里愁眉苦脸地背历史

那昔日的小男孩啊不知何时走失

谁把他带还给我啊，仁人君子。

看完了，他放下，一言不发地回房去了。第二天，我问他：

"你读那首诗怎么不发表一点高见？"

"我读了很难过，所以不想说话……"

我茫然走出他的房间，心中怅怅，小男孩已成大男孩，他必须有所忍受，有所承载，我所熟知的一度握在我手里的那一双小手有如飞鸟，在翩飞中消失了。

仅仅只在不久以前，他不是还牵着妹妹的手，两人诡秘地站在我的书房门口吗？他们同声用排练好的做作的广告腔说：

好立克大王

张晓风女士

请你出来

为你的儿子女儿冲一杯好立克

这样的把戏玩了又玩，一杯杯香浓的饮料喝了又喝，童年，繁华喧天的岁月，就如此跫音渐远。

有一次，在朋友的墙上看到一幅英文格言：

"今天，是你生命余年中的第一日。"

我看了，立即不服气。

"不是的，"我说，"对我来讲，今天，是我有生之年的最后一天。"

最后一天，来不及的爱，来不及的飞扬，来不及的期许，来不及的珍惜和低回。

容我好好爱宠我的孩子，在今天，毕竟，在永世永劫的无穷岁月里，今天，仍是他们今后一生一世里最最幼小的一天啊！

念你们的名字

孩子们,这是八月初的一个早晨,美国南部的阳光舒迟而透明,流溢着一种让久经忧患的人鼻酸的、古老而宁静的幸福。助教把期待已久的发榜名单寄来给我,一百二十个动人的名字,我逐一地念着,忍不住覆手在你们的名字上,为你们祈祷。

在你们未来漫长的七年医学教育中,我只教授你们八个学分的国文,但是,我渴望能教你们如何做一个人——以及如何做一个中国人。

我愿意再说一次,我爱你们的名字,名字是天下父母满怀热望的刻痕,在万千中国文字中,他们所找到的是一两个最美丽最醇厚的字眼——世间每一个名字都是一篇简短质朴的祈祷!

"林逸文""唐高骏""周建圣""陈震寰",你们的父母多么期望你们是一个出类拔萃的孩子。"黄自强""林进德""蔡笃义",多少伟大的企盼在你们身上。"张鸿仁""黄仁辉""高泽仁""陈宏仁""叶宏仁""洪仁政",说明了儒家传统对仁德的向往。"邵国宁""王为邦""李建忠""陈泽浩""江建中",显然你们的父母曾把你们奉献给苦难的中国。"陈怡苍""蔡宗哲""王世尧""吴景农""陆恺",蕴含着一个古老的圆融的理想。我常惊讶,为什么世人不能虔诚地细味另一个人的名字?为什么我们不懂得恭敬地省察自己的名字?每一个名字,不论雅俗,都自有它的哲学和爱心。如果我们能用细腻的领悟力去叫别人的名字,我们便能学会更多的互敬和互爱,这世界也可以因此而更美好。

这些日子以来,也许你们的名字已成为乡梓邻里间一个幸运的符号,许多名望和财富的预期已模模糊糊和你们的名字联在一起,许多人用钦慕的眼光望着你们,一方无形的匾已悬在你们的眉际。有一天,"医生"会成为你们的第二个名字,但是,孩子们,什么是医生呢?一件比常人更白

的衣服？一笔比平民更饱涨的月入？一个响亮荣耀的名字？孩子们，在你们不必讳言的快乐里，抬眼望望你们未来的路吧！

什么是医生呢？孩子们，当一个生命在温湿柔制的子宫中悄然成形时，你，是第一个宣布这神圣事实的人。当那蛮横的小东西在尝试转动时，你是第一个窥得他在另一个世界的心跳的人。当他陡然冲入这世界，是你的双掌，接住那华丽的初啼。是你，用许多防疫针把成为正常的权利给了婴孩。是你，辛苦地拉动一个初生儿的船纤，让他开始自己的初航。当小孩半夜发烧的时候，你是那些母亲理直气壮打电话的对象。一个外科医生常像周公旦一样，是一个在简单的午餐中三次放下食物走入急救室的人。有的时候，也许你只须为病人擦一点红汞水，开几颗阿司匹林，但也有的时候，你必须为病人切开肌肤，拉开肋骨，拨开肺叶，将手术刀伸入一颗深藏在胸腔中的鲜红心脏。你甚至有的时候必须忍受眼看血癌吞噬一个稚嫩无辜的孩童而束手无策的裂心之痛！一个出名的学者来见你的时候，可能只是一个脾气暴烈的牙痛病人。一个成功的企业家来见你的时候，可能只是一个气结的哮喘病人。一个伟大的政治家来见你的时候，也许什么都不是，他只剩下一口气，拖着一个中风后的瘫痪的身体。挂号室里美丽的女明星，或者只是一个长期失眠的、神经衰弱的、有自杀倾向的患者——你陪同病人经过生命中最黯淡的时刻，你倾听垂死者最后的一次呼吸、探察他最后的一槌心跳。你开列出生证明书，你在死亡证明书上签字，你的脸写在婴儿初闪的瞳仁中，也写在垂死者最后的凝望里。你陪同人类走过生、老、病、死，你扮演的是一个怎样的角色啊！一个真正的医生怎能不是一个圣者。

事实上，作为一个医者的过程正是一个苦行僧的过程，你需要学多少东西才能免于自己的无知，你要保持怎样的荣誉心才能免于自己的无行，你要几度犹豫才能狠下心拿起解剖刀切开第一具尸体，你要怎样自省，才能在千万个病人之后免于职业性的冷静和无情。在成为一个医治者之前，第一个需要被医治的，应该是我们自己。在一切的给予之前，让我们先成为一个"拥有"的人。

孩子们，我愿意把那则古老的"神农氏尝百草"的神话再说一遍，《淮南子》上说："古者民茹草饮水，采树木之实，食赢蛖之肉，时多疾病毒伤之害，于是神农氏乃始教民播种五谷，尝百草之滋味，水泉之甘苦，令民知所辟就,当此之时,一日而遇七十毒。"

神话是无稽的,但令人动容的是一个行医者的投入精神,以及那种人饥己饥、人溺己溺、人病己病的同情。身为一个现代的医生当然不必一天中毒七十余次,但贴近别人的痛苦,体谅别人的忧伤,以一个单纯的"人"的身份,恻然地探看另一个身罹疾病的"人"仍是可贵的。

记得那个"悬壶济世"的故事吗?"市中有老翁卖药,悬一壶于肆头,及市罢,辄跳入壶中,市人莫之见。"——那老人的药事实上应该解释成他自己。孩子们,这世界上不缺乏专家,不缺乏权威,缺乏的是一个"人",一个肯把自己给出去的人。当你们帮助别人时,请记得医药是有时而穷的,唯有不竭的爱能照亮一个受苦的灵魂。古老的医术中不可缺的是"探脉",我深信那样简单的动作里蕴藏着一些神秘的象征意义,你们能否想象用一个医生敏感的指尖去探触另一个人的脉搏的神圣画面。

因此,孩子们,让我们怵然自惕,让我们清醒地推开别人加给我们的金冠,而选择长程的劳瘁。诚如耶稣基督所说:"非以役人,乃役于人。"真正伟人的双手并不浸在甜美的花汁中,他们常忙于处理一片恶臭的脓血。真正伟人的双目并不凝望最翠拔的山峰,他们低俯下来察看一个卑微的贫民的病容。孩子们,让别人去享受"人上人"的荣耀,我只祈求你们善尽"人中人"的天职。

我曾认识一个年轻人,多年后我在纽约遇见他,他开过计程车,做过跑堂,以及各式各样的生存手段——他仍在认真地念社会学,而且还在办杂志。一别数年,恍如隔世,但最安慰的是当我们一起走过曼哈顿的市声,他无愧地说:"我还保持着我当年那一点对人的关怀,对人的好奇,对人的执着。"其实,不管我们研究什么,可贵的仍是那一点点对人的诚意。我们可以用赞叹的手臂拥抱一千条银河,但当那灿烂的光流贴近我们的前胸,其中最动人的音乐仍是一分钟七十二响的雄浑坚实如祭鼓的人类的心跳!孩子们,尽管人类制造了许多邪恶,人体还是天真的、可尊敬的奥秘的神迹。生命是壮丽的、强悍的,一个医生不是生命的创造者——他只是协助生命神迹保持其本然秩序的人。孩子们,请记住你们每一天所遇见的不仅是人的"病",也是病的"人",人的眼泪,人的微笑,人的故事,孩子们,这是怎样的权利!

作为一个国文老师,我所能给你们的东西是有限的。几年前,曾有一

天清晨,我走进教室,那天要上的课是诗经——而我们刚得到退出联合国的消息。我捏着那古老的诗册,望着台下而哽咽了,眼前所能看见的是二十世纪的烽烟,而课程的进度却要我去讲三千年前的诗篇,诗中有的是水草浮动的清溪,是杨柳依依的水湄,是鹿鸣呦呦的草原,是温柔敦厚的民情。我站在台上,望着台下激动的眼神,仍然决定讲下去。那美丽的四言诗是一种永恒,我告诉那些孩子们有一种东西比权力更强,比疆土更强,那是文化——只要国文尚在,则中国尚在,我们仍有安身立命之所。孩子们,选择做一个中国人吧!你们曾由于命运生为一个中国人,但现在,让我们以年轻的、自由的肩膀,选择担起这份中国人的轭。但愿你所医治的,不仅是一个病人的沉疴,而是整个中国的羸弱。但愿你们所缝补的不仅是一个病人的伤痕,而是整个中国的痈疽。孩子们,所有的良医都是良相——正如所有的良相都是良医。

长窗外是软碧的草茵,孩子们,你们的名字浮在我心中,我浮在四壁书香里,书浮在黯红色的古老图书馆里,图书馆浮在无际的紫色花浪间,这是一个美丽的校园。客中的岁月看尽异国的异景,我所缅怀的仍是台北三月的杜鹃。孩子们,我们不曾有一个古老幽美的校园,我们的校园等待你们的足迹使之成为美丽。

孩子们,求全能者以广大的天心包覆你们,让你们懂得用爱心去托住别人。求造物主给你们内在的丰富,让你们懂得如何去分给别人。某些医生永远只能收到医疗费,我愿你们收到的更多——我愿你们收到别人的感念。

念你们的名字,在乡心隐动的清晨。我知道有一天将有别人念你们的名字,在一片黄沙飞扬的乡村小路上,或是曲折迂回的荒山野岭间,将有人以祈祷的嘴唇,默念你们的名字!

生　活　赋

——生活是一篇赋，萧索的由绚丽而下跌的令人悯然的长门赋

巷　　底

巷底住着一个还没有上学的小女孩，因为脸特别红，让人还来不及辨识她的五官之前就先喜欢她了——当然，其实她的五官也挺周正美丽，但让人记得住的，却只有那一张红扑扑的小脸。

不知道她有没有父母，只知道她是跟祖母住在一起的，使人吃惊的是那祖母出奇的丑，而且显然可以看出来，并不是由于老才丑的。她几乎没有鼻子，嘴是歪的，两只眼如果只是老眼昏花倒也罢了，她的还偏透着邪气的凶光。

她人矮，显得叉着脚走路的两条腿分外碍眼，我也不知道她怎么受的，她已经走了快一辈子路了，却是永远分明是一只脚向东，一只脚朝西。

她当日做些什么，我不知道，印象里好像她总在生火，用一只老式的炉子，摆在门口当风处，劈里啪啦地扇着，嘴里不干不净地咒着。她的一张丑皱的脸模糊地隔在烟幕之后，一双火眼金睛却暴露得可以直破烟雾的迷阵，在冷湿的落雨的黄昏，行人会在猛然间以为自己已走入邪恶的黄雾——在某个毒瘴四腾的沼泽旁。

她们就那样日复一日地住在巷底的违章建筑里，小女孩的红颊日复一日地盛开，老太婆的脸像经冬的风鸡日复一日地干缩，炉子日复一日地像口魔缸似的冒着张牙舞爪的浓烟。

——这不就是生活吗？一些稚拙的美，一些惊人的丑，以一种牢不可

分的天长地久的姿态栖居在某个深深的巷底。

糁 糕 车

不知在什么时候，由什么人，补造了"糁""糕"两个字。（武则天也不过造了十九个字啊！）

曾有一个古代的诗人，吃了重阳节登高必吃的"糕"，却不敢把"糕"字放进诗篇。"《诗经》里没用过'糕'字啊，"他分辩道，"我怎么能贸然把'糕'字放在诗里去呢？"

正统的文人有一种可笑而又可敬的执着。

但老百姓全然不管这一回事，他们高兴的时候就造字，而且显然也很懂得"形声"跟"会意"的造字原则。

我喜欢"糁糕"这两个字，看来有一种原始的毛毿毿的感觉。

我喜欢"糁糕"，虽然它的可口是一种没有性格的可口。

我喜欢糁糕车，我形容不来那种载满了柔软、甜蜜、香腻的小车怎样在孩子群中贩卖欢乐。糁糕似乎只卖给小孩，当然有时也卖给老人——只是最后不免仍然到了孩子手上。

我真正最喜欢的还是糁糕车的节奏，不知为什么，所有的糁糕车都用它们这一行自己的音乐，正像修伞的敲铁片，卖馄饨的敲碗，卖番薯的摇竹筒，都各有一种单调而粗糙的美感。

糁糕车用的"乐器"是一个转轮，轮子转动处带起一上一下的两根铁杆，碰得此起彼落的"空""空"地响，不知是不是用来象征一种古老的舂米的音乐。讲究的小贩在两根铁杆上顶着布袋娃娃，故事中的英雄和美人，便一起一落地随着转轮而轮回起来了。

铁杆轮流下撞的速度不太相同，但大致是一秒钟响二次，或者四次。这根起来，那根就下去；那根起来，这根就下去。并且也说不上大起大落，永远在巴掌大的天地里沉浮。沉下去的不过沉一个巴掌，升上去的亦然。

跟着糁糕车走，最后会感到自己走入一种寒栗的悚怖。陈旧的生锈的铁杆上悬着某些知名的和不知名的帝王将相，某些存在的或不存在的后妃美女，以一种绝情的速度彼此消长，在广漠的人海中重复着一代与一代之间毫无分别的乍起乍落的命运。难道这不就是生活吗？以最简单的节奏叠映着占卜者口中的"凶""吉""悔""咎"。滴答之间，跃起落下，许多生死祸福便已告完成。

无论什么时候，看到糒糧车，我总忍不住地尾随而怅望。

食 橘 者

冬天的下午，太阳以漠然的神气遥遥地笼罩着大地，像某些曾经蔓烧过一夏的眼睛，现在却浑然遗忘了。

有一个老人背着人行道而坐，仿佛已跳出了杂沓的脚步的轮回，他淡淡地坐在一片淡淡的阳光里。

那老人低着头，很专心地用一只小刀在割橘子皮。那是"椪柑"种的橘子，皮很松，可以轻易地用手剥开，他却不知为什么拿着一把刀工工整整地划着，像个石匠。

每个橘子他照例要划四刀，然后依着刀痕撕开，橘子皮在他手上盛美如一朵十字科的花。他把橘肉一瓣瓣取下，仔细地摘掉筋络，慢慢地一瓣瓣地吃，吃完了，便不疾不徐地拿出另一个来，耐心地把所有的手续再重复一遍。

那天下午，他就那样认真地吃着一瓣一瓣的橘子，参禅似的凝止在一种不可思议的安静里。

难道这不就是生活吗？太阳割切着四季，四季割切着老人，老人无言地割切着一只只浑圆柔润的橘子。

想象中那老人的冬天似乎永远过不完，似乎他一直还坐在那灰扑扑的街角，一丝不苟地，以一种玄学家执迷的格物精神，细味那些神秘的金汁溢涨的橘子。

母亲的羽衣

讲完了牛郎织女的故事,细看儿子已经垂睫睡去,女儿却犹自瞪着坏坏的眼睛。

忽然,她一把抱紧我的脖子把我赘得发疼:

"妈妈,你说,你是不是仙女变的?"

我一时愣住,只胡乱应道:

"你说呢?"

"你说,你说,你一定要说。"她固执地扳住我不放,"你到底是不是仙女变的?"

我是不是仙女变的? ——哪一个母亲不是仙女变的?

像故事中的小织女,每一个女孩都曾住在星河之畔,她们织虹纺霓,藏云捉月,她们几曾烦心挂虑? 她们是天神最偏怜的小女儿,她们终日临水自照,惊讶于自己美丽的羽衣和美丽的肌肤,她们久久凝注着自己的青春,被那份光华弄得痴然如醉。

而有一天,她的羽衣不见了,她换上了人间的粗布——她已经决定做一个母亲。有人说她的羽衣被锁在箱子里,她再也不能飞翔了,人们还说,是她丈夫锁上的,钥匙藏在极秘密的地方。

可是,所有的母亲都明白那仙女根本就知道箱子在哪里,她也知道藏钥匙的所在,在某个无人的时候,她甚至会惆怅地开启箱子,用忧伤的目光抚摸那些柔软的羽毛,她知道,只要羽衣一着身,她就会重新回到云端,可是她把柔软白亮的羽毛拍了又拍,仍然无声无息地关上箱子,藏好钥匙。

是她自己锁住那身昔日的羽衣的。

她不能飞了，因为她已不忍飞去。

而狡黠的小女儿总是偷窥到那藏在母亲眼中的秘密。

许多年前，那时我自己还是一个小女孩，我总是惊奇地窥伺着母亲。

她在口琴背上刻了小小的两个字——"静鸥"，那里面有什么故事吗？那不是母亲的名字，却是母亲名字的谐音，她也曾梦想过自己是一只静栖的海鸥吗？她不怎么会吹口琴，我甚至想不起她吹过什么好听的歌，但那名字对我而言是母亲神秘的羽衣，她轻轻写那两个字的时候，她可以立刻变了一个人，她在那名字里是另外一个我所不认识的有翅的什么。

母亲晒箱子的时候是她另外一种异常的时刻，母亲似乎有好些东西，完全不是拿来用的，只为放在箱底，按时年年在三伏天取出来曝晒。

记忆中母亲晒箱子的时候就是我兴奋欲狂的时候。

母亲晒些什么？我已不记得，记得的是樟木箱又深又沉，像一个混沌黝黑初生的宇宙，另外还记得的是阳光下竹竿上富丽夺人的颜色，以及怪异却又严肃的樟脑味，以及我在母亲喝禁声中东摸摸西探探的快乐。

我唯一真正记得的一件东西是幅漂亮的湘绣被面，雪白的缎子上，绣着兔子和翠绿的小白菜，和红艳欲滴的小杨花萝卜，全幅上还绣了许多别的令人惊讶赞叹的东西，母亲一面整理，一面会忽然回过头来说："别碰，别碰，等你结婚就送给你。"

我小的时候好想结婚，当然也有点害怕，不知为什么，仿佛所有的好东西都是等结了婚就自然是我的了，我觉得一下子有那么多好东西也是怪可怕的事。

那幅湘绣后来好像不知怎么就消失了，我也没有细问。对我而言，那么美丽得不近真实的东西，一旦消失，是一件合理得不能再合理的事。譬如初春的桃花，深秋的枫红，在我看来都是美丽得违了规的东西，是茫茫大化一时的错误，才胡乱把那么多的美堆到一种东西上去，桃花理该一夜消失的，不然岂不教世人都疯了？

湘绣的消失对我而言简直就是复归大化了。

但不能忘记的是母亲打开箱子时那份欣悦自足的表情，她慢慢地看着那幅湘绣，那时我觉得她忽然不属于周遭的世界，那时候她会忘记晚饭，忘记我扎辫子的红绒绳。她的姿势细想起来，实在是仙女依恋地轻抚

着羽衣的姿势,那里有一个前世的记忆,她又快乐又悲哀地将之一一拾起,但是她也知道,她再也不会去拾起往昔了——唯其不会重拾,所以回顾的一刹那更特别的深情凝重。

除了晒箱子,母亲最爱回顾的是早逝的外公对她的宠爱,有时她胃痛,卧在床上,要我把头枕在她的胃上,她慢慢地说起外公。外公似乎很舍得花钱(当然也因为有钱),总是带她上街去吃点心,她总是告诉我当年的肴肉和汤包怎么好吃,甚至煎得两面黄的炒面和女生宿舍里早晨订的冰糖豆浆(母亲总是强调"冰糖"豆浆,因为那是比"砂糖"豆浆更为高贵的)都是超乎我想象力之外的美味,我每听她说那些事的时候,都惊讶万分——我无论如何不能把那些事和母亲联想在一起。我从有记忆起,母亲就是一个吃剩菜的角色,红烧肉和新炒的蔬菜简直就是理所当然地放在父亲面前的,她自己的面前永远是一盘杂拼的剩菜和一碗"擦锅饭"(擦锅饭就是把剩饭在炒完菜的剩锅中一炒,把锅中的菜汁都擦干净了的那种饭),我简直想不出她不吃剩菜的时候是什么样子。

而母亲口里的外公、上海、南京、汤包、肴肉全是仙境里的东西,母亲每讲起那些事,总有无限的温柔,她既不感伤,也不怨叹,只是那样平静地说着。她并不要把那个世界拉回来,我一直都知道这一点,我很安心,我知道下一顿饭她仍然会坐在老地方,吃那盘我们大家都不爱吃的剩菜。而到夜晚,她会照例一个门一个窗地去检点去上闩。她一直都负责把自己牢锁在这个家里。

哪一个母亲不曾是穿着羽衣的仙女呢? 只是她藏好了那件衣服,然后用最黯淡的一件粗布把自己掩藏了,我们有时以为她一直就是那样的。

而此刻,那刚听完故事的小女儿鬼鬼地在窥伺着什么?

她那么小,她何由得知? 她是看多了卡通,听多了故事吧? 她也发现了什么吗?

是在我的集邮本偶然被儿子翻出来的那一刹那吗? 是在我拣出石涛画册或汉碑并一页页细味的那一刻吗? 是在我猛然回首听他们弹一阕熟悉的钢琴练习曲的时候吗? 抑或是在我带他们走过年年的春光,不自主地驻足在杜鹃花旁或流苏树下的一瞬间吗?

或是在我动容地托住父亲的勋章或童年珍藏的北平画片的时候,或是在我翻检夹在大字典里的干叶之际，或是在我轻声地教他们背一首唐诗的时候……

是有什么语言自我眼中流出呢？是有什么音乐自我腕底泻过吗？为什么那小女孩会问道：

"妈妈，你是不是仙女变的呀？"

我不是一个和千万母亲一样安分的母亲吗？我不是把属于女孩的羽衣收折得极为秘密吗？我在什么时候泄漏了自己呢？

在我的书桌底下放着一个被人弃置的木质砧板，我一直想把它挂起来当一幅画，那真该是一幅庄严的画，那样承受过万万千千生活的刀痕和凿印的，但不知为什么，我一直也没有把它挂出来……

天下的母亲不都是那样平凡不起眼的一块砧板吗？不都是那样柔顺地接纳了无数尖锐的割伤却默无一语的砧板吗？

而那小女孩，是凭什么神秘的直觉，竟然会问我：

"妈妈？你到底是不是仙女变的？"

我掰开她的小手，救出我被吊得酸麻的脖子，我想对她说：

"是的，妈妈曾经是一个仙女，在她做小女孩的时候，但现在，她不是了，你才是，你才是一个小小的仙女！"

但我凝注着她晶亮的眼睛，只简单地说了一句：

"不是，妈妈不是仙女，你快睡觉。"

"真的？"

"真的！"

她听话地闭上了眼睛，旋又不放心地睁开。

"如果你是仙女，也要教我仙法哦！"

我笑而不答，替她把被子掖好，她兴奋地转动着眼珠，不知在想什么。

然后，她睡着了。

故事中的仙女既然找回了羽衣，大约也回到云间去睡了。

风睡了，鸟睡了，连夜也睡了。

我守在两张小床之间，久久凝视着他们的睡容。

种种可爱

作为一个小市民有种种令人生气的事——但幸亏还有种种可爱，让人忍不住的高兴。

中华路有一家卖蜜豆冰的——蜜豆冰原来是属于台中的东西（木瓜牛奶也是），但不知什么时候台北也都有了——门前有一副对联，对联的字写得普普通通，内容更谈不上工整，却是情婉意贴，令人动容。

上句是：我们是来自纯朴的小乡村。

下句是：要做大台北无名的耕耘者。

店名就叫"无名蜜豆冰"。

台北的可爱就在各行各业间平起平坐的大气象。

永康街有一家卖面的，门面比摊子大，比店小，常在门口换广告词，冬天是"100℃的牛肉面"。

春天换上"每天一碗牛肉面，力拔山河气盖世"。

这比"日进斗金"好多了，我每看一次简直就对白话文学多生出一份信心。

有一天在剧场里遇见孟瑶，请她去喝豆浆，同车去的还有俞大纲老师和陈之藩夫人，他们都是戏剧家，很高兴地纵论地方剧，忽然，那驾驶员说：

"川剧和湖北戏也都是有帮腔的呀！"

我肃然起敬，不是为他所讲的话，而是为他说话的架势，那种与一代学者比肩谈话也不失其自信的本色。

台北的人都知道自己有讲话的份，插嘴的份。

好几年前，我想找一个洗衣兼打扫的半工，介绍人找了一位洗衣妇来。

"反正你洗完了我家也是去洗别人家的,何不洗完了就替我打扫一下,我会多算钱的。"

她小声地咕哝了一阵,介绍人郑重宣布:

"她说她不扫地——因为她的兴趣只在洗衣服。"

我起先几乎大笑,但接着不由一凛,原来洗衣服也可以是一个人认真的"兴趣"。

原来即使是在"洗衣"和"扫地"之间,人也要有其一本正经的抉择,有抉择才有的自主的尊严。

带一位香港的朋友坐计程车去找一个地方,那条路特别不好找,计程车司机找过了头,然后又折回来。

下车的时候,他坚持要扣下多绕了冤枉路的钱。

"是我看错才走错的,怎么能收你们的钱?"

后来死推活拉,总算用折衷的办法,把争执的差额付了。香港的朋友简直看得愣住了,我觉得大有面子。

祝福那位司机!

我家附近有一个卖水果的,本来卖许多种水果,后来改了,只卖木瓜,见我走过,总要说一句:

"老师,我现在卖木瓜了——木瓜专科。"

又过了一阵,他改口说:

"老师,现在更进步了,是木瓜大学了。"

我喜欢他那骄矜自喜的神色,喜欢他四个肤色润泽的活蹦乱跳的孩子——大概都是木瓜大学作育有功吧?

隔巷有位老太太,祭祀很诚,逢年过节总要上供,有一天,我经过她设在门口的供桌,大吃一惊,原来她上供的主菜竟是洋芋沙拉,另外居然还有罐头。

后来想倒也发觉她的可爱,活人既然可以吃沙拉和罐头,让祖宗或神仙换换口味有何不可?

她的没有章法的供菜倒是有其文化交流的意义了。

从前,在中华路平交道口,总是有个北方人在那里卖大饼,我从来没有见过那种大饼整个一块到底有多大,但从边缘的弧度看来直径总超过二尺。

我并不太买那种饼，但每过几个月我总不放心地要去看一眼，我怕吃那种饼的人愈来愈少，卖饼的人会改行，我这人就是"不放心"（和平东路拓宽时，我很着急，深怕师大当局一时兴起，把门口那开满串串黄花的铁刀木砍掉，后来一探还在，高兴得要命）。

那种硬硬厚厚的大饼对我而言差不多是有生命的，北方黄土高原上的生命，我不忍看它在中华路上慢慢绝种。

后来不知怎么搞的，忽然满街都在卖那种大饼，我安心了，真可爱，真好，有一种东西暂时不会绝种了！

华西街是一条好玩的街，儿子对毒蛇发生强烈兴趣的那一阵子我们常去。我们站在毒蛇店门口，一家一家地去看那些百步蛇、眼镜蛇、雨伞蛇……

"那条蛇毒不毒？"我指着一条又粗又大的问店员。

"不被咬到就不毒！"

没料到是这样一句回话，我为之暗自惊叹不已。其实，世事皆可作如是观，有浪，但船没沉，何妨视作无浪，有陷阱，但人未失足，何妨视作坦途。

我常常想起那家蛇店。

有一天在一家公司的墙上看到这样一张小纸条：

"请随手关灯，节约能源，支援十大建设。"

看了以后，一下子觉得十大建设好近好近，好像就是家里的事，让人觉得就像自家厨房里添抽风机或浴室里要添热水炉，或饭厅里要添冰箱的那份热闹亲切的喜气。——有喜气就可以省着过日子，省得扎实有希望。

为了整修"我们咖啡屋"，我到八斗子渔港去买渔网，渔网是棉纱的，用山上采来的一种植物染成赭红色，现在一般都用尼龙的了，那种我想要的老式的棉纱渔网已成古董。

终于找到一家有老渔网的，他们也是因为舍不得，所以许多年来一直没丢，谈了半天他们决定了价钱：

"二角三！"

二角三就是二千三百的意思，我只听见城里市面上的生意人把一万说成一块，没想到在偏僻的八斗子也是这样说的，大家说到钱的时候，全都不当回事,总之是大家都有钱了,把一万元说成一块钱的时候,颇有那种偷偷地志得意满而又谦逊不露的劲头。

有一阵子,我的公交月票掉了,还没有补办好再买的手续以前,我只好每次买票——但是因为平时没养成那份习惯,每看见车来,很自然地跳上去了,等发现自己没有月票,已经人在车上了。

这种时候,车掌多半要我就便在车上跟其他乘客买票——我买了,但等我付钱时那些买主竟然都说:"算了,不要钱了。"一次犹可,连着几次都是这样,使我着急起来,那么多好人,令人"无所逃于天地之间",长此以往,我岂不成了"免费乘车良策"的发明人了,老是遇见好人也真是让人非常吃不消的事。

我的月票始终没去补办,不过却幸运地被捡到的人辗转寄回来了,我可以高高兴兴地不再受惠于人了——不过偶然想起随便在车上都能遇见那么多肯"施惠于人"的好人,可见好人倒也不少,台北究竟还是个适合人住的地方。

在一家最大规模的公立医院里,看到一个牌子,忍不住笑了起来,那牌子上这样写着:"禁止停车,违者放气。"

我说不出的喜欢它!

老派的公家机关,总不免摆一下衙门脸,尽量在口气上过官瘾,碰到这种情形,不免要说"违者送警"或"违者法办"。

美国人比较干脆,只简简单单地两个大字"No Parking"——"勿停"。

但口气一简单就不免显得太硬。

还是"违者放气"好,不凶霸不懦弱,一点不涉于官方口吻,而且憨直可爱,简直有点孩子气的作风——而且想来这办法绝对有效。

有个朋友姓李,不晓得走路的习惯是偏于内八字或外八字——总之,他的鞋跟老是磨得内外侧不一样厚。

他偶然找到一个鞋匠,请他换鞋跟,很奇怪的,那鞋匠注视了一下,居然说:"不用换了,只要把左右互调一下就是了,反正你的两块鞋跟都还有一半是好用的!"

朋友大吃一惊,好心劝告他这样处处替顾客打算,哪里有钱赚,他却也理直气壮:

"该赚的才赚,不该赚的就不赚——这块鞋底明明还能用。"

朋友刮目相看,然后试探性地问他:

"为国家做了一辈子事,退了役还得补鞋,政府真对不起你。"

"什么?人人要这样一想还得了,其实只有我们对不起国家,国家哪有什么对不起我们的。"

朋友感动不已,嗫嗫嚅嚅地表示要送他一套旧西装(他真的怕会侮辱他),他倒也坦然接受了。

不知为什么,朋友说这故事给我听的时候,我也不觉得陌生,而且真切得有如今天早晨我才看过那老鞋匠似的。

有一次在急诊室看医生急救病人,病人已经昏迷了,氧气罩也没用了,医生狠劲地用一个类似皮球的东西往里面压缩氧气。

至少是呼吸系统有毛病。

两个医生轮流压,像打仗似的。

渐渐地,他清醒了,但仍说不出话来,医生只好不断发问来让他点头摇头,大概问十几个问题才碰得上一个点头的答案。

他是在路上发病的,一个亲人也没有,送他来的是一个不相干的人。

后来发现他可以写字——虽然他眼睛一直是闭着的。

医生问他的病历,问他是不是服过某些成药,问他现在的感觉,忽然,那医生惊喜地叫了一声:

"写下去,写下去,再写!你写得真好——哎,你的字好漂亮。"

整个急救的过程,我都一面看一面佩服,但是当他用欢呼的声音去赞美那病人不成笔画的字的时候,我却为之感动得哽咽起来。

病人果真一路写下去。

也许那病人想起了什么,虽然闭着眼睛,躺在床上仰面而写,手是从生死边缘被救回来的战抖不已的手——但还有人在赞美他的字!也许是颜体的,也许是柳体,也许什么都不是,只是一个活着的人写的字,可贵的是此刻他的字是"被赞美的字"。

那医生救人的技能来自课本,但他赞美病人的字迹却来自智慧和爱心,后者更足以使整个的急救室像殿堂一样地神圣肃穆起来。

有一位父执辈,颇有算八字的癖好,谁家有了刚生的孩子,他总要抢来时辰,免费服务一番——那是他难得实习的机会。

算久了,他倒有一个发现,现代孩子的命普遍都比老一辈好,他又去

找同道证实,得到的结论也都一样,他于是很高兴,说:

"国运一定是好的了,要不是国运好,哪有那么多命好的孩子。"

我自己完全不知道八字是怎么一回事,但听到他的话仍不免欢欣雀跃,甚至肃然起敬——为那些一面在排着神秘的八字一面又不忘忧心国是的人。

在澄清湖的小山上爬着,爬到顶,有点疑惑不知该走哪一条路回去,问道于路旁的一个老兵。

那人简直不会说话得出奇,他说:

"看到路——就走,看到路——就走,再看到路——再走,就到了。"

我心里摇头不已,怎么碰到这么呆的指路人!

赌气回头自己走,倒发现那人说的也没错,的确是"看到路——就走",渐渐地,也能咀嚼出一点那人言语中的诗意来,天下事无非如此,"看到路——就走",哪有什么一定的金科玉律,一部廿五史岂不是有路就走——没有路就开路,原来万物的事理是可以如此简单明了——简单明了得有如呆人的一句呆话。

西谚说,把幸运的人丢到河里,他都能口衔宝物而归,我大概也是幸运的人,生活在这座城里,虽也有种种倒霉事,但奇怪的是,我记得住的而且在心中把玩不已的全是这些可爱的片断!这些从生活的渊泽里捞起的种种不尽的可爱。

遇　　见

一个久晦后的五月清晨，四岁的小女儿忽然尖叫起来。

"妈妈！妈妈！快点来呀！"

我从床上跳起，直奔她的卧室，她已坐起身来，一语不发地望着我，脸上浮起一层神秘诡异的笑容。

"什么事？"

她不说话。

"到底是什么事？"

她用一只肥匀的有着小肉窝的小手，指着窗外。而窗外什么也没有，除了另一座公寓的灰壁。

"到底什么事？"

她仍然秘而不宣地微笑，然后悄悄地透露一个字。

"天！"

我顺着她的手望过去，果真看到那片蓝过千古而仍然年轻的蓝天，一尘不染令人惊呼的蓝天，一个小女孩在生字本上早已认识却在此刻仍然不觉吓了一跳的蓝天，我也一时愣住了。

于是，我安静地坐在她的旁边，两个人一起看那神迹似的晴空，她平常是一个聒噪的小女孩，那天竟也像被震慑住了似的，流露出虔诚的沉默。透过惊讶和几乎不能置信的喜悦，她遇见了天空。她的眸光自小窗口出发，响亮的天蓝从那一端出发，在那个美丽的五月清晨，它们彼此相遇了。那一刻真是神圣，我握着她的小手，感觉到她不再只是从笔画结构上认识"天"，她正在惊讶赞叹中体认了那份宽阔、那份坦荡、那份深邃——她面对面地遇见了蓝天，她长大了。

那是一个夏天的长得不能再长的下午,在印第安那州的一个湖边,我起先是不经意地坐着看书,忽然发现湖边有几棵树正在飘散一些白色的纤维,大团大团的,像棉花似的,有些飘到草地上,有些飘入湖水里,我当时没有十分注意,只当偶然风起所带来的。

可是,渐渐地,我发现情况简直令人暗惊,好几个小时过去了,那些树仍旧浑然不觉地,在飘送那些小型的云朵,倒好像是一座无限的云库似的。整个下午,整个晚上,漫天漫地都是那种东西,第二天情形完全一样,我感到诧异和震撼。

其实,小学的时候就知道有一类种子是靠风力靠纤维播送的,但也只是知道一条测验题的答案而已。那几天真的看到了,满心所感到的是一种折服,一种无以名之的敬畏,我几乎是第一次遇见生命——虽然是植物的。

我感到那云状的种子在我心底强烈地碰撞上什么东西,我不能不被生命豪华的、奢侈的、不计成本的投资所感动。也许在不分昼夜的飘散之余,只有一颗种子足以成树,但造物者乐于做这样惊心动魄的壮举。

我至今仍然在沉思之际想起那一片柔媚的湖水,不知湖畔那群种子中有哪一颗种子成了小树,至少,我知道有一颗已经长成,那颗种子曾遇见了一片土地,在一个过客的心之峡谷里,蔚然成荫,教会她,怎样敬畏生命。

第一个月盈之夜

一　月　亮　节

世上爱月的民族,中国人要算一个。

犹太人、阿拉伯人虽然也爱月,却不似中国人弄出一年五个"月亮节"出来。

第一个月亮节便是元宵,一年里的第一度月圆,这时候虽然一时还天寒地冻,却不免有潜伏的春意在各地部署,并且蠢蠢欲动。

第二个月亮节是二月十五日,也叫花朝,据说是百花的生日,花真聪明,怎么刚好就找到第二度月圆作生日呢? 想必是群芳商量好了,从大地母亲的肚子上剖腹而生,为了纪念那圆浑的母腹,她们以月盈夜为生日。

第三个是中元节,严格地说起来是给鬼过的月亮节,其实鬼心虚虚怯怯,未必喜欢月明之夜呢! 不过人世里的活人总以为他们会留下那份固执的回忆,仍然爱着那丸透明莹澈的团栾月。

第四个是中秋节,时令到了八月半,整个大地都圆熟了,乃设起人间的圆瓜圆饼圆果来遥拜圆月。中国人的拜月只如朋友见面相揖,并无"拜月教"的慎重。却反而有一份自然质朴的相知之情,一时之间恍惚只觉口中吃的竟是月光,天上悬的反是宇宙的瓜果了。台湾旧俗有"照月光"事,便是令妇人观月浴月,谓之容易怀孕。此事或于中秋或于元宵进行,想来是由于月亮由消至盈的神秘过程令人迷惑,觉得那也是一番大孕育吧?

第五个也称"下元节",只祭祖,在十月十五日。

二　月亮与灯

据说,月亮从太阳学会发光——而灯,却从月亮学会发光,灯应该是太阳的再传弟子。

我们虽有五个月亮节,却只有上元与中秋和月亮有比较直接的关系。中秋夜用瓜果饼饵来摹拟月,上元夜则用花灯来摹拟月。灯是自我设限的火,极谨守极谦退,从来不想去燎原,去焚山,只想守住小小的光焰,只想本分地照出一小团可信赖的光辉。灯是招之即来,挥之即去的光,像旧式的母亲,婉转随儿女,却又自有其尊贵。

三　谁家见月能闲坐

谁家见月能闲坐?
何处逢灯不看来!

那是唐朝诗人崔液绝句《上元夜》里的句子。

去年元夜时
花市灯如昼
月上柳梢头
人约黄昏后
今年元夜时
月与灯依旧
不见去年人
泪湿青衫袖

这阕《生查子》相传或是朱淑真的,当然也有说是别人写的,我倒是宁可相信它出于一位女词人之手。

男性词人的元夜感怀,不免比女子少一份柔情多一份苍凉,像张抡的《烛影摇红》便是如此:

　　驰隙流年
　　恍如一瞬星霜换
　　今宵谁念孤泣臣
　　回首长安远
　　可是尘缘未断
　　漫惆怅华胥梦短
　　满怀幽恨
　　数点寒灯
　　几声孤雁

姜白石的《鹧鸪天》,所记的也是元夕的悲怅:

　　春未绿
　　鬓先丝
　　人间别久不成悲
　　谁教岁岁红莲夜
　　两处沉吟各自知

刘克庄的《生查子》也有类似的无奈:

　　繁灯夺霁华
　　戏鼓侵明发
　　物色旧时同
　　情味中年别

元夜词里最被后人赏识的恐怕是辛稼轩的《青玉案》了:

　　东风夜放花千树
　　更吹落星如雨
　　宝马雕车香满路

凤箫声动

玉壶光转

一夜鱼龙舞

蛾儿雪柳黄金缕

笑语盈盈暗香去

众里寻他千百度

蓦然回首

那人却在灯火阑珊处

辛稼轩写的是一阕词,但是八百年后却有人把它当一则诗谜来忖度。

四　八百年前一诗谜

上元之夜,是月亮节,是灯节以及谜语节。

月是天上的灯,灯是地下的月,而谜语呢,谜语是人心内在的月光,启动最初的智慧,是照亮灵明处的一线幽辉。

所有的孩子都喜欢谜语。

所有的神话里的英雄,都必须通过谜语。

而稼轩的词,算不算一则谜语呢,那其间又有什么深意? 八百年后的王静安坐在书桌上,写他的《人间词话》。

他是一个细腻的学者,纤柔敏感。

"尼采谓一切文学,"他在纸上写下,"余爱以血书者,后主之词,真所谓以血书者也。"

用尼采来论后主,这便是静安先生了。他又继续写下去,宁静的眼神里渐渐透出热切的凝注:

"古今之成大事业大学问者,必经过三种之境界":

昨夜西风凋碧树

独上高楼

望尽天涯路

此第一境也。

衣带渐宽终不悔

为伊消得人憔悴

此第二境也。

众里寻他千百度

蓦然回首

那人却在灯火阑珊处

此第三境也。

　　写完三个境界,他掷笔兀然了。这三首词的作者,晏殊、柳永和辛稼轩会同意他的说法吗?

　　他们并不曾设下谜话,他却偏要品味作者自己也不曾确知的语言背后的玄机,他是对的吗?

　　也许,所有的诗、所有的词、所有的拈花微笑的禅意都是谜吧?"众里寻他千百度",寻的是什么呢? 寻的是上元夜芸芸众生里的青衫或红袖?抑是自己心头的一点渴望?

五　第一个月盈之夜

　　一年里的第一个月盈之夜,此夜唯一的责任是欢乐。

　　一年里唯一的灯节,此夕应看遍人间繁华。

　　一年里唯一猜人也被人猜的日子,生命的虚虚实实,真真幻幻,除了谜语,还有什么更好的媒体可以说明?

　　祝福人世,祝福你——你这与我共此明月、共此繁灯、共此人生之谜的人。

你的侧影好美！

中午在餐厅吃完饭，我慢慢地喝下那杯茶，茶并不怎么好，难得的是那天下午并没有什么赶着做的事，因此就慢慢地一口一口地啜着。

柜台那里有个女孩在打电话，这餐厅的外墙整个是一面玻璃，阳光流泻一室。有趣的是那女孩的侧影便整个印在墙上，她人长得平常，侧影却极美。侧影定在墙上，像一幅画。

我坐着，欣赏这幅画，奇怪，为什么别人都不看这幅美人图呢？连那女孩自己也忙着说个不停，她也没空看一下自己美丽的侧影。而侧影这玩意其实也很诡异，它非常不容易被本人看到。你一转头去看它，它便不是完整的侧影了，你只能斜眼去偷瞄自己的侧影。

我又坐了一会儿，餐厅里的客人或吃或喝——他们显然都在做他们身在餐厅该做的事。女孩继续说个不停，我则急我的事，我的事是什么事呢？我在犹豫要不要跑去告诉那女孩关于她侧影的事。

她有一个极美的侧影，她自己到底知道不知道呢？也许她长到这么大都没人告诉过她，如果我不告诉她，会不会她一生都不知道这件事？

但如果我跑去告诉她，她会不会认为我神经兮兮，多管闲事？

我被自己的假设苦恼着，而女孩的电话看样子是快打完了。我必须趁她挂上电话却犹站在原来位置的时候告诉她。如果她走回自己座位我再拉她站回原地去表演侧影，一切就不再那么自然了。

我有点气自己，小小一件事，我也思前想后，拿捏不出个主意来。啊！干脆老实承认吧！我就是怕羞，怕去和陌生人说话，有这毛病的也不止我一个人吧！好，管他的，我且站起来，走到那女孩背后，破釜沉舟，我就专等她挂电话。

她果真不久就挂了电话。

"小姐!"我急急叫住她,"我有一件事要告诉你……"

"喔……"她有点惊讶,不过旋即打算听我的说辞。

"你知道吗?你的侧影好美,我建议你下次带一张纸,一支笔,把你自己在墙上的侧影描下来……"

"啊!谢谢你告诉我。"她显然是惊喜的,但她并没有大叫大跳。她和我一样,是那种含蓄不善表达的人。

我走回座位,吁了一口气。我终于把我要说的说了,我很满意我自己。

"对!其实我这辈子该做的事就是去告诉别人他所不知道的自己的美丽侧影。"

原载 1996 年 11 月 27 日《"中华"日报》

你欠我一个故事

一

那个人，我不知道他的名字，却和他打过两次照面——也许是两次半吧！

大约是一九九一年，我因事去北京开会。临行有个好心又好事的朋友，给了我一个地址，要我去看一位奇医，我一时也想不出自己有什么大病，就随手塞在行囊里。

在北京开会之余，发现某个清晨可以挤出两个小时空当，我就真的按着地址去张望一下。那地方是个小陋巷，奇怪的是一大早八点钟离医生开诊还有一小时，门口已排了十几个病人，而那些病人又毫无例外地全是台胞。

他们各自拎个热水瓶，问他们干吗，他们说医生会给他们药。又问他们诊疗费怎么算，他们说随便包，不过他们都会给上千元台币。

其中有个清癯寡欢的老兵站在一旁。我为什么说他是老兵？大概因为他脸上有某种烽烟战尘之后的沧桑。

"你是从台湾过来的吗？"

"是的。"

"台湾哪里？"

"屏东。"

"呀！"我差点跳起来，"我娘家也住屏东，你住屏东哪里？"

"靠机场。"

"哎呀！"我又忍不住叫了一声，"我娘家就在胜利路呢——那，你府上

哪里?"

"江苏徐州。"

其实最后那个问题问得有点多余,我几乎早已知道答案了,因为他的口音和我父亲几乎是一模一样的。

"生什么病呢?"

"肺里长东西。"

"吃这医生的药有效吗?"

"好像是好些了,谁知道呢?"

由于是初次见面,不好深谈人家的病,但又因为是同乡兼邻居,也有份不忍遽去之情。于是没话说,只淡淡地对站着。不料他忽然说:

"我生病,我谁都没说,我小孩在美国读书,我也不让他们知道,知道了又有什么用?还不是白操心。他们念书,各人忙各人的,我谁也不说,我就自己来治病了。"

"哎呀!这样也不太好吧?你什么都自己担着,也该让小孩知道一下啊!"

"小孩有小孩的事,就别去让他们操心了——你害什么病?"

"我?哎,我没什么病,只听人说这里有位名医,也来望望。啊哟,果真门庭若市,我还有事,这就要走了。"

我走了,他的脸在忙碌的日程里渐渐给淡忘了。

二

一九九三年,我带着父亲回乡探亲。由于父亲年迈,旅途除了我和母亲之外,还请了一位护士J小姐同行。

等把这奇异的返乡仪式完成,我们四人坐在南京机场等飞机返台。在大陆,无论吃饭赶车,都像在抢什么似的心慌。此刻,因为机场报到必须提早两小时,手续办完倒可神闲气定地坐一下。

我于是和J小姐起身把候机室逛了一圈。候机室不大,商场也不太有吸引力,我们走着走着,不知不觉在一位旅客面前停了下来。

J小姐忽然大叫了一声说:

"咦?怎么你也在这里?"

我定睛一看，不禁同时叫了起来：

"咦？又碰到了，我们不是在北京见过面吗？你吃那位医生的药后来效果如何？病都好了一点吗？"

"唉，别提了，别提了，愈吃愈坏了，病也耽误了，全是骗钱的！"

J 小姐说，他们是邻居，在屏东。

聊了一阵，等上飞机我跟 J 小姐说：

"他这人也真了不起呢！病了，还事事自己打点，都不告诉他小孩！"

"啊呀！你乱说些什么呀？"J 小姐瞪了我一眼，"他哪有什么小孩？他住我家隔壁，一个老兵，一个孤老头子，连老婆都没有，哪来小孩？"

我吓了一跳，立刻噤声，因为再多说一句，就立刻会把这老兵在邻里中变成一个可鄙的笑话。

三

白云勤拭着飞机的窗口。

唉，事隔两年，我经由这偶然的机缘知道了真相，原来那一天，他跟我说的全是谎言。

但他为什么要骗我呢？他骗我，也并没有任何好处可得啊！

想着想着我的泪夺眶而出，因为我忽然明白了：在北京那个清晨，那人跟我说的情节其实不是"谎言"，而是"梦"。

在一个遥远的城市，跟一个陌生人对话，不经意地，他说出了他的梦，他的不可能实现的梦；他梦想他结了婚，他梦想他拥有妻子，他梦想他有了孩子，他梦想儿子女儿到美国去留学。

然而，在现实的世界里，他没有钱，没有地位，没有学问，没有婚姻，没有子女，最后，连生命的本身也无权掌握。

他的梦，并不是夸张，本来也并不太难于兑现。但对他而言，却是雾锁云埋，永世不能触及的神话。

不，他不是一个说谎的人，他是一个说梦的人。他的虚构的故事如此真切实在，令我痛彻肝肠。

四

回到台湾之后,我又忙着,但照例过一阵子就去屏东看看垂老的父亲,看到父亲当然也就看到了照顾父亲的 J 小姐。

"那个老兵,你的邻居,就是我们在南京机场碰到的那一个,现在怎么样了?"

"哎呀,"J 小姐一向大嗓门,"死啦!死啦!死了好几天也没人知道,他一个人,都臭了,邻居才发现!"

啊!那个我不知道名字的朋友,我和他打过两次半照面,一次在北京,一次在南京。另外半次,是听到他的死讯。

五

十多年过去了,我忽然发现,我其实才是老兵做梦也想做的那个人。

我儿是建中人,我女是北一女人,他们读完台大后,一个去了加州理工学院,一个去了 N. Y. U。然后,他们回来,一个进了中研院,一个进了政大外文系,为人如果能由自己挑选命运,恐怕也不能挑个更好的了。

如果,我是那个陌生老兵在说其"梦中妄语"时所形容的幸运之人,其实我也有我的惶惑不安,我也有我的负疚和深愧。整个台湾的安全和富裕,自在和飞扬,其实不都奠基在当年六十万老兵的牺牲和奉献上吗?然而,我们何以报之?

去岁六月,N. Y. U 在草坪上举行毕业典礼,我和丈夫和儿子飞去美国参加,高耸的大树下阳光细碎,飞鸟和松鼠在枝柯间跑来跑去,我们是快乐的毕业生家人。此时此刻,志得意满,唯一令人烦心的事居然是:不知典礼会不会拖得太久,耽误了我们在牛排馆的订位。

然而,虽在极端的幸福中,虽在异国五光十色的街头,我仍能听见风中有冷冷的声音传来:

"你,欠我。"

"我欠你什么?"

"你欠我一个故事!我不会说我的故事,你会说,你该替我说我的故事。"

"我也不会说——那故事没有人会说……"

"可是我已经说给你听了,而且,你明明也听懂了。"

"如果事情被我说得颠三倒四,被我说得词不达意……"

"你说吧!你说吧!你欠我一个故事!"

我含泪点头,我的确欠他一个故事,我的确欠众生一段叙述。

六

然后,我明白,我欠负的还不止那人,我欠山川,我欠岁月。春花的清艳,夏云的奇崛,我从来都没有讲清楚过。山峦的复奥,众水的幻设,我也语焉不详。花东海岸腾跃的鲸豚,崇山峻岭中黟面的织布老妇,世上等待被叙述的情境是多么多啊!

天神啊!世人啊!如果你们宽容我,给我一点时间,一点忍耐,一点期许,一点从容,我想,我会把我欠下的为众生该作的叙述,在有生之年慢慢地一一道来。

2003 年 4 月 5 日夜
细雨纷纷的清明,拖着打石膏的右腿坐在轮椅上写的

人体中的繁星和穹苍

生命最初的故事

夜空里,繁星如一春花事,腾腾烈烈,开到盛时,让人担心它简直自己都不知该如何去了结。繁星能数吗? 它们的生死簿能一一核查清楚吗?

且不去说繁星和夜空,如果我们虔诚地反身自视,便会发现另一度宇宙,数以亿计的小光点溯流而上,奋力在深沉黑暗的穹苍中泅泳。然后,众星寂灭,剩下那唯一的,唯一着陆的光体。

——我其实是在说精子和卵子的结合过程,那是生命最初的故事,是一切音乐的序曲部分,是美酒未饮前的激滟和期待,是饱墨的画笔要横走纵跃前的蓄势。

精子的探险之旅

如果说,人体本身的种种奇奥是一系列神话,则精子的探险旅行应视作神话的第一章。故事总是这样开始的:

有一次(Once upon a time),有一只小小的精子出发了,它的旅途并不孤单,和它结伴同行的探险家合起来有两三毫升(也有到五六毫升的),不要看不起这几毫升,每一毫升里的精子编制平均是两千万到六千万只(想想整个台湾还不到两千万人口呢!),几毫升合起来便有上亿的数目了! 这是一场机密的行军,所有的精子都安静如赴命的战士,只顾奋力泅泳,它们虽属于同一部队(它们的军种,略似海军陆战队吧!),行军途中却没有指挥官,奇怪的是它们每一个都很清楚自己的任务——它们知道此行将要抢先攀登一块叫"卵子"的陆地,而且,这是一场不能回头的旅途。除了第一个着陆的英雄,其他精子唯一的命运就是死掉。"抱着万一成功的希望",这句话对它们来说是太奢侈了,因为它们是"抱着亿一成功的希望"而全力以赴的。

考场、球场都有正常的竞争和淘汰,但竞争淘汰的比率到达如此冷酷无情的程度,除了"精子之旅"以外,也很难在其他现象里找到了。

行行重行行,有些伙伴显然落后了,那超前的彼此互望一眼,才发现大家在大同中原来还是有小异的,其中有一批是 X 兵种,另一批是 Y 兵种。Y 的体形比较灵便,性格也比较急躁,看来颇有奏凯的希望。但 X 稳重踏实,一种跑马拉松的战略,是个不可轻敌的角色。这一番"抢渡"整个途程不过二十五厘米左右,相对小小的精子而言,却也等于玄奘取经横绝大漠的步步险阻了。这单纯的朝香客便不眠不休不食不饮一路行去。

优胜劣败的筛选

世间女子,一生排卵的数目约五百,一个现代女人大概只容其中的一两个成孕,而每一枚成孕的卵子是在亿对一的优势选择后才大功告成的。这种豪华浪费的大手笔真令人吃惊——可是,经过这场剧烈的优胜劣败的筛选,人种才有今天这么优秀、这么稳定。虽说"上天有好生之德",但在整个人种绵延的过程中却只见铁面无私的霹雳手段呢!

虽然,整个旅程比一只手掌长不了多少,但选手却需要跑上两三个小时或五六个小时,算起来也是累得死人的长跑了。因此,如果情况不理想,全军覆没的情形也不免发生。另外一种情况也很常见,那就是选手平安到达,但对方迟到了,于是精子必须等待,事实上精子从出发到守候往往要支持十几个小时。

好了,终于最勇壮的一位到达终点了,通常在终点线附近会剩下大约一百名选手。最后的冲刺当然是极为紧张的,但这胜利者得到什么呢,有鲜花金牌在等它吗?有镁光灯等着为它作证吗?没有,这幸运而疲倦的英雄没有时间接受欢呼,它必须立刻部署打第二场战,它要把自己的头帽自动打开,放出一些分解酵素,而这酵素可以化开卵子的一角护膜,那卵子,曾于不久前自卵巢出发,并在此中途相待,等待来自另一世界的英雄,

等待膜的化解,等待对方的舍身投入。

生命完成的感恩

这一刹那,应该是大地倾身、诸天动容的一刹。

有没有人因精卵的神迹而肃然自重呢? 原来一身之内亦如万古乾坤,原来一次射精亦如星辰纳于天轨,运行不息。

故事里的孙悟空,曾顽皮地把自己变作一座庙宇,事实上,世间果有神灵,神灵果愿容身于一座神圣的殿堂,则那座殿堂如果不坐落于你我的此身此体,还会是哪里呢?

(**附:**这样说吧,如果你行过街头,有人请你抽奖,如果你伸手入柜,如果柜中上亿票券只有一张是可以得奖,而你竟抽中了,你会怎样兴奋? 何况奖额不是一百万一千万,而是整整一部"生命"! 你曾为自己这样成胎的际遇而有过一丝一毫的感恩吗?)

东邻的竹和西邻的壁

午夜,我去后廊收衣。

如同农人收他的稻子,如同渔人收他的网,我收衣服的时候,也是喜悦的,衣服溢出日晒后干爽的清香,使我觉得,明天,或后天,会有一个爽净的我,被填入这些爽净的衣衫中。

忽然,我看到西邻高约十五公尺的整面墙壁上有一幅画。不,不是画,是一幅投影。我不禁咋舌,真是一幅大立轴啊!

大画,我是看过的,大千先生画荷,用全开的大纸并排连作,恍如一片云梦大泽。我也曾在美国德州,看过一幅号称世界最大的画。看的时候不免好笑,论画,怎能以大小夸口? 德州人也许有点奇怪的文化自卑感,所以动不动就要强调自己的大。那幅画自成一间收藏馆,进去看的人买了票,坐下,像看电影一样,等着解说员来把大画一处处打上照灯,慢慢讲给你听。

西方绘画一般言之多半作扁形分割,中国古人因为席地而坐,所以有一整面的墙去挂画,因而可以挂长长的立轴。我看的德州那幅大画便是扁形的,但此刻,投射在我西邻墙上的画却是一幅立轴,高达十五公尺的立轴。

我四下望了望,明白这幅投影画是怎么造成的了。原来我的东邻最近大兴土木,为自己在后院造了一片景致。他铺了一片白色鹅卵石,种上一排翠竹,晚上,还开了强光投射灯,经灯一照,那些翠竹便把自己"影印"到那面大墙上。

我为这意外的美丽画面而惊喜呆立,手里还抱着由于白昼的恩赐而晒干的衣服,眼中却望着深夜灯光所幻化的奇景。

这东邻其实和我隔着一条巷子,我们彼此并不贴邻,只是他们那栋楼

的后院接着我们这栋的后院。三个月前他家开始施工，工程的声音成天如雷贯耳，住这种公寓房子真是"休戚与共"，电锯电钻的声音像牙医在我牙床上动工，想不头痛也难。三个月过去，我这做邻居的倒也得到一分意外的奖品，就是有了一排翠生生的绿竹可以看。白天看不算，晚上还开了灯供你看，我想，这大概算是我忍受噪音的补偿吧？

我绝少午夜收衣服，所以从来没有看到这种娟娟竹影投向大壁的景致，今晚得见，也算奇缘一场。

古代有一女子，曾在夜晚描画窗纸上的竹影，我想那该算是写实主义的笔法。我看到的这一幅却不同，这一幅是把三公尺高的竹子，借着斜照的灯光扩大到十五公尺，充满浪漫主义的荒渺夸大的美感。

此刻，头上是台北上空有限的没有被光害完全掐死的星光，身旁又有奇诞如神话的竹影，我忽然充满感谢。想我半生的好事好像都是如此发生的：东邻种了一丛竹，西邻造了一堵壁，我却是站在中间的运气特别好的那一位，我看见了东园修竹投向西家壁面的奇景。

对，所有的好事全都如此发生，例如有人写了《红楼梦》，有人印了《红楼梦》，有人研究了红学，而我站在中间，左顾右盼，大快之余不免叫人来一起瞧瞧，就这样，竟可以被叫做教授。又例如人家上帝造了好山好水，又铺了好桥好路，我来到这大块文章之前，喟然一叹，竟因而被人称为作家……

东邻种竹，但他看到的是落地窗外的竹，而未必见竹影。西邻有壁，但他们生活在壁内，当然也见不到壁上竹影。我既无竹也无壁，却是奇景的目击者和见证人。

是啊，我想，世上所有的好事都是如此发生的……

春之怀古

　　春天必然曾经是这样的：从绿意内敛的山头，一把雪再也撑不住了，噗嗤的一声，将冷脸笑成花面，一首渐渐然的歌便从云端唱到山麓，从山麓唱到低低的荒村，唱入篱落，唱入一只小鸭的黄蹼，唱入软溶溶的春泥——软如一床新翻的棉被的春泥。

　　那样娇，那样敏感，却又那样混沌无涯。一声雷，可以无端地惹哭满天的云，一阵杜鹃啼，可以斗急了一城杜鹃花。一阵风起，每一棵柳都吟出一则则白茫茫、虚飘飘说也说不清、听也听不清的飞絮，每一丝飞絮都是一株柳的分号。反正，春天就是这样不讲理、不逻辑，而仍可以好得让人心平气和。

　　春天必然曾经是这样的：满塘叶黯花残的枯梗抵死苦守一截老根，北地里千宅万户的屋梁受尽风欺云压犹自温柔地抱着一团小小的空虚的燕巢。然后，忽然有一天，桃花把所有的山村水廓都攻陷了。柳树把皇室的御沟和民间的江头都控制住了——春天有如旌旗鲜明的王师，因长期虔诚的企盼祝祷而美丽起来。

　　而关于春天的名字，必然曾经有这样的一段故事：在《诗经》之前，在《尚书》之前，在仓颉造字之前，一只小羊在啮草时猛然感到的多汁，一个孩子在放风筝时猛然感觉到的飞腾，一双患风痛的腿在猛然间感到的舒活，千千万万双素手在溪畔在塘畔在江畔浣纱的手所猛然感到的水的血脉……当他们惊讶地奔走互告的时候，他们决定将嘴噘成吹口哨的形状，用一种愉快的耳语的声量来为这季节命名——"春"。

　　鸟又可以开始丈量天空了。有的负责丈量天的蓝度，有的负责丈量天的透明度，有的负责用那双翼丈量天的高度和深度。而所有的鸟全不是好的数学家，他们吱吱喳喳地算了又算，核了又核，终于还是不敢宣布

统计数字。

　　至于所有的花,已交给蝴蝶去点数。所有的蕊,交给蜜蜂去编册。所有的树,交给风去纵宠。而风,交给檐前的老风铃去一一记忆、一一垂询。

　　春天必然曾经是这样,或者,在什么地方,它仍然是这样的吧? 穿越烟囱与烟囱的黑森林,我想走访那踯躅在湮远年代中的春天。

张 晓 风
作 品 精 选

小

说

小　说

潘　渡　娜

　　回想起来，那些往事渺茫而虚幻，像一帧挂在神案上的高祖父的写像，明知道是真的，却给人一种不真实的感觉。但也幸亏不真实，那种刺痛的感觉，因此也就十分模糊。

　　那一年是一九九七，廿世纪已被人们过得很厌倦了，日子如同一碟泡得太久的酸黄瓜，显得又软又疲。

　　那时候，我住在纽约离市区不太远的公寓里，那栋楼里住着好几百户人家，各色人等都有，活像一个种族博览会。我在我自己的门上用橘红色油漆刷了一幅八卦图——不然我就找不到自己的房子，我没有看门牌的习惯，有时候我甚至也记不得自己的门牌，我老是走错。

　　就因着那幅八卦图，我认识了刘克用。而因为认识刘克用，我们便有了那样沉痛的故事。

　　那是一个周末的下午，他到这里来找房子，偶然看到那幅八卦，便跑来按了铃。

　　"这是哪一位画家的手笔?"他用英文问我。

　　"不是什么画家，"我也用英文回答，"是一个油漆匠随便刷的。"

　　"美国没有这样的油漆匠！他们不懂，他们只会把油漆放在喷漆桶里，再让它喷出来。"

　　"是美国的中国油漆匠刷的。"

　　"是你?"他迷惘地望着我。

　　"是我。"

　　"你看，我就知道不是美国人画的，"他高兴地伸出手来，"而且，能画这样的画，也不是油漆匠。"

　　"跟油漆匠差不多，我是一个广告画家。"

"对不起，你能说中国话吗？"

"我能。"

"我是刘克用，我想来看看房子，想不到看到这幅画，可惜是画在门上的，不然我就要买去了。"

"我也后悔把它画在门上了，否则的话倒捡到一笔生意了。"

那天我请他到房间里面坐坐——结果我们谈了一下午，并且一起吃了罐头晚餐，而他的决定是不租房子了，反正他原来的意思也只是想偶然休假的时候，找个离实验室远一点的地方休息一下，现在既然跟我这么相契，以后尽管来搭个临时的床就算了。

他是一个生化学家，我从来还没有这么体面的朋友呢！

重新有机会说中国话的感觉是很奇妙的，好像是在某一种感触之下，忽然想起了一首儿时唱过的歌，并且从头唱到尾以后，胸中所鼓荡起的那种甜蜜温馨的感觉。

我和刘克用的感情，大概就是在那种古老语言的魅力下培养出来的。

一开头，我就觉察出来刘克用是一个很特殊的人，他是一个处处都矛盾的人，我想，他也是一个痛苦的人——正如我是一个痛苦的人一样。

他有一个特别突出的前额，和一双褐得近于黑色的凹下去的眼睛，但他其他的轮廓却又显得很柔和，诸如淡而弯的眉毛，圆圆的鼻头，以及没有棱角的下巴。

据他自己说，作生化学家是一件很简单的事，只需要把一个试管倒到另外一个试管，再倒到另外一个试管里去就行了。

"作广告画家更简单，"我说，"你只要把一罐罐的颜料放到画布上去就行了。"

"你不满意你的职业吗？"我们几乎同时这样问对方。

然后，我们又几乎同时说"不"。

可是，我知道，事实上，他一方面也深深以此为荣。我不同，我从来没有以我的职业为荣过，我所以没有辞职是因为我喜欢安定。有一次，是好多年以前了，我拿定主意要去找一个新职业，我发动我的车，想到城里去转一下，看看有什么地方招工。可是，忽然间，我发现我糊糊涂涂地竟把车子又开回广告社去了。

从那以后,我就认命了。

"像我这种工作,"我说,"倒也不一定要'人'来做。"

"哈,"他笑了起来,"你当别人都在做人的工作吗? 你说说看,现在剩下来,非要人做不可的事有几桩?"

"大概就只有男人跟女人的那件事了!"

我原以为他会笑起来,但他忽然坐直了身子,眼睛里放出了交叠的深黑阴影,他那低凹而黯然的眼睛像发生了地陷一样,向着一个不可测的地方坍了下去。

长长的一个夏天,我不知道刘到哪里去了。我当然并不十分想他,但闷得发慌的时候就不免想起那次一见如故的初晤,想起那些特别触动人某些情感的中国话,想起彼此咒骂自己的生活,想起他那张很奇怪的脸。

有一天,已经很晚了,他忽然出现在我的门口,拎着一个旧旅行袋,倦得像一条用得太久的毛巾,我下意识地伸出手去抢着扶他,等我们彼此觉察的时候,我连忙缩回手,他也赶快站直了身子。

"那实验会累死人的。"他撇着嘴苦笑,但等他喝了一杯水,却又马上有了开玩笑的力气了,"喂,张大仁,如果今天晚上我死了,你应该去告诉他们,这种搞法是违法的,是不人道的,是谋杀。"

"去中国法庭呢? 还是美国法庭?"

"去国际法庭吧!"他把鞋子踢了,赤脚坐在地板上,像要坐禅似的。

"你知道我今天来做什么?"

"不是真的留遗言吧?"

"不是,来告诉你,今天是七夕,很有意思的,是吧?"

我忽然哽咽起来,驾那么远的车,拖那么累的身子,就为告诉我这一句吗?

我曾经读过那些美丽的古典故事,那些古人,像子期和伯牙,像张邵和范式,但那不是一九九七,一九九七的七夕能有一个驶车而来的刘克用就已经够感人了。

"我照了一张相片,"他说,"很有意思的,带来给画家看看。"

那是一张放大的半身像,在实验室照的,事实上看得清楚的部分只有半个脸,他的头俯下去,正在看一列试管,因此眉毛以下的部分全都看不

见，只有一个突出的额头，像帽檐似的把什么都遮住了。

而相片上大部分的东西是那些成千垒万叠的玻璃试管，晶亮晶亮的，像一堆宝石，刘克用的头便虚悬在那堆灿烂的宝石上。

"还好吗？"

"不止是好，它让我难过。"

"你也难过吗？说说看，它给你什么感觉。"

"我说不出来。"

"我来说吧，这是我们实验室里的自动照相设备照的，事实上并不是照我，而是照我那天做的一组实验。但我偶然看到了，大仁，我想流泪了，大仁，你看，那像不像一个罪人，在教堂里忏悔，连抬头望天都不敢。"

"我倒想起另外一个故事，一则托尔斯泰写的小故事，他说，从前有一个快乐的小村庄，大家都用手工作，大家都很快活，但有一天，魔鬼来了，魔鬼说：'为什么你们不用脑子工作呀？'"

"你是指我的大脑袋吗？"

"正是，你就是拿脑子去工作的。"

"我不过就是脑袋大罢了。我并不比别人多有脑子。"

我们又把那张相片看了一下，真是杰作——可惜是电眼照的。

"我带来一根笛子，"他说，"你喜欢的吧？"

"喜欢，你能吹吗？"

"不太能，但就让它放在膝上，陪我们过今年的七夕，不也就很奢侈了吗？"

"古人是没有什么悲剧的想象力的，"我说，"他们所能想出的最惨的故事就是两人隔了一条河，一年才见一次面。而事实上呢？不要说两人，就是一个人，有时一辈子也没有被自己寻到啊！"

"好啦，老兄，为那个不善写悲剧的时代干杯吧！"他举起了他的盛满水的杯子。

我也举起我的。

可惜我们没有一座瓜棚，不然我们就可以窃听遥远的情话。

那一夜他没有吹笛，我不久就睡了。但在梦里，我却听到很渺然的笛声，很像我小时候在浓浓的树荫下所听到的，那种类似牧歌的飘满了中国草原的短笛。

又过了两年,一九九九年的感恩节,我接到他的电话。

"我要去看你,"他说,"你托我的事我给你办好了。"

"我没托你什么事!"

"啊,也许没托吧?不过总之我替你解决了你需要解决的问题。"

"可是,什么是我需要解决的问题?"

"我到的时候你就知道了。"

他来了,满脸神秘。我浑身不安起来。

"我要给你介绍一个女朋友,很漂亮的。"

"唔,可是,你为什么不留着给自己。"

"老弟,听我说,"他忽然激动起来,"你三十五,我却四十三了,我不会结婚了,你懂吗?我没有热情可以奉献给婚姻生活了,我永世永世不会走入洞房了,我只会留在实验室里。"

"你比我更有资格结婚,你有一切,我却什么都没有。"

"但婚姻是给'人'的恩赐,我差不多等于不是人了,大仁,你也许还不太认识我,你只和度假中的我谈过话。"

"好了,刘,如果只是介绍女朋友,你就径自带来好了,这不是什么严重的事。"

"可是,可是比女朋友严重些,我是要你们结婚的。你明白吗?"

"我对任何女人都没有偏见,只是,我怎么晓得我该不该接受,我怎么能保证我要她。她是什么人?天哪,刘,你真是冒失得有点滑稽了。"

"并不完全跟你想象的一般滑稽,大仁,古老的年代里人们找个瞎子,合个八字就行了,奇怪,爱情跟瞎眼的关系似乎总是很密切的。更古老的年代更简单,做男人的只要揪住女人的头发拖她回洞,而女人也只要装作力不胜敌的样子就可以了——这就是所谓发妻的由来吧!"

"刘,你老实说吧,你是哪里来的灵感。你是什么时候想起要当月老的。"

"从第一眼看到你,大仁,她,那个女孩子,需要一个艺术家。"

"我不是艺术家。"不知为什么,提起这个头衔,我就觉得被损伤,"我开头就告诉你了,我只是个油漆匠!"

"我也开头就告诉你了,"他提高了嗓门,"你不是,你是一个艺术家,

艺术家就是艺术家，艺术家可以去擦皮鞋，但他还是一个艺术家。"

"艺术家又怎么样？"我很不高兴地说。

"艺术家给一切东西以生命，你难道不知道吗？你没有读过那个希腊神话吗？那雕刻者怎样让他的石像活了过来？你不羞吗？你不去做你该做的，整天只嚷着自己是个油漆匠。"

"好吧！你要我干什么，我只是一个男人，我不是神。跟我结婚的女人从我处得不到什么，除了一个妻子该得的以外。"

"好了，你听着，有一个女孩子，叫做潘渡娜的，是一个美丽而纯洁的女孩子，我不知道该怎样形容她，我爱她——像爱女儿一样地爱她，否则，我就要娶她了。"

"潘渡娜？你是说她是中国人吗？"

"为什么姓潘就一定是中国人？她不是任何民族，她只是这地球上的人。"

"好吧，我倒也不太在乎她是哪里人，她多大了？"

"你为什么一定要知道她的年龄呢？总之，你看到的时候，你就会知道，她当然是年轻的，年轻而迷人。"

"她住在哪里？刘，你为什么看来这样神秘。"

"她当然住在一个地方，但我不能告诉你，除非你对她有兴趣。"

"我当然对她有兴趣，我对任何女人都有兴趣，只是我不一定有娶她的兴趣。"

"好吧，我不相信你不着迷，大仁，她的背景很单纯，她没有父母，她随时可以走入你的家，她受过持家和育婴的训练，我知道她该得到你的爱，我知道，我是她的监护人。"

他说着，忽然激动起来，深凹的眼眶里贮满了泪水，他便不住地拿手绢去擦泪，而他擦泪的手竟抖得不能自抑。

"她是全世界最完美的女人！你凭什么不信，大仁，你可以杀我，但她是全世界最完美的女人，至少比夏娃好，比耶和华上帝造的那个女人高明。"

他哭了。

"你喝了酒吗？刘，你不能平静一点吗？为什么弄出一副老父嫁女的苦脸来呢？"

"因为，"他黯然地望着我，"事实上差不多就等于老父嫁女了。"

"她在哪里，你打算她什么时候带来？"

"在旅馆，明天来怎么样。"

"好吧。"

我虽然觉得有些不妥，但想想也犯不着那么认真，刘或许是真的喝了酒，我还是别跟他争论算了。

潘渡娜真的来了，跟在刘克用的背后。

有些女人的美需要长期相处以后才能发现，但潘渡娜不是，你一眼就看得出她的美。

她的皮肤介于黄白之间，头发和眼睛是深棕色，至于鼻子，看起来比中国人挺，比白种人塌，身材长得很匀称，穿一身白色的低胸长袍，戴一顶鹅黄镂空纱的小帽。很是明艳照人。

她显然受过很好的教养，她端茶的样子，她听别人说话时温和的笑容，她临时表演的调鸡尾酒，处处显得她能干又可亲。

什么都好，让人想起那篇形容古美人的赋，真是所谓"增之一分则太长，减之一分则太短，著粉则太白，施朱则太赤"。

真的，潘渡娜给人的印象就是这样的，她就像按着尺码订制的，没有一个地方不合标准。譬如说她的头发，便是不粗不细，不滑不涩，不多不少，不太曲也不太直。而她的五官也那样恰到好处地安排着，她很美丽，但不至于像绝色佳人。很聪明，很能干，但不至于掠美男人。很温柔，但不至于懦弱。很聪明，但不至于像天才人物。

总之，她恰到好处。

但是，我一想起她来，就觉得模糊，她简直没有特征，没有属于自己的什么，我对她既不讨厌也不喜欢。

她像我柜子里的那些罐头食物，说不上是美味，但也挑不出什么眼儿。

"我们的潘小姐很可爱的，是吗？"

我没有想到刘当面就这样说话。

"是的，"我很不自在，"的确是让人动心的人物。"

"谢谢你们。"她用一种不十分自然的腔调说着中国话。

"如果你愿意，"刘又说，"随时可以到张大仁这里来，他是一个艺

术家。"

"哦,艺术家。"她轻轻地叹了一口气。

"唔,并不是随时可以来,星期一到星期五,我要上班,下午一点钟才回家,圣诞节快到了,我们很忙呢!"

"没关系,上班时间我不会来的。"

我暗暗吃了一惊,她的意思是不上班的时间都要来吗?但后来想想,也没有什么,有些女孩是生来就比较大方的。

"潘小姐不上班吗?"

"现在还没有,不过有一个服装设计师要我做他的模特儿。"

她的确很适合做立体的衣架子,她有那么标准的身段。

我们的初晤既不罗曼蒂克,也没有留下任何回忆,其实如果把女人分为端庄的和性感的两种,潘渡娜倒是比较偏于后者的——只是,不知为什么,她一点都不使人动心,她应该只适于做空中小姐或是女秘书或是时装模特儿,但决不是好的情人。

其实许久以来我一直想着一个家,一个女人。我的同事们都只想片面解决,我却留恋着旧有的一劳永逸的办法。但,潘渡娜让人有触到塑胶的感觉——虽然不至于像触到金属那么糟。

但真正糟糕的地方也许就在这里,她并没有像金属那样触手成冷,我也就没有立刻缩回我的手。

那些日子很冷,早落的雪把人们的情绪弄得很不好。

潘渡娜常来,自己带着酒,我真喜欢那些酒,还有那些她做的酒菜。

有一天晚上潘渡娜刚回去,电话就响了。

"你到底打算不打算写订货单。"

口气很强硬,我一时愣住了,不知对方是什么意思。

"喂,我说,你打算不打算写订货单?"

这一次是用中文说的,我晓得除了刘克用没有别人。

"什么货单?"

"潘渡娜,"他说,"她等着结婚,她贴不起那么多的旅馆钱和酒钱了。"

"唔,"我说,"我的周薪你是晓得的。"

"我晓得,她不白吃你的,她有一笔财产,每个礼拜可以领到二百块的利息——她花不了你一百的,你只会赚不会赔的。"

"那更糟,刘,我不喜欢有钱的女人,人都很自私,都想在婚姻生活里占上风,我怕我伺候不了潘渡娜。"

"听着,大仁,你如果一定要拒绝幸运,我也没有办法,潘渡娜还不至于找不到丈夫。"

"这倒是真的。"

"可是我希望是你。"

我沉默了,如果和潘渡娜结婚,事实上也没有什么不好。但我有一点怕她,记得小时候,我从不敢去插电插头,我怕那偶然跳出来的惨绿的火花。我对所有新奇的东西天生就有一份排拒心理。

"大仁,你决定了吗?"

我仍然沉默,因为我不知道除了沉默我还能做什么。

"这样吧,我想不必拖太久了,十二月二十四日怎么样? 我带她去找你,然后我们一起上教堂,我就先和牧师约好,否则那一天他们准没有空。一切都简简单单就行了。"

"再拖几天吧! 我要交一批货。"

刚说完,我就后悔了,我这样说等于承认了。

"啊!"我立刻听到一声欢呼,"当然,延几天也好,潘渡娜也需要准备准备。"

那天晚上,我洗了澡,照例喝一杯冰牛奶,就去睡觉了——我奇怪我睡着得那么快,我简直连一点兴奋的感觉都没有。

婚期订在十二月三十一号的晚上,一九九九年的最后一天。

中午,潘渡娜和刘来了,她穿着嫣红的曳地旗袍,外面罩着同质料的披风,头上结着银色的阔边大缎带,看起来活像一盒包扎妥当的新年礼物。

教堂就在很近的地方,刘把我们载了去,有一个又瘦又长的牧师已经在那里等着我们了。

那几天雪下得不小,可是那天下午却异样的晴了,又冷又亮的太阳映在雪上,倒射出刺目的白芒,弄得大家都忍不住地流了泪。

牧师的白领已经很黄很旧了,头发也花斑斑的不很干净,他的北欧腔

的英语听来叫人难受。

"刘,你是带她来赴婚礼的吗?"他照例问了监护人。

他叫"刘"的时候,像是在叫李奥(Leo),刘跟那个一世纪的大主教有什么关系?

刘忙不迭地点了头,好像默认他就是李奥了。

牧师大声地问了我和潘渡娜一些话,我听不清楚,不过也点了头。

于是他又祈祷,祈祷完,他就按了一下讲台旁边的按钮,立时音乐就响起来了。我和潘渡娜就踏着音乐走了出来,瘦牧师依然站在教堂中,等我们上了车,他就伸手去按另一个钮,音乐便停止了。

我们的车子一路回来,车轮在雪地上转动,吱然有声。刺人的白芒依然四边袭来,我忍不住地掏出手帕来揩眼泪。

回到公寓,走进有八卦图的门,我舒了一口气。

刘克用很兴奋,口口声声嚷着要请我们去吃中国饭,我和潘渡娜各人坐在沙发的一头,尴尬得像旧式婚姻中的新人。

潘渡娜换了一件紫红色的晚礼服,松松地搭着一条狐裘披肩。

我这才注意到,不管世纪的轮子转得多快,男人把世界改成了什么模样,女人仍然固执地守着那几样东西——晚礼服、首饰、帽子和狐裘披肩。

我们吃了炒面,很不是味儿,正确点说,应该是"切丝的牛排炒条状的麦糊"。

我们又喝了酸辣汤,并且最后还来了一道甜得吓人的八宝饭。

然后我们留在那里看表演,那时候我才很吃惊地发现,虽然在纽约住了十年,我所知道的却只限于从公寓到广告社之间的那条街,夜总会的节目竟翻新得叫人咋舌。第一个节目是三个身上除了油漆外什么也没有的男女的合舞,两个女人,一个漆成豹,一个漆成老虎,那个男人则漆成胸前有 V 字纹的灰熊。当她们扭舞的时候,侍者就给每人一支水枪,里面装着不知是什么的液体,大伙儿疯了一样地去射她们,水枪射及之处,油漆便软溶溶地化了,台上不再有野兽,台上表演者的胴体愈来愈分明。相反的,台下的都成了野兽,大厅之中,吊灯之下,到处是一片野兽的喘息声,呐喊的声音听来有一种原始的恐怖。而侍者说,这只是开锣戏,下面一个比一个刺激。

当着新婚的妻子,我只是捧场性地,射了几枪,潘渡娜和刘克用也射了,都是很文雅的动作。

"我们走吧!"刘说,"春宵一刻值千金哪!"

我们于是在惊人的混乱中离开了,我们婚后的第一个节目便告结束。

回到家,洗了澡,已经十一点了。

"我能在起坐间打个盹吗?新郎官。我今天太兴奋,喝了太多的酒,又开了太多的车,现在天已晚,路又滑,我怕我是很难赶回去了。"

我愣了一下,但我想到这些日子来他的友谊,便尽快地点了头。

"不要讨厌我,"他说,他的语调在刹那间老了十年,在寒夜里显得疲乏而苍凉,"天一亮我就走。"

然后他叫过潘渡娜,吻了她。

"也许我再不会看见你了,潘渡娜。从今天起做大仁的妻子,你要恪尽妇职。"

然后他又叫过我,把潘渡娜的手交给我。

"潘渡娜的英文名字是 Pandora,你知道吗?在古希腊的年代,众天神曾经选过一个极完美的女人,作为礼物,送给一个男人。而潘渡娜是我送给你的,她是一个礼物,珍惜她吧!"

那一刹间,我深深地感动了,刘哭了,他看来好像真正的牧师,给了我们真正的祝福。

不过,那只是一刹间。很快地,他的深深的眼睛中流过一种阴阴冷冷的冰流,他的近于歹毒的目光使我又迷惑又悚然。

那是一九九九年的最后一夜,那是我和潘渡娜的第一夜。我们躺着,黑暗把我们包裹起来,我忽然想起晚餐后的那些节目,人和兽的分野在哪里?

我们开始彼此探索,为什么男人和女人的认识总是借着黑暗,而不是光亮?

渐渐的,我听到她满意的低吟,我的肌肉也渐渐松弛下来,就在那时候,我听到教堂的钟响,那样震彻天地的,沉沉的世纪之钟。二十世纪结束了,新的世纪悄然移入。

突然间,烟火像爆米花一样地在广大的天空里炸开了,那些诡谲的彩

色胡乱地跳跃着,撒向十二月沉黑的夜。潘渡娜裸体的身躯上也落满那些光影,使她看来有一种恐怖的意味。

好久,好久,那些声音和烟花才退去,我恍恍惚惚地沉入渴切的睡眠里。

可是,是哪里传来笛声,那属于中国草原风味的牧歌,那样凄迷落寞的调子。

我的生活还是老样子,只是我很久不曾看见刘了,那天早晨他很早就走了,我起来的时候,起坐间里只有缭缭绕绕的余烟。

我打电话给他,他们说他已经辞职了,新的住址不详,我只好留下电话号码。其实留不留都一样,他早就有我的电话号码了。

潘渡娜是一个很能干的主妇,只是有些时候她着实有点太特别。

"他们教我好多东西,"她说,"他们天天告诉我一百遍从起床到睡觉的侍候丈夫的要诀。"

"他们有时教我中文,有时教我英文,"她又说,"不过他们还是希望我嫁一个中国人,一个东方的艺术家对我比较合适。"

和大多数的丈夫一样,起先我没有注意她说些什么,时间久了,我不免有些怀疑起来。

"他们是谁,你从前没有提起过。"

"他们从前不准我说,所以我没说。"

"他们是些什么人?"

"他们就是一些人,他们教我很多东西。他们教我吃饭,教我走路,教我说话,教我各种学问。"

"你的意思是指你的父母吗?"

"不是,我没有父母。"

"胡说,你只是不晓得你的父母在哪里,人人都有父母的。"

"没有,真的没有,"她忽然得意地笑了,"刘克用说,虽然世界人口有六十亿,不过只有我一个人是没有父母的。"

"潘渡娜,你不能想想吗?你小时候的事你一样都想不起来了吗?"

"我没有小时候,我记得我本来就有这么大。"

"潘渡娜,你真荒谬,你不要这样,你再这样,我就要带你去看心理医师了。"

"我很正常。"她很不高兴地走开了。

这也许就是刘急于把潘渡娜弄出手的原因，她或许有轻微的幻想狂，其实，这也没有什么。我想，也许她是一个弃婴，曾经有一段时间失去过记忆。

我没有想到我完全错了。

有一天，那是二月初的一个下午，早春的消息在没有花没有树的地方是被嗅出来了。

那天工作很闲，我提早回家，准备到郊外去画一幅写生，好几天前我把我的颜料瓶都洗干净了，许多年没有画，所有的瓶瓶罐罐都脏成一团。

但一进门，我就愣住了，我的瓶罐都堆在地板上，潘渡娜伏在那些东西上面，用一种感人的手势拥抱着它们，她的长发披下来，她的脸侧向一边，眼泪沿腮而下。

看见我进来，她抬了一下头，随即又伏下去。

"你这是干什么，潘渡娜?"

她幽幽地哭了，让人心酸的哭。

"不要，潘渡娜，这些瓶子很容易破，它会扎着你的。"

"我想起来了，"她说，"我的生命便是这样来的，那里有很多很多玻璃管子，我被倒来倒去，我被加热，被合成，我被分解。大仁，我就是这样的。"

"潘渡娜，"我说，"如果你喜欢瓶子，你尽可以拿去玩，如果你喜欢玻璃玩意儿，我可以给你买一些，但不要说这种奇怪的话，知道吗?"

她抬头望我，一句话也不说，豆大的眼泪扑簌簌地滴着，我忍不住拿起我的帽子，走出小屋，她使我吃惊了，这个女人。但我得承认，共同生活了两个月，我第一次发现她用这种神圣庄严的态度去爱一样东西，那决不是一种小女孩对玩物的情感，那是一种动人的亲情。平常她做每一件事都规矩而不苟，她做每一件该做的事，像一只上足了发条而又走得很准的钟，很索味，可是无懈可击。但今天，她的悲哀使她看来跟平常不同了。

胡乱地走着，我的心情意外的乱。

我还能说她什么，潘渡娜，她不曾使我吃一点苦，不曾花我一分钱，她

漂亮而贞节,她不懂得发脾气,她只知道工作。所有好妻子的条件她都具备,所有属于人性的弱点她都没有。

但为什么我总是不能爱她,我们相敬如宾,但我们似乎永远不会相爱。

那些肌肤相亲的夜,为什么显得那样无效,那些性爱为什么全然无补于我们之间的了解? 每次,当我望着她,陌生的寒意便自心头升起,潘渡娜啊! 我将怎样得救?

走着,走着,来到一处广场,许多车子停在那里,我疲倦地坐下来,四面的车如重重的丛林,我是被女巫的法围困在其中的囚犯。

不知为什么,我忽然想起了中国,又是江南春水乍绿的时节,不知是否有白鹅的红掌在拍打今岁的春歌。

我又想起我的母亲,我很小的时候她就死了,她是一个苍白美丽的妇人,有着挑起的削肩,光莹的前额,极红极薄的嘴唇。没有人告诉过我,她到底死于什么病,我想或许是悒郁,她的眉总是锁着,眼睛总是很恍惚地望着什么地方。

寒冷的冬夜里,她总是起来给我盖被,她一路走过来的时候,我便听见她文雅的咳嗽声,我多么爱她! 我常常故意踢掉被子,好让她的手轻轻地为我拉上,我有时也故意发几声呓语,好骗她俯下身来,给我温热的一吻。

但我八岁那年,她就死了。

我发誓要成为一个画家,并且要画一张她的像,这或许是我后来有机会到美国以后选择了艺术系的真正原因,但这都是很久以前的事了,我终于没有画她的像,也没有成为一个画家。

而此刻,头上是浅湖色的二月天空,雪已化尽,空气中有嫩生生的青草气息。我迷惘地坐着,我是什么人? 我从哪里来,我要往何处去?

而潘渡娜。我的妻子尚留在地板上,拥抱那一堆冰冷而无情的玻璃罐子,在那里哭泣。

必是她的哭泣里有些什么,使我无端地想起中国,想起江南,想起我早逝的母亲。

我起来,走到街角那里,打一个电话给刘。

"他不在这里,他离开了。"对方的口气十分不耐。

"他去哪里？他不再回来吗？"

"谁晓得，"他说，"他在疯人院里。"

我吃惊地忘记说话，对方已把话筒掷下了，我后悔没有问他是什么医院。

沿着大街走回来，我的心绪紊乱得有如扑帘的弱絮。二十一世纪的第一个春天，在还没有绽放的时候，已被这些莫名其妙的事践踏了。

按着电话簿打了十几个电话，终于有一个医院承认有刘克用这个病人。

"李奥并不严重，"他们也念不准那个字，"他只是有些幻想狂，他老是说他是上帝。"

"他在几号病房？"

"不，他自己住在一个安静的别墅里，他的机关有特别护士照应他——可能是很重要的人物吧！"

他把别墅的地点告诉了我。

那天下午我便开车去找他，我终于找到一栋年代颇久的红砖房，房前草地上开遍了灿黄的水仙。

特别护士告诉我他这两天非常安静，此刻正在后园里。

我走近他的时候，他正背对着我，向一片墙角的酢浆草而出神。他穿一件宽袍，袖口上绣满了金线。

"我命令你们要生长，"他大声地说，用英文，"我是上帝，我是生命的掌握者。"

"这里有一位客人要见你。"

"带他过来。"他很庄严地说。

我走近他，面对面地注视着他的脸。

才两个月，他竟有了这般的变化，他的头发和眉毛都已落尽，前额因而显得更大更光秃了。深凹的眼眶也因此显得更低了。他的嘴松松地挂下，像一个放置太久的炸圈饼。

我们彼此注视着而不发一言。

"你是张大仁。"他用中文说。

"你是刘克用。"

"你错了,我是上帝。"

"是的,我刚听说了,但以前,在你还没有当上帝以前,你是刘克用,是吗?"

"是的,不过,我以前也是上帝,只是我到后来才发现罢了。"

"哪一天发现的?"

"第一次认识你那天我就发现了,以后逐步证实,直到你的新婚之夜,我得到了完全的证实。"

"你做上帝和我有关吗?"

"和你并没有太大的关系,和潘渡娜有关。"

"我可以知道吗?"

"可以,"他转过身去叫护士,"喂,天使长,给我们拿饮料来。"

饮料放在石桌上,我们便坐在石凳上。

"潘渡娜很好吗?"

"很好,只是昨天还抱着一大堆玻璃罐哭,她说,那是她生命中早期的居处。"

"她这样说吗?"他霍地站起身来,"她竟记得那么清楚吗?"

"记得什么?"

"好,我先问你,你可曾觉得潘渡娜跟真的女人有什么不同吗?"

"和真的女人不同? 她有很多说不上来的与人不同的地方,但她并不是假女人,为什么要和真女人不同?"

"好吧,大仁,让我告诉你,潘渡娜并不是普通女人,她是我造的,听着,她无父无母,她是我造的,她是从试管里合成的生命,那些试管就是怀孕她的子宫。我是造她的,你是用她的,好了,我说得够清楚了吧?"

我骇然地站起来。

"护士小姐,"我说,"他需要打针吗?"

"打针,哈,打什么针,我很正常。朋友,我很对不起你,我利用了你,但你也没吃什么亏,我辛辛苦苦造的女人,你却坐享其成。"

"刘,你为什么要这样想呢? 创造生命明明是不可能的。"

"不可能,谁告诉你的,半个世纪以前人们就已经掌握 DNA 和 RNA 的秘密了,生命并不像你想象得那么神秘,生命只是受精卵分裂后的形成物,我们只要造出一个精虫,一个卵子,我们只要掌握那些染色体,那些蛋白质和那些酸和碱，生命是很容易的。"

我哑然地望着他。

"潘渡娜是我们第一次的成功，我们不眠不休地弄了十五年，做了上兆次的实验，仅仅合成两个受精卵，不过已经够顺利了，那时候我把她交给另外一个小组，用试管代替子宫来抚育，但只有潘渡娜顺利发展成为胎儿。我们用一种激素促进细胞的分裂，在很短的时间内，她便成了一个女婴，我们来不及等她再过二三十年了，我们需要尽快观察她，我们让她在药物的帮助下尽快生长，事实上，她和你结婚的时候，她才不到三岁。"

"这是卑鄙的，刘，"我跳上前去掐住地，"你这假冒为善的，你这猪。"

没有字眼可以形容我当时的悲愤，我发现我成为一种淫秽的工具，我是表演者，供他们观察，使他们能写长篇的报告。

护士小姐急速跑过来，拉开我们。

"我要叫警察逮捕你，"她狠狠地推我，"你不人道，你欺侮一个精神不正常的科学家。"我这才想起他们都是一路的人。

"好吧，倒看是谁不人道，我要控告你们，你们这批下流的东西，你们设下这样的骗局，我不会甘休的，呸。"

"你冷静点，大仁，"他慢吞吞地扣上被我拉开的钮扣，"你想你究竟损失了什么，潘渡娜是一个女人，一点没错的女人，跟夏娃的后裔没有什么不同，如果我不说，你一辈子也不知道。"

我气得语结了，我扶着头，一言不发。

"你忘了吗？第一次见面的时候，我们谈过彼此的职业，你说你的工作只要机器便可以操纵了，我说，如今世上剩下来只有人才能做的事也不多了，你说，大概就剩男人和女人之间的那件事吧！"

我不会忘记，他那天曾以那样黑黝黝的眼望着我。

"你使我吃惊，你刚好说中了我的心事，那时的潘渡娜只是一个合成卵，但我却在替她物色一个对象，我知道她所缺少的，我希望能找到一个东方艺术家，她是纯粹的物质合成物，也许你能给她另一种生命，大仁，我没有恶意。"

他的秃头渐渐低垂，向晚的夕阳照在其上，一片可怜的荒凉。

"当然，我们可以另造一个男人，让他们结合，但我们不能以两个假设的人互证，那是不合逻辑的，我们选择了你。那个夏夜，当我去看你的时

候,潘渡娜已经是一个女婴了。她是一个很美的女婴,各种成分都照分量配合得很正确。那时候我们仍然没有把握,直到去年感恩节,我发现他们的合作已经把潘渡娜塑成一个美丽动人的人物了。他们利用她的潜意识,把她每一分智慧都放在学习上了,他们利用'学习阶次'的秘诀,那就是说,一个婴孩可能在第五天的上午学眨眼最有效,可能在第十天的下午学挥动手脚最有效,可能在一百七十六天到一百七十九天学语言单音最有效,可能在两百天到两百十九天学长句最有效,他们一秒钟也没有浪费。"

"我们的步骤是合成小组、受精小组、培育小组、刺激生长小组和教导小组,我们花在她身上的金钱比太空发展多得多,至于人力,差不多是九千个科学家的毕生精力,大仁,你想想,九千个人的一生唯一的事业便是要看她长大——大仁,相信我,人类最伟大的成功就是这一桩,而我是这个计划的执行人,大仁,我难道不是上帝吗?他们居然还说不是。"

他越说越激动起来,护士小姐又送上两瓶饮料,我这才注意到护士在倒饮料的时候,预先在他的杯底放下一片什么东西。

"大仁,老实说吧,耶和华算什么,他的方法太古旧了,必须一个男人和一个女人,然后十月怀胎,让做母亲的痛得肝摧肠断,然后栽培抚养,然后长大,然后死亡。"

"大仁,这一切太落伍了,而且产品也不够水准,大多数的人性都是软弱的,在身体方面他们容易生病,在心灵方面他们容易受伤,而潘渡娜不是的,她不生病,她不犯罪,她不受伤。"

也许是药物发生了作用,他渐渐平息下来。

"她是骡子吧,"我大声地嘲笑着,"她不会有孩子的。"

"她会有的,她一定会。我们造她的时候,既然给了她检验合格的证书,她就能,如果不能,那是你不能——其实她不必生孩子,那太麻烦,我们可以另外造——但目前我们先要她生,我们要证实一下,作为以后的参考。"

"如果她有,她不会爱,因为她不曾有父母的爱。"

"她会,我们会给她足够的黄体素,你以为母爱是什么?你以为那是多么值得歌颂的?那只不过是雌性动物在生产后分泌的一种东西,那种东西作怪,那些妈妈便一个个显出一副慈眉祥目的样子。"

"刘,你太过分了,什么鬼思想把你迷住了,我告诉你,你可以有你的解释,但我仍记得我的母亲,永生永世都记得。春天的早晨她坐在窗前编柳篮,编好了,就拉着我的手走到溪边,在那里,我玩着清浅的溪水,而她,什么也不做,只怔怔地望我。"

"大仁,不管怎么说,母爱是很荒谬的东西,母爱只是自爱的一种延长,只是另一种形式的自私。母爱如果真是一种够神圣的爱,所有的母亲都该被这种爱净化了。如果所有的母亲净化了,今天的世界不是这个样子。"

"大仁,其实婴儿并不需要母亲,有人拿一组黑猩猩做实验,给它们一些柔软温暖而可抱的物品,它们便十分满足。又有人每天喂一只小鸭,它们出入追随,以为这人是一只母鸭子。"

"那么,大仁,只要我们能给孩子口腔的满足,肠胃的满足,拥抱的满足,爱抚的满足,母爱就可以免了。"

那时,夕阳完全沉没,只剩下一片凄艳的晚霞。

"去吧,大仁,回到潘渡娜那里去,我们的试管每年度都要推出更进化的人种,遍满地面,将来的世界上将充塞着你们的子孙和耶和华的子孙,你们的子孙强健而美丽,不久就要吞吃他们的,去吧,大仁,你是众生之父,而我,是寂寞的上帝。"

暮色一旦注入空气,就越来越浓。我忽然想起那阕元曲:"枯藤、老树、昏鸦,小桥、流水、人家,古道、西风、瘦马,夕阳西下,断肠人在天涯。"

"众生之父?"我凄然地笑了,"告诉你吧,刘,你可以当上帝,但我并没有做众生之父的荣幸,我是我的母亲生的,我是在子宫中生长的,我是由乳房的汁水一滴滴养大的,我仍是耶和华的子孙,我仍是用最土最原始的法子造的,我需要二三十年才能长成,我很脆弱,我容易有伤痕,我有原罪,我必须和自己挣扎,但使我骄傲而自豪的,就是这些苦难的伤痕,就是这些挣扎的汗水。"

"我命令你,"他说,"去爱潘渡娜,我是上帝。"

"你不是说爱很荒谬吗?如果母爱是由于一种腺体作怪,男女的爱不也是另一种腺体作怪吗?她何必有人爱,她那么完全,她独来独往,她何必多我这个附属品。"

他没有答腔,我低头看他,他已经张着嘴睡着了,并且打着鼾。

"你可以走了。"护士冷冷地望着我,"这是他睡觉的时间。"

我默默垂首,黑色的夜已经挪近,而何处是我的归程?

"我放你进来是个错误。"她凶狠狠地说,"我原来以为你也是中国人,可以带给他一些愉快的话题,但你显然说了些对他不利的话,别以为我听不懂,我不能让你再来了,'李奥'是很重要的人物,我不能让他在我手上加剧。"

"怎样重要法?"

"这是机密,你不配晓得,"她做出女人们知道某项秘密时的刁钻模样,"全世界的人都晓得。"

"如果刘死了呢?"

"他不能死。他太重要。"

"疯了就等于死。"

"所以他必须痊愈。"

我苦笑了一下,对他说了一声"阿门",便走入黑色汹涌的夜。

驱车在纽约的街道上,我一条街一条街地走着,直到油干了。我的车被迫停在路旁。

路边有一处酒店,我就走进去。

"最近有一种酒,"侍者说,"叫做千年醉,你要不要试试。"

"要!"我大声地说,大声得连眼泪都掉出来。

那天的酒是什么滋味,我已忘掉。只记得泪水滴在其中的苦咸滋味,警车送我回家的颠簸滋味,以及夜半呕吐的搅肠滋味。

而当我迷迷糊糊地躺着,我又听见呕吐的声音。我仍然在吐吗?我并没有吃晚饭,我究竟要吐多少?

凌晨五点,我真正地醒了,我又听见呕吐声。走入洗手间,是潘渡娜在那里。

她的头发凌乱,寝衣散开,蜡黄着一张脸。

"你这是干什么?"我本能地冲上去,恐惧使我的声音变成一种不忍卒听的尖啸。

那一刹间,我的悸怖是无法形容的,她的呕吐声使我有着不幸的预感。

她抬起头来,以一种无助的眼光望着我。我们彼此的目光接触的时候,我才发现我们都是不幸的人。

潘渡娜,潘渡娜,你是一种怎样的生物,愿你被合成的日子受咒诅,我坐在她的身边,纵声地哭了。

潘渡娜也哭了。而在那些哭声中,我们感到孤独,我们将永不相爱,虽然我们都哭。

二〇〇〇年,六月九日。

不知为什么,我想着死。这些日子潘渡娜被"他们"接回去了。自从她说她不适并且想吐以后,他们就带她回去了,他们答应每到周末就要送她回来,但我不知道他们送了没有,每到周末我就开车去露营。

我想着死,与潘渡娜接触的那些回忆让我被一种可怕的幻象笼罩着。我总是梦见我被什么东西钳住,我也梦见狐仙,那些战颤了整个中国北方的民间传说。

而当我醒来时,我混身皆湿,原始的恐惧抓住我,使我悸怖得像一个十岁的男童。

那一天,二〇〇〇年的六月九日,我照例从那样的梦中醒来,我的全身都尚存着清晰的被钳痛的感觉。

"恭喜你,"电话铃声响了,"我们预料你今天可能会做父亲——我们想办法把潘渡娜的怀孕期缩短了一半,这是我们初次的尝试,如果成功了,也许我们下一次可以缩短为四分之一。"

"祝你们成功。"我挂断了电话。

我在屋子里走着,垂地的窗帘尚未拉开,我如同掉在黑陷阱里的困兽。

电话铃又响了。

"我们就来接你,潘渡娜开始痛了。"

"不可能的,不可能的,我们不会有孩子。"

"不要固执,我们就来,如果一切顺利,今天中午我们要向全世界发布消息。"

走出公寓,太阳很刺目地照着,我忽然想起结婚那天,雪地上逼人的

白芒。忽然有什么东西打在我的头上，我抬头一看，居然是一阵冰雹，像拇指那么大的，以及像拳头那么大的，天气忽然凝冻起来，我发着抖，在六月。

一辆黑色的车子停在我的面前，我跨了进去。

潘渡娜躺在床上，我走进去的时候，她正开心地吃着桃子饼。

"发生了一点意外，"医生向我一摊手，"不知为什么，我们大家都错了。"

离床不远的地方，有一组人在那里用忽大忽小的声音辩论着。

我默默地垂手。

"每一种迹象，每一种检验又都证实她怀孕了，"医生说，"但从早晨起，她的肚子逐渐消扁，并且每一项检验又都证实她肚子里并没有孩子。"

潘渡娜不说话，只是小声地向医生要了另外一种苹果饼。

"这不是很好吗？"我说，"我并不想要这个孩子，不过我抱歉让你们失望了。"

"我们可以再等第二次机会。"

"我可不可以请你们换一个厂家，我不打算负责替你们制造孩子了。"

"那不是我们的事，你和潘渡娜商量吧！你们的婚姻是有法律的拘束力的。"

"法律只保护人和人的婚姻。"

"潘渡娜完全等于人。"

"她不是。"

"她是。"

他们把我和潘渡娜放在一个车子里，打算把我们送回去。

"可不可以让我下来，"车子经过公园的时候，潘渡娜说，"我需要走一走。"

我们一起走下来，此刻又复是炎热的六月，直射的阳光好像忘记刚才下冰雹的那回事了。

潘渡娜跳跃着奔向草坪，我这才发现她跑路的动作多么像一个小女孩。她一面跑，一面回头看我，脸上带着怯怯的笑。

忽然，她躺了下来，她穿的是一件镶了许多花边的粉红色孕妇衣，当她躺在绿茵茵的草地上,远看过去便恍然如一朵极大的印度莲花。

"我疲倦了,"她说,"我觉得我做了一个梦,很长很可怕的梦。"

我想告诉她,我也曾有噩梦,但我没有说,我们的梦并不相同。

"给我那个东西,"她指着垃圾箱里一个发亮的玻璃瓶,"我喜欢那个东西。"

我取过来,递在她的手里,她把它贴在颊边磨擦着,她的眼睛里流出可怜的依恋之情。

"我厌倦了。"她又说了一次,声音细小而遥远。

"我觉得我的存在是不真实的,"她叹了一口气,"大仁,我究竟少了些什么东西?"

我俯下身去,她已闭上双目,我拉过她的手,那里已没有脉动。她的眉际仍停留着那个问号:"大仁,我究竟少了些什么东西?"

六月的热风吹着,吹她一身细嫩的白花,在我的眼前还幻出漫天纷飞的雪片。

我感到寒冷。

尾　　声

十二月,我接到刘的圣诞卡,他已经搬了家。

那时候,我刚好得到一个短期的休假,遂决定去乡间看看他。

应门的是一个老妇人,我放了大半个心,如果是从前那位护士就麻烦了。

屋子里没有暖气设备,客厅中毕毕剥剥地烧着松枝,小小的爆裂声要多么古典就有多么古典。

"他已经知道了吗?"我问老妇人。

那老妇人也许有重听的毛病,没有理我便径自走了。

我无聊地望了一阵火光,才猛然发现刘就在客厅里,在离火较远而光线也较黯淡的一个角落,他垂头睡在一张很深很大的黑色沙发里,他的中国式的长袍是蓝黑色的,一时很难分辨。

"刘克用,"我走上前去摇他的肩膀,"刘,你不能醒醒吗?"

他慢慢地揉着眼睛醒过来,看见是我的时候竟一点惊讶的表情都

没有。

"哎，"他打着哈欠说，"我早就想着你该来的。"

"潘渡娜死了。"我说。

"我知道。"

我们互相注视了一会儿，现在我明白什么是"恍如隔世"了。

"你还当上帝吗？"

"不当了。"他苦笑了一下。

"是因为潘渡娜的死吗？"

"也可以这么说。"

他站起身来，缩着脖子搓手，完全一副老人的样子，慢慢地他走到窗口，又慢慢地，他走向炉边。当他点燃他的烟斗的时候，我知道他有一段长话要说了。

"大仁，我或许该写本忏悔录，不过后来想想也就罢了。大仁，上次你来以后，我的病况就更重了，因为他们告诉我，潘渡娜怀了孕。大仁，他们多么幼稚，他们竟以为我听到那样的消息便会痊愈。大仁，那一刹间多么可怕，我竟完全崩溃。大仁，当你发现你掌握生命的主权，当你发现在你之上再没有更高的力量，大仁，那是可怕的。生命是什么？大仁，生命不是有点像阿波罗神的日车吗？辉煌而伟大，但没有人可以代为执缰。大仁，没有人，连他的儿子也不行。

"有那么长一段时间，我渴望着'潘渡娜一号'能够成功，但事实上，我并不懂得我正在做些什么，在渴望着什么。大仁，那是很奇怪的，我小的时候住在乡下，我们的隔壁是一个雕刻神像的，每次他总是骗别人，说他雕的神像特别灵验，他半夜起来的时候常看见那些关公，那些送子娘娘都在转着眼珠子呢！但有一天，也许是他工作过分疲劳，他看见张飞的眼睛眨了几下，他就立刻赤脚而逃，昏倒在院子里，并且迷迷糊糊地嚷着：'他，他，他的眼珠子在动。'

"大仁，这些年来，所有研究生化的人都梦想在试管里造生命，大仁，当我们这样嚷着的时候，我们并不觉得什么，我们很快乐，但，大仁，当我们一步步接近造'人造人'的时候，我们就惶恐了，只是我们不晓得，我们看来很兴奋。

"大仁啊，当潘渡娜造成的时候，我是说，当她只是一个受精卵的时候,我已经就尝到那些苦果了,我在街上乱撞,我离开我豪华舒服的住宅,想随便找一处地方住下,我找到你,但我毕竟舍不得摆脱这一切,我的半生都消耗在试管里,我要知道潘渡娜是否可以成功,我每天注视着她的发展,大仁,我就同时受快乐与痛苦的冲击。

"大仁,我七岁那年曾把一些钱币埋在后院里,我渴望它长出一棵摇钱树来,我每天去巴望。有一天,它真的发芽了,我忽然惊恐起来,我拔起那棵树,发现那只是一株龙眼树,而掘开土,我很高兴地知道我的钱还在那里,那时候,我便又失望又高兴,大仁,我终于没有得到摇钱树,但我高兴,高兴这个世界有秩序,有法规。大仁,我们老是喜欢魔术,喜欢破坏秩序的东西。但事实上,我们更渴望一些万年不变的平易的生活原则。

"可惜,大仁,我们竟不知道。

"对潘渡娜,我也是如此,当我为她的成长而快乐发狂的时候,大仁,我就同时惊慌。同时悲哀。

"不久,她已成为一个女婴,我多么盼望她畸形,多么盼望她死去。但是,没有,她健康而美丽。大仁,没有人知道,当她越来越成熟的时候,我痛苦到怎样的地步。

"当你们结婚时,大仁,我又怀着一些希望,我多么愿意她是一个不能有性生活的女人。那天晚上我本来要回去,但在我里面的另一个我却要我留下。要我知道她在这方面是否等于一个女人。当你们悄无声息地睡去的时候,我知道一切都安全了,潘渡娜可以放在世人中而不被认出。大仁,那夜,我驱车走过廿世纪的新雪地,径自驶向精神病院,我为我自己挂了号,我写了自己的病名,我躺上自己的病床。

"之后,我被他们搬到乡下,他们仔细地照顾我,以便有一天再起来领导他们造'人造人'。大仁,那时候幸亏我没有痊愈,如果痊愈了,我们就要立刻动手生产潘渡娜第二号,那么当我看到她成长时,我将再神经错乱一次。

"而那时候,他们告诉我潘渡娜怀了孕,我就忽然更嚣张了,但,大仁,当上帝是极苦的,我是说,不是上帝而当上帝是极苦的。你摔破皮的时候向谁叫'天哪!'你忧伤的时候向谁说'主啊!'你快乐的时候向谁唱'哈利路亚'?

"多年来对于上帝我一直有'彼可取而代之'的轻心,但,大仁,取代是

容易的,取代了以后又怎样呢?

"后来,潘渡娜就死了。大仁,可笑他们还不敢告诉我,这是我唯一得救的机会。我唯一可以重拾人的生活的路,但他们竟瞒着我。

"但我终于看出来了,我看出有些不对的地方,我自己到实验室去,我看到浸在大玻璃缸中的潘渡娜,大仁,人是出于土而归于土的,但潘渡娜呢,她出于试管而归于试管。

"我一生的成果在此,她,潘渡娜,我曾希望她是一宗礼物,我曾希望她是一个渡者,但她什么都不是,隔着玻璃,隔着药水,我们彼此相视,她已经不复昔日的容颜了,她的身体被液体的折光律弄得变了形——但不知她是否也在看我,她有没有发现我也在变形。

"大仁,那天我出奇的冷静,我默默地在那里站了一个上午,然后我擦我的眼泪,然后我走出来。

"大仁,我不明白她为什么会死,他们说她没有死因,他们说她忽然之间一切都停止了,停止思想,停止循环,停止呼吸……他们又说她临死时讲过一句话,她说:'究竟我少了什么?'

"他们因此便仔细地解剖她,他们把她每一部分都作了详尽的研讨,但终于他们作了结论:她完全等于人,她直到死时,身体每一部分都健康正常,她虽然并没有怀过孩子,但如果假以时日,应该没有什么困难。——其实不怀孩子也没有什么,人类的女子不也常常不孕吗?

"那么,她为什么死了呢? 大仁,她为什么在健康情况最好的时候,无疾而终呢? 幸亏她在法律上还没有取得人的地位,否则我们如何签发她的死亡证书呢?

"大仁,你这和她生活过的,她究竟少了什么,比之你我,她少了什么?

"我一清醒便立刻召集了一个全体的检讨会,所有的部门都没有错误,九千多科学家中的科学家密切地合作,造出了分量上那么正确的潘渡娜。但,潘渡娜死了,这个使我们奉上我们一生心血时间的女人。大仁,她死了,我们好像一群办家家酒的小孩子,在我们自己的游戏里拜堂、煮饭、请客、哄娃娃睡觉,俨然是一群大人,但母亲一嚷,我们便清醒过来,回家洗手、吃饭,又恢复为一个小孩子。

"那天,我们面面相觑,不知我们失败在何处。最后我们承认,也许她自己说得很对——她厌倦了,其实我们也厌倦,但我们的担子很神圣,我是说,在冥冥之中,我们对生命,对神奇之物的敬畏,使我们不敢断然拒绝活下去的义务。

"潘渡娜属于她自己,她有权利遗弃自己,而我们,我们似乎属于一种更高的辖制,我们被雨水和阳光呵护,我们被青山和绿水怡悦,我们无权遗弃自己。

"大仁,有一天我将死,你们会给我怎样的墓志铭呢?其实,墓志铭都差不多,因为人的故事都差不多,但我只渴望一句话——这里躺着一个人——我庆幸,我这一生最大的快乐和荣幸就是发现自己只是一个人。"

冬天的炉火把屋子涂成温暖的橘红色,松脂的香息扑人衣襟。而窗外雪片落着,那样轻柔地,像是存心要覆盖某些伤痛的回忆。

"你们到底有没有找出来,她所少的东西?"

"没有,我们只能说没有。"

"我们可不可以猜测——也许你不承认——那是灵魂。"

"我不知道,我只能说我不知道。"

"庆祝你的失败。"我站起来拿酒,"也庆祝我的鳏居。"

"真的,我们好运气。"

陈年的威士忌,二十世纪的。我们高兴地举杯。

"喂,"我说,"你已经洗手不干了吗?"

"不干了,退休金够我吃好几辈子的。"

"他们由谁领导呢?"

"不知道,随他们去吧!"

"你不再关心人类了?你的同情呢?你不是说人类太软弱吗?你不是说旧有的制造办法太落伍了吗?你……"

"大仁,"他转过身喝住我,"你忘了,那是我什么时候说的话了。"

停一下他说:

"让一切照本来的样子下去,让男人和女人受苦,让受精的卵子在子宫里生长,让小小的婴儿把母亲的青春吮尽,让青年人老,让老年人死。大仁,这一切并不可怕,它们美丽,神圣而庄严,大仁,真的,它们美丽,神圣而又庄严。"

他说着便激动地哭了,我也哭了起来。

　　风从积雪的林间穿过,像一个极巨大的人的极轻柔的低语,火光跳跃,松香不断,白色的热气袅升自粗陶的茶盅。

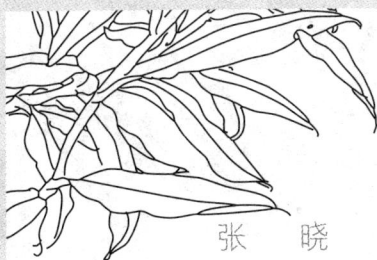

张 晓 风
作 品 精 选

戏

剧

戏　剧

猩猩的故事

人　物　表

　　严格地说,这里大部分角不是"人",但是,由于没有"兽物表"这个名目,我们只好很委屈地将他们列为人了。

猩猩甲:这是特别体面的猩猩,高瘦,有智慧,而且,似乎很适于做领袖,总之,他是一个容易令人起敬的家伙——如果演员凑巧是近视眼,那倒很好,让他戴着眼镜上场就是了。

猩猩乙:她是女性猩猩,当然,凡人类而言,我们实在弄不清楚她有什么美色,不过根据猩猩的审美观,她倒是国色天香,相当于我们的王嫱西施。她有一朵花,有时候簪在头上,有时候插在耳边,有时候咬在嘴里,有时候在左右手中不安地互递,有时候挂在腰上,有时候系在尾巴上……

猩猩丙、丁:他们是一对胖猩猩,由于胖,看起来倒有一种羞怯的面团团的娃娃相。

猩猩戊:这是老年的猩猩,半瞎,半聋,总之,他的一切都只剩下一半或一小半,鼻子、舌头当然都在,但都不十分管用了,有一双手常闹关节炎,一双腿瘸了……

猩猩己、庚、辛:这是一群年轻的猩猩,由于年轻健康,身高体重都完全标准,好像找不出什么特色来,反正,他们只是一些猩猩。

土　人:一个,或者两个,是传说中的西南夷人——捉猩猩的好手。

导演不妨找个高大轩昂的人来演——权力机诈本来就是用这个姿态出现的。导演也不妨找个细瘦矮小的人来演——正如古老

的法老王之梦,那棵残弱羸病的麦子吞食了肥美壮硕的麦子,凶年就是以这种步调走来的,最大的凶险总是藏在卑陋低微的面目中。

一开始,满场就乱成一片,所有的猩猩在场上没命地乱跑,一面乱嚷。

众猩猩:不得了啦,不得了啦,不得了啦……

他们继续跑,继续嚷,并且互相碰撞,跌跤,爬起,发狂地奔跑,跳踉,跌跤。

鼓声,撞击声,或者任何可以想见的闹嚷之声都齐声大作,但,当然,其中最喧哗的还是那些嚷叫。

众猩猩:不得了啦,不得了啦……

(忽然,所有的声音停了,众猩猩突然跌坐在地上)

猩猩甲:完了,完了,他们给逮走了……

猩猩乙:(哭)好可怜,他们让人逮走了……(忽然,她停止哭泣,在地上拾起花来)啊,我差点掉了我的花。(把它簪在头上)

众猩猩:(一起哭起来)啊,可怜,他们给人逮走了……

猩猩甲:(哭)那些捉他们的人是会把他们关在笼子里的啊!

猩猩乙:(哭)如果那些人看他们不顺眼,是会打他们的啊!(把花拿下,小心地放在耳后,继续再哭)

猩猩丙:(哭)笼子里不知道有没有栗子吃啊!

猩猩丁:(哭)笼子里大概没有新鲜水果吃了!

猩猩戊:(哭)什么?(他永远是慢半拍的)谁没有新鲜水果吃了?

猩猩己、庚、辛:(一面哭,一面七嘴八舌的)我们隔壁丛林里的那些猩猩,他们给人逮走了(看他似乎不曾会意,便格外大声地说),就是"我们""隔壁""丛林"……

猩猩戊:(哭)什么?什么,我们,我们丛林是什么意思,我们给人逮到了,我早就知道有这一天,我们给人逮了!(大哭起来)

猩猩甲:不是的,老先生,我们好好的,被逮走的是住在隔壁丛林里的猩猩……

猩猩戊:唔,是的,我们没有被逮,是的,是的,我们没有被逮……

猩猩甲:可怜的猩猩,那些人不但关着他们,那些人还要吃他们的啊!

猩猩乙：(哭)啊,我想起他们中间那只不知叫什么的母猩猩来了,她的嘴虽然大了一点,可是她实在是一只长得不错的母猩猩——啊,天啊,那么漂亮的母猩猩也会被拿去杀了吃啊!(忽然,激动地拿下花,咬在嘴里,不妥,放入左手,又不妥,又放入右手)

猩猩丙：(哭,大有物伤其类之态)听说他们是先吃肥的啊,可怜,他们是先拣肥的吃啊!

猩猩丁：是啊,我也听说他们是先拣肥的吃啊!(自伤地哭了)

猩猩戊：什么,什么? 你是在哭吗? 有肥的可吃你还哭什么啊?

猩猩己：(小心请教)有没有人听说是先吃年老的还是先吃年轻的啊?

猩猩庚：当然应该先吃老的——否则万一老的死了就不好吃了。

猩猩辛：当然,当然,要吃年轻的以后有的是时间……

猩猩戊：什么? 什么? 年轻的和我们年老的争什么吃的,唉,(转为叨叨自语,显然的,他误会了)你们年轻的要吃什么? 以后有的是时间啊,有的是时间啊……

猩猩甲：不要吵了,猩猩们,我这里有一件特别的消息要报告给你们,我手下不是养着二十只猩猩吗? 经过半年的打听,我们终于弄清楚了一件事情……

猩猩乙：你们就不能安静吗? (无限崇仰地)很重要的事啊,大家不能做做好事表示我们跟别的动物不一样吗? (愤怒地将花在空中招展,旋又爱惜地插在腰上)

众猩猩：我们都在听着啊,我们不是在听着吗?

猩猩甲：据说,人类抓我们去不单留着吃,还有更可怕的事……

众猩猩：什么? 什么?

猩猩甲：大家听着,他们还抽我们的血,他们要活猩猩的血……

众猩猩：为什么抽我们的血?

猩猩甲：他们要拿我们的血去染毛毯……

众猩猩：什么? 他们要拿我们的血去染毛毯?

猩猩戊：你是在说毯子吗? 我很喜欢毯子啊,我喜欢抱着毯子啊!

猩猩甲：听我说,我们的血被他们叫做猩红,染在毯子上不褪色的,他们最喜欢我们的血,他们喜欢猩红色的毯子啊!

猩猩乙：噢,可怕,可怕极了,真有这种事啊? ……

猩猩丙：如果他们抓到猩猩,会先抽谁的血啊?

猩猩丁：(紧张起来)总不会抽血也是从我们胖的先下手吧? ——对了(宽慰地)还好,一定不是从胖子先抽血,胖子反正已经先吃掉啦……

猩猩乙：啊!(崇拜地望着猩猩甲)你真是伟大,我真的不知道世界上还有什么事是你不知道的……(卖弄风情地把花儿绑在自己的尾巴上)

猩猩己：哎呀,(由于年轻,由于耳聪目明,他们首先发现了)我好像听到脚步声……

猩猩庚：我闻到的不是酒香吗?

猩猩辛：没错,没错,有脚步声,也有酒香!

猩猩戊：酒? 什么酒,我可没有看到酒,闻到酒啊!

猩猩甲：啊,大家听我的,是真的像是有人来了,关于猩猩血的事,我们下次再谈,我还知道一件猩猩毛的事情——听说他们人类喜欢拿我们的毛做毛笔,不过今天也来不及细谈这件事了。现在,我们先躲起来。

（忽然,所有的猩猩都藏了起来,他们躲在树丛后面,眼睛骨碌碌地望着发生的事）

（这时候,土人走上来了）

土　人：(他的眼睛斜瞟了一下,立刻会意地微笑了,他知道那些猩猩的眼睛都在看他)

（他放下手中抱着的以及头上顶着的酒罐子,又把搭在肩上的一串用绳索编连在一起的木屐鞋子也放在地上,大大地舒了一口气）

（他用极和善的眼光对众猩猩藏身的地方望了一下）

（他自己很惬意地喝了一盅酒。那酒本来就香,被他的姿态一夸张,简直胜似琼浆玉液）

（他穿上木屐,夸张地,像跳踢踏舞一般的有节奏地来回走动,木屐橐然有声,而且,这人愉快的姿势已经把木屐强调成"脚上的翅膀"了）

（然后他靠着一棵树假寐了）

（渐渐地,他好像睡得更沉了）

猩猩己：(很高兴地一跃而出，跟他一样年轻的猩猩庚、猩猩辛都跳出来)
　　　　他睡着了！

猩猩甲：(闻声)回来，大家都不许动。

猩猩己：(有点颓丧地走了回来，庚、辛随着)

众猩猩：(安静，噤不出声，显得很不自然，忽然，有一只猩猩咳嗽了一声，
　　　　其他猩猩也忍不住地作大规模或小规模的喉咙清理，然后，接着
　　　　又是一段静默)

猩猩甲：我平常教你们的话都听到哪里去了？你们懂什么？成天不是公
　　　　的找母的，就是母的找公的，你们就只配搞那点乐子！

猩猩己：真冤枉，我……(本想申辩，但自己也被四周的安静给吓住了，不
　　　　敢再说下去)

猩猩乙：(仗着自己的美丽，一半撒娇地)我可没有找过什么公的啊……

猩猩甲：(不领情，反而不耐烦)你们是全忘了吗？全忘了吗？我告诉过你
　　　　们一百遍，那种东西(指土人)叫什么？

众猩猩：叫"人"。

猩猩甲：他现在来做什么？

猩猩乙：(得意自己美丽之外的智慧)他来抓我们猩猩。

猩猩甲：他带来的是什么？

猩猩丙：是酒！

猩猩丁：还有木屐鞋子，啊(兴奋起来)有一双特别大的，好像是特别要让
　　　　我可以穿的呢！

猩猩甲：酒是做什么用的？

猩猩己：酒是让我们喝醉了好抓我们的。

猩猩甲：那木屐呢？

猩猩庚：那也是用来抓我们的。

猩猩乙：他们研究过我们猩猩的心理，知道我们爱跟人学，所以就利用木
　　　　屐来抓我们，(转向甲，表功、讨好，加上自炫)上次，你是这样告诉
　　　　大家的，我记得很清楚。

猩猩辛：但是聪明的猩猩不会上那种当。

众猩猩：(激动起来振臂而呼)我们不会上当，还拿这种老把戏来骗我们，
　　　　我们不会上当！我们绝不会上当！(由于太激动，以致彼此推撞，

把猩猩戊推得倒在酒缸旁边,酒泼洒了出来)

猩猩戊:啊呀,(后知后觉地)刚才好像是谁在说什么酒香,我好像闻到一
　　　　点酒香了……

猩猩甲:(生气地)把他拉来!

众猩猩:(顺从地把他拖了回来)

土　人:(迅速地瞄了一眼,继续假装睡觉)

猩猩甲:我曾经告诉你们,碰到这个来骗我们逮我们的人该怎么办?

猩猩丙、丁:骂他!

猩猩乙:不对,你叫我们要骂他的祖宗。

猩猩甲:他的祖宗是谁?

猩猩戊:(嗅自己的爪子)你们都说酒香,这一次,我告诉你们我也闻到了
　　　　(委屈地)你们偏不信。

猩猩己:他的祖先叫瘪四卜。

众猩猩:对对,你告诉过我们,我们现在想起来了,这个人的祖先叫瘪
　　　　四卜!

猩猩甲:所以我们现在该怎么办?

众猩猩:我们去把他叫起来,吐他口水,当着他的面骂瘪四卜。

猩猩乙:(兴奋得不知如何是好)对,对,(跳起来,把花儿抛上抛下)去把他
　　　　揪醒,去骂他的祖宗。(高兴地领着头往前跑)

众猩猩:(一起跑过去)

猩猩甲:呸,瘪四卜的孙子,瘪四卜的孙子!

猩猩乙:你算什么东西!

猩猩丙:瘪四卜是最臭的烂泥巴!

猩猩丁:我们连脚丫都不屑碰瘪四卜的鼻子。

猩猩己:你居然想来骗我们。

猩猩庚:你想吃我们的肉吗?

猩猩辛:我们的口水倒是可以拿去舔舔。

众猩猩:(齐吐口水)

猩猩甲:喏,我们够大方了吧,这么多的口水足够你游泳回去了。

猩猩乙:够你们瘪四卜的家族从祖宗十八代喝到重孙十九代了。

猩猩丙:(拾起木屐用力掷过去)你自己穿吧,你穿了下地狱去吧!

猩猩丁：也不撒泡尿当镜子自己照照，居然想来骗我们！

猩猩戊：（照例地，他是最后一个发现"人"的，对于这样一种动物，他不胜讶异）唉，我最近眼睛是愈来愈坏了，天哪，这是什么动物，怎么生得一根毛也没有啊？

猩猩己：这样的老奴才居然也想来骗我们！

猩猩庚：这样的老奴才居然也想来骗我们！

猩猩辛：打死他，这样的老奴才居然也想来骗我们！

众猩猩：（一起拥上）

土　人：（不知道是不是这种把戏看多了，他那不在乎的神色里透露着一种平静的定力，他知道自己最后会胜的，他的兀然不动中有一种可怕的残忍。他一直躺着，直到众猩猩一起拥上，他才本能地跳起来，拔脚而逃）

猩猩甲：哈，哈，哈，哈，没种的东西！

猩猩乙：连尾巴都没有的东西！

猩猩丙：连毛都不长的东西！

猩猩丁：让你瞧瞧我们的厉害！

猩猩戊：他怎么跑了——他干什么呀！

猩猩己：想骗别的猩猩，可以，想骗我们，门都没有。

猩猩庚：我们才不会上当！

猩猩辛：别人会上当，我们可不可能上当。

猩猩甲：我们赢了！我们赢了！

众猩猩：（欢呼）我们赢了！我们赢了！

　　　　（忽然，在不知不觉间，他们的地位转移了，逃逸的土人躲了起来，藏在方才众猩猩藏身的地方，而猩猩却走向刚才那人的位置）

猩猩甲：我们赢了！（因为没说话，所以只好把这句话又重复了一遍，但不知为什么胜利的欢乐消失得太快，当他木然地重复这句话的时候，他自己都惊讶自己的惨淡的心情）我们可以回家去了。（他站起来趔趔趄趄地走了几步）

众猩猩：是啊，我们赢了，（本来，他们想很尽职地弄点高潮，但不知为什么，大家都提不起劲来）我们可以回家去了。（大家站起来，走了几步，又忍不住还是回来了）

猩猩甲：（努力挣扎着想再试一次）我们赢了。

众猩猩：真的，我们赢了。（这一次更惨，大家说得简直近乎哭腔哭调了，一时愕然相坐，不知该怎么才好）

猩猩戊：你们说话总是温温吞吞的，你们老嫌我耳朵不好，其实都是因为你们这一代年轻人发音退步了，说话不清不楚，连ㄓㄔㄕ也分不清楚，叫我怎么听！我们赢了？我们到底赢了些什么啊？

（大家一起沉默，没有人理他）

猩猩戊：（忽然生气起来）哼，我老了，惹人嫌了是吗？你们这些目无尊长的东西，你们说赢了，我问你们到底赢了些什么，你们怎么不说？

（呜呜地哭了起来，大家仍然不理他）

（过了很久，猩猩乙决然地站了起来）

猩猩乙：我想要去看看那酒的颜色。

猩猩丙：我想要去闻闻那酒的味道。

猩猩丁：我想要去摸摸那木屐是什么材料做的？

猩猩己：反正那个人已经走了。

猩猩庚：反正我们并不喝酒。

猩猩辛：反正我们并不穿上他的木屐。

猩猩甲：（比起其他的人，他的理性稍多一点，很可怜的"一点"）可是，那人可能还没有走远。

猩猩乙：我猜那酒是粉红色的。

猩猩丙：我敢打赌那酒是桃子酒。

猩猩丁：那木屐好像是杉木做的呢。

猩猩己：的确像杉木做的，我猜走起来一定踢踢橐橐很好听，我敢打赌说，是的，（转对猩猩戊求证，因为知道此人最容易同意）那个没有毛的家伙已经走远了，对不对？

猩猩戊：（发现有人和他说话，受宠若惊）

那个没有毛的家伙？是啊，我好半天没有看见他啦，那只可怜的猩猩，他一定跑远了，我猜，他是一只因为没有毛，所以自卑感很重的猩猩。

猩猩庚：有谁闻到人的味道吗？

土　人：（从树丛上偷看了一眼，旋又隐身）

猩猩辛：没有，没有，我完全闻不到什么人的味道。

众猩猩：（大家努力地四下凑着鼻子闻）真的，什么人的味道都没有。（然后，大家眼巴巴地围着猩猩甲）

猩猩甲：好吧，这样吧，大家坐好，不要动，我带这位小姐过去看看那酒是什么颜色，我们就回来。

猩猩乙：（快乐地捉住他的手，往前走去，也算一番小小的"假公济私"）

猩猩甲、乙：（一起走近酒缸，仔细地探视了一番）

猩猩乙：啊，真好，真漂亮，真的是粉红色的哩！

猩猩甲：好了，你先回去。

猩猩乙：（正在不胜陶醉之际，但不得已，也只好慢吞吞很不甘愿地折回来）

猩猩甲：还有你（他指猩猩丙），你过来，你要闻酒味道的。

猩猩丙：（欣然跑了过来）啊呀，真的，真的是桃子酒，我说得没错，好闻得要命的桃子酒……

猩猩甲：回去，回去，你已经闻完了。

猩猩丙：（怅然地眨了眨眼，摇头。叹气，咂嘴，咽口水而去）

猩猩甲：该你了，（他指着猩猩丁）是你要看木屐的吗？

猩猩丁：（一蹦而至，抚摸，不胜爱惜）哎，多好看的木屐啊，穿起来一定有趣得很哪，……脚上套着东西走多么好玩啊！

猩猩甲：好了，好了，有话回去再说。（他拖着丁回到众猩猩里面坐下）

猩猩己：其实，何必那么紧张，根本什么事都没有，那人是去远了……

猩猩庚：他现在早吓得一路跑回家去了……

土　人：（悠闲地探头一看，毫不焦急，他显然很有耐性）

猩猩辛：他一定浑身发抖地躺在床上了……

猩猩乙：我想，我想，（犹疑着，把一朵花在两手中交互递来递去）我想那人反正走了，我们一个只喝一口，大概也不会有问题。

猩猩丙：是啊，每人喝一小杯，怕他什么？

猩猩丁：哎呀，真巧，我身上刚好就有杯子。（取出来，不过不敢贸然去倒酒，只好反复把玩自己手上的杯子）唉，身为猩猩而有这么漂亮的杯子，也算难得了。

猩猩戊：你们要喝什么？我也要喝啊，我年纪大了，嚼是嚼不动了，喝却是

喝得下的啊!

猩猩乙:我们不喝太可惜了。

猩猩庚:那木屐做得好,我真想穿一穿啊!

猩猩辛:唉! 让我们喝一小杯吧,一小杯还不到一口哪! 不然还不是便宜了别的猩猩。

众猩猩:让我们喝一小杯吧!

猩猩甲:(犹疑地,但显然,他也被蛊惑了)

我想想,不要吵,让我想想我们举手表示一下,想喝一口的,请举起手来!

（所有的手,忽然一下都举起来了）

猩猩甲:哎,我想多数总是有道理的。

众猩猩:当然,只喝一杯怕什么?

猩猩甲:好了,好了,快喝吧,喝完了大家快回去。

众猩猩:(七嘴八舌)"好啊,好啊,我们轮流喝啊。"

"不行啊,我的这杯不满啊。"

"你把我这杯撞翻啦!"

"味道真香啊!"

"我还没有弄清楚味道啊!"

"啧,啧,啧,好酒啊!"

猩猩甲:停了、停了,大家都喝过了,还是一起回家去吧!

猩猩乙:回家去,可是,难道我们就要把这么漂亮的粉红色的酒丢在这里喂山猫吗?

猩猩丙:除了猩猩谁配喝这么美味的桃子酒啊!

猩猩丁:哎呀,我觉得中间那一双木屐就是为我的脚而做的啊!

猩猩戊:我还想喝一杯酒啊!

猩猩乙:反正那个人走远了。

猩猩庚:我真的闻不到人的味道,我只闻到酒香啊!

猩猩辛:我们都同意那个人走远了,对不对?

众猩猩:对啊,对啊,(他们高兴地跳跃起来,把两手捧在头上,表示同意)

完全对啊!

（渐渐地,开场时的那种鼓钹之声——那种隐隐约约,有如来自太

古洪荒的音乐,像远雷一样的隐隐响起来了)

(黑猩猩继续跳跃,并且渐渐围近酒缸,他们的圈子越来越缩小,
鼓声中透露出一种仿佛食人族要莫祭时的悲凉)

猩猩乙:(第一次,她的声音充满魅惑和狂热,以致高拔上去,颤然不已)我
们要把这么漂亮的酒留着喂山猫吗?

众猩猩:(大声,有如诅咒)不要!

猩猩丙:我们要把这么好喝的桃子酒留给冷血的蛇吗?

众猩猩:不要!

猩猩丁:如果我们不穿这些木屐,难道要让尖嘴巴的乌鸦来穿吗?要让没
有脑筋的乌龟来穿吗?

众猩猩:不要!不要!

猩猩戊:(与人脱了节似的)给我一杯酒啊——

猩猩己:现在我们要回家吗?

众猩猩:不要!不要!不要!

猩猩庚:(进逼许久没说话的猩猩甲)你说话啊——

猩猩甲:唔(懦弱起来)——我不知道。

猩猩辛:如果我们再来一杯,你来不来?

猩猩甲:我,我,(他痛苦地望着酒缸)我想人是走了——是走远了——如
果你来一杯,我就来半杯。

众猩猩:(高兴地大笑起来)。

猩猩乙:啊,给我半杯酒。

猩猩丙:那人早已走了。

猩猩丁:啊——(拉长调子吟诵起来)眼前富贵身后名。

猩猩己:(摇头晃脑俨然才思敏捷的诗人)不及手上半杯酒。

猩猩丙:对,对,好句子,眼前富贵身后名——

猩猩庚:不及手上半杯酒。

猩猩辛:眼前富贵身后名,不及手上半杯酒。

猩猩戊:——给我一杯酒啊——

猩猩庚:谁知道今日还有几寸白昼?

猩猩辛:谁知道明天谁成了骷髅?

猩猩甲:我只要半杯酒——

众猩猩：谁知道今天还有几寸白昼？

谁知道明天谁成了骷髅？

我只要它半杯酒！

我只要它半杯酒！

（忽然，在一声爆开的欢呼中，他们传饮起酒来——当然不是半杯，不一会他们已喝完了酒，手舞足蹈起来）

土　　人：（站起来，冷静没有表情地看着那些饮者，然后蹲下）

猩猩乙：那木屐做得好精致啊！

猩猩丙：我从来没有看过比这个更漂亮的木屐了。

猩猩丁：我敢说，那一双木屐我如果穿一定刚刚好，不大也不小。

猩猩戊：（咿唔不清）哦——哦——

猩猩己：我们为什么一直说呢？我们为什么一直白说呢？

猩猩庚：木屐是给我们穿在脚上的，不是给我们挂在嘴上的，好兄弟，你们说，对不对？

猩猩辛：让我们来穿木屐！

众猩猩：让我们来穿木屐！

猩猩甲：既然是大家都同意。

猩猩乙：这事实必然有道理。

猩猩丙：世界上再也没有东西，

猩猩丁：像木屐一样令人着迷。

猩猩戊：哦——哦——

猩猩己：世界上再也没有东西。

猩猩庚：像木屐一样神气，

猩猩辛：我喜欢这种能把人垫高的东西。

（众猩猩一拥而上，各自把木屐，放到脚上，说也奇怪，正好像定做的一样，竟然每个猩猩的都很合适）

土　　人：（这一次，他又站起来，以他惯见的冷淡表情久久凝视众猩猩）

猩猩甲：啊，我觉得我像皇帝。

猩猩乙：啊，我觉得我从来没有这样美丽。

（忽然想起来，又挑逗地加上一句）

——像皇后一样美丽。

猩猩丙：啊，再没有事情这么刺激。

猩猩丁：啊，再没有事情这么得意。

猩猩戊：哦——哦——

猩猩己：伟大神圣的木屐！

猩猩庚：神奇，不可思议。

猩猩辛：你让我们觉得自己像上帝。

（于是他们快乐地扶住肩膀左几步右几步地跳了起来，由于木屐已被绳子串成一长条，所以跳起舞来非常不便，但当然他们反正也不是真的要跳舞，动作愈滑稽，他们反而愈觉好玩）

（开场时的那种音乐愈来愈大声，奇怪的是众猩猩中没有一只觉得恐惧，事实上，当他们自己成为恐惧景象中的一部分的时候，他们反而不觉恐惧了）

土　人：（忽然，从树丛中纵身而出，放肆地大笑了起来）

众猩猩：（几乎弄呆了，他们唯一的反应就是往后退缩⋯⋯）

猩猩甲：（半醉）奇怪，我明明记得他已经回去了。

猩猩乙：是啊，我记得他早已经回到家里去了。

猩猩丙：我好像记得他的祖宗叫别卜西，哦，不，叫卜别西，哦，不，我什么都不记得了。

猩猩戊：（喃喃地）我记得我们赢了，可是，我们赢了什么呀？你们不一直不让我知道我们赢了什么？你们这些毛头小伙子，总是连话也说不清楚。

猩猩己：我记得——我记得⋯⋯（终于很确定地说）我记得我什么都不记得了——

猩猩庚：可是，他要来干什么，他带着绳子。

猩猩辛：不行，他是要来捉我们了啊！

猩猩甲：大伙儿逃命啊！逃命啊！

从猩猩：（又哭又喊又急）逃命啊，快跑啊。

（由于木屐被绳索系住，所以大家彼此牵连在一起，每有一个猩猩想跑一步另外必然有一个猩猩会绊跌，第一个倒下去的是猩猩戊，有猩猩去拉他，自己也弄倒了，不知道是不是由于酒醉，也没有一只猩猩想到可以从木屐里抽脚出来）

猩猩甲：解开啊，解开啊，我们一定要先解开绳子啊！

众猩猩：（毫不思索地接受）解开啊，解开啊，我们一定要先解开绳子啊！

土　人：（冷静地兀立，简直像一个阴影，并且碌碌地笑着）

猩猩乙：可是，我从来没有看过这么多结（哭了起来），可怕，一条绳子上怎么会有这么多结……

猩猩丙：我的手指头太粗，我根本解不开结啊？

猩猩丁：我不知道，不过我发现，我每次在这边弄开一个结，就在那边结下两个结。

猩猩戊：哦——哦——我们到底在这里做什么啊？

猩猩己：不行哪，我觉得结子愈解愈乱了！

猩猩庚：我们怎么办啊？我们该怎么办啊？

猩猩甲：可以用牙咬，把绳子咬断。

众猩猩：是的，是的，用牙咬。

　　　　（他们把脚举起来艰难地用牙齿咬绳索）

猩猩辛：不行啊，我醉了，我没有力气，我只想睡觉，（哭）我真的没有力气……

猩猩甲：（自己也感到力不从心，所以他又想到另一本书上的智慧）
　　　　还有一个聪明人的书上说，可以把酒缸打破，用破片来割断绳子。

众猩猩：（茫然地望了酒缸一眼，酒缸大约在十步之外，他们站起来，要去拿酒缸，可是刚走一步，立刻便你牵我绊地跌成一堆）

猩猩乙：我们拽不到啊！我们根本走不过去啊！

猩猩甲：谁把木屐脱下来去拿酒缸来，好不好，谁肯把木屐脱下来走过去拿？

猩猩丙：不行啊，不行，我是死也不舍得脱下我的木屐的。

猩猩丁：我也舍不得，这木屐穿在我的脚上真是好看哪。

猩猩戊：我们到底在这里是干什么的啊——

猩猩己：我宁可死——

猩猩庚：我绝不脱我的木屐——

猩猩辛：我也绝不脱——

猩猩乙：我说过，这木屐使我美丽，使我美丽得像皇后——我为什么要脱它？

土　人：(忽然出手,用甩索套住了一个猩猩的脖子)

众猩猩：(再度慌乱起来,推推挤挤地想逃,大家又跌成一堆)他要来逮我
　　　　们了！他要来杀我们了！

土　人：(迅速地,他在每个猩猩的脖子上像挂奖牌那么容易地一一系上
　　　　套索,他把所有的套索一总握在手里,残忍地用力一抽紧,猩猩惊
　　　　恐万状地叫了起来)

　　　　你们不要怕,(他说起话来几乎有些仁慈的样子)我不会脱掉你们
　　　　的木屐的——换句话说,在你们未死之前,这双木屐就算我送你
　　　　们的了！

猩猩乙：啊,(激动地)他是多么仁慈啊！

猩猩甲：可是——(他还维持着与众不同的一点点理性)我们什么时候会
　　　　死呢？

土　人：(走过来,看着他狡猾地)放心,不会是你。现在,听着,我是你们
　　　　的主人,你们要听我的话。

众猩猩：是的。

猩猩戊：天要黑啦,怎么我们还不回去啊？
　　　　我们到底要干什么啊？

土　人：听着,我要盖一个笼子,所以,你们每个猩猩都要砍几根木材
　　　　来——砍木材你们会吗？

众猩猩：(出人意外地,他们的回答简直近乎欣悦)会！
　　　　(说着他们各自去砍了几段木头来,他们工作得忙碌兴奋,甚至有
　　　　些竞技游戏的意味在内,木头一会儿就砍好了)
　　　　(整个工作进行时,他们都未脱木屐,所以行动起来很滑稽,略像
　　　　一条长蜈蚣)

土　人：(从隐藏的地方推出一个类似希腊车台的东西,大约是六尺宽八
　　　　尺长,下面有轮子,周围有洞眼)好,听着,现在你们上去自己把木
　　　　头架好,(众猩猩居然无师自通地一一把木材放进洞里,围成很整
　　　　齐的栅栏,所有的猩猩都被围在车笼里)
　　　　喏,这里有绳子,你们会绑结吗？

众猩猩：会！(现在他们都密密地站在自围的栅栏里,看来是很称职的囚
　　　　犯,原来对于做囚犯这件事他们竟是如此有天才的)

猩猩甲: 不行啊,(对猩猩乙)我来,我来,你的绑法完全不对啊,那样绑不牢的呀! 唉,你们女的……

猩猩戊: 我想睡了,你们都不想睡吗,天晚了啊……

猩猩乙: (兴奋地)哎呀,我相信我绑的这个结是全笼子里最结实的一个了……

猩猩庚: (不服气)我看比不上我的!

猩猩丙: 哼!

猩猩辛: 你哼什么?

猩猩丁: 他哼他要哼的那事! 关你什么事!

猩猩辛: 呸!

猩猩丙: 你呸什么?

猩猩庚: 他呸他要呸的那件事,关你什么事!

土　人: 不要吵,我们要赶在天黑以前把笼子弄好!

猩猩乙: (谄媚地)我们马上就好!

土　人: 好,你们好好绑绳子,一面听我告诉你们一件事,我打算以后每天早晨给你们三个栗子吃,晚上四个,你们说好不好?

猩猩丙: 不行,不行,早晨才吃三个栗子,我会饿啊!

猩猩丁: 我也不够,三个栗子是吃不饱的啊!

土　人: 好的,好的,——这样好了,我早晨给你们四颗栗子,晚上给你们三颗,怎么样?

猩猩甲: 四颗? 哦,四颗我是够了,(满意地)你们呢? ——我是够了。

众猩猩: 哎呀,他真是仁慈,他多么好啊!

土　人: 好了,你们的笼子到底弄好了没有。

众猩猩: 好了,好了,你看,已经好了。

土　人: 好,我还有二件事,弄好了,我就带你们回去。(走向猩猩甲)你出来,你站在靠栏的这里,我要吸一点你的血!

猩猩甲: 什么? 什么?(惊惶,而又欲哭无泪)你说过,反正不会第一个吃我,……

土　人: 是啊,我说过不会第一个吃你,我现在并不是吃你,我要你的血。

猩猩甲: 我听说,你们拿猩猩的血染毛毯,可以不褪色,(呜咽)染出来的红就叫猩猩红……

土　人：是啊，你真是一只聪明的博学的猩猩……

猩猩甲：（忍不住有几分得意）我还听说，（愈来愈以自己的见闻自豪）吸血不可以超过一斗。

土　人：真的，你真是我所见过的最最见多识广的猩猩了，我不会吸血超过一斗的，我会吸到刚刚好让你不死的程度，死了就没有下一次了。（说着，出其不意地一把抓住猩猩甲的手腕，众猩猩一起惊叫起来，他一言不发取出刀子，割猩猩甲的指头，放血）

猩猩甲：呜……呜……（显然地，他是痛苦的，但由于他是一只有智慧的猩猩，他简直相信这种事既是以前有，以后也有，所以必然是"该有的"，因此忍受也就是应该的）

猩猩乙：啊，可怜，他是一个多么有学问的猩猩，啊，你痛不痛啊，你痛不痛啊？（她哭了起来）

众猩猩：（听猩猩乙一哭，众猩猩也就忍不住呜呜然地哭了）

土　人：不要哭，不要哭，马上就好了，我会给他两颗栗子吃，补一补的。

猩猩戊：栗子，在哪里？奇怪，你们哭什么啊，有栗子吃为什么还哭啊？

土　人：好了，好了，你看已经好了。喏！这二个栗子给你。大家站好，我们马上就要走了。

猩猩乙：（几乎是立刻忘了她的痛苦）给我看看你的栗子！

猩猩丙：我也要看看——以后我们早上要吃的四个栗子就是这种栗子吗？

猩猩丁：你不要挤我，你踩到我的木屐啦。

猩猩戊：栗子在哪里，我也要看看。

猩猩己：我们的车子开了吗？（兴奋）我要站在前面，前面好看风景。

猩猩庚：我要站在前面。

猩猩辛：你们能不能不踩我的尾巴啊！

土　人：第一个要杀的猩猩坐前面，因为以后他再看不到风景了。

众猩猩：谁？谁？谁是第一个。

猩猩甲：不是我！

猩猩乙：不是我——我听说是先杀肥的。

猩猩丙：（指丁）那，就是你了。

猩猩丁：（指丙）不，你比我胖多了。

猩猩戊：什么，你们争什么第一？

猩猩己：反正不是我。

猩猩庚：反正不是我。

猩猩辛：反正不是我。

猩猩甲：不要吵了，我说句公道话——他们两个虽然都胖，可是他（指猩猩丙）比他（指猩猩丁）肉多，所以应该是他第一。

猩猩乙：这话是真的。

猩猩丙：不是我，不是我，上次我们两个一起爬树，我没压断树枝，他却压断了！

猩猩丁：那是我的骨头重，我的肉可并不多。

猩猩戊：唉，你们不困吗？我想睡了啊！

猩猩己：天要黑了，我们这样吵下去有什么结果呢！

猩猩庚：是啊。（十分仁慈体贴地转向猩猩丙）等天黑了上路，你站在前面又看得到什么风景呢？

猩猩辛：反正我们都觉得你第一，这还有什么好辩的。

猩猩丙：不是我，不是我，不是我。（他哭了，可他的气势显然越来越弱）

土　人：（仁慈地牵他到前面）不要哭，你看，这件事是大家决定的，是完全公平的。

猩猩丙：（他已经被拉到车笼前面的位置，可是他仍在抗辩）不是我，真的不是我……

土　人：我们要走了。（他推起车笼）不要哭，你看风景很不错呀。

猩猩丙：（忽然，他转过头来，似乎认了命）我死了，你们要记得把我的木屐替我收好啊——

众猩猩：当然，当然！

猩猩丁：啊，我真的受不了——（放声而哭）
　　　　他是多么好的一只猩猩啊，为什么他要第一个去死啊……

猩猩甲：真的，很少有猩猩像他一样仁慈，而且，他又那么年轻……

猩猩乙：他一向对女猩猩多有风度啊——

猩猩戊：怎么，谁要死？我在这里睡得很好啊，你吗？什么，我真弄不懂你年纪轻轻的为什么要去死啊？

猩猩己：我忘不了他……

猩猩庚：我今天会哭一整夜。

猩猩丙：(忽然又想起一件事，立刻补充)你们谁也不准偷穿我的木屐啊！

众猩猩：当然，当然。

猩猩辛：我想我明天早上的四个栗子只好收藏起来了——我一想起他，怎么吃得下去呢？

（众猩猩哭得一抽一抽的，也许由于悲伤，他们越来越挤成一团，缩在车尾，车头部分留出极大的空间，猩猩丙竟因而稍微有了一些慷慨赴义的光彩）

土　人：怎么样，都好了吧？我们得赶路了。

猩猩乙：(忽然失声尖叫起来)啊，我的花——掉了——在那里。

土　人：(跑过去，为她捡起来)

猩猩乙：(无言地接过来，找了一个自以为最好的地方别好，然后继续啜泣着)

土　人：(几乎像催眠一样温柔)不要怕，你临死的时候，我会给你三杯桃子酒。真正的陈年桃子酒。

（猩猩丙茫茫然地点点头，车后的哭声细弱有如虫吟，老猩猩似乎已经睡着了，车子一路推向前去）

张 晓 风
作 品 精 选

杂

文

杂　文

美国总统出缺记

一九××年,白宫在万般无奈中宣布,由于没有竞选人,总统一职不得不暂时出缺。待有竞选人出马时,再行大选。

当时桑科因主其事,对于总统出缺的反应颇知其详,始知美国总统关系一国之兴亡甚大,诸君且听我道来。

总统出缺第一日,军火商约翰·休止就来找我,一进门便失礼地频频擦汗。

"天哪,这怎么了得!"

"我深为遗憾。"

"唉,我要破产了!我破产没有关系,我手下一百五十八万二千四百六十一人可怎么打发?"

"这和我有什么关系?"

"你装死!"他气得摔破了一个茶杯,"你难道不知道这几年我们靠什么起家的吗?"

"对不起,我真的不知道。"

"这几年又不准打仗,又不准打猎,叫我们枪械往哪里卖?好在有人想出个好主意,我们不妨射杀总统,大家都觉得杀总统比杀熊有意思,又名利双收,(奥斯华太太还弄到一笔钱呢!)所以多半的人都肯买支枪试试运气,连女人都肯买。现在呢,你们这些该死的,白拿了我们纳税人的钱,居然敢于宣布让总统出缺,你们要我们全饿死吗?"

"哦,对不起,我一定把你的意思记录下来,我承认,这是很宝贵的意见——必要的时候,我们会到南太平洋的什么小岛上花钱买个总统来。"

好容易,约翰·休止走了。接着来的是文质彬彬的失迷失先生,他看来目如死鱼,面有菜色,半天不说一句话,完全失去他平日电视上的光彩。

"失迷失先生,我能帮上您的忙吗?"

"唉,我没想到时运如此不济。"

"客气,失先生,谁不知道你所主持的全国漫画业工会会务蒸蒸日上,身为美国人,谁敢一日不看漫画?"

"可是,那是从前,自从你们宣布总统出缺,我们再也没有人好讽刺了,你们是把我们漫画业的根都挖掉了。"

"除了总统,"我小心翼翼地劝他,"讽刺别人也无妨啊——譬如说,农业部长。"

"哼,你太看不起人了,谁要看讽刺农业部长的漫画——我要你们立刻给我们弄个总统出来。"

"我弄,我弄,"我连连赔不是,"我保证为你们的利益着想,我们一定在最短期间弄他一个总统出来。"

"最好弄个长得不太周整的,"他临去叮咛说,"画起漫画来好画。"

我刚想好好喝一口水,秘书小姐又把怒气冲冲的抱锣先生带了进来。此人是不闻市的市长,不闻市是全国最小的市,人口总共九十八个半。

"你把我们的计划全破坏了。"

"对不起,我不知道我……"

"我问你,你从前听过'达拉斯'那个鬼地方吗?德州那么大,说什么也轮不到它出名呀!哼,不过自从肯尼迪死在那里,它也大模大样地抖起来了,还宝里宝气地弄个小博物馆,做起观光梦来了。我手下这个'不闻市'到现在就是发达不起来,我们早就一致通过五年之内总要想法子把总统诱到我们的小城里,并且趁机不把他弄死就弄成残废,然后我们的观光企业才能开始。"

"唉,真对不起,我们使你们的市民受了多么大的损失呀!"

"是啊,如果你们一个月内还弄不出一个总统来,我们到法院去告你们!"

我打恭作揖地把他送走了。正在惊魂未定之际,接客教授已经神不知鬼不觉地站在我身边了。

"这个问题相当严重。"

"我同意。"

"你知道我主持全美心理医生协会多年了。"

"是的。接客教授。"

"最近我们遭遇到极大的危机。"

"说来听听。"

"是这样的，我们的顾客太多了。"

"这是好事啊！"

"好事也得有限度，好过头就要命了，"接客教授愁眉苦脸地说，"现在的病人又多又不可理喻。护士小姐告诉他们两年以后才轮得到他们，他们不听，人人挤到诊所门口，争着要先看病，个个都说他们的病必须'急诊'，否则他们很可能立刻要上街杀人了。"

"每个心理医生都面临这项困难吗？"

"每一个！"他确定地说。

"为什么呢？是因为通货膨胀吗？"

"天咒的！"他忽然失去了惯有的好脾气，"你倒装得像啊。这全是你们搞的鬼，你们不给我们一个总统，叫我们吃完饭骂谁啊！没有人可骂，当然心理会失调啦！不说别人，我跟我太太就因为晚饭以后没人可骂已经差不多要婚姻破裂啦！"

"我诚心感到抱歉——不过我建议你试试看骂你的邻居怎么样？"

"不行，骂邻居会犯诽谤罪的。"

"那就骂垃圾车工人。"

"不行，他们生了气会罢工。"

"美国这么大，你们心理医生就想不出什么人可骂的吗？"

"还是骂总统好，"他坚持道，"又时髦，又安全，并且还能赢得别人的尊敬。"

"我代表白宫向你致歉。"我说，"我想我们有义务去给你们找一个挨骂的人，来维持美国公民的身心健康。"

"祝你好运。"

"至于你和你太太，"我说，"我建议你们从今晚起就骂下一届的总统，这样也许可以挽救你的婚姻危机。"

"可是我们不知道他姓甚名谁啊！"

"那有什么关系，叫他×先生就是了。"

"可是我也不知道他干了什么坏事。"

"管他干了什么坏事,咱们只管骂准没错儿。"

"这倒是个好主意。"他怒气稍平地走了。

接着来的是马归驴抬女士,也是一个响叮当的妇女领袖,今天看来虽然依旧横眉竖目,可是却有着显然斗败的狼狈。

"这问题你们难道不能解决吗? 你们这些脓包!"

"女士,我跟你一样难过。"

"哼,你也配!"

"对不起。"

"没有了第一夫人,我们就少了箭靶子了,日子可怎么过呀!"

"马归驴抬女士,别难过。出缺只是暂时的,为了表示对你的尊敬与关切,到时候我们一定选一个有太太的人当总统。"我当着她的面唤出秘书来,"记着把这一条记下来,为了妇女运动的发展,将来我们会力求有太太的人来当总统,因为没有第一夫人供人攻击者不足以做美国总统。"

然后是内幕杂志的编辑避德。他说他好容易训练好一批"钥匙孔摄影家"准备专拍第一夫人的裸体镜头,这一下是全功尽弃了,他要求白宫赔款二十七亿八千五百万美元。

然后是博物馆学会会长木耳先生来作声明,他说要是"总统"一词在美国自此消失,而成为"考古学"的一部分的话,他拒绝在现在已经非常拥挤的博物馆中向民众陈列"总统"这个东西。

罢工俱乐部的部长也来了,他们一方面抗议失去了总统使他们找不到人示威罢工是"不人道的待遇",一方面也建议,不妨从罢工俱乐部的资深会员里选一个人出来当总统,然后再一年罢工三百六十五天。

我从来不知道美国总统有那么多重要的用途,我想我们白宫真得好好考虑考虑,不管是购买是绑票,我们总要弄一个人来当美国总统。

笨妇难为有米炊

有钱这件事有万千好处，却也有一件要命的坏处。

没钱的时候，我们可以推卸，因为"巧媳妇难为无米炊"，古有明训，许多年来，我们的官员已经习惯于说"碍于经费不足……""由于经费短绌……"我们的媳妇（当然，你要叫他们为公仆，为官员，皆无不可，我倒希望他们是一个小媳妇，少说话多做事的古代媳妇），一直很幸福地自以为是"巧媳妇"——虽然事情从来没做好过。

可是，倒霉的事来了，忽然之间，这个穷了五千年的民族忽然在此时此地空前地富有起来了。这一下，真是大事不妙，我们的媳妇找不到借口了，她那"笨媳妇难为有米炊"的毛病完完全全暴露出来了！

以台北某剧场为例，曾经由于穷而保持其固陋质朴的风格多年。后来不知怎么，忽然有了钱，门前的洗石子换了大理石，舞台边缘糊上一层发光的马赛克并且还吊上块冶艳的紫丝绒。但音响设备却恐怖异常，灯光系统也不够专业化——钱来了，不会花，花的不是地方，是远比没钱花更令人心痛的。主事者至今还没有搞清楚，他们缺的不是米，是比米严重万倍的东西，那是：

"会煮米的头脑和观念。"

会有一段活罪要受了，我们心理上得准备准备。

我们将会看到许多号称宏伟的建筑——事实上只是一种"巨型的小器玩具"。

我们将会发现许多"高级装潢"——事实上却是"耀眼的垃圾"。

我们将会看到一套拉一套大部头的装点书——专供脑子里无书的人放在客厅里吓唬人用的。

我们会忽然吃了一惊，因为每一家饭馆都铺了红地毯——嘿、嘿，当

然,你叫它"垫脚油抹布"是更正确的。

有米是好事,不管是官方或民间,但有米以后的麻烦也不少呢。

1980 年 4 月 21 日

九十八秒的谎言

　　在波士顿有一个叫席烈的电视制作人,搞了一个九十八秒的谎言新闻,在四月一日愚人节晚上六点。四月二日,他被解聘了。

　　那天新闻时间快结束,电视记者珍·哈里逊报道波士顿郊区密尔顿附近六百三十五英尺高的大蓝山山顶爆发,喷出的岩浆和火山灰正流向附近的住宅,镜头上居然真的出现火烫的往下流注的岩浆,他们甚至剪辑出卡特总统和马萨诸塞州州长"关切"此一"严重状况"的声音(不知从哪里剪来的录音带)。九十八秒的"假新闻"报完之后,记者举起"愚人节"的标示牌。

　　那天上当的愚人真不少,许多人立刻捆好行李准备逃亡,还有一个丈夫把生病的妻子赶快先背到门外,警察局接到密尔顿居民一百多通电话,大家都怒不可遏地发现自己上当了。

　　第二天早晨,制作人就走路了。

　　想来,那制作人走得冤枉。

　　多少年来,美国的电视新闻不骗人吗?

　　从肯尼迪到约翰逊、尼克松到福特,哪一个总统所说的越南政策不是谎言?

　　小肯的辛普森事件也不像电视记者报道得那般简单纯洁吧?卡特的德黑兰事件,真的是为了人质吗?还是为了选票?

　　那一切国际友谊的保证全是假的吧?那一切激愤填膺的呼声也是装腔作势的居多吧?

　　可叹从而了解了美国的新闻之道,说谎九十八秒(在愚人节),结局是滚蛋下台。说谎十年(在每一天),结局是进入白宫。

凡有志于谎言事业的先进先贤，不可不注意及之。

1980 年 4 月 30 日

咱们小人物要多多说话

"狼狗不叫,叫狗不狼",这条"狗之定律"对人类而言也完全适用。

可叵少年时期就曾经一再斟酌,到底我这辈子是该做"光咬不叫的狼狗"呢,还是"光叫不咬的虚张声势的狗"呢? 这件事既是大事,宜乎仔细观察,慢慢决定。

可叵到大公司里去看,小职员毕恭毕敬:"报告董事长,关于上一次货柜的事件,为了避免以后发生同样的问题,我们业务组已经研究了一个方案……"董事长用鼻子回答一声:"嗯。"

可叵又到某某家庭去看,只见李大毛正委委曲曲地陈情:"橡皮和铅笔都涨价了,玻璃弹珠也涨了,王小华和张阿花的零用钱也加了,全班就剩我的零用钱最少了,妈妈说,如果你同意,她下个礼拜就把我的五块钱改成十块钱……"做爸爸的从烟圈和报纸之间丢下一句:"唔。"

可叵于是恍然大悟,原来做大人物的人只须会说"唔"或"嗯"就够了。看来"大人物"这种行业是蛮容易当的。

尤其奇怪的是,除了说话,在文字方面,大人物也倾向低能。小人物洋洋洒洒地写了上万字的陈情书,大人物只须回一个"可"或"不可"(大人物如果学问大些,知道"不可"可以简写为"叵",那就更省事了),而"可"与"不可",都是小学一年级就会写的字,我有点怀疑大人物是因为功课不好才去当大人物的。

除此之外,可叵也效法伏羲,去观察鸟兽之道,才发现道理竟也相同。原来老鹰是不爱说话的,说话的是些吱吱喳喳的小八哥。而狮子呢,只会"呜"的一声,吼完了事,猫咪却咪咪喵喵地唠叨个没完。

两相比较之下,当然是做大人物为好,既简单,又利落,不会说话不会写字都不妨事。可是,说来悲哀,所谓万事不由人,正在可叵决定要做大

人物的时候，才猛然在镜子里看到自家额头上早经上帝打好了"小人物"的"正字标记"了。

好在可叵当年研究此事之际，对于小人物要如何生存之道早已十分了然于胸，朱元璋一旦获知自己是"真命天子"时，未必知道该如何做真命天子，可叵获知自己是"真命小人物"之后，倒非常驾轻就熟，做得有模有样。

而咱们小人物的第一要件，就是要不停地说话。大象不说话，谁都会看见它在那里，但秋虫呢，当然就应该"唧唧复唧唧"啦，否则谁知道世界上有一个你呢！

有人颇不能想通可叵为什么以"中学生的三分头"为己任，唉，答案很简单，如果可叵是大人物，能"点一头而全天下之发"，你想我还会叽叽咕咕地说个没完没了吗？

说吧，说吧，凡我小人物，大家务要多做发声运动，以免牙齿生苔，既可增进自我身心健康，又可帮助大人物，免得他们连"嗯"和"唔"怎样说，或"可"或"不可"怎么写都忘了。

小人物啊，勉哉斯言！

1980 年 10 月 23 日

关于爸爸这种行业的考核制度

关于爸爸这种古老的行业，历来好像一经发表，便是永保无虞的终身职业，这也几乎是唯一的在告老之后，有养老金和安葬费的行业。

如此伟大的一个行业却根本没有考核制度、奖惩制度，实在可怪（很意外的，它倒是有升迁制度，资深爸爸多半可以升成"双料爸爸"，亦即变成爷爷或外公）。我的朋友宋楚瑜局长首先发难，提议叫"爸爸回家吃晚饭"，其实爸爸要成为合格爸爸，该做的事太多啦，且听我一一道来。

第一，爸爸应该有一定的出席率；大家都知道，在大学里偶然跷课是可以的，但出席率如果低于三分之一就要扣考了，换句话说，亦即失去了被考核的资格。我认为在新的考核制度下，做爸爸的除非有军公方面的特殊职务，可准予公假，以及身有痼疾准予病假外，其他事假一概不准超过家法规定的分配额，关于这件事，应由儿女任考核委员，而妈妈任监察委员。至于立法委员嘛，大家一起当好了。

第二，爸爸应有合格的身体健康证明；你要去就任何行业，都要提出健康证明，这是人人都知道的常识；可是做爸爸的每每不太注意健康，应予纠举，试想爸爸一职，职务繁责任重，如果不保持健康怎能胜任？做老师的生了病可找人代课，做处长的请了假可请人代职，"爸爸"这个职位总不便请人顶工吧？既然如此，做爸爸的务必小心保养，快车不可骑，不可暴食，酒宜浅尝，烟须全戒，否则健康日损，工作效率便差了。

第三，爸爸应争取优良表现；爸爸的优良表现可分两方面。消极方面，如不毒打小孩，不嚣张霸道；积极方面，如常常洗碗，常常陪儿女玩，常常讲故事，出手大方，必要时还要能替儿子做代数，替女儿做美劳，不过，要小心，说不定你会错得比小孩更厉害，那就太没面子了。

第四，做爸爸的如有重大错误，应自请处分。所谓重大情节指除"合

法专任爸爸"之外又去做了"非法兼差爸爸",其他情节较轻的过错,如欠下赌债等,在自请处分后,要由妈妈采取"留家察看,以观后效"的措施,但情节极严重的应该对其引咎辞职照准,以为天下爸爸之儆尤。

　　校有校规,官有官箴,为人之爸爸岂可不谨守清规,力求表现? 愿天下老爸小爸(指刚发表爸爸职位的新官),黾勉从事,戮力以赴;否则仅以"回家吃晚饭"为志,其志亦小哉,吾家小狗小黄,每到五点也准时回家吃晚饭呢!

1981 年 10 月 5 日

可叵的娱乐

可叵的娱乐虽不能说只有一种,但无疑的,其中最重要的、最刺激的一项,便是"节食"了。

人长得方头大耳、白白胖胖,根据孟老夫子的看法,是有道之士的表征,可惜孟子先生的审美观逐渐式微,咱们胖子愈来愈不时髦啦!减肥已正式成为一种事业——不过凡我肥仔倒有一点可以自我安慰,毕竟,这世界上有一些人是靠胖子节食吃饭的,靠"瘦子发福"(好像没有这种行业)的,却未之闻也。瘦子和胖子之间高下还不立判吗?

节食一道,当然以"发福"为先决条件,不过有人过分"知耻近勇",一鼓作气"发愤图瘦",结果,把肥肉一举歼灭,此类人物对自己的肠胃已"太上无情",出凡入圣;可惜这类人一生至此再也享受不到"节食"之乐了,为我辈"资深节食人士"所不取。

节食之娱乐价值究竟有多高,且听我一一道来。譬如说经过一间小店,看见香喷喷的葱油饼正出锅,你要非礼勿视(可惜孔子忘了说"非礼勿闻"),嘴里不断像念咒一样的对自己说:"啊哟,这东西闻闻就算吃了吧!想想吃下去还得了呀,全是淀粉质和猪油呀!一分钟在嘴里,一辈子在肚皮上呀,吃不得,吃不得,快逃。快逃,好了,现在可安全了,这一来我显然为自己少添半公斤肉,哇,好险,这一番天人交战赢得好艰难呀!"

如此猛战一场,当然是人马俱疲,忽见路旁有小店在卖冬瓜茶,觉得颇有必要慰劳自己一番,当即痛饮一大杯。忽然又见店员小姐在打新鲜的百香果汁,想来滋味也不错,于是顺手又喝了一杯。嘴里还假惺惺地说:"老板,少放糖,我怕胖!"

及至走出大门,忽想到自己大意失荆州,居然喝下两杯甜水,不免懊恼,不过转念之间,想今日战绩一胜一负,也不枉了。如果再往前走,用意

志力拒绝了油炸米糕和蟹壳黄烧饼,不免又满心踌躇,自觉三胜一负,也算战绩可观了。

如果蒙天之幸,忽有一天发觉比上个月瘦了半公斤,那真是喜从天降,值得大事庆祝。于是到羽球馆吃一顿任人吃饱的蒙古烤肉,鼓腹而归,仍然做我的"葛天氏之民"!

节食还有一乐,每当宴庆场合,节食者只要一上桌来,立刻发布自己近日节食中的消息,立刻会引起主人的无限关切;看来,老子这家伙的哲学是有点道理的。"欲饮酒者,可先宣布自己已戒酒;欲抽烟者,宣告天下谓自己已戒烟;欲大吃者,应告人谓自己正节食。"

俄顷之间,只见主人殷殷布菜,言语中慈爱得有如劝迷途浪子一般。哎,来块鳕鱼呀,鱼不胖人的——甲鱼如何? 很好的裙边哩,还有八宝饭也来一点,偶尔吃一碗胖不到哪里去的!

为了骗取这些感人泣下的关怀,我会坚持做一个及格边缘的节食者,不断地吃,也不断地节;这种盈虚消长、阴阳互生的好娱乐,几乎已有哲学境界,乃特为介绍推广如上。

1981 年 11 月 4 日

哲学状的男人

这世间的男人和女人有一件事是一样的：即讨厌的男人很多，讨厌的女人也很多；而且可爱的男人很多，可爱的女人也很多。

此处只讨论讨厌的男人。事实上讨厌的男人分很多类，其中相当讨厌的一种是"冷静的男人"，亦即"哲学状的男人"。

哲学状的男人是怎样的呢？

当年轻美丽的女孩对他说：

"让我们永远相爱吧！"

他却把眼镜一扶，说：

"姑娘，爱情这玩意儿我知道，但'永远'是什么？"

对于这种男人，女孩子最正确的方法是先赏他一记耳光，然后劝他去读台大或辅仁的哲学研究所。

不过，事实上比这种男人更烦人的还有，那就像英国当今的王储查理先生。他老兄在结婚大典前被记者追着访问，记者问戴安娜：

"你爱查理吗？"

"爱。"

记者又问查理：

"你爱戴安娜吗？"

"唔，"太子做深思状，"那要先看你对爱情的定义。"

唉，唉，这王子真是糟透了。大英帝国气数大约到此为止，才有不肖儿孙会说出这种婆婆妈妈的窝囊话来，连当年那擅长杀老婆的亨利第八和弃位求美人的温莎公爵都比他高明多了。

奉劝天下女人，好男人有好男人的儒雅，坏男人有坏男人的劲道。唯独做哲学状的男人碰不得，否则将来在餐桌上你要学会听："太太，红烧鱼

这玩意我知道,但请问'饱足'是什么?"

当然,随时像围棋国手作"长考式"的男人并不能算坏人。只是,那不是女人消受得起的,还是让他们属于哲学研究所吧!

1981 年 12 月 9 日